罪恶调查组

3

骁骑校 著

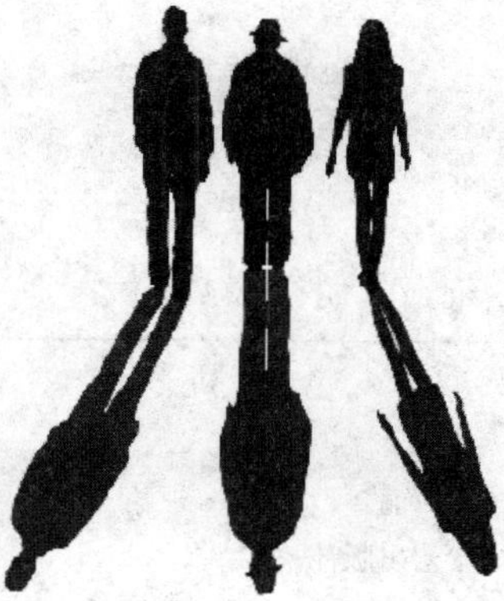

江苏凤凰文艺出版社
JIANGSU PHOENIX LITERATURE AND
ART PUBLISHING, LTD

图书在版编目（CIP）数据

罪恶调查组.3 / 骁骑校著.-- 南京：江苏凤凰文艺出版社，2018.11

ISBN 978-7-5594-3000-7

Ⅰ.①罪… Ⅱ.①骁… Ⅲ.①长篇小说—中国—当代 Ⅳ.① I247.5

中国版本图书馆CIP数据核字（2018）第232586号

书　名	罪恶调查组.3
著　者	骁骑校
策划编辑	李　艳
责任编辑	袁　媛　姚　丽
出版发行	江苏凤凰文艺出版社
出版社地址	南京市中央路165号，邮编：210009
出版社网址	http://www.jswenyi.com
印　刷	北京中振源印务有限公司
开　本	700×990毫米 1/16
印　张	22
字　数	300千字
版　次	2018年11月第1版　2018年11月第1次印刷
标准书号	ISBN 978-7-5594-3000-7
定　价	45.00元

若有人听见发誓的声音，

他本是见证，

却不把所看见的、所知道的说出来，

这就是罪；他要担当他的罪孽。

目录

第一章 雪橇三傻探魔窟

文讷说完这句话之后，屋子里都安静了，没人再吭声，三个人都望着她，打量着她。

文讷微微一笑，索性站起身来，转了个圈，然后优雅地扬起手臂，舒展身体，做了几个芭蕾动作，最后双手提着过膝白裙，对着三人行了个优美的屈膝礼。

一套动作下来，这屋里不论男女还是老少，都看呆了。此刻，在泻进窗内的黄昏逆光中，文讷不但有着美丽的面容、乌黑的长发、吹弹可破的雪肤，还有着舞蹈演员的身材以及公主般的气质。

隐约有一声吞咽口水的声音传出，顿时，几道目光都齐刷刷地盯着卢振宇，卢振宇当时就闹了个大红脸。卢振宇似乎第一次发现，小文不光长得漂亮，而且身材也那么好！他脑中顿时闪过小文钱包里的那几张健身房和瑜伽馆的会员卡，明白了，人家并不是一时心血来潮，办着玩玩的。

谷教授带头鼓起了掌，卢振宇也反应过来，盯着文讷，猛烈地拍着巴掌，李晗这时心服口服，也跟着鼓掌。

谷教授颔首笑道："不错不错，看着是好看，不过……想配得上'完美猎物'的称号，不光脸蛋漂亮、身材好就行，在音乐方面还得有造诣。小文，你音乐怎么样？"

文讷环视一圈，没看到有什么乐器，于是微微一笑，左手在空气中抓了一下，仿佛抓到了一把小提琴，撩开了长发，将"小提琴"架在肩上，下巴夹住，左手反曲，大拇指托住琴颈，另外四根手指按在"指位"上，右手又抓了一把，捏住了一根"弓子"，轻轻搭在琴弦上。

另外三人大眼瞪小眼，正纳闷她准备干什么，只见文讷微闭着眼睛，轻启朱唇，右臂自如运弓，竟然演奏出了一阵优美的旋律！原来，旋律是从文讷的两片红唇中间吹出来的！卢振宇大跌眼镜，这妹子原来还是个吹口哨的天才！

而且文讷的左手指法一点不含糊，随着唇中流淌出的旋律，娴熟地换指、换把，时而揉弦，四根手指就像四个精灵一样，在虚拟的琴弦上飞快舞蹈。

卢振宇只觉得这旋律很动听，但不知道是什么曲子，文讷也是闭着眼睛，沉浸在演奏之中，一首小曲拉完，还不忘做一个撤下小提琴和弓子的动作，然后又是双手提着过膝裙，向谷教授行了个屈膝礼。

谷教授惊诧地望着文讷，大为赞叹，一边点头一边由衷地鼓掌，笑道："不错，不错，吹得好，拉得也好……这首曲子叫《美丽的罗斯玛莉》吧？"

文讷有些意外，笑道："谷教授，您也懂音乐？"

谷教授摇摇头，目光似乎穿越了时光，陷入了回忆，片刻后才叹道："好多年没听到这首旋律了……当年我弟弟练琴，最喜欢拉的就是这首曲子，这首曲子很难，根本不是初学者拉的，偏偏他还特别勤奋，从早练到晚。我们没办法，只有被迫跟着听，耳朵都听出茧子来了……后来他也是越拉越好，从开始拉得如同锯木，到后来拉得优美如歌，甚至登台演出，我们一大家子人的耳朵付出了多少啊……"

“哦……”文讷有些期待，试探着问道，“那，您的弟弟现在是？”她心想，可能谷教授的弟弟已经是某著名小提琴演奏家了吧……不过好像没听说国内有什么演奏家姓谷啊？

谷教授的目光略微暗淡了些，轻声说道：“要是他还活着，现在说不定已经是享誉世界的演奏家了……”

三人包括李晗，都是第一次听他说起早年的家事，还有已经和他阴阳两隔的弟弟，至于中间有什么故事，他的弟弟因何而死，大家都不约而同的没有问。

过了片刻，谷教授一愣神，又笑道：“怎么了你们，都哭丧着脸盯着我干什么？说正事说正事，第一，小文的条件非常好，当得起‘完美猎物’这个称号，呵呵呵……第二，即便如此，小文你还是不能去当诱饵，太危险了，因为你越符合条件，就越危险。”

紧跟着谷教授的话，卢振宇第二个表示反对，不同意文讷去当诱饵，太危险了。

李晗也跟着点头。

文讷有点失落，她本想着深入敌巢、大显身手一番。不过能得到谷教授的肯定，证明自己当得起“完美猎物”的称号，虚荣心也算小小满足了一下，而且她担心自己的一时兴起，是不是把晗姐姐给得罪了，她小心地观察李晗的脸，发现并无异色后才放心。

谷教授的意思，现在还没到“派卧底”的地步，当务之急，是对黄宗盛进行一些外围的侦查，比如对他进行全方位跟踪，最好能弄到个车辆追踪器，装在他车上，如果他真是那个色魔的话，早晚得到魔窟里去。

“还有……”谷教授望着李晗，眼中闪出光芒，“那个黄宗盛不是香港人吗？上次咱们不是说查香港的卷宗太麻烦吗？现在不一样了，黄宗盛已经成了重大嫌疑人，小晗，再麻烦也得查。”

李晗显得有些惭愧，点点头："我知道了，谷伯伯。"

从谷教授家出来，已经快九点了，这里地处闹市，周围一片流光溢彩，正是夜生活最丰富的时候，但是每个人都是一肚子心事，谁也没心思再去逛街。

李晗显得心事重重，文讷察言观色，问道："晗姐姐，是不是查香港那边的东西比较麻烦？"

李晗看了她一眼，叹了口气，点点头，踌躇道："只能尽力而为。"

文讷说道："没关系，有些事情不是我们能做得到的，要不，晗姐姐，你先查查监控探头，看黄宗盛有没有来看谢小曼。"

李晗点点头："不错，是得查一下，而且我还要查查时代黑胶周围的监控视频，还有黄宗盛家在哪儿，以及他家周围的视频，总之要看看昨晚事发时间段里，这家伙的行踪。"

"对，好主意！"文讷笑吟吟地竖了个大拇指，"这个可比香港档案有用的多了！"

"嗯。"李晗看到足智多谋的小文妹妹也这样说，心里好受多了，露出了一丝矜持的微笑，她觉得自己好歹还是有两下子的。

卢振宇在旁边不吭声，他虽然拜托了薇薇安帮着查黄宗盛在香港的底细，但毕竟事情还没办成，他不想让小文和李晗看笑话。

第二天，卢振宇和文讷按计划开始正式地全天候跟监黄宗盛。

昨天晚上，文讷已经打电话跟张洪祥把最近的情况说了一下，他也很同意谷教授的意见，也觉得目前最要紧的不是卧底，而是跟踪监视，他还嘱咐女儿，千万不要开牧马人，太扎眼了，让人家看一眼就能记住，一定要开五菱之光。

文讷也不傻，她本来也没打算开牧马人去跟踪，她说："一辆车太容易被人注意到了，要不然再租一辆，我和卢振宇一人一辆，每人跟一段，这样更专业。"

“不用。”张洪祥说道，“你俩在一辆车上，别分开！”

这种时候，张洪祥显然是把女儿的安全放到了第一位，他告诉女儿，再弄辆车可以，但是没必要一人一辆，两人待在一辆车里，每天换一辆，黄宗盛又不是间谍特工，不会有那么专业的反跟踪意识。“再租一辆车吧，挑那种不起眼、但是关键时刻能开起来的车型，费用从经费里走。”张洪祥最后拍板定夺。

两人跑到租车行，租了一辆 2.0T 版的大众速腾，把五菱之光扔在家里，急吼吼地开到时代黑胶后门，停在路对过面，正好那辆黑色奥德赛就在店门口，这说明黄宗盛就在里面。

两人一边等，一边连上窃听器，还是一人一只耳机，听着收银台旁边的动静。谢小曼不在了，收银台换了一个女孩，但不是那个娜娜，这女孩显然比较老实，也不找人聊天，除了正常收钱跟客人说几句话之外，基本就听不到什么了。

这时候，李晗打电话过来，说她调阅了谷教授家周边几百米的几个监控探头，确实拍到了黄宗盛的车，而且就在昨天下午那个时间，看来黄宗盛确实去过谢小曼家。至于昨天晚上，黄宗盛照例出现在酒吧街，而且泡到很晚才回去。

但是前天晚上，也就是谢小曼失踪的时间段内，酒吧街的监控没拍到黄宗盛的身影，至于他当晚的具体行踪，还在查。

黄宗盛就住在江东音乐学院旁边一个单身公寓，那公寓档次很高，叫作“青藤 SOHO”，住户主要都是附近各个高校的年轻教师，以及一些白领、画家、搞音乐的，确实是黄宗盛这种人喜欢的地方。

至于黄宗盛的手机记录，也查过了，昨天确实有一条短信发到了黄宗盛的手机上，内容确实是辞职的，而且机主登记姓名就是谢小曼。

不得不说，李晗的效率很高，半个上午就查出来这么多东西，可见她只要想认真办，能调动的资源还是很可观的。卢振宇和文讷一边监视一边琢磨，两人都有些纳闷，按说黄宗盛刚绑架了一个新猎物，肯定会兴奋得很，起码得连着两三天过去“享用”吧，怎么第二天就像往常一样流连酒吧了，这么沉得住气？

正说着呢，就听窃听器里传来黄宗盛的声音：“店里你盯着点，我先走了，晚上过来。”

两人对视一眼，知道黄宗盛出来了，没说话，都很默契地放低身子，过了片刻，听到对面汽车开动的声音，这才坐起来，盯着那辆黑色奥德赛，直到那辆车缓缓开出去十几米，这才不紧不慢地跟了上去。

卢振宇第一次干开车跟踪这个活儿，紧张得满手都是汗，既不敢跟得太近，怕被发现，又不敢跟得太远，生怕一个红灯就跟丢了，好容易有惊无险，一路往北，最后上了淮江二桥。

“北岸区？”卢振宇一边开一遍自言自语，“这小子上北岸区干什么？”

北岸区有开发区的新城，还有大片的仓库区、油库区，总之都是“地广人稀”的地方，连摄像头都没多少，到了北岸区可就不好跟踪了。

“难道被他发现了？”卢振宇自语道，“想开到北岸区甩掉我们？”

文讷摇摇头：“不会，你跟得很谨慎，没犯什么错，而且今天第一天跟踪，他不可能发觉的，可能是到北岸区有什么事吧。”

卢振宇点点头：“还是谨慎点好，不行过两天我们再换一辆车。”

过了淮江二桥，黑色奥德赛没有去新城区，而是一拐弯开进了仓库码头区，卢振宇暗暗叫苦，仓库码头区比新城区还荒凉，经常是方圆几百米见不到一个人的，甭管啥车，跟在人家屁股后面，立马就成了秃子头上的虱子：一目了然。

“减速，减速！”文讷在旁边不住说道，“拉远距离！远点，再远点，他要发现了！”

其实不用她说，卢振宇也不得不一再拉远距离，从原来市区的二三十米，很快变成了一百多米、两百多米，然后远处的奥德赛拐了个弯，消失在视线中了。

卢振宇急了，一脚油门跟上去，但还不敢跟得太快，估摸着前面的车开出一段距离了，这才敢拐弯，但是拐过弯来就傻眼了：眼前是个三岔路口，无论哪条岔路都是又拐了好几个弯，奥德赛就像进了蛛网般的地道，消失了。

文讷降下车窗，伸头出去四下张望，没发现摄像头，连一个都没有，周围都是高大的库房、货柜，还有堆积如山的生锈零件，一人高的荒草，连个野猫也没有，江风吹来，感觉阴气重得很。

她不禁打了个哆嗦，抬头看了下天，天空彤云密布，空气中湿度很大，看来又要下雨了。

卢振宇轻轻踩着油门，让车慢慢向前走着，两人各自观察着两边，像没头苍蝇一般转悠了一会儿，什么也没发现。

“走！”文讷下定决心，说道，“先撤，别在这儿久留！”

“撤到哪儿？”

“先到淮江二桥那等着，他回来总得从那过，我们跟他回市区。”

卢振宇点点头：“不错，不管他跑到北岸区干什么，反正他的秘密巢穴肯定在妙法山附近，我们把重点放在南岸就行。”

文讷沉吟片刻，忧心忡忡地说道：“我就担心他不止一个秘密巢穴。”

卢振宇一愣：“不会吧，难道他北岸区还有一个巢穴？”

文讷皱着眉头：“这都很难说，你看北岸区的条件，太理想了，完全符合你上次说的，远离主干道，地广人稀，真要是租一个库房，然后在里面挖个地窖，那真是喊破喉咙也没人听得见。”

卢振宇听着这话，禁不住一阵恶寒传遍全身。

撤之前，卢振宇掏出手机，打开地图，在现在这个位置设了个标记。

文讷问道：“你干什么？”

卢振宇说道：“记一下他最后消失的地方，回头让晗姐查查这片儿，看附近有没有摄像头，能不能拍到黄宗盛的行踪。”

文讷点点头，笑吟吟地赞许道："不错，还是个聪明的'撒手没'呢！"

"一边儿去，我要是撒手没，你就是萨摩耶。"

文讷一挑黛眉，笑道："哟，还知道萨摩耶呢！"

卢振宇笑道："雪橇三傻谁不知道，你最多是比我长得俊点儿呗！"

文讷笑道："来来来，让你知道一下，我不光是比你长得俊……我问你，你在地图上标记这里，除了查个不一定有的摄像头，还能干什么？"

卢振宇想了一下："还能干什么？哦，对了，抽时间可以来这儿专门找找，比如夜深人静的时候，仔细听听有没有呼救声啥的。"

文讷伸出手来，轻抚着卢振宇的头，笑而不语。

卢振宇看她一脸嘚瑟的样子，急了，一把拨拉掉她的手："你说，你说！还能干什么？"

文讷忍着笑，清清嗓子，说道："咳咳，学着点啊……有了这个定位，就可以让晗姐查查这附近的仓库都是什么单位的，再查查都是租给什么人了，有没有叫黄炜或者黄宗盛的，如果没有，那有没有这么个人去打听过。就这么简单。"

卢振宇望着文讷，嘴巴张成"O"型，他不得不承认，小文的这个办法比自己说的靠谱多了，也直接多了。"好吧。"他嘴上仍然很硬，"你不是萨摩耶了，你是边牧，狗狗里面智商第一行了吧，我二哈就二哈吧。"

文讷笑道："别伤心，二哈虽然二，但架不住长得威风啊，你没见拍《狼图腾》啥的都用二哈吗？"突然，她一脸坏笑地看着卢振宇："哎，你说，我是边牧，你是二哈，那晗姐姐是什么汪？"

卢振宇瞥了她一眼，心想你妈是苏牧，你爸是泰迪，你应该是串串才对，啥时候又成边牧了。但他嘴上还是一本正经地点点头："嗯，晗姐才是萨摩耶。"

文讷笑得都快喘不过气了，躺在副驾驶座位上左右摇晃着，开心得不行。

开始淅淅沥沥地下小雨了，卢振宇转动方向盘，开到淮江二桥北端，找了个不起眼的位置停下，两人瞅着桥头的位置，等着那辆黑色奥德赛。等了好一会儿，依然不见那辆车来。

文讷笑道："你不趁这空把定位给萨摩姐发过去，让她帮你查查？"

于是，卢振宇把地图定位发给了李晗，把情况说了一下，请她协助调查一下附近的仓库。

李晗很快回信，说这种东西不是内网上一查就有的，需要时间，查到结果就告知。

这种监控蹲点的活儿本来是很难熬的，但两人在车里你一句我一句地斗着嘴，说些没心没肺的话，倒也开心，时间过得挺快，转眼一个多小时过去了，黄宗盛那辆车还是连影子都没见。

"不对啊！"卢振宇挠挠头，看着文讷，"是不是你老跟我说话，不小心错过去了？"

文讷白了他一眼，说道："谁规定他到北岸区一两个钟头就得回来的？他要真在北岸区有巢穴的话，在里面待一天也有可能，你没听他走的时候跟前台说的吗？他说晚上过来。"

卢振宇仿佛被一桶凉水从头浇到脚，呆呆地望着她："那……那我们还真的得在这里坐一天啊？这都快中午了，咱怎么吃饭？"

文讷点点头："要不你以为真实的破案都跟悬疑剧一样好玩儿？人家刑警蹲点守候，几天几夜都是常事。这样吧，你叫外卖。"

卢振宇硬着头皮点点头，他不想让文讷觉得他不能吃苦，于是一咬牙掏出手机："行，叫外卖！谁怕谁？姓黄的这老小子一天不回来，咱就在这蹲一天，两天不回来就蹲两天，反正他得从这过，我就不信他能从别处游过淮江。"

文讷心中一动，低头刷了几下朋友圈，突然，脑袋靠在靠背上，捂着额头，喃喃说道："啊……我怎么这么笨呢……我都快跟你一样了。"

卢振宇奇道："怎么了？出什么事了？"

文讷嘟囔道："淮江大桥维护完毕，恢复通行了，今天上午刚放行……黄宗盛八成从大桥回市区了，大桥比二桥近得多……我说怎么这会儿二桥上的车比早上少很多呢……”

“我去！”卢振宇一拳砸在方向盘上，骂骂咧咧地发动汽车，“你说这叫什么事，幸亏你看了一眼朋友圈，要不然咱俩真能在这等一天。”

文讷皱眉道：“这样不是办法，还得想办法给黄宗盛的车上装追踪器，要不然他一跑到北岸区来，我们就跟丢，那还有什么意义。”

卢振宇点头赞同：“不错！”

文讷忧心忡忡：“就不知道萨摩姐能不能借出来装备？”

卢振宇瞥了她一眼：“我说，你可别萨摩姐萨摩姐的叫顺嘴了，下次当她面直接叫出来了。”

文讷嘻嘻笑道：“那我就说这是最新的日漫，女主角是萨摩藩的公主，还是个女神探，嘻嘻，你看吧，今后我每次叫她萨摩姐，她都得喜滋滋的，不信咱试试。”

“我信还不行吗？你可千万别试！”

“哈哈哈……”

二人开车回到市区，找个地方匆匆吃过午饭，然后开回天鹅宾馆停车场，换成五菱之光，再次开出来，停到时代黑胶店后门，果然，黄宗盛已经回来了，奥德赛就停在后门。

两人心中都暗道一声惭愧，头一天跟踪，竟然就闹了个大乌龙。

整整一下午，奥德赛就没动地方，雨越下越大，雨水浇在车玻璃上，外面的世界很模糊，车内反而形成了一个温暖封闭的小空间，两人挤在车里，一会儿聊天斗嘴，一会儿各自低头玩手机，不时抬头看一眼奥德赛还在不在，倒也其乐融融。

一直到晚上快七点钟，黄宗盛的车也没动地方，窃听器里也没听到什么有价值的东西。

两人都是二十岁左右的小年轻，中午又吃得很简单，这会儿肚子早就饿得咕咕叫了，卢振宇自告奋勇冒雨出去买饭，淋着雨跑了半条街，找到一个必胜客，买了一整个大号披萨，又提着一袋子饮料零食，回来了。

文讷看他带着好吃的回来，但自己却淋得像个落汤鸡似的，心中感动，拿出纸巾来帮他擦着头上脸上的雨水，嗔道："还真是撒手没，跑出去就没影了，下这么大的雨，这旁边不就有卖手抓饼的嘛，还跑那么远买必胜客，唉……"

卢振宇被她轻轻擦着脸，呵呵傻笑着，心中却开心至极：图的不就是这个吗？他笑道："你看人家 FBI 监视嫌疑人的时候，都是吃披萨，你啥时候见人家吃手抓饼的。"

两个吃货把一整个大号披萨吃得精光，吃完继续监视，又监视了一个多小时，不到九点的时候，就听窃听器里面传来黄宗盛的声音："我先走了，一会儿你们也早点收吧，今天下雨，客人少。"

两人立刻都精神了，就见黄宗盛从后门出来，上了奥德赛，大灯在雨中劈出两道黄色光柱，慢慢开走了。

卢振宇等他开出了一段距离，才发动汽车，跟了上去。

"看他是去哪儿？"文讷的声音很兴奋，"是去酒吧街，还是去魔窟。"

卢振宇也兴奋得不行，在车上窝了一天，现在终于释放出来了："这小子要是去魔窟，咱就直接跟进去……不对，我跟进去，你留在外面报警，这案子咱今晚就拿下了！"

文讷也激动得不行，兴奋地说道："不能报警，报警就没咱的份了，你不是近江小卢哥吗？回头你一个电话喊过去几十口子就行了！"

两人正想得美呢，就见前面一栋高楼上几个霓虹灯大字：青藤 SOHO。然后黄宗盛的车从大门开了进去，直接开进了地下车库。卢振宇停在路旁，望着公寓大门口笔挺的保安，还有自动升降的蓝牙门禁，和文讷面面相觑。

过了一会儿，文讷叹道："走吧，他不会再出来了。"

卢振宇不甘心，非要再等一会儿，可是一直等到十点多也没用，很明显，黄宗盛回家了，而且今晚不会再出来了。

“卢兄，走吧。”文讷惆怅地望着他，轻声劝道，“你想，他都回到家了，雨又下这么大，换你你还会再出来吗？”

小文说的有道理，但卢振宇就是挡不住那种沮丧感，垂头丧气地挂挡，踩油门，开走了。

接下来的三天，两人仍旧是全天候跟监黄宗盛，而且每天都换车，黄宗盛应该没发觉被跟踪，但卢振宇和文讷几乎快疯了。

黄宗盛中间又去了一次北岸区，两人依旧是一进码头仓库区就不敢跟了，照旧跟丢了。除此之外，黄宗盛的行踪都很正常，看店、和玩音乐的朋友吃饭、晚上泡酒吧。

就在一筹莫展的时候，李晗那边的消息来了，北岸区的仓库查过了，果然有一个仓库是被一个叫黄炜的人租下的！而且是从两年前就租了！

李晗在电话里说道：“你们现在在哪儿？”

“还在唱片行门口。”卢振宇说道，“监视姓黄的。”

“你们现在就去北岸区，我带你们去检查一下他的仓库！在淮江大桥北头汇合！”

“好嘞！”

卢振宇挂上电话，先摸了一下左口袋里的大剑鱼，又摸了下右口袋里的甩棍，杀气腾腾地宣布道：“开拔！去抄魔窟！”

文讷既兴奋又紧张：“还用喊人吗？”

“不用！”卢振宇说道，“我一个能打三十个！再说姓黄的在店里，现在魔窟里只有那些女生……记着，全程拍摄！”

“嗯！”文讷点着头，笑嘻嘻地合不拢嘴，“这是咱的证据！”

“这是咱的五千万！”

到了淮江大桥北头等了一会儿，李晗也来了，她只有一个人，穿着全套警服，开着一辆警用牌照的车，降下车窗跟她们点点头，然后卢振宇和文讷开车在前面带路，李晗跟在后面。

卢振宇熟门熟路地开到了第一天跟丢的地方，然后李晗下车打了个电话，不一会儿开过来一辆风尘仆仆的昌河面包车，下来一个汉子，自我介绍说是仓库的出租方。

三辆车在仓库间拐了两个弯，停到了一处僻静的小院子里，这儿看样子并不是专门的仓库，而是个废弃的小汽修厂之类的，一排平房看着也不像仓库，但是貌似原先是窗户的地方都被砖头水泥砌死了，偌大一排房子，愣是没有窗户，只有大铁门锁得结结实实的。

"就这儿。"租仓库的汉子说道。

文讷仔细看了看被砖头砌起来的窗户，感觉从颜色和新旧痕迹上来看，时间应该不长，她问道："这窗户是谁砌的？"

那汉子说道："哦，黄炜砌的，他说遭小偷了，小偷从窗户爬进去的，索性就都给砌死了。"

"什么时候砌的？"

"他租下来没俩年吧，也就是前年的事。"

三人对视一眼，一切都吻合了。

文讷悄悄走到门口，耳朵贴着大铁门，仔细听着。

文讷趴在门上听了一会儿，旁边的李晗和卢振宇问道："有动静吗？"

文讷皱着眉头摇摇头，然后转脸问租仓库的汉子："师傅，你平时有没有到这儿来过？"

那汉子诚惶诚恐，赶紧撇清："没来过，都租给人家了，我来干啥？先说好啊，我只管租仓库，人家租过去干啥，我真不知道，不过合同上都写明了，不得用于违法用途。"

文讷知道他怕真出事担责任，毕竟是警察把他约来的。李晗也明白，安慰了他两句，让他别害怕，有什么说什么，但他的脑袋还是摇得跟拨浪鼓一样："真不知道。"

李晗走到门前，趴在门缝上大声喊道："喂！有人吗？我们是警察！"喊了半天，又趴在门缝上仔细听，还是一点动静都没有。也难怪，万一里面真挖了地窖，根本听不见。

卢振宇和文讷都主张立即把锁砸开，但是李晗考虑得更加周全，她怕万一砸开不是，那就打草惊蛇了。

那个租仓库的汉子忍不住说话了："要不然找人技术开锁也行啊，你们公安局不都有备案的锁匠吗？"

一句话提醒了李晗，她打了一通电话，过一会儿，一辆电动车的灯光由远及近，停在这里，一个小老头提着个工具箱下来，自我介绍说是北岸分局派来的锁匠。这时候天色已晚，能见度不高，几个人都掏出手机照着。

借着手机电筒的光，小老头儿先往锁眼里喷了一些东西，然后拿出工具箱里的一套东西，左试右试，左投右投，鼓捣了好一阵，又用小锤轻轻敲了几下，一转，锁开了。

三个年轻人一片欢呼，纷纷赞叹老师傅的手艺。

大门拉开，里面黑咕隆咚的，一股霉味儿扑面而来。

卢振宇抖开甩棍，一马当先走了进去，后面两个女生用手机帮他照亮，里面貌似不小，堆了很多杂物，但是没有一丝声音，卢振宇心中一沉：那些女生不在这里。

仓库里突然亮了，原来是那个租仓库的师傅开了灯，顿时一切一目了然，三人大失所望，不但没有被囚禁的女生，连个隔间或者地下室的入口都没有。但三个人立刻就对仓库里的杂物产生了浓厚的兴趣，因为这里面堆着好几张铁架子床，还有很多工具，有台钳、电焊工具、喷枪、电锯，还有几个大塑料桶，应该都是油漆、胶水、涂料之类的。地上还有成捆的钢筋和不锈钢管，另外还有金属加工的半成品，看样子应该是铁笼子、防盗网之类的，还有一堆白铁的方形套筒，不知是干什么的。乍一看，这就是个金属加工作坊。

三个人都明白了，这里虽然不是囚禁女生的魔窟，却是一处为魔窟加工设备的工作间，顺带起到隐秘收货地的作用，肯定有很多东西是在网上买的，比如铁架床，但是总不能让人直接送到魔窟吧？租下这么一个仓库，连加工东西带收货，一举两得。

“师傅，谢谢你们了。”李晗把租仓库的师傅和开锁师傅都打发走了，并嘱咐租仓库的人见到黄祎什么都不要说。

把外人打发走，仓库里就剩下三个探案小组的成员了，他们在仓库里仔细搜寻了一遍，确定没有任何机关、密道。

“这堆玩意儿干啥的？”卢振宇用脚点了一下那堆白铁方形套筒，还有下面的一堆小零件。

文讷过来看了一下，说道：“这些连在一起，应该就是通风管道，下面的小件是轻钢龙骨，做吊顶用的，安装暖通设备的时候用得很多。”

李晗奇道：“你怎么懂的？”

文讷笑道：“我妈饭店装修的时候，可没少让我在那盯着。”

架子床、铁笼子、通风管道，这说明什么，傻子都明白了。

卢振宇又发现墙根堆着好多大口袋，解开发现里面全是白色粉末状的东西，不像是面粉，文讷过来看了下，确定不是石膏粉就是生石灰，估计也是装修剩下的。

卢振宇灵光一现：“也许是除湿用的，地下室肯定很潮湿。”

“有道理！”

第二章 大鱼上钩

对仓库彻底检查完毕，又拍了一大堆照片后，三个人小心退出来，把大锁又原样锁好，开车离开。

回去的车上，卢振宇接到了薇薇安的电话，薇薇安在香港找了最专业的私家侦探，查到了黄宗盛，也就是黄祎早年在香港的经历。黄祎确实不是香港人，他原本就是大陆人，青年时期从内地考入香港演艺学院音乐学院就读，毕业后以优异的成绩被一所中学聘为音乐教师，并因此成功留在了香港，取得了身份。

当了几年中学音乐老师后，黄祎和一位女学生发生了恋情，那位女高中生是个富家女，而此时的黄祎虽然贫穷，但是长得非常帅，才华横溢，本来就是很多女学生暗恋的对象，他毫不费力地就俘获了那位大小姐的芳心，而且把女生的肚子搞大了。

就在黄老师眼看就要娶白富美的时候，富家女的家里出手了，也不知使了什么手段，总之最后黄老师被搞得狼狈不堪，学校的工作丢了，女生的家里仍然不肯罢休，非要找律师告他，让他进监狱不可，最后黄老师使劲浑身解数找人说和，大概意思是说这不是什么光彩的事，我进监狱无所谓，你们家丢得起这个人吗？

最后黄老师总算是没吃官司，但是女生家里还是有些手段的，黄祎被整得在香港待不下去，索性出去闯荡，这些年去过很多地方，东南亚、拉美都混过，后来发了一笔小财，这才回的国内，到近江开了时代黑胶唱片行，而且自己改名为黄宗盛。

谢过了薇薇安，卢振宇又打电话把情况告诉李晗，李晗听了没多说啥，不过听语气似乎很受打击。

第三天，李晗拿来了一个汽车追踪器，卢振宇趁没人注意，偷偷吸附在奥德赛的车底。有了高科技，卢振宇和文讷顿时觉得解放了，也不用像做贼一样一整天一整天地窝在车里了，他们把速腾还回去，又租了一辆长城哈佛，停在黑胶唱片行附近的一个猫咪咖啡馆门口，啥时候奥德赛动了，他们一眼就知道，奥德赛不动的时候，两人就泡在咖啡馆里，聊天，上网，逗猫，这日子比前几天简直像是在天堂里了。

第四天，这么监视了几天，卢振宇和文讷发现一个问题，奥德赛基本上哪儿也不去了，连北岸区也没去过一次，都是整天停在唱片行门口，而且这两天黄宗盛也老实得很，整天在店里看店，最多抱着吉他来一段自弹自唱，让那些慕名而来的小女生们花痴不已。就连晚上，黄宗盛也只是去酒吧街坐坐，而且也不太晚，十点十一点的样子就回家，卢振宇和文讷还以为他到酒吧是搜寻猎物呢，连着跟踪两天发现不对劲，黄宗盛情绪似乎不太好，只是在酒吧里一个人喝闷酒，不太主动跟美女搭讪，更别提别的动作了。

“他似乎有什么心事。”两人都得出同样的结论。

当晚黄宗盛又去了酒吧，今晚他的情绪不错，看来心情恢复了一些，又开始主动跟美女搭讪了。

“今晚看来有戏。”文讷贴着卢振宇耳朵悄悄说道，“咱们得盯紧了，就算他上厕所，你都得跟着。”

果然，过了一会儿，黄宗盛起身往后面走去，卢振宇跟文讷点点头，也起身跟了过去。

在厕所里，黄宗盛并没有大小便，只是站在镜子前抽烟，好像在想什么心事，卢振宇装作喝多了的样子，趴在水池边用凉水洗脸，洗完脸黄宗盛还是没有离开的意思，卢振宇心想我总不能也点根烟站在旁边等着吧？

卢振宇扯了张纸擦擦水，打开一个隔间，蹲进去了。

过了一会儿，烟味儿依然很浓，卢振宇估计他还在这里，但这样下去不是办法，还是回到座位上等吧。

他冲了一下水，出来一看，大吃一惊，黄宗盛已经不在这里了，在这里抽烟的是另外一个人。卢振宇心想不好，赶紧冲出去，刚回到酒吧，老远就看到黄宗盛坐在小文旁边，就坐在自己原来的位子上，正跟小文聊得火热。

卢振宇心中不是滋味儿，这老小子不会又盯上小文了吧？

文讷已经看见他了，只是瞥了他一眼，也没敢使什么眼色，但是那一瞥目光中的含义很清楚：你在旁边躲着，别过来。

卢振宇知道，小文以前是时代黑胶的常客，想必跟黄老板很熟，黄宗盛大概只是看到熟人，过来聊两句，应该不至于把小文当成目标。

卢振宇坐在暗处，提心吊胆地观察了一晚上，最后黄宗盛好像要送小文回去，小文婉拒了，说：“咱两个都喝了不少，各自找代驾回去吧。”说完这句话，还朝卢振宇的方向眨眨眼睛。

卢振宇听到“代驾”两个字，脑中一下子豁然开朗，明白小文的意思了，他起身不动声色地出了酒吧，正好发现隔壁酒吧门口，自己干代驾时候的一个熟人正在那里揽生意。

卢振宇跑过去打招呼，那伙计也很意外，卢振宇说江湖救急，要跟他借下代驾牌子用，说着掏出一张百元大钞塞给他。那伙计也不明白是怎么回事，不过既然有好处，又是熟人，自然能帮就帮，把代驾牌子摘下来给卢振宇了，卢振宇道过谢，带上牌子，等在酒吧门口。

过了一会儿，黄宗盛揽着文讷出来了，看样子还是很想和文讷发生点什么的，但是文讷招手叫过卢振宇："师傅，麻烦你把这位先生送回家吧，谢谢。"

卢振宇立刻拿出以前做代驾的架势，把黄宗盛从小文身边拉开，扶着他上了车，黄宗盛上车后还探出头去，醉醺醺地跟文讷招手："那就说好了啊小文，你随时过来好了！"

卢振宇从后视镜里看到，文讷又找了个代驾走了。

"师傅，青藤 SOHO。"

看着旁边一身酒气的黄宗盛卢振宇就有气，于是恶向胆边生，猛踩油门，这一路开得极其生猛，压双黄线之类的事情没少干，估计第二天老黄的本子能扣一大半。

靠着黄宗盛的这辆车，卢振宇顺利地开进了青藤 SOHO，停在了地下停车场。

"师傅，多少钱？"黄宗盛这才迷迷糊糊地问道。

"一百！"卢振宇狮子大开口，不宰白不宰。

黄宗盛点点头，一百贵了点，不过也并不离谱，他今天心情好，勾搭到了一个绝佳的猎物，也不在乎这三五十块的。

黄宗盛抽出一张百元大钞甩过去，然后下车按电梯，卢振宇装模作样地往外走，躲在一辆大 SUV 后面，等到电梯关上门，他立刻跑过去，看电梯门口的数字一层一层往上亮，最后在十八层停了下来。

卢振宇立刻按了第二部电梯，第二部电梯正好也在十八层，但是两部电梯都不往下走，似乎十八层有人正在搬东西还是干什么，把两部电梯都占着了。

卢振宇暗骂了一声，犹豫着要不要上去看看，上去估计也看不到什么，不知道黄宗盛在十八层的哪一户，但是好不容易有个机会进来，就这么走了也不甘心。

过了一会儿，第二部电梯总算往下走了，很快，电梯门开了，一个女子从里面出来，这女子身材很火辣，穿一身夜跑的装束，扎个马尾辫，戴着棒球帽，大晚上的还戴着个大墨镜。那女子看了一眼卢振宇，似乎有点吃惊，但还是低头快步走出了电梯，卢振宇没多注意，进去按了十八层的按钮，随着电梯不断上升，他猛然有种感觉：这女子貌似有些眼熟。

电梯到了十八层，卢振宇来到走廊上，大吃一惊：正对着电梯门的1804防盗门敞着，黄宗盛斜靠着坐在地上，脸上一大块淤青，鼻子流着鼻血，似乎被人打了！

黄宗盛一手捂着鼻子，一手拿着手机正在报警，突然看到卢振宇，吃了一惊："啊，是你？"

卢振宇心想坏了，黄宗盛认出我来了。

黄宗盛扶着墙，摇摇晃晃站起来，质问道："你不是代驾吗？你尾随我上楼想干什么？你和那个贼是不是一伙儿的？你别乱来啊，我已经报警了！"

卢振宇此刻也不知该说什么好，心想他还不知道我的身份，不如扭头就跑……不妥，电梯里的监控已经把自己拍下来了，酒吧门口的监控也拍下来了，现在一跑，警察非把我当成嫌疑人不可！

就在卢振宇心急火燎的时候，身后电梯门开了，一个悦耳的女声笑道："小卢，你来了？等一下我开门把那幅画拿给你，进来坐坐吧……哎呀，黄老师，你怎么了？"

卢振宇转脸一看，愣了，这不是路老师吗？对了，刚才从电梯里出去的女子就是她！

黄宗盛此刻也是一头雾水，说："我刚才正要进家门，屋里突然窜出一个小偷来，一下就把我打倒在地，然后坐电梯跑了。"

路老师赶紧问："报警了吗？那小偷长什么样？"

黄宗盛说："已经报过了，那小偷是个小个子，不到一米七的样子，穿一身劳保大褂子，头上套着黑丝袜，根本看不清长相，不过身手真不错，我是练过跆拳道的，在人家手下连一招都没过去，就被放倒了。"

卢振宇敏锐地捕捉到了：黄宗盛还练过！

然后黄宗盛问路老师："这个小伙子你认识吗？"

路老师介绍说："这是我学生，经常在我画廊里帮忙的，今晚我把他叫过来拿一幅画。"

卢振宇完全蒙了，他没想到路老师居然和黄宗盛是邻居，这什么情况？

路石铭跟卢振宇使了个眼色："小卢你先回去吧，今天不拿画了，我在这陪黄老师等警察来。"

卢振宇再蒙也明白，路老师这是专门跑上来给自己解围的，他连忙答应了，坐电梯遁逃了。刚出了青藤SOHO，就看到路边一辆长城哈弗鸣了一下笛，车窗降下来，文讷急切地看着他。

卢振宇跑过去，拉开车门上车，文讷转动方向盘，赶紧离开这里。

卢振宇还没来得及说情况呢，文讷先兴奋地说道："卢兄，我跟黄宗盛说跟家里吵架被赶出来了，然后你知道他说什么？"

卢振宇一愣，猜道："他不会邀请你去他家住吧？"

文讷脸一红，嗔道："还不至于！不过也差不多，黄宗盛邀请我去他店里打工！"

卢振宇大吃一惊，问道："你答应了？"

文讷点点头："答应了。"

"你怎么就答应呢！"

文讷笑道："先别说我，说说你吧，上去了吗？情况怎么样？"

一提刚才的事，卢振宇两眼放光，一股脑儿地全说了，完了很兴奋地说道："你知道这意味着什么吗？"

文讷瞥着他："意味着什么？"

"意味着我们的调查方向对了！"卢振宇信心满满，豪气万丈地说道，"那个女飞贼路老师，她的本事大得很，一直在暗中盯着我们，只要我们怀疑到哪里，她就会抢先一步先查一下，靠谱的话就会下手，不靠谱就会通知我们这条线不靠谱，让我们再去查别的，然后她好再跟在后面等着……今晚她已经下手了，这说明我们的侦查方向靠谱！"

文讷白了他一眼："你只说对了一半，另一半是，这意味着我们的时间不多了！路老师已经对黄宗盛下手了，她的手段可比我们多得多，她能在黄宗盛隔壁租房子，她擅长溜门撬锁，可能还会飞檐走壁，她连名画都能偷出来，进黄宗盛的家还不跟玩儿似的，我们行吗？"

卢振宇也不是傻瓜，他当然知道小文说这话是什么意思，小文感到了紧迫感，她认为必须要采取进一步的行动了。这么多天来，对黄宗盛的跟踪监视没有任何突破，包括装了车辆追踪器之后，仍然毫无进展，两人都怀疑是不是黄宗盛还有别的车，或者是他去魔窟的时候根本就不开车。

卢振宇也明白，这时候接近黄宗盛，在他身边安排一个诱饵，确实是最快破案的好办法，但卢振宇就是过不了自己这关，他无法接受小文去冒险。两人争论好久也没个结果，最后卢振宇祭出了杀手锏，说想去当诱饵也行，必须你爸点头才行。

他知道，张洪祥把闺女当成宝贝，之前好几次，每当碰到危险任务，老张都是毫不犹豫地让自己这个"小老弟"冲在前面，而让自己亲闺女躲在后面的，这次肯定也不例外，他能同意才有鬼了。

文讷想了想，答应了，她也知道老爸才是这个调查小组的头儿，毕竟是他跟人家接的业务，签的合同，重大的行动没他点头也不行，但文讷显得很有信心，把老爸约了出来面谈。

三人坐在一起，并没有卢振宇想象的那种针锋相对，充满火药味，而是文讷摆事实讲道理，张洪祥认真倾听，不时提出问题，而文讷明显都是深思熟虑过的，一两句话就打消了张洪祥的顾虑。看得出来，张洪祥也知道案子到了最后的关头，现在又出现了强有力的竞争者，他很怕失去这次机会，但他更怕失去女儿。

最后，文讷保证自己不会孤身深入虎穴，会带上全套装备，GPS 定位器、针孔摄像机、小话筒、自动求救装置，李晗和卢振宇会时刻跟在自己附近，一旦有危险立刻就会出现，卢振宇现在还成了“小卢哥”，一个电话分分钟喊来几十口子……

“老爸你放心吧。”文讷最后信誓旦旦地说道，“卢振宇很厉害的，当初羊肉馆几十口子堵我们，卢振宇挡在我身前，一个人打几十个，最后轻轻松松把我带出去了，没让人动我一根汗毛，你放心吧，卢振宇会保护好我的。”

张洪祥最后把探询的目光转向卢振宇，卢振宇这时候还能怎么办，只能点点头：“我会保护好小文的。”

卢振宇的态度给了张洪祥最后的决心，他点点头，一拍桌子，说道：“拍板了！舍不得孩子套不着狼！老子豁出去了！”

卢振宇和文讷哭笑不得，“舍不得孩子套不着狼”这个歇后语在老张这用得是太贴切了。

但是，安全问题必须放在第一位。李晗又把上次的那一套装备借了出来，空气耳麦、项链喉麦、带一键呼救的 GPS 手表，还有别在胸罩上的小话筒……为了双保险，文讷还牺牲了一双皮鞋——把鞋跟撬下来，在里面装上一枚 GPS 定位芯片，然后再用 502 粘上。

支援车有两辆，一辆是五菱之光，五菱之光虽然不起眼，但毕竟很破旧了，万一关键时候掉链子就坏了，所以还有一辆租的车搭配使用，就是那种排量中等偏大，但是外形不起眼的车，而且可以随时换。

一整天的时间里，小组开着两辆车，到市区各种环境反复测试设备，灯红酒绿的酒吧街、车水马龙的高架桥、空旷的北岸区，甚至妙法山的树林里也都测试了，生怕哪个地方没调试好，关键时刻掉链子。

卢振宇还跟酒吧街的陈浩打了招呼，确保一旦有需要，随时能叫来支援。

一切准备就绪，确保万无一失之后，张洪祥亲自开着车送女儿“上战场”，在距离时代黑胶店一条街的地方下车。

“闺女，下面就靠你自己了。”张洪祥的眼角竟有点泪光，“凡事多个心眼，千万小心！要是觉得太危险就撤，咱宁可不要这五千万，也不能把人折进去！”

“爸爸，我知道……”文讷的声音也有些哽咽，钻到老爸怀里，狠狠地拥抱了一下。钻出老爸怀抱，文讷又看着卢振宇，她也想跟卢兄拥抱一下，但看了一眼老爸，还是往卢振宇胸膛上擂了一拳，笑道：“撒手没，就没有什么话对我说吗？”

卢振宇满心不想让文讷犯险，但人家亲爹都“舍得孩子”了，他这个“哥们儿”又能怎样？此刻，他心中五味杂陈，而且有种很不好的预感，但又不能说出来，箭已在弦上，不得不发，文讷出征在即，任何不吉利的话都不应该说。

卢振宇想了一下，问道：“黄宗盛知道你的身份吗？”

文讷摇摇头，展颜一笑：“他不知道，我只是经常去他店里，他只知道我是个家境不错的有钱大小姐，我跟他说我是跟家里闹翻了离家出走的，家里人都不知道我在哪里。”

卢振宇心中一紧：这样说，小文越发危险了……不过，本来就是去当诱饵的，自然要让他一口咬住，不然呢？

李晗说道：“小文，黄宗盛可能也会跟踪监视你，所以我们不能经常见面了，但我们会暗中保护你。尽量少用喉麦，不急的时候多发微信，用暗语就行。”

“晗姐姐，我知道了。”

李晗又说道：“小文，谷教授让我转告你，黄宗盛喜欢音乐女生，但是喜欢‘音乐’应该胜过喜欢‘女生’……你明白什么意思吗？就是说，一旦落在他手里，就要尽可能地展现你音乐方面的才华，让他觉得你是个‘知音’，而不是玩物。因为即使是在他的魔窟里，音乐造诣越高的女生，越会得到他的尊重，成为他的‘知音’，他会把这种女生当作朋友和学生来看待，会认为自己只是在和她们‘师生恋’而已，既然是师生恋，那就要尽可能的美好、纯洁……这样，起码能赢得一些时间。相反，那些才华平庸的女生，他会认为不值得尊重，很快就会沦为他的玩物。”

谷教授的这段忠告复述完毕，另外三个人都惊讶地盯着她，都有种不寒而栗的感觉。

卢振宇深吸了一口气，盯着文讷的眼睛说道："小文你放心，要真到了那一步，我会先警方一步把他抓来，然后找个地方严刑拷打，给他上大刑，一定逼问出你的下落。"

文讷哑然失笑，然后连忙说道："呸呸呸，乌鸦嘴！"

"请问，维瓦尔第的作品在什么地方？"

时代黑胶唱片行收银台，一位老学究模样的顾客问道。

收银台的妹子迷茫地抬起头来，突然恍然大悟道："哦，威尔第是吧？在那边，就是写着‘歌剧’的那一排。"

这答案显然不能让老学究满意，他微微皱眉，纠正道："不是威尔第，是维瓦尔第。"

收银台妹子脸微微一红，有点窘，说道："那，您稍等，我查一下。"

在二楼盯着监控的黄宗盛无奈地摇着头，新招的这个妹子到底不如谢小曼好用！谢小曼还只是学舞蹈的，却对各类音乐的知识熟稔在心，顾客的提问都能对答如流，这个新来的还是正儿八经学声乐的呢，连威尔第和维瓦尔第都分不清……唉，现在的大学生啊，学音乐的不爱音乐，整天就知道刷朋友圈逛淘宝谈对象，哪像自己那个时候，恨不得把音乐当成第二生命，吃饭睡觉都和她在一起……

用黄宗盛自己的话说：我并不是四十多了还没结婚，其实我早就结婚了，我的妻子就是音乐。

就在他抄起对讲机，准备训那妹子一顿的时候，眼睛突然直勾勾盯着屏幕，再也挪不开了。屏幕上，一位长发披肩、身着优雅灰衣黑裙的小美女出现在收银台旁，对那位老学究微笑道："老师，您不常来是吧？维瓦尔第的作品在'巴洛克音乐'那一排，走，我带您过去。"

黄宗盛半张着嘴巴，转着摄像探头，一路跟随着那小美女的身影，来到"巴洛克音乐"的唱片柜前，只见那小美女带着老学究走过好几排"巴赫"，最后在仅有的一排"维瓦尔第"柜前停了下来，介绍道："老师您看，这上面三排都是维瓦尔第的代表作，《四季》《和谐的灵感》《异乎寻常》这些，下面两排是一些略小众的作品，长笛协奏曲，大管协奏曲之类的……不知您对乐团和演奏版本有要求吗？"

老学究赞许地点点头："挺好，挺好，我就爱听圣马丁乐团的。"

小美女笑道："老师您好品位，我也喜欢圣马丁室内乐团，我个人认为它是维瓦尔第作品的最佳诠释者。不过这边还有其他乐团的作品，塔菲尔古乐团、和谐花园的都有，老师我不打搅您了，您慢慢挑选。"

"呵呵呵，谢谢你啊，小姑娘。以前没见过你啊。"

"不客气的，老师，我也是刚来，今天第一天过来上班。"

黄宗盛激动的手都颤抖了，喃喃说道："小文……小文……你真来了！"他平复了一下心情，开始推进镜头，居高临下的角度慢慢欣赏着文讷美丽的面孔，修长白皙的脖子……为了便于欣赏店内的女孩子，黄宗盛店里的摄像头都是采购的最好最贵的，高分辨率、长焦镜头，距离和角度合适的话，可以看清她们的汗毛孔……

以前文讷只是时不时来店里消费，黄宗盛只能短暂地垂涎一下，想着有朝一日这个女孩儿是不是也会来店里打工，最后成为自己的猎物……前两天在酒吧里，小文半开玩笑地答应来打工的时候，黄宗盛还不敢当真，没想到，她真来了！看来，长久的梦想就要变成现实了！

黄宗盛胡乱摸起一根烟叼着，刚要找打火机，突然醒悟过来，不能抽烟，这种女孩子一般都不喜欢烟味……

他扔下对讲机，起身下楼，走到楼梯口，又拐到卫生间里，对着镜子仔细整理了一下发型，确定镜子里是那个一如既往的帅大叔之后，这才带着自信的笑，快步下楼。

一楼收银台旁，文讷正在给那个妹子低声讲解“维瓦尔第”和“威尔第”的区别，两个人名的意大利语拼写方法，还有“巴洛克音乐”的意思，那个学声乐的傻女生红着脸，谦虚地听着，她刚知道这个妹妹是著名的林教授的入室弟子，更是一点脾气都没有。

“小文！”黄宗盛背着手，风度翩翩地站在后面，爽朗笑道，“来了怎么不上去找我？”

“黄老师。”文讷笑吟吟地叫道。

黄宗盛摆摆手：“不要叫老师，我这里都是直呼其名，叫我宗盛吧，她们都叫我宗盛。”

“好吧，宗盛……”文讷脸上略带难色，苦笑道，“我现在没办法了，找不到打工的地方，只有来投奔你了，那天我们说好的哦，你可不能说话不算数。”

黄宗盛心中激动不已，果然，这女孩儿不是那种随便说说就算的轻浮女子，而且她很踏实，明明可以靠脸吃饭，却偏要靠才华，现如今这种踏实的女孩子不多了，而我就需要这样的。

“那是自然。”黄宗盛微笑道，“得千金不如得宗盛一诺，何况刚才你已经证明了，你足以胜任我这里的工作。上楼谈谈吧。”

文讷心中怦怦跳着，小心地跟着他来到了二楼办公室，坐在沙发上，黄宗盛倒了一杯饮料，放在她面前，笑道：“先喝点东西吧。”

文讷盯着这杯明黄色的果汁，有些犹豫，这时候空气耳麦中响起了卢振宇的声音：“别喝！小文，别喝！”

第三章 月圆之邀

文讷只是犹豫了一下，依然端起杯子来，很礼貌地喝了一口。

她有自己的判断，自己到这儿来，跟黄宗盛上楼，这都是众目睽睽之下的，黄宗盛就算想对自己下手，也不会是现在。他如果是这样一个冲动无脑之人，就不可能接连成功犯下这么多起绑架案，调查小组也不可能到现在一点证据都抓不到。再说，就算这饮料里有东西，卢振宇、老爸、李晗他们就在外面，他们会立刻来救自己的。

黄宗盛很随意地坐在对面沙发上，也没另拿饮料，只是顺手拿起文讷的那杯果汁，笑道："怎么，不爱喝这种？"说着，很自然地喝了一口，然后皱皱眉头："唔，我忘了，这不是果汁，是鲜榨胡萝卜汁，味道一般，但是很有营养。"

黄宗盛的举动很出乎文讷的意料，她反倒有些窘迫了，双手捏着裙边，微笑道："主要是我不渴。"

黄宗盛自顾自喝了小半杯果蔬汁，然后放在茶几上，望着文讷微笑道："怎么，小文，跟家里闹别扭，离家出走了？有什么解不开的矛盾吗？"

文讷点点头，黯然道：“我想继续学音乐，但我家里非让我改行学工商管理，将来接手家族企业……问题是，我知道自己几斤几两，肯定不是那种经营企业的女强人，我从小都是学音乐的，现在只想继续学下去，一辈子从事这个行业……然后……然后……”

黄宗盛并没插话，只是安静地望着她，用眼神鼓励她说下去。

文讷眼圈微微一红，叹了口气说道：“然后，家里说那也行，但你得找个有本事的对象，将来好帮你打理企业，所以老逼着我去相亲，而且完全就是按照找 CEO 的标准来找，根本不考虑我喜不喜欢……我实在受不了了，给家里留了封信，说出去散散心，就跑出来了。”

空气耳麦里传来卢振宇的嘟囔声：“接手家族企业，这么高大上的理由。”

然后是李晗的附和声：“嗯，就像韩剧里似的。”

最后是张洪祥的声音：“没事别闲聊！好了，别理他们，小文你接着编。”

文讷有些心虚，她掏掏耳朵，把空气耳麦往里塞了塞。

黄宗盛很感兴趣，问道：“你家里是什么企业？”

耳麦里卢振宇的声音：“别告诉他！”

然后又是李晗的声音：“闭嘴！小文还用你教！”

文讷手扶额头，摇头苦笑道：“我能不说吗？”

黄宗盛笑道：“你当然可以不说……这样也好，干脆我就当你是个普通女孩子，不是什么大小姐，想怎么使唤就怎么使唤，跟她们一样，你觉得如何？”

文讷展颜一笑：“那最好了，我就希望这样的。”

“好，那么你是打算做兼职还是做全职？”

“全职吧。”

黄宗盛有些意外：“怎么，你不用上学吗？”

“大四实习。”

“哦。”黄宗盛点点头，笑道，“哪所音乐学院？中央？上海？还是江东？”

文讷再次笑道："我……我能不说吗？"

黄宗盛哈哈笑道："当然可以，我这里又不是那种牛哄哄的大企业，我不看学校，只看本人。我刚才说了，你已经证明了你完全胜任这里的工作，这样，全职的话分白班和晚班，白班是从上午九点到下午五点，八个小时，中午只吃饭不休息，晚班是从下午五点到晚上十点，五个小时，薪水都是三千。当然了，这只是普通店员的薪水，以你的专业素养，我相信不久就可以胜任店长，店长的薪水是四千五。"

他顿了顿，笑道："当然，对于你来说，这几千块也不算什么，但我这里毕竟只是小本经营，每一分钱都要花的物有所值，比不了那些财大气粗的慈善机构啊。"

文讷微笑着说道："嗯……没关系的，三千块已经不少了，我只求自食其力，先养活自己再说……那么，我想上白班，可以吗？"

这样晚上就有夜生活时间了，你就可以约我去酒吧……文讷心里这样盘算着。

"当然可以。"黄宗盛脸上闪过一丝满意的笑，"白班，明智的选择。"

文讷微笑道："哦？为什么？"

黄宗盛只是淡淡地笑道："因为熬夜对皮肤不好。"

文讷没听到想要的答案，不免有些失望。

文讷当天就在店里开始上班，白天店里有三个女孩子，都是全职，一个收银，两个导购兼打杂。文讷不会收银，而且收银一个萝卜一个坑，不缺人，所以文讷就当起了普通店员，跟那两个女孩子一样，平常理货、打扫卫生，客人有疑问的时候就要肩起咨询导购的责任，这也正是文讷的强项。

白班收银的小玉是个老实丫头，而且姿色平庸，没啥活泛心思，人挺忠厚，就是平时不大说话，另外两个女孩子一个叫小涵，一个就是娜娜，这俩都很有心机，长得也漂亮，文讷估计她们都已经是黄宗盛的"菜"了。

文讷乍一来，小涵和娜娜立刻感到了严重的威胁，宗盛对文讷的态度她们都看在眼里了，心中自然是醋海翻腾，而且谢小曼走后，店里还没有店长，新来的这个小文无论相貌才华都远胜自己，早晚把店长位子抢了去，每月多拿一千五百块钱……据说这小文还要继承家族企业，纯粹是吃饱撑的来体验生活的，你说你个富家大小姐来跟我们穷大学生争什么争，这上哪儿说理去啊！

娜娜和小涵平日里相互较劲的，现在组成了统一阵线，一致对外，对付小文这个新来的大威胁，表面上亲热得不得了，暗地里各种排挤、使绊子，但都被文讷见招拆招，轻飘飘地化解了。

两人见玩心眼玩不过对方，于是决定给文讷添点恶心，娜娜负责中午订饭，两人嘀咕一番，觉得文讷看起来像少数民族，可能是回民，于是中午订饭的时候什么回锅肉、小炒肉、梅菜扣肉，恨不得来一个全猪宴，但没想到文讷吃得满嘴流油，眉开眼笑，连说店里伙食真好，娜娜姐真会订餐。

这一切黄宗盛也都看在眼里，但他只是笑看风云，并未干预，他想看看这个小文的斤两，几天下来，文讷不但和收银的小玉成了无话不说的好姐妹，就连一直使阴招下绊子的小涵和娜娜也觉得无趣，终于有一天下班时候，两人讪讪接受了文讷的邀请，四个好姐妹手拉手到夜市吃烧烤去了。

听着四个女孩逐渐远去的银铃般的笑声，黄宗盛站在二楼窗前，饶有兴趣地欣赏着文讷的背影，点头笑道："嗯……小文，不错。"

转眼间，文讷已经在时代黑胶唱片行打工将近一周了，黄宗盛还没有对她采取什么攻势，不但没下药，而且也没约过她，甚至连句暧昧的话也没有，完全没有想象中那种"苍蝇见了血"似的热乎劲儿。

不光文讷，连李晗和卢振宇都急了，这么下去不是办法，总不能这么日复一日地给黄宗盛打工吧？

张洪祥胸有成竹地说："不用急，黄宗盛不是那种猴急的人，这家伙有耐心得很。小文才去没几天，刚适应业务，而且刚把人际关系理顺，现在才算是正式进入角色了，之前黄宗盛可能在观察小文，一方面观察她这个女孩儿的斤两成色，评估好不好下手，怎样下手，另一方面也要看看她家里有什么动静，还有没有人知道她在这里打工，如果真是个大企业的豪门千金的话，那失踪了还真不是个小事，要看看值不值。”

张洪祥很有信心地说："我闺女千里挑一，黄宗盛肯定已经看到眼里拔不出来了，这不用怀疑了，现在就看姓黄的能忍到什么时候了。”

卢振宇又提出另一个疑问："这几天他们都在对黄宗盛实行全方位的监控，这老小子已经很久没去他的魔窟了，这怎么解释？”

李晗说："上回秦琴说过，在魔窟里的受害者基本上都患上了斯德哥尔摩综合症，有人会帮黄宗盛管理一切，他一段时间不去也没有影响。”

快到光棍节了，正是商家生意最好的时候，时代黑胶也不例外，黄宗盛把文讷单独叫到二楼办公室里，跟她商量双十一期间的营销策划。文讷身为骨灰级古典音乐爱好者，加上资深黑胶唱片玩家，这双料专家身份，也确实是楼下那三个女学生无法比拟的，所以黄宗盛把文讷叫来商量，别人也说不出什么来。

不过论音乐，黄宗盛比文讷道行更深，论黑胶唱片，黄宗盛身为业内经营者，更是比文讷专业不知多少倍，但黄宗盛笑吟吟地看着文讷在那侃侃而谈，自己却很少插嘴，最后在文讷弄出的营销计划上只稍稍改动了几处，然后大笔一挥，豪爽笑道："孤之有小文，犹鱼之有水也，你去告诉她们，就按这个方案进行吧！”

文讷心中暗笑，看不出，这个黄老师肚里还有点墨水，《三国志·诸葛亮传》的原句信手拈来啊……老黄你把我比作孔明，这马屁拍的，啧啧啧，拽文还不留痕迹。

尽管知道自己是在卧底，但被人夸赞总是很开心的事，文讷站起身来，笑道：“得令！”然后喜滋滋地就要往外走。

黄宗盛敲了两下茶几，拖着长腔笑道：“先生留步。”

文讷回身，黛眉一扬，作势一揖，展颜笑道：“主公还有何吩咐？”

看着古灵精怪、娇美顽皮的小文，黄宗盛整个人只觉得微微一颤，心中最柔软的地方好像突然被抓住了一样。他深吸了一口气，装作不经意地问道：“对了，你出来这么久了，不打算回家看看吗？”

文讷表情立刻黯然下来，她苦笑一下，摇摇头，抛出了早就准备好了的答案：“我会打电话给他们，但我不会回去的，电话里还能彼此思念、诉说亲情，但我只要一回去，立刻就会陷入全家的轮番轰炸中，我都能想象得到，那会是怎样一番不欢而散的场景。”

黄宗盛得到了自己想要的答案，他也没再劝文讷，只是理解地看着她，点头道：“也好……有句俗话怎么说的来着？远了香近了臭，呵呵，虽然粗鄙了点，但话糙理不糙，尤其家人之间，从来如此。”

他推开窗户，望着天空的半轮明月，喃喃自语道：“小文你知道吗，你好歹还有亲人可以电话倾诉，还有个家时刻等着你回去，我连这些都没有。”

文讷略微惊愕地望着他，轻声问道：“怎么，宗盛，你……你没有亲人吗？”

黄宗盛转过身望着她，凄然地摇摇头，叹道：“虽然我常说，音乐就是我的妻子，但我这半生漂泊，恨不能半个地球都安过家，可归根到底，却连一个真正的家都没有……家驹唱得好，‘请原谅我一生不羁放纵爱自由’，可又有谁知道，真正一生不羁放纵爱自由的人，又有几人能忍受得了这份月圆之夜的孤独呢？”

文讷怔怔地望着他，努力猜测他有几分是真的，几分是装的……也许有那么六七成是真的也说不定？也许，他绑架那些女孩子，其中一个原因就是内心极度孤独也说不定？

望着多愁善感的黄宗盛，文讷突然八卦心大起，脑子一热，冒出一句话：“宗盛，你是什么星座的？”

黄宗盛也是被问得一愣，“哦”了一声，回答道：“天蝎座，为什么突然问这个？”

文讷平常喜欢研究星座，对每个星座的男女性格特点都了然于胸，此刻她心中在嘀咕着：不对，天蝎座的男人大都冷静得不行，哪有这么多愁善感的，看他这架势，还以为是双鱼座的呢！嗯，他多半是装的。

文讷笑道：“我听过一句描述天蝎座的男生的话：他们时而冷漠像冰，时而热情似火，他们就像一杯烈酒，自带魔鬼般的魅力；他们精力旺盛，有洞察一切的眼睛，他们占有欲极强，有掌控一切的欲望；他们是专注的，他们是坚强的，同时，他们也是孤独的。”

黄宗盛有些意外地望着她，半晌才慢慢微笑道：“那么，你觉得我像吗？”

文讷狡黠一笑，摇摇头：“不行，接触时间太短，看不出来。”

黄宗盛笑道：“那就多接触接触，来日方长。小文，你是什么星座的？”

文讷笑道：“你看我像什么星座的？”

黄宗盛微微一笑，掐着手指头：“让我算算看。”

他闭着眼睛过了片刻，睁眼说道：“算出来了，应该是双子吧……当然，也有可能是天秤或射手，不过多半是双子。你就说是不是吧？”

文讷轻扬黛眉，真的有些惊诧了，怔了半晌，才说道：“你怎么知道？”

黄宗盛不再卖关子，望着她微笑道：“冰雪聪明，多才多艺，开朗活泼，兴趣广泛，爱吃爱玩，喜欢交朋友，善于处理人际关系……人呢，古灵精怪，还有点小狡猾……我知道，双子座女生十有八九都是符合这些特征。不知我猜对了没有？”

文讷心中真的是一阵骇然：对面这个男人果真有着利剑一样的目光，他的洞察力远在自己之上，看来今后要更加谨慎小心了！可怕的天蝎男！

“哇哦。”文讷装作若无其事的样子，笑吟吟地道，“宗盛你可以啊，你应该去当大师给那些当官的算命，保准比你开唱片店挣得多。”

黄宗盛淡淡地看了她一眼，没接茬，只是微笑道：“小文，既然我们都相信星座，而且也知道彼此的星座了，那么对方大概是什么人，我们彼此心里也都有数了。既然这样，我也不跟你客套了，作为一个马上要在这个月份过生日的天蝎男，你这个双子女愿不愿意来我家，参加我的生日趴？”

文讷心中狂跳起来，心想老爸果然预料得没错，黄宗盛开始行动了！只是不知道他这是对猎物的第一步试探行动，还是这次就准备收割猎物了？

无论是哪种，文讷都不准备退缩，她露出三分兴奋、七分矜持的表情，犹豫着：“生日趴？你家？这个……嗯……”

黄宗盛果然志在必得，也露出了最有魅力的笑：“就在这个月 12 号，正好是双十一刚结束，权当庆功宴慰劳一下自己了。就在我家楼上天台，弄个露天烧烤，另外介绍你认识几位近江玩儿音乐的朋友，也许有你认识的呢。”

文讷明白，他是在向自己暗示：不用想多，生日趴纯粹是社交性质，而且是在室外的烧烤，尽管来。

文讷点点头：“好，我去。”

因为怕黄宗盛跟踪，所以多日以来文讷很少和调查小组其他人见面，每天只是打电话、发微信联系，今天有了重大进展，所以调查小组晚上在丁海的店里碰面，商量对策。

之前调查小组和丁海虽说名义上是合伙，但实际上基本是各干各的，现在调查到了最后关头，张洪祥也不打算撇开丁海了，现在闺女已经压进去了，闺女的安全是第一位，多一个人多一分力量，而且秦琴仍然是掌握黄宗盛情况最多的人，他俩参与进来把握更大，至于分他们一份钱，那都是小事了。

丁海对这个卧底计划很欣赏，而且对小文自当诱饵、深入虎穴的精神深表佩服，秦琴也对自己好姐妹的安危揪心不已，看得出来，两人的参与积极性都很高，各种出主意、提供信息，现在谁也不藏着掖着了，大家真正拧成一股绳，劲儿往一处使了。

大家都认为这个生日趴虽然有危险，但是值得去，而且秦琴说，当初她在时代黑胶打工的时候，黄宗盛也请过她到他家里去，不过当时的由头不是生日趴，而是陪他一起过端午节，当时秦琴为了勤工俭学，多挣几个钱，没有回家过节，而是留下来继续打工。当时黄宗盛说他没有亲人，每逢佳节别人阖家团圆的时候，他就会一个人喝闷酒，说得怎么怎么可怜，当时说得秦琴满满同情心，再加上刚跟许家豪分手，内心也很苦闷，于是便鬼使神差地答应了。

去黄宗盛的公寓吃了一顿饭，当时倒是没有怎么样，但是不久之后，就在酒吧里中招了，之后陷身魔窟。

“所以……”李晗托着下巴，沉吟着说道，“如果秦琴的经验可以称之为‘经验’的话，那么，文讷去参加这个生日趴当天可能不会有危险，但之后就进入了‘失踪倒计时’了。”

几个人相互看看，最后都望着李晗，文讷问道：“为什么会这样呢？”

李晗说道：“首先，小文去黄宗盛家，是黄宗盛邀请的，他不知道小文去的时候有没有跟别人说，所以不太会在自己家里动手。再说，黄宗盛不是说了吗，生日趴上还有别人。另一个重要的原因是，谷教授上次跟我分析过，一般这种色魔在对自己身边熟悉的女性友人下手之前，都会有一种‘最后的晚餐’意识，比如，在自己的猎物不知情的情况下，邀请她们和自己共进晚餐，席间可能还会要求合影留念，暗藏的意思是：这就是大家最后一次美好回忆了，今后我的交往圈子里也没你这个人了，而且作为一个独立的人，你就不存在了，你就只是作为我的一件玩物，永远待在某个地牢里了……”

她这么冷静地回忆着谷教授的话，众人早就听得不寒而栗，文讷略显花容失色，但仍努力显得满不在乎，而秦琴早就面色苍白，双手颤抖着，捂住了眼睛，丁海赶紧搂住她，轻抚着她的背。

半晌，秦琴颤声抽泣道："当时……当时吃饭的时候，黄宗盛拿手机和我……和我拍了合影……"

众人吃惊之余，都用一种看临行壮士的目光看着文讷，颇有一种"风萧萧兮易水寒"的意味。张洪祥和卢振宇对视一眼，他俩是最担心文讷的人，此刻也都有一种"要不别去了吧"的想法，但都是嘴唇、喉咙动了动，当着满屋子人，还有掩面哭泣的秦琴，到底没说出来。

几天后就是双十一，当天大家都很卖力，在大幅度的优惠刺激下，店内生意比平常好得多，而且时代黑胶的天猫店也是订单不断，黄宗盛亲自盯网店，文讷负责实体店，她虽然还没当店长，但已经实际担负起了店长的职责，忙前忙后地操持，而且这段时间"时代黑胶又来了个小美女"的消息已经传出去了，近江音乐圈子里喜欢玩黑胶唱片的不少，好多人慕名而来，有人还用手机偷拍文讷，然后发到朋友圈上去……总之，双十一这天，黑胶唱片店赚得盆满钵盈。

十二号下午五点，文讷下班了，上楼去找黄宗盛，她原以为黄宗盛会和自己一块儿走，开车带自己去他家，没想到黄宗盛只是坐在那里盘账，抬头微微一笑："别忘了，六点钟，知道地方吧？"

文讷竟有些失落，不过她没有在脸上表现出来，点头笑道："知道，青藤 SOHO，到地方打你电话。"

"好，你先走吧。"黄宗盛点点头，又突然抬头把她叫住，"对了小文，你喜欢吃什么？"

"不是烧烤吗？"

"除了烧烤呢？"黄宗盛露出一个阳光的笑容，"我厨艺不错哦。"

"厨艺不错吗？"文讷眼珠一转，笑道，"那，鲁、淮、川、粤，各做一个吧，尝尝你的手艺。"说完莞尔一笑，下楼了。

黄宗盛有些蒙，自语道："鲁、淮、川、粤各做一个？中餐？"他随即又露出自信的笑，"这也难不倒我。"

说着拿起对讲机吩咐道："我提前走一会儿，店里你们盯着。"然后抓起车钥匙往楼下冲去，时间不多了，原先准备的牛排、三文鱼、法国蜗牛都用不上了，这丫头要吃中餐，现在只能去超市买食材，同时重新建构今晚的菜谱。

文讷返回纺织宿舍，梳洗打扮完毕，又把小麦克风重新别在胸罩中间，换了一身晚礼服风格的黑色连衣裙，脚穿一双黑色高跟鞋，颈间的喉麦珍珠项链泛着温润的光，两侧的钻石耳钉璀璨夺目，腕上带 GPS 的女表和这一身很搭。

文讷想了想，又戴上了一双黑色丝绒手套，拿了一只马臀皮的黑色小手包，把一支袖珍喷雾还有一把英吉沙小折刀装了进去。这两样东西虽然威力有限，关键时刻也不一定来得及掏出来，但聊胜于无吧，好歹胆子壮了一些。

她对着镜子，欣赏着镜中公主般高贵优雅的身影，做了几个芭蕾动作，又做了几个拉小提琴的动作，最后提着裙子行了个屈膝礼，嘴角慢慢露出一丝自信狡黠的笑："黄宗盛，黄老师，我不信你不露出真实面目。"

文讷按着喉麦项链，低声说道："Check，check。"

耳麦中传来卢振宇的声音："OK。"

"撒手没……"文讷低声轻轻说道，"我要上战场了……"

"我时刻与你同在。"卢振宇声音坚定无比。

"你……你有什么话想对我说吗？"

卢振宇怔了一下，吭哧片刻，然后说道："待会儿生日趴上，正常吃喝就行，不过万一要觉得中招了，一定要赶紧按手表上的求救按钮，我们马上上来救你。"

文讷皱眉道："我担心如果我头晕发困的话，我不一定分得清是喝多了还是被下药了，万一搞错了怎么办？万一他没给我下药，你们却都冲上来了，那不就前功尽弃了吗？”

卢振宇沉吟了一下，说道：“也是，这倒是个事儿。”

耳机里张洪祥说话了：“万一收到求救信号，振宇你先上去，你就说是她男朋友，过来接她的。”

卢振宇还没吭声呢，文讷点头说道：“可以，就这么办。”

按照原先预计，黄宗盛多半会在酒吧里下药，然后把昏迷的文讷往魔窟里送了，这时候调查小组就会跟在后面，直接摸到魔窟的位置，然后来个黄雀在后，当场把黄宗盛按住，大功告成。

但是现在黄宗盛邀请文讷去他家里，虽然这是生日趴，有多人参加，多半不会下药，可万一下药了，那就不能按照原计划那样了，必须立刻冲上去救人，这可是他家里，黄宗盛送走其他客人后，小文这个诱饵很可能就被他“当场吃掉”了。

文讷外面裹了一件驼色风衣，下楼。

今天一天都是冷风大作，气温骤降十来度，一下进入了名副其实的深秋。文讷站在牧马人旁，强劲的冷风吹动着她的风衣下摆，长发在风中飘动，她打了个寒战，刚坐进驾驶室，就听到手机微信响了，掏出来一看，是卢振宇发来的一首诗：青海长云暗雪山，孤城遥望玉门关。黄沙百战穿金甲，不破楼兰终不还。

文讷微微一笑，心想不愧是中文系毕业的，还会发诗壮行呢。她心中一动，“啪啪”按动键盘，也回了几句诗：嗟险阻，叹飘零，关山万里作雄行。休言女子非英物，夜夜龙泉壁上鸣。

发完，把手机往副驾座位上一扔，怀着满胸的壮怀激烈，发动车子，出发前往黄宗盛的巢穴。

第四章 最后的晚餐

文讷沿途在一个元祖蛋糕店停了一下，进去挑了一个现货生日蛋糕，然后开着牧马人到青藤SOHO门口。跟黄宗盛打了个电话，随后门卫接到指令，引导文讷的车开进地下停车场，然后示意她电梯的位置，这才离开，全过程彬彬有礼，青藤SOHO高尚公寓的名声果然不是白来的。

文讷乘电梯上了十八层，刚出电梯间，就看到旁边1803的防盗门开了，一个桃花眼美女出来，把一袋垃圾放到门口，抬眼看到了文讷，笑吟吟地打招呼："小文来啦？参加黄老师的生日趴啊？"

"是啊路老师，"文讷打量着这个神秘女子，胸中狂跳着，既紧张又恐惧，努力显得表情正常，笑道，"怎么，黄老师没邀请您吗？"

她注意到路老师穿着一件睡袍，正饶有兴趣地打量着自己，还是那种猫看笼中小鸟的眼神，不禁又是一个寒战。

路老师轻抚一下脸颊，叹道："唉，年岁不饶人，不是黄老师的菜了……还别说，啧啧啧，小文你这粉嫩的跟个小公主一样，还真讨黄老师喜欢，不过小心点，别被吃掉哦……有事叫我，我就在隔壁。"说着笑眯眯地跟她摆摆手，关上了门，只留下文讷一个人愕然站立。

她明白了，路老师蹲在旁边，就等着截胡呢。

她一时也想不出什么应对办法，只得上前，按了黄宗盛的门铃。

出乎意料的，黄宗盛家里一个其他客人也没有，黄宗盛穿着格子衫，带着围裙来开门的，就像个居家好男人为妻子开门一样，很自然地把文讷手上的蛋糕接过来，然后为她拿了一双一次性拖鞋，随意地说道："先坐，饭待会儿就好……饿了的话茶几上有点心，柜子上有喝的，想喝什么自己倒，无聊的话可以到我书房里看书。"

文讷扫视了一眼空荡荡的客厅，心中陡然警惕起来，做好了今晚见真章的准备。

她笑着点点头，一边慢慢地把风衣脱下，黄宗盛很适时地接过去，拿出一只衣服架子撑起来，挂进门口嵌入式衣橱里，然后微笑着打量了一下文讷，夸赞道："不错，今天很漂亮。"

文讷还没反应过来呢，就见黄宗盛返回厨房了，玻璃推拉门关上，只留给她一个身高一米八几、穿着干净整洁、戴着围裙忙碌的好男人的身影……

文讷怔怔地看了几秒钟厨房中的黄宗盛，嗅着空气中若有若无充满诱惑力的古龙水味道，心中暗暗赞叹道：怪不得晗姐姐那么容易就被他哄得五迷三道的呢……这家伙勾搭女人有一手啊。

虽然叫"SOHO 公寓"，但房子面积并不小，足有上百平方，以文讷的审美，判断这房子应该属于北欧风格，浅色的橡木家具，简约而直线条，充满设计感，脚下则是浅灰色的地毯，很厚，很柔软，更难得的是很干净，一尘不染，搭配原木色的家具，看上去有一种很暖心的安全感，让人有种脱掉鞋子、光脚踩在上面的冲动。

客厅里飘荡着轻柔优美的音乐，文讷闭目倾听，是莫扎特的《C 大调长笛和竖琴协奏曲》，莫扎特的作品中，她最喜欢这首作品，长笛和竖琴交融在一起，宛如仙乐，勾人心魄，优美得让人窒息。

莫扎特是文讷最喜欢的大师，没有之一，她觉得作为几尊最高大神之一，莫扎特作品不像巴赫那么高冷，也不像贝多芬那么苦大仇深，更比海顿多了几分灵动和甜美……虽然不乏炫技，甚至带点轻佻，但这正符合自己的脾性，也许两百年前的前前前世，自己就是莫扎特呢……

厨房的玻璃门后面，黄宗盛熟练地操持料理，往外瞥了一眼，见小文闭目倾听着音乐，似乎面带沉醉之色，这才轻呼出一口气，得意地想，这首曲子果然没有选错，小文在他店里打工这些天，他已经看出这妮子是个莫扎特迷，然后下功夫选取了几部最优美的莫扎特作品，作为今晚二人晚餐的背景音乐……看来自己的努力都没白费！

文讷欣赏着音乐，慢慢踱到黄宗盛的书房，她并不是想进来看书，而是客厅和餐厅正对着厨房的大玻璃门，她不想待在黄宗盛目力所及的范围之内，她需要一个人冷静下。

黄宗盛安装的是背景音乐系统，每个房间都能听到同样的音乐，书房很大，藏书并不比文讷纺织宿舍的少，但远没有那么杂，主要都集中在文学、艺术书籍上，艺术类的主要是音乐，除此之外如电影、戏剧、美术、摄影之类，不一而足。

至于文学类，出乎文讷意料的事，不光有中文的，还有大量的原文小说，不但有英文的，还有其他语言的，文讷试着拼读了一下，感觉像是拉丁语系的发音，至于是意大利语还是西班牙语就不知道了。

书架旁的一只橡木架子上，一架古董电唱机正在慢慢旋转，上面的黑胶唱片正是莫扎特的协奏曲，房子里的背景音乐都是从这张黑胶唱片来的。

书柜里摆着一些外文的奖杯、证书和照片相框，文讷踮起脚尖靠近看一下，大概都是黄宗盛在国外参加的一些民间运动的战利品，有一张什么滑雪大赛的获奖证书，有一张帆船锦标赛的获奖证书，还有一张照片，背景是一片林海雪原，黄宗盛握着猎枪，蹲在一头灰熊尸体旁，露出胜利的微笑。

“原来你曾经的世界这么精彩……”文讷喃喃自语道，感觉心中的黄宗盛形象在发生改变，“这种人，应该是热爱生活、热爱挑战的吧……为什么会做色魔呢？”

“怎么了？”空气耳麦突然响起卢振宇的声音，“是不是发现这小子是个高富帅？”

“闭嘴！”文讷吓了一跳，压低嗓音，直接怼回去，“我正在分析案情，撒手没不要打扰本宫的思路。”

卢振宇的大嘴巴继续说着：“不要忘了你自己说的话：住别墅的变态多着呢，比如陆傲天……黄宗盛这还没住上别墅呢！”

“闭嘴！”

“开饭了，我的公主殿下。”

身后突然传来黄宗盛戏谑的声音，把文讷吓了一跳，她一个激灵，转过身来，只见黄宗盛仍然戴着围裙，站在书房门口，手臂撑着门框，一米八几的高瘦身材在走廊的灯光下，形成一个帅气的剪影。

文讷心脏仍然狂跳着，她不知道黄宗盛听到自己刚才说话没有，她装作若无其事的样子笑笑，问道：“你那些搞音乐的朋友呢，怎么都没来？”

黄宗盛笑道：“他们是来参加天台 barbecur 的，还早呢，我们先吃饭。”

文讷明白了，根本就没有什么“搞音乐的朋友”，也不会有所谓的“天台 barbecur”，这顿饭就是“最后的晚餐”，也许一杯酒下去，醒来的时候发现已经身陷囹圄了。

望着笑得一脸阳光的黄宗盛，文讷决定不让这一切发生，她跟着黄宗盛走向餐厅，下意识摸了一下腕表，找准了求救按钮，刚想按下去，但又松手了，她不愿半途而废，毕竟黄宗盛还没动手，不到最后一刻，她不会按下求救按钮的。

黄宗盛真的是厨艺不错，他信奉“征服一个人，先要征服他的胃”，不光女人想征服男人要征服他的胃，男人想征服女人也要征服她的胃。上得了厅堂、下得了厨房的男人，在日本被称为“女性力”男子，而在中国，则被称为“暖男”。

餐桌中间是生日蛋糕，周围是四道主菜，一道汤羹，还有两道蔬菜沙拉，外加一瓶白葡萄酒。黄宗盛摘掉围裙，先为文讷拉开椅子，待她入坐了，还很贴心地为她围了块餐巾，然后自己也围上餐巾入座，微笑介绍道：“按照小文公主的要求，四大菜系各有一道：鲁菜的红焖大虾，粤菜的清蒸石斑鱼，川菜的鱼香肉丝，淮扬菜的平桥豆腐羹，作为汤。此外，还附送两道蔬菜沙拉，作为素食。”

文讷看着桌上还有一盘回锅肉，于是笑道：“貌似还有一道诶。”

黄宗盛笑道：“哦，对了，我要请你原谅，擅自加了第二道川菜，因为我突然发现今晚的菜谱有鱼，有虾，唯独没有肉，而我知道，小文是喜欢吃肉的……”

文讷报以一个感动的笑：“谢谢你，这么细心。”

她扫了一遍桌上的菜肴，发现除了石斑鱼之外，其他的都不是什么昂贵的菜品，但越是这种家常食材，越对厨艺有极高的考验，而且这几个菜虽然不多，但荤素搭配、水陆搭配、甜咸搭配、浓淡搭配、红白搭配，都是恰到好处。

尤其是那道鱼香肉丝，虽然是平常的不能再平常的家常川菜，却被称为川菜中的“考试菜”，因为这道菜对刀工、调味、火候掌握都有极高的要求，据说很多川菜饭店面试厨子的时候，都要求当场做一道鱼香肉丝，能做好了，起码说明这个厨子的基本功不差。

文讷心想：黄宗盛作为一个广东人，能把川菜做得那么好，看样子他真的对厨艺下过一番功夫。

黄宗盛拿起水晶杯，为文讷斟白葡萄酒，一边笑道："本来还想做鲁菜的代表作葱烧海参，还有淮扬菜的代表作蟹粉狮子头的，但这两道菜都需要时间，还需要鸡汤来吊，你小文公主只给了两个小时，我只能尽量选一些短平快的菜品，比如这条清蒸石斑，还有红焖大虾，都是比较讨巧的……呵呵，还好，总算是按时交卷了。"

文讷望着蛋糕上的蜡烛，数了一下，发现只有二十根，有些疑惑地看着黄宗盛，黄宗盛哈哈一笑，拍了拍自己的胸膛，笑道："宗盛永远停留在二十岁，哈哈哈。"

文讷被他逗笑了，也不好问他到底多大年龄，听店里的小姑娘说，宗盛大概有四十了，但看面前坐着的这个男人的面孔，也就是三十五六岁的样子吧，大概是保养得好，加上心态年轻吧。

吹过蜡烛，切了蛋糕吃了两块，然后蛋糕撤下，二人晚餐正式开始。席间黄宗盛尽显一个优雅男士的风度，成熟睿智，幽默风趣，开玩笑，说段子，但又不失品位，文讷开始还绷得紧紧的警惕心，后来一杯杯葡萄酒下肚，发现没什么，也慢慢放松了，进入状态，也跟黄宗盛谈天说地，不过她不说自己家的事，黄宗盛也很绅士地不问，两人只是聊各种风花雪月、音乐、电影还有流行乐坛的明星八卦……

乘着酒醒，聊得兴起，两人分别爆料自己最喜欢的明星是谁。

"什么？你最喜欢的男影星是韩国人？"黄宗盛笑道，"是谁啊？李敏镐？裴勇俊？还是那个那个……EXO？"

文讷小脸晕陶陶的，掩口笑道："我有那么LOW吗？其实，我最喜欢的是宋康昊，你知道吗？就是那个演《辩护人》《杀人回忆》，还有韩国上映不久的那个那个……"

"哦，知道知道。"黄宗盛哈哈笑道，端起杯子跟她碰了一下，"饼脸叔嘛，我懂的，喝酒，喝酒……"

小半杯白葡萄酒下肚，黄宗盛也乘着酒兴笑道：“你知道我最喜欢的外国女星是谁吗？呵呵……是奥黛丽·赫本。”

文讷一愣，望着他。

黄宗盛盯着文讷的面孔，笑道：“这个，我不信你没猜出来……有人跟你说过吗？你脸上有赫本的样子……我猜哦，你可能是天使赫本转世哦……”

文讷摸了一下面颊，“噗嗤”一下笑了，黄宗盛也跟着笑起来，两人笑了一气儿，黄宗盛笑道：“来来来，小文，把碗拿过来，我帮你盛碗汤，尝尝我做的平桥豆腐羹怎么样……”

他盛了一小碗汤羹，递给文讷，文讷双手接的时候，也不知怎么的，黄宗盛大概是有些醉了，手一抖，小半碗汤羹一下泼在文讷的左手手腕上，文讷被烫的叫了一声。

黄宗盛连声抱歉，赶紧跑过去，先帮她解下左腕的手表，然后扯了好几张餐巾纸为她擦拭手腕，然后满脸歉疚道：“哎呀，小文，真不好意思……赶快用凉水冲冲……”

文讷心跳得怦怦的，先跑到厨房用凉水冲了一下烫红的手腕，然后飞快跑回来，查看自己的手表，惊恐地发现，手表已经失灵了。

“什么表啊，我看看。”黄宗盛不由分说，伸手把手表拿在手里，笑嘻嘻地说道，“没事，你喜欢什么手表啊？我送你一块……”

文讷抬起头，惊恐地看着黄宗盛。

隔壁 1803 的客厅内，凌乱地摆着各种画框、画布、画架、颜料桶，还有画了一半的油画，画架上搭一件沾满颜料的劳保大褂子，房间角落里堆满了各种零食和外卖空盒子。

路石铭盘腿坐在沙发上，怀里抱着笔记本电脑，戴着大耳麦，正吃着烤鱼干，圆睁杏眼，兴奋地盯着屏幕，等着看隔壁的黄老师如何对小文出手——黄老师发现了那个手表的玄机没有？他洒汤是偶然还是故意？小文肯定已经警觉了，再下药肯定已经不好使了，接下来黄老师用什么手段？会不会用强？用强的话是捂乙醚还是强行注射？是用电击器，还是直接打昏？然后是“就地享用”，还是送回秘密巢穴？估计是送回秘密巢穴的几率大，黄老师就算不知道小文身后有个调查小组盯着，也应该知道猎物放在家里夜长梦多，毕竟小文来的时候有没有告诉别人，他都不知道。

想到这里，路石铭把笔记本放在沙发上，迅速扯下睡袍，露出只穿运动内衣的健美身躯，小麦色的马甲线下，似乎随时要爆发出豹子般的力量。

她目不转睛盯着电脑屏幕，顺手拽过旁边的运动衫和牛仔裤套上，然后罩上一件宽大的黑色鲨鱼皮风衣，又从沙发缝里掏出一柄漆黑的极端武力“校官”格斗刀，装在腰带上，正好被宽大的风衣下摆遮住。

整装完毕，准备出门之际，却发现屏幕上那俩人还在磨叽个没完了，黄老师一个劲儿地跟小文道歉，为她擦手表，小文则一个劲儿地说没关系，试图把手表要回来。

路石铭皱眉盯着屏幕，火道：“你们俩玩儿我呢？姓黄的你还是不是男人？肉送到嘴边了都没种吃？”突然电脑里传来门铃声，紧接着画面上的黄宗盛和文讷都望向门口，路石铭按了一个键，画面切换到门外走廊，只见卢振宇正站在黄老师家门口，急吼吼地按门铃。

路石铭瞬间冲到门口打开防盗门，一把将卢振宇捞了进来，随手关上门，一切如电光火石一般，身后只听到隔壁的开门声，然后是黄宗盛纳闷的声音：“咦？没人啊？”

卢振宇还没明白过来怎么回事呢，突然发现自己从黄老师家门口一下“瞬移”到了路老师家里，望着黑客帝国般的路老师，一脸蒙。随即他看到了笔记本电脑屏幕上的画面，瞬间明白过来怎么回事了：这个路老师又想截胡！

画面中，小文又戴上了手表，而黄宗盛到酒柜旁边倒了一杯饮料，背对着小文，迅速把一枚药片放了进去。

卢振宇大惊失色，眼睁睁看着黄宗盛端着杯子过去，小文道谢后接过杯子，端起来喝了半杯。

路石铭也盯着画面，眼睛兴奋的放光，笑道："好，姓黄的，小文是你的菜了！就看你是先吃再送，还是先送再吃了……"

卢振宇明白了，这个路老师根本不在乎小文的死活，即使黄宗盛现在就把小文"吃"了，她也只会在这看好戏的，她只关心黄宗盛"吃完"后把小文往哪儿送，反正黄宗盛不可能把猎物一直放在家里，肯定要尽快送到秘密巢穴去的。

卢振宇看了一下门的位置，拔腿就往门口跑，只见眼前黑影一闪，路石铭堵在了面前。卢振宇直接抽出了甩棍，一下甩开，凶狠地盯着路石铭，眼神中满是威胁，意思是：别拦我，别以为你是女的我就不敢揍你。

路石铭一愣，无奈摇摇头，笑道："小卢，别这样，听我说，我没有恶意，只是你坏我事了，你现在只要坐着别动，事成之后我也分你一千万，以后还让你跟我干活，如何？你知道吧，我正想找一个你这样的搭档，长得一脸好孩子模样，还刀枪不入，关键时刻不拖后腿，啧啧啧，太难得了……"

卢振宇心急火燎的，满脑子都是小文安危，哪有空跟她废话，抄起甩棍冲过去，劈头就砸，只觉得手腕一酸，然后脚下一绊，摔了个狗吃屎，爬起来一看，甩棍已经到了路老师手中。

路老师看着目瞪口呆的卢振宇，笑眯眯地诱惑道："卢瑟，你真不考虑考虑了吗？你想想，张洪祥一辈子也就接这一个大活儿了，跟着我，每年至少两个大活儿，几年你就翻身了，怎么样？到时候我给你介绍几个比小文品质高N倍的女孩，如何？你喜欢维密超模吗？或者，给你介绍个AKB48的妹子认识？你要是喜欢混血小美女，我这边还有迪拜那边的资源……不用去找那种有钱大小姐，受那个气干什么，反正到时候你比她们还有钱。”

她说的这些话，卢振宇一个字也没听进去，他只是在不停地判断形势，他这时候已经明白了，对方的身手远在自己之上，但卢振宇也有信心，自己刀枪不入，大不了多挨几下，还怕打不到你吗？你就算功夫好，我不信你也刀枪不入。

他看到路老师风衣下面佩着一把黑色大战术刀，心中一动，也把自己的大剑鱼抽了出来，一下子抖开，叫道：“亮兵器吧！咱来两把真的！”

路石铭又好气又好笑，叹道：“怎么着小子，还想跟姐姐动刀子啊？好好好，姐姐教你两招。”说着一抬手，甩棍已经搭在了卢振宇的手腕上，不过也就是轻轻搭了一下，随即一绞、一带，卢振宇手里的大剑鱼飞上了天空，钉进了石膏吊顶里面。

一切都在瞬间发生，路石铭的动作快如闪电，卢振宇一个动作还没做完，她已经做完了三四个动作，甩棍分别在他的手腕、脖颈、太阳穴的位置轻轻搭了一下，只是象征性地点到为止，并没真打，最后一个侧踹，与其说是“踹”，不如说是用脚推，卢振宇只觉得胸前一股大力袭来，却不疼，只是接连后退几步，跌坐在了沙发上。

路老师看了一眼插在石膏吊顶上的大剑鱼，摇头叹道：“好极了，回头房东又得扣我押金了……”

卢振宇望着路石铭，惊呆了，这个女人不但身手快如闪电，而且力道控制得极好，收发自如，看来她是打定主意不想伤害自己，要不自己早就被放倒N次了，就算不会受伤，但她把自己捆起来，想必也是易如反掌。

路石铭看着一脸惊惧的卢振宇，叹道：“看来我说这半天你是油盐不进啊？卢瑟，真的，我是为你好，小文真值得你这样吗？几个月了你算算？你为她出生入死，她把你当什么？当好哥们儿，当撒手没，连手都没给你牵，唉，这种玛丽苏就那么讨你们宅男喜欢？”

卢振宇憋得脸通红，怒吼道："小文不是你说的那样！我在夜市上差点被人打死，她从血泊中把我拖出来，送到医院！当时她还不认识我！我扮网管进赵大头的巢穴之前，她还在跟我争这个活儿！就是因为怕我出事！当时谁都看得出来，她不是装的！还有……救程嘉嘉的时候，当时几乎已经确定赵大头跟案子无关了，她宁可放弃最想要的保时捷 911，也要为一个素不相识的女孩伸张正义！她要是玛丽苏，在塔吉克斯坦的时候就直接嫁给总统家的亲戚了，就不会千辛万苦逃回来了！这些你都知道吗？路老师，一个人内心黑暗，看到的一切都是黑暗的，但我告诉你，小文跟你不一样！"

路石铭脸色一变，冷笑道："不一样就不一样吧，你还就说对了，她是好人，我是坏人，既然我是坏人，那就别怪我不客气了。"她转身拉开抽屉，露出了里面的电击器，正要去拿的时候，突然目光盯在电脑屏幕上，只见黄宗盛又去开门，而小文依旧好好地坐在那里，并没有要昏迷的样子。

进来的是好几个朋友，有男有女，还有人拿着吉他，还有礼物盒子，进来后黄宗盛跟他们热情拥抱，然后跟小文一一介绍，听介绍，这都是他玩音乐的朋友。

介绍一圈，黄宗盛给大家拿饮料、切蛋糕，大家吃完蛋糕，就提议上天台开始烧烤。于是，黄宗盛拿上烧烤架子，带着小文和一群朋友出去了，关上了门，走廊上传来吵吵嚷嚷的说笑声，屏幕上再次归于平静。

路石铭和卢振宇都看呆了，这太出乎预料了，黄宗盛说的天台 barbecur 竟然是真的？可是，刚才明明看到他给小文杯子里下药了啊！难道是缓释剂？

路石铭把镜头切换到走廊上，看着一群人进了电梯之后，说道："你在这等着。"然后起身开门，来到黄宗盛的家门口，掏出一把钥匙直接开门，跟进自己家似的，就这么进去了。

卢振宇目瞪口呆，探头探脑地也跟了进来，环视黄宗盛的客厅，啧啧赞叹：“看不出，这老小子还挺有品位的。”

路石铭蹲在酒柜前翻找着，头也不回地说道：“好了，卢瑟你可以滚了。”

卢振宇却丝毫没有滚的觉悟，腆着脸在旁边，笑嘻嘻地问道：“路老师，有啥发现吗？”

“滚滚滚……”路石铭烦躁地摆摆手，然后眼睛一亮，拿起一个筒状小药瓶，举给卢振宇看，“卢瑟，你看，刚才黄宗盛就是用这瓶药的吧？”

卢振宇凑近看看，上面都是外文，好像还是进口药，挠挠后脑勺：“好像是，看着像。这什么药？三唑仑还是什么？”

路石铭瞥了他一眼：“还知道三唑仑呢？你小子也是不学好，知道这是什么吗？这叫泡腾片！”

卢振宇目瞪口呆：“泡腾片？闹半天是泡腾片？”

“没错，泡腾片，酒后喝一杯，补充点维生素，效果跟喝果汁差不多，可以解酒……唉，要是高清摄像头的话，刚才就能看到气泡了！”她说着，把泡腾片瓶子放回原位，挥挥手，“好了，撤吧！”

来到走廊上，关好门，路石铭说道：“行了，你先回去吧，你的小文暂时没事，黄宗盛今天不会下手了。对了……”她进了自己的房子，片刻后又来到走廊，把甩棍和大剑鱼还给卢振宇，“你的凶器，拿回去吧，下次记得别动不动就亮出来。”

剧情变化太快，卢振宇也有点跟不上，他讪讪地收下了武器，然后问道：“路老师，我能不能问一下，你……你到底是什么人？”

“滚滚滚。”路石铭说完后，“嘭”地关上了防盗门，给了卢振宇一个闭门羹。

虽然路老师说小文没事了，卢振宇仍然不放心，在楼下车里等了一晚上，全程监听天台烧烤，一秒也不敢掉以轻心，最后直到晚上十点多聚会结束，亲眼看着黄宗盛把参加的人都送下来才放心。

送走其他人后，黄宗盛又跟文讷单独说了好一阵子话，这才为她叫了代驾，然后醉醺醺地上楼了。

调查小组的车跟在文讷的牧马人后面，一直到了纺织宿舍，一行人上楼，在文讷的小房子里开了个会，大家交流了一下情况。

路老师在隔壁等着截胡，这个大家都知道了，经过卢振宇的一番渲染，大家都在骂那个女人真不是东西，那么自私，为了自己得利，不惜牺牲小文，而且这女飞贼身手好生了得，今后一定要更加小心，对她严加防范。

文讷说："聚会的时候，黄宗盛用手机给大家自拍了一个合影，然后又单独和我拍了个二人合影。"

虽然是全程监听，但天台上当时吵吵嚷嚷的，而且又有风声，小麦克一上了天台效果就很差了，等于是没听到多少东西，现在文讷一说，大家心中都是一紧：这意味着，黄宗盛对小文的"猎取"，就是最近的事了。

"黄宗盛知道你住在哪儿吗？"张洪祥很担心女儿的安危，虽然这种可能性很小，但他仍然问道，"你回家的时候被人跟踪过吗？"

文讷对老爸的大惊小怪很不以为然，笑道："老爸，你以为人人都是路老师那种飞天大盗啊？黄宗盛再变态也不是特工，就算知道我在哪住，他也打不开防盗门啊。"

张洪祥和卢振宇都紧张了，两人异口同声问道："他知道你在哪住？"

文讷来回看着这爷俩，感受到了一种被"双重关爱"的温暖，莞尔一笑："好啦好啦，真被你们打败了，黄宗盛问过我离家出走后怎么解决住宿问题，要不要他给帮忙找房子，我说不用，我已经租了个小房子住，他问我在什么地方，上班远不远，我就说在御景路附近，具体地址没告诉他。本来也想说个假地址的，可万一他那天要送我回家怎么办？这不正是我们等的机会吗？"

不得不承认，文讷说得有道理，但张洪祥还是对女儿千叮咛万嘱咐，回到家后一定要锁好门，谁敲门都别开，晚上没事就别出来了……

经过这一次二人晚餐，黄宗盛和文讷的关系拉近了一大步，平时在店里，黄宗盛也不吝对文讷开玩笑、施展幽默感了，这又是让娜娜和小菡醋意滔滔。

只过了一天，下班后，黄宗盛邀请文讷吃饭，吃晚饭后提出去酒吧街坐坐。

终于等到了这一天，文讷自然是一口答应，背后的调查小组也是激动得不得了，大家磨刀霍霍，打起十二分精神，连丁海都放弃了晚上的营业时间，让下边人看店，自己也上了调查小组的车，跟着来到了酒吧街。

还是那家“私人城市”，黄宗盛再次施展一个沧桑大叔的魅力，一展歌喉，酒吧里好多女孩子都被迷倒了。文讷估计自己要不是事先知道他的底细，没准也被忽悠晕了。

当黄宗盛端着一杯饮料递给她的时候，文讷盯着饮料，心中默念了一遍“慷慨歌燕市，从容作楚囚，引刀成一快，不负少年头”，然后迷人一笑，说了句“谢谢”，毅然喝了下去。

躲在暗处的卢振宇和在车上监听的张洪祥，心都提到了嗓子眼儿了，就连李晗和丁海也是紧张万分，案子进行到了今天，已经到了最关键的时刻，成败在此一举了。

谁知道时间一分一秒地过去，一整晚上文讷都没有一点异样，除了到最后喝酒喝得有点微醺之外，倒是空气耳麦中的张洪祥一会儿问一句“感觉怎么样”，坐在暗处观察的卢振宇就小声跟他汇报。

文讷自己也在纳闷儿，黄宗盛怎么还不下药，是不是找不到合适的时机，她甚至两次起身去洗手间，给黄宗盛创造下药的机会，但黄宗盛今晚似乎打定了主意，不出手。到了晚上十点多，黄宗盛叫了代驾，亲自送文讷回了纺织宿舍，到了楼下就离开了，并未死乞白赖地要求上去喝杯茶什么的，行为显得非常君子。

很显然，黄宗盛认为今晚还不是出手的最佳时机。

接下来的几天，情况一切正常，其间黄宗盛又约了一次文讷去酒吧，但是仍旧没发生什么，到是文讷有种感觉，黄宗盛似乎对这种约会乐在其中，有种想把关系处下去的趋势。

就在众人再次陷入沮丧的时候，高人再次指点了，李晗带来了谷教授的最新分析，谷教授认为，黄宗盛应该不是对每个看中的女孩都进行绑架，如果现实生活中能拥有她，那为什么要绑架呢？

“什么意思？”卢振宇问道，“意思是他根本没打算绑架小文，合着小文白跟他谈恋爱了？”

李晗神秘地一笑，说道：“不，谷教授的意见是，需要一个‘催化剂’。你们看，之前黄宗盛身边的女孩失踪之前，都有什么共同点吗？”

几个人相互看看，想了片刻，丁海问道：“什么共同点？”

文讷犹豫着说道：“辞职？”

李晗赞赏地一拍手：“不错！辞职，或者确切地说，因为某种原因，要从此离开黄宗盛！你们看啊，谢小曼失踪之前就说过要辞职，之后没多久就失踪了。还有秦琴，她是勤工俭学，失踪之前刚好毕业，也就是说，今后也肯定不在这儿打工了，于是就在汇报演出完毕的晚上，在酒吧失踪了……”

卢振宇点点头，说道：“有道理，不过，那徐晓慧呢？她可没在时代黑胶打工，她和黄宗盛又是怎么回事？当时她已经脚踩两只船了，不可能再踩第三条吧？”

“问得好。”文讷猜测着说道，“有两种可能，要么是她确实踩了第三条船，要么是她跟黄宗盛没什么，但是因为经常光顾时代黑胶，黄宗盛看上了她，但是她突然被调到江北分公司去了，黄宗盛肯定很失落，但也只能如此了……但是因缘巧合，徐晓慧又突然跑回到近江会男友了，而且出现在了酒吧街，还跟男友吵架，男友还先走了，于是黄宗盛不打算放过这次机会了，将她灌醉，捡走……徐晓慧经常光顾黄宗盛的店，认识他，也就没多少防范，这一切就解释得通了。”

众人纷纷点头，都被文讷缜密清晰的分析折服了，李晗也觉得小文不简单，分析的跟谷教授差不多。

“那就这样，”张洪祥说道，“小文，明天你就跟黄宗盛说，你跟家里讲和了，不用在外打工了，要辞职。”

丁海马上补充道：“别说马上辞职，你就说家里态度松动，你近期可能会回家，这样也给黄宗盛一些准备时间。”

卢振宇想了一下，突然说道：“干脆，小文，你就说你要出国去留学，彻底断了他的念想，要不然他会想，反正已经是朋友了，就算不在他店里打工，照样能约你出来。”

众人都连连点头，赞道：“小卢的办法好！”

文讷嘻嘻笑道：“还是个聪明的撒手没呢！”

按照计划，第二天，文讷上班的时候就跟黄宗盛说，自己决定了，坚持音乐梦想，准备去欧洲留学，继续深造音乐。黄宗盛很吃惊，明显蒙了，缓了半天才徐徐问道：“哪所学校？你考上了吗？你家人不支持的话，你自己怎么去？学费够吗？”

文讷早有准备，回答说：“是英国皇家音乐学院，已经考上了，学费方面不用担心，自己户头的钱足够了，正是因为家人不支持自己去念，才和家里闹翻的……文讷还很大言不惭地说，以自己的实力，本来能考取一些更好的音乐学院的，比如汉诺威音乐学院、柏林艺术大学，毕竟德奥的古典音乐氛围远超英国，可惜自己德语不行，只能退而求其次了，好在英国皇家音乐学院也不赖。”

黄宗盛回过神来，开始祝贺她，然后向她保证英国皇家音乐学院已经很优秀了，在世界上的排名相当靠前，曾几何时也是自己的理想，然后对她的决定表示支持，鼓励她走出去，勇敢追逐自己的梦想，就像自己当年一样，伴着音乐走遍全世界，去赢得一个精彩的人生。

这一天都在下雨，空气又湿又冷，文讷一整天都在观察黄宗盛，而黄宗盛的表情就像此时的天气一样，阴郁，而且脾气很差，两次没事找事把娜娜和小菡痛骂了一顿，两人跟文讷聊天的时候偷偷诉苦，说以前从没见过宗盛发这么大的火。

快下班的时候，黄宗盛抽了个机会对文讷说，不如晚上去酒吧喝两杯吧，算是庆祝你即将开启一段新的人生。

看着外面越下越大的瓢泼大雨，文讷明白了，黄宗盛不愿再等了，该来的终于要来了。她答应过后，黄宗盛并没有显得更加高兴，只是点点头，也并没说请文讷吃晚饭。黄宗盛转身走的时候，文讷感到他的眼神里带着一丝阴鸷，甚至有一丝怨毒，不禁打了个寒战。

她默念着黄宗盛的那句“庆祝你即将开启一段新的人生”，突然明白了他所谓的“一段新的人生”是什么意思，顿时一个冷战传遍全身。

那是秦琴同样经历过的一段人生。

“谷教授的办法起作用了。”文讷开着小红马在雨中穿行，雨刷不断刮掉大把大把的雨水，她用喉麦说道，“雨下得这么大，他还约我晚上八点去酒吧，看来他是一天也不愿再多等了，今晚肯定会动手。我现在回家准备，你们直接去酒吧街，应该还是私人城市，如果不是的话我再偷偷告诉你们是哪家，再不行的话还有我身上的定位器。”

安排完毕，调查小组也直奔酒吧街，今晚他们把两部车子全派上了用场，一部五菱之光，一部长城哈佛，长城哈佛停在私人城市酒吧旁边，而五菱之光停在酒吧街外面的路对面，防止其中一辆车临时掉链子。

卢振宇也施展了自己在道上的强大人脉，陈浩和花冰冰今晚给足了小卢哥面子，两口子双双出马，亲自坐镇，花冰冰也是兴奋得不行，她把自己手下那帮小太妹全喊来了，和陈浩手下那帮社会人一起，分散在酒吧街各个角落，重点监控私人城市，甚至酒吧街外面的几个路口也都布上了好几组游动哨，每组都开一辆车，车里都有黄宗盛那辆奥德赛的照片和车牌号，只要他的车开出去，无论从哪个路口出去，都能保证至少有一辆车先行跟踪，然后调查小组的两辆车和其他机组车就会随后跟上，进行交替跟踪。

至此，一张大网缓缓张开，就等猎物落网了。

被瓢泼大雨包裹的五菱之光内，张洪祥、卢振宇，这两个最关心文讷的男人，对视一眼，互相拍拍对方的大腿，一切尽在不言中。

“小老弟，没事的，螳螂捕蝉，黄雀在后，咱们在暗他在明，肯定没事的。”

“我明白，张哥，咱这还是一大群黄雀盯着他一只螳螂，料他插翅难飞。”

时间一分一秒地过去，已经八点了，但是各小组仍然没发现黄宗盛的奥德赛，各大主要酒吧里，仍然没人报告说发现了黄宗盛。

“下雨，堵车。”张洪祥用对讲机说道，“都沉住气，再等等。”

转眼间八点半了，依旧没见个人影。

卢振宇有些隐隐担心，他深吸一口气，想说什么的，但又忍住了。

“小李，小李。”张洪祥用对讲机呼叫另一辆车上的李晗，“八点半了，他们还没到，你是不是看看定位器，看他们到哪儿了。”

“好的，张叔。”

长城哈佛上，李晗掏出了 Pad，打开软件，惊讶地发现文讷的 GPS 定位仍然在纺织宿舍，也就是说，这会儿还在家里没出门呢。她顿时有种不好的预感，张洪祥和卢振宇听到这个消息也是头一大，都感到情况不妙。

卢振宇立刻掏出手机，拨打文讷的电话。但是响了好多遍，都是无人接听。

“不好！”张洪祥抄起对讲机，“小晗，你们留在原地，我过去看一下！保持联系！”说着，发动汽车，一脚油门冲了出去，而卢振宇仍旧不停地拨打文讷电话。

两人都心急火燎，车内逐渐热气升腾，玻璃不断蒙上雾气，卢振宇用毛巾擦了几下，直接摇开车窗，让外面冰冷的雨水打在脸上，两人反倒感觉清爽了许多。这个钟点，马路上也不太堵了，很快就到了纺织宿舍，两人三步并两步冲到六楼，张洪祥掏出钥匙开门，两人刚进去就惊呆了。

地上一串水渍的脚印，而且是赤脚踩出来的，一直从客厅通到卫生间，而卫生间门大敞着，里面空无一人，但是依旧热气笼罩，到处都是水，洗衣机旁的藤筐内放着换下来的内衣……看得出来，刚洗过澡。

卢振宇一下抽出了甩棍，低声说道："张哥你在这守着。"然后轻步往里间走去，里面卧室和书房都没关门，也是空无一人，卧室的床上还整齐摊放着文讷的一套内衣、一件衬衫、一件外套和裙子，看来是准备赴约穿的。

衣服的旁边，整齐摆放着她的全套装备：项链喉麦、空气耳麦，还有小麦克风。

卢振宇明白了，他慢慢退回客厅，看着地上赤脚踩出来的水渍，可以看得出，有挣扎痕迹，而且足迹大小应该就是文讷的……他看了一眼张洪祥，张洪祥的脸已经白了，无力地靠在墙上，正在扯自己的领口，似乎透不过气来。

卢振宇脑子已经乱了，但他拼命告诫自己一定要冷静，冷静！

他看得出来，张洪祥这时候方寸已乱，现在自己必须撑起来。他掏出手机给李晗打电话："晗……晗姐，小文在家里被绑架了，现在咱们分头行动，你们去他家，我们去他店里，运气好的话，争取把他堵住……"

张洪祥艰难地说道："报警……让小李联系警方……五千万咱不要了……我现在就要闺女！"

卢振宇点点头，对电话那头惊骇不已的李晗说道："晗姐，你马上通报警方，请公安介入，抓捕黄宗盛，救出小文！对，奖金不要了。"

第五章 冰雨之夜

文讷人间蒸发！

这个消息就像一把大锤一样，重重砸在每个人的心中，所有人都蒙了。

张洪祥现在已经陷入半疯狂状态，不惜一切代价的要找女儿，他甚至等不及李晗联系警方，吼着要卢振宇开车直接去公安局。

但现在卢振宇头脑比他清醒，死死把他按住，让他冷静，再冷静，现在就自己这俩人跑去公安局，事情说不清楚不说人家都未必理你，可能你还没说两句就把你打发到案发地派出所了，等折腾一圈下来，还是得靠李晗那边。

卢振宇也是痛苦不堪，小文是在洗澡的时候被抓走的啊！换下来的衣服脱在那里，要穿的衣服也摆在那里，浑身赤裸地被抓走，他都无法想想小文当时是怎样一种恐惧的心情。

小文自己在家，防盗门肯定是关得好好的，黄宗盛怎么进去的？当时小文在洗澡，肯定不能去给他开门，防盗门也不是被暴力打开的，黄宗盛怎么有这个本事？

卢振宇看到卫生间门口的水渍脚印还没干，又看到卫生间里依然是一片雾气，想必事发距现在时间很短，于是问道："张哥，这个小区有监控没有？"

张洪祥坐在地上，痛苦地摇摇头。

卢振宇抄起电话打给李晗，想让她想办法尽快调取附近的监控录像，这种事情耽搁不得，但是李晗电话一直占线，想必她正在给警方汇报情况吧。

卢振宇看着地上的脚印，心中一动，把客厅的灯全打开，然后掏出手机拍照，重点拍地上的脚印，因为这个可能一会儿就干了，拍完脚印，他又站在门口把客厅里认为该拍的都拍了一遍。

他现在脑子里闪过一个念头：保护现场。然后他蹲下，按着张洪祥的双肩，使劲儿摇晃了两下，促使他清醒过来，嘱咐道："张哥，你现在这儿守着，警察可能一会儿就来，你别进去乱走，保护好现场，我先到黄宗盛的店里看看，运气好的话，搞不好能撞见这小子。"

他这么一说，张洪祥似乎缓过来一点劲儿了，点点头，咬牙切齿地说道："小老弟……撞见了往死里打。"

"放心，必须的！"

卢振宇开着五菱之光疾驰在大雨中，他恨不得甩掉屁股底下这辆车，跳到大雨里面，不顾一切地奔跑，让冷冷的冰雨冲刷自己，才能浇灭心中的火焰。他狂乱地踩着油门、转着方向盘，嘴巴放肆地咒骂着，路上的每一个电动车和路人都成了他的发泄目标，除了污言秽语，他恨不得踩油门撞上去，把那些横穿马路的家伙顶飞。

他在脑中不断脑补着待会儿在唱片店里堵住黄宗盛的场景，各种吊打、蹂躏，这小子最好像个男人一样多坚持一会儿，好让自己试一遍满清十大酷刑，等把这小子收拾得连他妈都不认识的时候，刚好救出小文，然后才把这小子交给警察，不对，先交给 120……哪怕为此再进一次看守所，都认了。

卢振宇一个甩尾，五菱之光激起一大片水花，停在时代黑胶店门口，他从车窗望过去，只见大门紧闭，网状的防盗卷帘门拉下来，店内一片漆黑。

他掏出手机看了一下，这才不到九点，平时这里都是十点才关门的……怎么回事？黄宗盛不是挺沉得住气吗？上次抓了谢小曼之后，不是都跟没事人一样，该开店开店、该泡吧泡吧吗？怎么这次抓了小文，才九点就把店关了呢？难道是这次垂涎小文垂涎得太厉害了，所以刚到手就迫不及待地回去“享用”了？

卢振宇只感到一阵气血上涌，掀开五菱之光后门，一阵乱扒，翻出一根扁头螺纹钢的撬棍来，冲上去猛撬，警报声大作他也不管不顾，可是这种商业防盗卷帘门实在是太坚固了，一时半会撬不开。卢振宇丢开撬棍，回身上车，车还没熄火，他把油门轰的大大的，一脚猛踩下去，五菱之光一头扎在卷帘门上，保险杠撞掉了，但卷帘门也变形了。卢振宇跳下来从变形处钻进去，打开所有灯，四下里搜了一遍，确实没有任何踪迹，这才冷静下来，开始理智分析，黄宗盛不在这里，大概是去魔窟了，但也没必要提前关店，他不是有晚班的员工替他看店的吗？

他觉得不对——难道黄宗盛感觉到了什么？难道这小子早就知道有张网正等着他跳呢？

正在此时，手机响了，是李晗打来的。李晗告诉他：“已经把情况报告给省厅刑侦总队了，总队也会和市局刑警支队沟通，总之，现在这案子公安机关已经接过来了，卢振宇你一定要冷静，沉住气，别冲动，现在只要跟公安机关配合好，就是对小文最有好处的做法。”

出乎李晗预料的，卢振宇的语气出奇的冷静，他告诉李晗：“现在黄宗盛的店已经打烊了，而平时要在一个小时后打烊的。还有，张老师正在纺织宿舍那边保护现场，如果警方接手了，赶紧让他们过去，另外我们到的时候，卫生间里还有热气，地上的水渍脚印还没干，黄宗盛应该刚把小文抓走没一会儿，应该赶紧排查全市天网系统，黄宗盛的车是一辆黑色奥德赛，车牌号是江 A……记住了吗？”

李晗肩膀夹着手机，手忙脚乱地记着黄宗盛的车牌号，她不禁一阵脸红，自己身为警察，这种关键时刻竟然都不如卢振宇冷静。

“你们到了吗？”卢振宇问道，“你现在到黄宗盛家里了吗？”

李晗和丁海已经到了十八楼，李晗前去按门铃，但是无人应答，应该没人，她和丁海商量了一下，决定先就地埋伏，藏在旁边的楼梯间里，万一黄宗盛回来了呢？

听完李晗的话，卢振宇突然闪过一个念头，说道：“晗姐，你去按旁边1803的门铃，找路老师，她有黄宗盛家的钥匙。”

“啊，对了，路老师！”

李晗想起来了，她跑到1803门口猛按门铃，但仍旧是半天没有反应，看来路老师也不在家。李晗想着卢振宇说的这个女飞贼的既传奇又惊悚的事情，突然有了个大胆的想法。

她拿起手机迅速拨通了卢振宇的电话，拼命压低声音说道：“卢振宇，你有没有想过，真正的绑架者并不是黄宗盛，而是这个路老师？”

卢振宇一愣：“不会吧，为什么？”

李晗转着眼珠子，低声分析道：“你看，小文家的防盗门不是没被破坏吗？那就是技术开锁，黄宗盛有这个本事吗？应该没有吧，可路老师有这个本事！还有，进去之后一招制敌，直接把个大活人揪着脖子从浴室里拽出来，然后弄下楼拉走，弄不好还让人看见了，这得多么艺高人胆大才行啊！”

卢振宇也知道肯定是技术开锁，他也不知道黄宗盛有没有这个本事，不过李晗说得对，路老师肯定是有这个本事的。

“但是……”他说道，“路老师绑架小文干什么？有什么动机？”

“呃……也许是……”李晗吞吞吐吐猜测道，“也许是知道小文家里有钱，想绑票也说不定？”

卢振宇心想路老师就是奔着五千万赏金来的，明知道小文是最关键的人物，偏在这个节骨眼上把她绑了，这不是跟自己过不去吗？她要赎金能要来五千万吗？且不说她那个后爹愿不愿意为这个便宜女儿掏巨额赎金了。他把这些理由跟李晗一说，李晗也觉得有道理，可就是偏偏觉得这个路老师有问题。

“总之，很可疑！”她说道。

与此同时，地球的另一端，加勒比海的艳阳下，公海上，一艘大型豪华游艇在缓缓游弋，巨大的白色流线型艇身上，雷达在匀速转动，一架直升机停在后甲板上。在几个制高点上，可以看见身穿夏威夷花衬衫的彪形壮汉，戴着墨镜，毛茸茸的手臂挎着 HK416、MP5，甚至还有 M–249 机枪，其中一人脚下还放着一个长条形的箱子，里面大概是某种肩扛式防空导弹……

上层甲板的游泳池旁，一群比基尼美女们正带着墨镜、百无聊赖地躺在遮阳伞下的躺椅上，喝着饮料，聊着八卦，而她们本该服务的男人们，此刻却在下面一间隐秘的豪华大厅内，进行一场全球最顶尖、也是最见不得人的拍卖会。

拍卖会人不多，也就二十来个，有男有女，男的西装革履，女的珠光宝气，端着香槟杯，好像参加的是一场慈善晚会。

但他们基本上都是代理人，为背后不便出面的大老板们举手出价的。至于那些大老板们，则遍及全世界：东亚、俄罗斯、欧洲、美国、拉美、中东，甚至朝鲜和古巴……

这已经是今天的最后一件拍品了，可以说，这些代理人们主要都是冲着这件拍品来的。

两位金发美女推出来了一个防弹玻璃的恒温恒湿箱，里面的天鹅绒上，赫然挂着不久前失窃的那幅纽约大都会博物馆的镇馆之宝——德加的名作《舞蹈教室》。

拍卖开始了。

在最后一排的沙发里，路石铭穿着晚礼服，小口品着香槟，听着台上拍卖师不断叫出一个又一个天文数字，往沙发里躺了躺，露出了惬意的微笑……

近江。

文讷失踪，张洪祥被噩耗击垮，现在卢振宇俨然成了调查小组的核心，虽然他也心急如焚，但他仍旧头脑清醒，一个指令接一个指令地指挥着调查小组，分头奔忙，各司其职。

他有种感觉，文讷虽然不在了，但她的意识似乎附到了自己身上，就在这一会儿，他只觉得自己智商爆棚，过去的几个月，自己好像都没这么聪明过。

卢振宇不知道的是，人在极端的情况下，比如拼命求生、脱困、或者拯救自己最爱的人的时候，自身的潜能会被逼到最大限度，而这一点，李晗、丁海甚至和文讷情如姐妹的秦琴都做不到。

他刚才已经指挥着李晗调来了公安登记的开锁匠，打开了黄宗盛的家门，又开了路石铭的家门。小文既不在黄宗盛家里，也不在路老师家里，这个也在意料之中。

不过出乎意料的是，两所房子里都是乱七八糟的——路老师的房子乱七八糟很正常，卢振宇上次进去看到的就这样，可以说是一切如常，而黄宗盛家里卢振宇上次也进去了，那本是一个整洁无比的房子，但现在则是一片乱七八糟，而且一眼就能看出来，是临时大量翻动造成的。

刑警还没来，李晗很小心地进去检查了一番，发现这不像是遭小偷，倒更像是逃亡前的一次仓促收拾。

“晗姐。”卢振宇说道，“去路老师那边，看看笔记本电脑还在不在？”

他想碰碰运气，路老师在黄宗盛家里装了针孔摄像头，如果她的笔记本电脑在的话，那么应该能看到黄宗盛之前的行动，至少是在家里的行动。

很可惜，李晗很快就告诉他，路老师家里找不到笔记本。

那就是她随身带走了，卢振宇思索片刻，问道："丁海在那边吧？晗姐，你让丁海守在那里，你去调查黑胶唱片的员工，查查这老小子到底是打烊还是关张歇业了？如果是关张歇业，那就麻烦了，说明这老小子发现不对，想逃跑了。"

"好的……我这就过去。"李晗打着手机，一边低声吩咐了丁海几句，一边招呼着锁匠一起下电梯。

"晗姐。"卢振宇继续指挥道，"我把黑胶唱片的员工通讯录发给你，娜娜、小玉、小菡三人是白班的，剩下的都是晚班的，重点查晚班，问黄宗盛下午和晚上的行踪，几点离开的，后来有没有再回来，有没有交代什么之类的，我在这边查店里的监控名记录，两边对比就能得到一些线索。"

李晗一边用脑子记着，一边纳闷，卢振宇这傻小子怎么突然这么聪明了？

黑胶唱片店内，卢振宇坐在电脑前忙碌着，他一边搜索监控视频，一边掏出手机打给李晗，催她快点过来，因为他已经听到了楼下街上的路人，还有附近店家的议论声，显然大家都被这场面吓着了，以为是武装抢劫，现在估计不少人都在报警，在110来把自己抓走之前，最好能有一个省公安厅的警花在身边说明情况。

很快，只听到楼下一阵刹车声，然后传来李晗的惊呼："啊……这是要闹哪样？"

卢振宇把脑袋伸出窗户，冲她招招手："上来！"

李晗踩着满地的碎玻璃，惊魂未定地走上楼来，看到卢振宇已经在看监控视频了，右上角的时间显示为今天晚上六点，正好是四个小时之前，距离案发时间不会超过三个小时。

“卢……卢振宇。”李晗都不知道该说什么好了，“你为什么这么莽撞？直接开车撞进来，有这样查案的吗？进不来你可以跟我说啊，我带锁匠过来！”

“现在不是查案了。”卢振宇头也不抬，聚精会神盯着屏幕，不时地敲一下快进或快退按钮，“现在是救人！只要能多赢得哪怕一秒钟，别说撞门了，撞人我都敢。”

“卢振宇！”李晗先横眉立目，随后叹了口气说道，“好吧，我理解你。”

卢振宇没理她，盯着屏幕迅速按了两下快退，然后按播放，只见监控画面上，黄宗盛正在二楼办公室收拾东西，最后收拾出了一个大旅行包，然后坐在电脑前查着什么，片刻后像是查到了，拿出手机看着电脑屏幕拨号码，然后开始打电话。

卢振宇赶紧把音箱打开，但调了半天也没有声音，看来二楼办公室的监控探头不怎么样，只有视频，没有声音采集功能。

黄宗盛打完电话，又在办公室坐了一会儿，满脸的阴郁，使劲儿抽烟，最后似乎下了很大的决心，把烟屁股一摔，起身拎着旅行包就走。

卢振宇又赶紧调到楼下的监控，楼下的摄像头比较高级，高清画面，还带音频的，就听黄宗盛临走时候对店员吩咐道：“我最多三天就回来，店里辛苦你们了，对了，今晚下雨，肯定没生意，你们早点打烊吧。”

在女孩子们一片恋恋不舍的“宗盛再见、宗盛一路平安”之中，黄宗盛最后环视了一圈店面，然后撑起雨伞，拎着旅行包，头也不回地消失在门外。

卢振宇和李晗对视一眼，表情都很疑惑。

“这小子要跑路？”卢振宇皱着眉头，“难道他觉察到了？”

李晗也疑惑道：“不对啊，他应该是去小文家绑架啊。”

“不好！”卢振宇感觉一股凉意传遍全身，“他要把小文绑去外地！”

就在这时候，楼下一个声音传上来：“有人没有？谁报的警？”

110 巡警来了，李晗赶紧跑下去，亮明证件，说这是省厅刑侦总队在办案，很快把巡警打发走了，再上来的时候，就看到卢振宇正在盯着屏幕骂骂咧咧："妈的，这老小子临走之前把上网记录全删了，连回收站都清得干干净净，什么都查不到了！不过估计这小子也是忙晕了，忘了把监控视频都删了！"

李晗正想说"要不把硬盘拿到省厅去做数据恢复"，就听卢振宇说道："这也难不倒我！"

他拉过桌上的电话座机，摆弄了几下，就弄出了电话记录，黄宗盛走之前就是用这个座机打的电话，电话机液晶显示屏上正是那个拨出号码。

卢振宇抓起话筒，就要按回拨键，突然警醒了，他怕万一对方是黄宗盛的同伙，那就打草惊蛇了。

"晗姐。"他抬起头问，"你们警方有没有办法查到这个号码是哪里的？"

李晗白了他一眼，直接拨了"114"，对接线员报了这个号码，随后接线员告诉她，这个号码登记的是近江市银海汽车租赁公司。

"这小子要租车！想干什么？"

卢振宇看了一眼时间，这个点租车行应该还开着吧，他直接按这个号码回拨了过去，过了片刻，那边有人接了："喂您好，银海汽车租赁。"

卢振宇看了一眼李晗，按下免提键，清清嗓子说道："你好，我这边是省公安厅刑侦总队，案子上有点情况找你们了解一下，今天晚上六点五十三分，有没有人打电话到你们那租车？"

听到"省公安厅刑侦总队"，电话那头的人一愣，不过很快就反应过来了，有些紧张地说道："这个，警察同志，我查一下啊……您稍等一下……"

"好的，快点。"卢振宇威严地说道。

要是普通人接到这种自称公安机关的电话，十有八九都会当做诈骗电话直接挂掉了，但是租车行不一样，社会上经常有人用租来的车进行犯罪，所以这行业有时的确要跟公安机关打交道，实际上这位员工也不是第一次被警方询问情况了。

过了片刻，那边回话了："警察同志，没错，六点五十三分确实有个咨询电话，问我们都有什么车，怎么租的，多少钱什么的。"

"然后呢？他租了吗？"

"租了，七点多钟就到店里来了，租了一辆汉兰达。"

"汉兰达？"

"对。"那位工作人员回忆道，"他上来就说要租辆大点的车，我问你想要多大的车？他问有大面包车吗，五菱、金杯那种，我说那种没有，我们这儿的车都比较偏商务一点，然后我向他推荐了几款 MPV 和 SUV，按他的要求，都是那种动力强、空间大、又不是太扎眼的那种，最后他选的汉兰达。"

卢振宇和李晗对视一眼，都明白了，黄宗盛这就是要租绑架工具。

李晗凑过来插话问道："你们租出去的车都有行车轨迹吧？"

"那肯定有的。"

"好，"李晗看了一下表，说道，"我们现在就过去，你们公司在什么地方？"

那边显得有些为难："可是……我们这马上就下班了。"

卢振宇的火一下子就上来了，直接就要放狠话，李晗把他按住了，对着话机说道："你能配合还是配合一下，耽误不了多长时间，要不然我们还得开传票，正式传唤你到总队来问话，那样你麻烦我们也麻烦，你说对吧。"

那边立刻就软了，赶紧说说了公司地址，卢振宇带着李晗直冲下楼去。

好容易将五菱之光从扭曲的卷帘门和玻璃碴中倒出来，还好车子没什么大碍，再次发动起来声音正常，只是保险杠严重损坏，连大灯都没撞碎。

正开着车，卢振宇手机响了，他刚接起来，就听到一个狂暴的声音，几乎把耳膜震碎："卢振宇！我妹妹呢？"

卢振宇吓了一跳，一时没反应过来，看了一眼屏幕，只见上面显示的是"许大哥"，心想糟了，小文家里还是知道了……这么快，谁告诉他们的？

"许……许大哥？"他的声音有些露怯，因为实在不知该怎么面对小文的家人，“那个……案子……案子出了点状况，小文……小文她……嗯……”

“小文被那家伙抓走了是不是？！”

事到如今只得实话实说了，卢振宇硬着头皮说道：“嗯，不过……我正在调查那家伙的行踪，小文应该……应该不会……”

许家豪的声音突然变得很冷静：“你现在在什么地方？我过去找你。”

卢振宇心想，反正是要面对，早来晚来都是来，许家豪黑白两道通吃，江湖耳目众多，也许他参与进来会有很大帮助，于是说道：“我们正在去银海租车行，就在XX路和XX路交叉口那边，你来找我们就行。”

那边什么都没说，直接挂了。

旁边的李晗已经猜到怎么回事了，充满同情地看着他，半晌才说了一句：“放心吧，吉人自有天相，小文应该……应该没事的。”

卢振宇狂躁地开着车，好半天才重重地叹了口气——没事？那得看怎么定义“没事”这俩字了……小文可是一丝不挂的被抓走的，现在已经过去至少两小时了，姓黄的可是色中饿鬼，恐怕小文早就惨遭蹂躏了吧！

“黄宗盛！”卢振宇忍不住胸中懑闷，放声大骂，“我不会放过你！”

李晗坐在旁边，一声不吭，她已经猜到卢振宇此刻在想什么了……老实说，他想的确实合乎逻辑，此时此刻，小文想必已经被……唉，其实这都是次要问题了，如果最后能把人活着救出来，那就谢天谢地了。她瞥了一眼近乎疯狂的卢振宇，默默地扣上了安全带。

快到银海租车行的位置了，卢振宇减慢速度，两人都在伸着脖子，盯着路边一个接一个的门头，寻找着那家租车行。

此时就见侧面两道的氙气大灯刺过来，亮得睁不开眼睛，几秒种后一声巨响，伴随着一股大力，卢振宇只觉得天旋地转，耳边只听到李晗歇斯底里的尖叫，然后又是一声巨响，整个世界横过来了。

两秒钟后，他反应过来，五菱之光让人撞翻了。

他深吸一口气，觉得没有受伤，手忙脚乱地解安全带，但怎么也解不开，他一边问着“晗姐你怎么样”，一边摸出大剑鱼，一刀把安全带割开，然后又把李晗的安全带割开，李晗又是一声尖叫，压到了他身上。前挡风玻璃已经龟裂了，卢振宇学着动作片里男主角的样子，使劲儿用脚踹，两三下就把玻璃踹开了，然后拉着李晗，狼狈不堪地爬了出去。

李晗貌似也没有大碍，只是糊了一脸的血，吓得不轻，坐在那儿都站不起来了，卢振宇站了起来，只见旁边的氙气大灯熄了，大雨中显现出一个高大的轮廓——那是一辆悍马。随着几声关门声，车上跳下几条大汉，为首一人上来二话不说，一个大鞭腿，一下把卢振宇抡到路边法桐树干上去了。

卢振宇打了个滚爬起来，看清那人模样，大吃一惊：居然是许家豪！

“许……”

卢振宇还没说完，许家豪接着一个侧踹，卢振宇胸口又重重挨了一下，往后退了好几步，靠在梧桐树上，盯着许家豪。他把人家妹妹弄丢了，本来是心中充满歉疚的，但许家豪不由分说上来就揍，还结结实实连续两腿，卢振宇正窝火着呢，一下被打得火冒三丈，拉开架势吼道：“许家豪！你干什么？你疯了吗？”

许家豪真像疯了一样，扑上来连续几个直拳、勾拳、肘击、侧踹，卢振宇连连躲避，但有的躲过去了，有的没躲过去，还是结结实实挨了好几下，鼻孔、嘴角都流出血来。

事到如今，卢振宇也不客气了，大吼一声扑上去，小腹立刻挨了许家豪一个膝盖，但他猛扑的力道不减，一下把许家豪扑倒在地，随即骑在他身上，左右开弓，连续几拳掏在他腮帮子上，然后又用膝盖顶在他肚子上，抓住他的头发试图往地上撞，这一晚上憋的火此刻都爆发出来了。

但是许家豪也不是吃素的，毕竟练了那么长时间的MMA，他趁机掐住了卢振宇的脖子，两个大男人在雨中扭打作一团，瞬间都有种致对方死地而后快的意思。这时候许家豪身后那几条汉子反应过来了，赶紧冲过来拉，几条大汉费了九牛二虎之力，好容易才把卢振宇和许家豪拉开，就这样两人还吼叫着，试图挣脱开去攻击对方。

但这毕竟是在大雨中，冷冷的冰雨胡乱地拍，很快大家都冷静下来了，另外几个汉子也分别在许家豪和卢振宇的身边劝说着，李晗也被他们扶起来，搀到路边屋檐下坐着了。

卢振宇这时候才认出来，其中一人就是陈浩，这辆悍马也是他的，文讷出事的消息，肯定是他告诉许家豪的，不用问，刚才这悍马肯定也是许家豪开的，他已经失去理智了，如果是陈浩，借他个胆子也不敢开车撞自己。

两人都扶着梧桐树，让雨水顺着头发和眼睛不断流下，喘着粗气，怒视着对方。

卢振宇突然觉得哪里不对劲，他从许家豪的眼睛里看到了一种熟悉的情绪，那是和自己此刻一模一样的情绪——那不是一个哥哥对妹妹的担心，而是一个男人痛失自己最爱的女人之后的那种绝望和愤怒。

卢振宇的脑海中似乎被一道闪电照亮了，许家豪也爱小文！眼前这个男人不是自己女友的哥哥，而是自己的情敌！一瞬间，许家豪之前的很多行为，卢振宇都想明白了。

"许家豪！"卢振宇直视着对方的眼睛，逼问道，"你是不是也喜欢小文？"

许家豪惨笑着，任凭鲜血和雨水流进眼睛里："喜欢？原来你只是喜欢？你知道喜欢和深爱的区别吗？你知道深爱一个人却又不能说，只能埋藏在心里六年，是什么滋味吗？"

此言一出，旁边的李晗、陈浩还有陈浩的手下，大家都面面相觑，空气瞬间无比尴尬。

卢振宇几乎也被他吓着了，有些不敢相信自己的耳朵，心中默念着：六年！

他盯着许家豪看了好一会儿，这才回过神来，冷冷地说道："想救小文吗？"

许家豪喘着粗气盯着他：“你有这个本事？”

卢振宇瞥了一眼不远处“银海汽车租赁有限公司”的 LED 门头，说道：“想救小文，就跟我来。”说完，也不理他，拽起李晗，大踏步地往租车公司那边走去，然后回头说道，“带上你的人，你的加入，也许会有帮助。”

银海租车行的工作人员看到李晗的警官证，又看着眼前这几个一身水、一脸血的人，还是有点匪夷所思。

“下雨路滑。”卢振宇摆了摆手，一脸无所谓的样子，“车开得急了点，刚才撞了一下，没事，你把那辆车的轨迹调出来吧。”

工作人员将信将疑地打量着他们，但还是在电脑前将那辆汉兰达的轨迹调了出来。

果不其然，这辆汉兰达从租车行开出来后，直奔纺织宿舍，在文讷家的那栋楼下停了大约半小时，然后再次启动，一直向北开，又在淮江二桥南岸附近停下了，大约一个小时后，车子再次启动，驶上淮江二桥，前往北岸区，最后在黄宗盛租的仓库旁边停了下来。

根据车辆 GPS 显示，这辆车现在还停在那里没挪窝。

“好！”看着李晗用手机把轨迹地图拍了下来后，卢振宇直接站起来，“走，去仓库！”

他拔腿飞奔，一群人跟在后面跑着，来到外面，变形的五菱之光四轮朝天，现在只能坐悍马了，一辆悍马坐不下那么多人，许家豪让陈浩他们留在这里帮忙处理车祸现场，并把他的悍马借走，承诺他车撞坏了，回头赔一辆新的。陈浩赶紧说救人要紧，让豪哥尽管开去用。

卢振宇负责开车，李晗坐副驾，许家豪坐在后座，人手不多，但足够了，就算黄宗盛练过几下，有卢振宇和许家豪两个人也足够对付他的。

“小卢，那仓库是什么地方？”许家豪问道。

卢振宇说道：“以前调查过，是黄宗盛租的一个仓库，算是他的一个落脚点吧。”

“黄宗盛是谁？”

“就是那个色魔！”

许家豪点点头，明显脸色好些了，但是目光中流露出毫不掩饰的杀气，开始把指关节掰得啪啪响。

三人都把安全带系得牢牢的，硕大的悍马冒雨狂飙，很快就来到了北岸区黄宗盛的仓库。

大雨中，悍马亮着氙气大灯开进院子，两道强光照在仓库大门上，那把大钢锁赫然挂在那里。李晗刚掏出手机说了句“要不我再找锁匠来”，就看卢振宇转头和许家豪对视一眼，两人同时用力点一下头。

就听卢振宇喊道：“都坐好了！”

李晗一阵不祥的预感，下意识地抱着脑袋，就觉得一股强大的推背感袭来，紧接着一声巨响，灯光中灰尘木屑乱飞，她尖叫一声，惊魂未定地望向窗外，发现自己已经身处在仓库之中了。

她刚想怒斥卢振宇，就见卢振宇和许家豪双双推门跳下车，而且还双双掏出了“凶器”，卢振宇抽出了一根甩棍，许家豪掏出了一支黝黑的手枪，李晗吓了一大跳，心想这家伙当真是急眼了，当着警察的面都敢掏枪了。

在悍马的氙气大灯照耀下，卢振宇找到开关打开灯，仓库中一片明亮，一切都一目了然，许家豪第一次来到这里，看到满地堆放的架子床和各种设备，也不禁心惊，虽然没人跟他解释，但他自己也猜到了七八分。

卢振宇和李晗都看得出来，仓库里和上次没什么变化，卢振宇返回院子里，看到暗处停着一辆大车，过去一看，正是黑色的汉兰达，看车牌号，确定是银海租车行的那一辆。

李晗拿出租车行的备用钥匙，打开汉兰达，用手机电筒照着简单检查了一遍，没发现什么异常，前座后座都没有什么残留物，没有明显的头发、血迹、体液什么的，也没有挣扎打斗的痕迹。不过目前也只能目测一下，至于详细的，比如有没有文讷的指纹、DNA 什么的，就要警方鉴证小组来了。

许家豪把枪插回腰里之前，在李晗眼前晃了一下，笑道："别紧张，不是真家伙。"

李晗拿出手机，向安犁天报告情况，说嫌犯租的车已经发现了，具体在什么位置，请速派技术人员来检测。

安犁天也告诉了李晗一些初步调查结果：首先，黄宗盛的手机无法定位，无论用 GPS 方式和基站方式都找不到信号，看来这人反侦查意识很强，不仅关机，很可能连 SIM 卡都抠掉扔了，当然这也在意料之中。其次，刑侦干警已经前往纺织宿舍勘探第一现场，正在给古文讷的父亲张洪祥做笔录，目前张老师的情况不太好，血压比较高，做完笔录后已经把他送去医院观察了，应该没什么大碍。

至于黄宗盛的家里和唱片行，警方也都正在勘查，唱片行还没查到什么有价值的线索，主要是排查店内的监控视频，传讯店内打工的几个女生，至于黄宗盛的家里，各种证件票据、贵重细软都不见了，确实有仓促收拾出逃的迹象。

李晗欲言又止，看来他们还没发现黄宗盛屋里的针孔摄像机，她犹豫了一下，还是没主动说出来。

"对了，小晗。"安犁天苦笑一声道，"现在古文讷家里已经知道这个事了，她妈妈快疯了，而且把火都撒在张洪祥头上，她放话说万一她女儿有个三长两短，她就要张洪祥的命……所以，我的意思是，你是让卢振宇到医院去吧，一方面照顾他老丈人，另一方面也能保护，万一那女人真干得出来呢？"

挂上电话，李晗苦笑着把安犁天的话又说了一遍，卢振宇直接拒绝，说："都什么节骨眼上了，还让我去医院守着，小文妈妈明摆着是说气话呢。"

许家豪冷冷地说道："你怎么知道她是说气话？你了解她吗？"

卢振宇一愣：“怎么着，她还真敢杀人不成？”

许家豪冷笑一声：“真到那一步，她绝对干得出来，而且这活儿多半还是交给我去执行，不过，真要办人，我也不会办老张的，那毕竟是小文的爸爸。”

卢振宇盯着他：“这意思是，你是想办我了？”

许家豪一言不发，冷冷地点头。

“好啊。”卢振宇也冷笑道，“真到那一步了，我随时奉陪，不过在那之前，你别给我添乱，别碍着我救小文。”

许家豪阴鸷地看着他，半晌才咬牙切齿地说道：“没问题。那么……接下来，该查什么地方了？”

三个人面面相觑，卢振宇深吸了两口气，让自己消消气，然后看着李晗，突然说道：“你说，黄宗盛半道还在一个地方停了一个钟头是吧？在什么地方？”

李晗掏出手机看了下轨迹照片，说道：“上车，走！”

悍马又开过了淮江二桥，回到了南岸，顺着引桥的大转盘转到了桥下，刚才通过的淮江二桥依旧灯火通明，不过已经高高的在头顶上了，他们现在正在淮江二桥底下，周围一片荒凉，像是一个报废车辆的停车场，大量废旧车辆停在这里，都蒙着厚厚的灰尘。

根据黄宗盛的行车轨迹，到北岸仓库之前，他曾经在这停了一个小时之久。

雨已经停了，卢振宇推门下车，四下张望，眼前是漆黑的淮江，江心不时有运煤运沙子的拖船缓慢驶过，背后不远处就是高大的妙法山。依山傍水，按说这里环境不错，又在淮江二桥旁边，交通便利，不应该这么荒凉的。

“这儿不是那个烂尾游乐场吗？”李晗也下车，望着远处说道。

卢振宇望着夜幕中一个黑乎乎的高大身影，也想起来了，那玩意儿是个摩天轮，号称“华东地区最大摩天轮”的，现在也黑灯瞎火的报废在哪儿了。

前几年上海要建迪士尼乐园，全国很多地方都受了刺激，一窝蜂地上马各种主题公园，近江也不例外，就在这依山傍水的江边搞了个主题公园，可惜没两年就烂尾了，一直烂到现在，偏偏这片烂尾工程还挺大，本来妙法山北麓这一大片要风水有风水，要风景有风景的，就被这一大片烂尾工程拖累成鸟不拉屎的地方，到处荒草半人高，野猫出没，甚至还有黄鼠狼和蛇，连累淮江二桥南岸这一大块都迟迟发展不起来。要是放在几年前，早就有开发商红着眼睛抢过去重建了，偏偏这几年房地产不景气，再加上这块地错综复杂的经济和法律纠纷，这么一大块烫手山芋，没人愿意接。

“这地方我熟，”许家豪在后面说道，“这两年过来看了不下十次，一片废墟，跟鬼城一样，倒是囚禁人的好地方。”

这句话提醒了卢振宇和李晗，黄宗盛在这耽搁了一个多小时，很可能他的秘密巢穴就在这里，他先把文讷弄进巢穴里，然后又去北岸仓库干什么不可告人的事的！

李晗问道：“两年来看了不下十次？为什么一个劲儿地来这儿看？”

许家豪点上一根烟说道，“有段时间，公司想把这块烂尾地拿过来，重新开发。”

卢振宇问道：“后来呢？”

许家豪瞥了他一眼，眼中满是“关你屁事”，但喷了口烟，还是摇摇头：“后来放弃了，不划算。”

李晗说道：“那还等什么？进去看看！”

卢振宇点点头：“走，上车！”

悍马亮着氙气大灯，缓慢开在废弃的游乐场里，夜晚的废弃游乐场阴森恐怖，满地荒草，到处都是参天大树，这些大树都是建游乐场的时候移过来的，有些已经枯死，只剩下巨大的躯干如同鬼魅，还有新长出来的一丛丛灌木，不时有一座锈迹斑斑的大型游乐设施，还有一些场馆建筑也都是锁着大门，玻璃砸得稀烂，凑近了用手机电筒照着看，里面各种杂物，还有干了的屎尿，阴冷潮湿，臭气熏天。

“注意看看有什么生活痕迹，”卢振宇慢慢开着车，往车窗外瞅着，“比如什么生活垃圾，没有尘土的车辆，或者门窗比较完好的房子，之类的……”

后座，李晗已经用手机把情况报告给了安犁天，很快就会有大批刑警来对这里彻底搜索。汇报完毕，挂上电话，李晗突然没头没脑地问道：“许大少，这么好的一块地方，你们金天鹅怎么就没接过来做呢？”

许家豪瞅着窗外，心不在焉地应着：“风水不好。”

“风水不好？”

“对。”许家豪说道，“离山太近，还是在山北边，背阴，每天见太阳的时间太短，阴气重。我爸找人看过，说是大凶之地。”他顿了一下，又说道，“当年建游乐场的时候就事故不断，前前后后死了六个工人，最后资金链断了，老板跑路，没多长时间就让讨债的逮着了，给绑起来嘴贴上胶布扔后备箱里，不小心憋死在里边了，现在案子都破了，这块地几年之内换了两茬子老板，基本都是谁接谁倒霉。金天鹅不想做第三个，就这么简单。”

卢振宇咀嚼着他说的话，然后转脸看了他一眼，有种很奇怪的感觉：不是说不划算吗？怎么又改风水不好了？李晗就问了一句，他说这么多干什么？

他问道：“是不是陆总想拿下，但是许总找人看过，说风水不好，然后说服陆总放弃的？”

“对，干房地产的都信这个，再加上确实不太划算……”许家豪望着窗外，突然转头盯着卢振宇，一脸的狐疑，“我说，你老盯着这事问是什么意思？跟小文失踪有关系吗？”

“没事。”卢振宇嘴角撇了撇，“随便问问。”

第六章 魔窟初会

三人在废弃游乐场搜索了一个多小时，直到半夜十二点，感觉还没搜到三分之一，一个是游乐场面积实在太大，当初奔着迪士尼那个规模去的，另一个是各种场馆建筑实在太多，很多地方跟迷宫一样，许家豪算是三人中对这里最熟悉的了，但他也只是白天来走马观花地看过几次而已，再加上因为长期废弃，杂草灌木丛生，又是夜里，根本看不清。

突然，远远看到有车灯朝这边开来，卢振宇立刻熄灭车灯，把悍马开到隐蔽处，三个人下车严阵以待，对方似乎刚才也发现这边有灯光，直奔着这边开过来，直到开到近处停下，从车上下来四个人，其中一人穿着警服。

三人这才从暗处出来，李晗掏出证件表明身份，原来这边来的是市局刑警队的便衣，那个穿警服的是当地派出所的值班片儿警，跟着过来带路的。

李晗本来指望着能来大批刑警彻底地搜查，但是只来了四个人，其中一个还是片儿警，但是对方说了，他们是先过来简单勘察，判断一下这里是否适合长期藏匿人质，具体还要结合其他现场的调查结果，而且这大半夜的也不可能一下抽调那么多警力过来，就算全面搜查，也要等到天亮。

市局的人了解了一下情况，然后又跟着他们在废弃游乐场里转了一圈，打电话跟上头汇报了一会儿便撤离了，漆黑的游乐场里，仍然只剩下卢振宇、许家豪、李晗三人。

许家豪望着远去的尾灯，往地上啐了一口，冷笑道："指望这帮人，呵呵！"

说着掏出了手机，开始吹哨子喊人。

一时间，长江二桥南端出租车灯云集，乒乒乓乓的关车门声，大小混混来了上百人，手里抄着各种家伙，互相打着招呼，一边互相发烟一边打听，这次整这么大场面，是要跟谁开片？是要来一场江滩大战还是怎么着？

别说，大半夜的，江滩，废弃游乐场，还真是适合打群架的地方。

直到许家豪开着车从里边出来，跟大家把情况一说，这帮人才恍然大悟：原来不是要砍人，是许大少要救妹妹，那不用问了，这事儿更得出力，江湖救急，两肋插刀那是必须的。

许大少也是讲究人，临时建了个群，让来的都加进来，然后开始群发红包，许大少出手阔绰，大半夜的不会白把人喊来，可着单笔 200 的上限，每人先发 200 块钱红包，并表示明天让人提现款来，每人 1000 块钱车马费。

一时间，游乐场门口人声鼎沸，各种欢呼声、表态声、拍胸脯声响彻云霄。

这时候，有人看见小卢哥了，人群又是一轮鼎沸，好多人都纳闷：小卢哥和许大少怎么玩儿一块儿去了？

卢振宇趁机宣布道："许大哥是我女朋友的哥哥，也就是我大哥！"

众人顿时都释然了，上回古兰丹姆饭店那次，很多人还亲眼看见小卢哥和陆总、和许大少父母坐在一桌，看来人家这门亲事已经定了，现在妹夫和大舅子一块儿来救人来着。

许家豪心里那个恨啊，不过他知道现在不是算账的时候，只得硬着头皮，咬牙切齿地说了一句："没错，小卢是我兄弟。"

上百口子人打着手机电筒、抄着家伙，吵吵嚷嚷的，像蹚兔子一样，在游乐场里散开，见到荒草灌木丛就过去扒拉一下看看，见到黑咕隆咚的建筑就扒着窗户往里照，有的用甩棍把窗户上残存的玻璃"叮叮当当"敲干净，然后翻进去查看，有的直接一脚踹开门，直接冲进去查抄一番，跟鬼子进村一样，嘴里还喊着：

"黄宗盛！出来！"

"别藏了，看见你了！"

"大小姐！大小姐！"

"许小姐！"

"文公主！"

"姓黄的，是男人就出来！"

卢振宇和李晗看这阵势，都暗自摇头：这么大张旗鼓的，有十个黄宗盛也早跑没影了，现在唯一希望的就是他能迫于外面的威势能把小文留下，或者是他那个巢穴别太难找。当然了，前提是他们的假设成立，也就是说黄宗盛的巢穴得真在这儿。

上百口子人，听起来很多，但真撒到这么大面积的地方，仍然显得杯水车薪，吵吵嚷嚷折腾了一夜，到了后半夜，很多人都哈欠连天的，也没谁正经干活了，三三两两地散在各处抽烟聊天，有那头天晚上喝多了的，直接找个僻静地方靠着，鼾声震天了。

折腾了一夜，算是把游乐场粗粗地过了一遍，没有任何结果，许家豪抽着烟，红着眼睛，憋着一肚子火，一副想找人打架的样子。卢振宇看他这个样子，早就躲得远远的了，他不想再跟这个变态恋哥哥干一架，现在但凡剩一分力气，卢振宇都准备留着找文讷。

到天亮的时候，除了卢振宇和许家豪仍然精神头十足之外，连李晗都撑不住了，上下眼皮直打架，卢振宇劝了好几次，她都说过意不去，说什么都不愿进车里睡觉。

许家豪打了个电话，过了一会儿，林小斌开车带着几个人来了，带来了十万多块的现金，许大少说到做到，现场发钱。本来困得睁不开眼的小混混们现在又都精神了，排着队每人接过一叠钞票，现场欢呼声、道谢声响成一片。

许家豪向众人道谢之后叫他们先回去休息。众人拿了钱，都一个劲儿说许大少讲究，仗义，下次再有需要，随时说话，保证分分钟赶到。

人都走了，只留下疲惫不堪的三个人，相对苦笑，许家豪又掏出手机，琢磨着再从什么地方喊一帮人来，先前是夜里搜的，效果不好，现在白天了，按说比夜里更适合搜查，但道上的人能喊来的昨天已经都喊来了，人困马乏都回去了，现在想再喊人，竟然无人可调了。

这时候，远处警笛声大作，大批的警车、警用涂装的依维柯开进来，前边是十来个剃着平头、背着斜挎包、夹着手包的便衣刑警，后面从车上跳下来上百的特警、辅警，喊着口令整队、分配任务，还有狗叫，原来是警犬也来了。

这时候李晗的手机响了，是安犁天打来的，他说在省厅和其他各方力量的协调下，市局领导高度重视，昨晚已经成立了专案组，把黄宗盛列为重大嫌疑人，进行全国通缉，现在就是来可疑区域进行全方位搜查的。

三人顿时有种“柳暗花明又一村”的感觉，激动得都不行了，带队的刑警认识李晗，也认识许家豪，过来寒暄了一阵，叫他们不要着急，一定要相信警方，警方会尽最大的努力救人。

李晗也明白，安叔叔嘴里说的“其他各方力量”，多半就是文讷家里的力量，甚至还有陆刚的力量，说起来，文讷毕竟是为了帮他儿子脱罪才甘当诱饵被绑架的，于情于理陆刚都不能袖手旁观。

特警队的训导员牵着两条警犬过来了，一名刑警从车上拿下两个袋子，里面各有一团衣服，一袋是黄宗盛的，一袋是文讷的，分别给两条警犬嗅，然后牵着警犬开始搜索。

卢振宇和许家豪看这架势，立刻又燃起了希望，两条警犬也显得很兴奋，拽着训导员往前跑，但刚跑出去几十米，就又转回来了，发出呜咽的叫声，围着下车的地方，转来转去，并不往游乐场里面跑，只是在门口废弃停车场这里打转。

训导员又重新让它们嗅嗅衣服，再次发出指令，但警犬还是在周围瞎转。

旁边的市局刑警也很着急，问怎么回事，是不是黄宗盛和文讷没来过这里，训导员说："从警犬的反应来看，他们还是有可能出现过在这里的，但由于昨晚一直下雨，大量的气味信息都被冲掉了，所以警犬找不到。"接着他又补充了一句，"当然了，还有可能就是嫌疑人只是在这附近下了车，短暂逗留了一下，然后又走了，并没有走远，你看警犬只是在这一片儿转，这也和警犬的反应相符合。"

周围几个人又烦躁起来，卢振宇和许家豪都红着眼睛，拼命抽烟，就像两个赌了一夜、快输光了的赌鬼。

文讷慢慢地恢复了意识，只觉得浑身无力，口干舌燥，想睁开眼睛，却发现根本睁不开，眼睛被什么东西蒙着。她感觉自己坐在一个很软的椅子里，靠背很高，后背垫得很舒服，想抬手揉揉眼睛，发觉根本抬不起来，双手手腕好像被固定在扶手上面了，想站起来也不行，双脚似乎也被固定住了。

文讷想起了昏迷前的最后情景，顿时惊慌起来，她想开后呼救，却发现无法开口，嘴巴也被贴了胶带，根本无法呼喊出来。

她惊魂未定，努力挣扎两下，慢慢转头，试图感受一下周围情况，只能听到周围传来典雅的音乐声，在这生死关头她居然还听清了，这是帕赫贝尔的《D 大调卡农》……听着柔和的音乐声，文讷情绪稍微平静了些，她能感觉到自己身上穿着衣服，而且下身也没有疼痛感，她判断自己并没有遭受到侵犯，稍微心安了一些。

突然，耳边听到一阵呼吸声，随即后脖颈感觉到呼出的热气，文讷惊恐万分，拼命挣扎，可是四肢软弱无力，浑身虚弱，好像好几天没吃饭一样，再加上手脚都被固定在椅子上，根本无法挣动分毫。

紧接着有人轻声“嘘”了一声，然后是一个低沉的男声说道：“不要挣扎，放松，欣赏一下这美妙的音乐……然后点评一下，她们演奏的怎么样？”

紧接着，眼前的布被扯掉了，文讷勉强睁开眼睛，顿时被眼前的景象惊呆了。

这是一间面积宽广的房间，没有窗户，四面都是素色水泥，墙上挂着油画，地上铺着地毯，一张实木的长条方桌上，摆着松露、鹅肝、龙虾等奢华的食物，各种银餐具和水晶杯反射着火红的光……

房间里没有开灯，长条桌的两端，是两座大烛台，十几根蜡烛火苗摇曳，将房间的气氛烘托得如同城堡里一般。

在房间的另一头，坐着五名身穿晚礼服的女生，她们分别拿着小提琴、中提琴、大提琴和古典吉他，正在盯着各自面前摆着的谱架，全神贯注地演奏着……

文讷惊呆了，脑补无数次的魔窟场景，竟然就呈现在眼前！没想到却是这副样子的！

耳边的那个声音又轻声说道：“小文，这都是为你准备的……我曾无数次想象我们第一次见面该是什么样子的……不知道你对这一切还满意吗？”

听到他玩弄猎物一般的口吻，文讷再次意识到了自己的真正处境，一股巨大的恐惧抓住了她，她使出浑身力气，死命挣扎着，同时发出绝望的哭喊，但是嘴巴被胶带封着，只发出了一声沉闷的声音。

背后那人轻轻抚摸着她缎子般柔顺的乌发，似乎在安抚她，轻柔地笑道："不用紧张，每个人刚来的时候反应都和你差不多，惊恐、屈辱甚至绝望，觉得自己再也见不到天日了，从此失去自由，人生就这么完了。但是相信我，给我一些时间，我会给你展示一个全新的世界，这里虽然空间很小，却能让你抛开世俗间的一切，从此沉浸在艺术里，你人虽然在这里，但艺术却能为你插上翅膀，带你穿越古今，飞遍全世界，这里虽然没有自由，却很安全，很舒适，一切都有保障，外面那个尔虞我诈的残酷世界，从此再也伤害不到你了……"

他趴在文讷耳畔低声说着，然后"嘘"了一下，轻声说道："听，多么美好的旋律，这是我最喜欢的段落，听，她们拉得多好，待会儿介绍你们认识。她们刚来的时候水平都差得很，更谈不上对音乐有什么理解，完全就是从小被父母硬逼着学琴、长大后顺其自然考个音乐学院、然后整天浑浑噩噩瞎玩的那种，整个人肤浅得很，她们对自己乐器的爱还赶不上对新手机的爱，但是现在呢？你再看她们，整个人都脱胎换骨了，无论是乐器演奏的造诣，还是对音乐的理解、感受，绝不是她们在外面物欲横流的环境能够达到的。你看，她们甚至连容貌都比以前美了，气质婉约优雅，随便谁拿到巴赫、维瓦尔第那个时代的贵族沙龙上去，都毫无违和感……小文，你不想像她们一样吗？"

文讷听着他絮絮叨叨，只是拼命地深呼吸，希望发现这只是一个梦，似乎下一秒就能惊醒，可惜无论她怎么努力，事实是残酷的，她每一次深呼吸，头脑都更加清醒，越发地认清了残酷现实。她闭着眼睛，低垂着脑袋，闷声抽泣着，任凭泪水不断流过脸颊，心中充满了深深的懊悔，当初没听卢振宇的劝告，以身犯险，严重低估了对方，以至于此刻身陷万劫不复的境地。

撒手没，我对不起你……文讷一边哭，一边在心中默念着，至于为何要默念这句话，她也懒得去想了。

身后那只手拿着手帕为她擦去眼泪，然后说道：“小文，如果你能保证不喊叫，我可以考虑把你嘴上的胶带揭掉。”随后他又笑着补充了一句，“当然了，倒不是怕别人听见，我说过，这儿和外面就是两个世界，主要是音乐如此曼妙动听，要是被哭喊打断了，那就太煞风景了。”

文讷深吸了一口气，点点头。

那只手捏住她嘴边的胶带，小心地一点点撕开，文讷的嘴巴自由了，大口吸进了一口气，空气不新鲜，带着发霉潮湿的味道，没错，这里应该就是地下魔窟。

背后那个人推着安乐椅，一直推到长条餐桌旁，在她面前放了盘子和一副刀叉，然后说道：“你很乖，如果能再乖一些的话，比如不做傻事，我就把你的手也解开，我们来共进烛光晚餐，如果我猜得不错，你从昨晚到现在都没吃东西，可怜的小肚子早就饿瘪了。”

文讷只是觉得浑身虚弱无力，却一点胃口都没有，她点点头，疲惫地说道：“我答应你，解开吧。”

那人蹲下去，掏出钥匙，把文讷两只手的手铐都打开了，文讷活动着手臂，抚摸着自己的手腕，虽然那人就在自己旁边，桌上也有刀叉，但她还是没敢“做傻事”，毕竟他是个高大的男人，而自己只是个虚弱无力的小女子，而且双脚还被铐在椅子腿上。

那人站起来，摸了一把她脸颊：“聪明孩子。”说完，绕到桌子对面坐下，示意了一下桌上的珍馐美味：“别客气了，请吧。”

文讷打量着他，这个男人身穿一件黑色罩袍，脸上带着一个V字仇杀队面具，而且他说话的声音呈现出一种不自然的低沉，明显是用了变声器，大概就在面具的下面——一切都和秦琴说的一样。

但是文讷不是秦琴，秦琴被抓的时候毫无准备，而文讷此刻已经知道面具下面是谁了。她迅速回想了一遍自己调查黄宗盛的过程，确定自己没犯什么错误，黄宗盛应该还不知道自己在调查他，他应该只是会开防盗门，而且某次尾随自己回家，搞清了自己的住处。

看到文讷无动于衷，面具人又做了一下手势："请吧，小文，我知道你心情不好，但你在我这儿总归是要吃第一顿的。你知道吧，我这儿的女生里面就你特殊，她们刚来的时候是怎样的你知道吗？她们第一次苏醒后，无一例外地发现被铐在宿舍的床上，身边黑漆漆的什么也没有，总要哭上一两天，而且有些女孩儿还会绝食，那样我就会让辅导员给她们打点滴——你知道吧，我这儿不光有老师，还有辅导员，她是学医的，我不在的时候，就由她管理你们……总之得耗上那么好几天，她们才能逐步接受现实。"

他顿了顿，看着文讷，一摆手，在这房间里画了个圈，笑道："而你呢，小文？身着华服，在舒适的安乐椅里坐着醒来，醒来之后就有烛光晚餐，还有一个室内乐团为你伴奏，这都是因为我觉得你跟她们不一样，你配得上这一切。如果你也跟那些世俗女孩儿一样，一哭二闹三上吊，那你在我心中的美好形象可就毁了哦。"

文讷明白他的言外之意，就是别给脸不要脸，敬酒不吃吃罚酒，要是烛光晚餐不吃，回头别怪我把你也绑在床上打点滴。她分析了一下形势，至少到目前为止，他还是尊重自己的，起码想在自己面前保持一个良好的形象，那么自己暂时还是安全的……就是不知这份"安全"能维持多久？

文讷想起了谷教授的忠告：万一真落到了色魔手里，一定要尽力展现出你有才华的一面，如果让他觉得你和那些庸脂俗粉没什么两样，你立刻就会沦为玩物和性奴，此刻，她真的是打心眼里感激谷教授。

文讷点点头，抽了一下鼻子，轻声说道："谢谢你，说实话，这确实是一顿梦幻般的晚餐，在古堡里点着蜡烛，还有乐团现场演奏，如果不是在这种情形下，那就完美了。"

面具人对她的回答明显很满意，点点头，拿起葡萄酒为她倒上，文讷拿起银叉子，却又“叮当”一声掉在盘子上，她吓了一跳，抬起头惊恐地望着他，生怕他认为自己想干什么。

面具人笑道：“别紧张，这不怪你，失能剂药效还没完全过去，你现在可能还有一些局部肌肉松弛，没关系，小心点就行了。”

文讷明白了，怪不得自己感到浑身虚弱无力，原来他对自己用药了。

文讷重新拿起刀叉，很仔细地切了一小块鳕鱼吃了。平心而论，味道确实不错，而美食入口，不争气的胃立刻开始咕咕叫起来。

她很矜持地放下刀叉，用餐巾擦擦嘴角，小心地问道：“请问，我该如何称呼你？”

面具人盯着她看了好几秒，然后笑道：“怎么，你不认识我？”

文讷胸中狂跳，再次确认了一遍，自己卧底的时候没犯过什么错，硬着头皮说道：“不认识……怎么，你是我认识的人吗？”

面具人点点头，笑道：“不错，我是你认识的人。”

文讷心中一凛，嘴上不由自主地低问道：“那，你是谁？”

面具人笑道：“你还是不知道的好。这样，她们都叫我老师，你也叫我老师吧。”

卢振宇在医院的躺椅上醒来，发现已经下午了，旁边病床上的张洪祥还在镇定剂的药效下沉睡——这个一贯乐观开朗的人，现在已经整个垮了。

卢振宇坐起来回想了一遍昨天的事，没有打扰张洪祥，直接离开了，他要争分夺秒地去接近魔窟，要跟那个黄宗盛赛跑。

五菱之光被拖去大修了，现在他只能开租来的哈佛，飞驰在城市的街道上，前往那个废弃游乐场。昨晚天黑，不方便搜查，今天早上时间太短，困倦不堪，但是现在卢振宇已经睡了一觉，精力充沛，他准备再去看看，不信发现不了蛛丝马迹。

他一边开车一边跟李晗通电话，得知了最新进展：警方经过初步调查，从各种迹象看，黄宗盛确实跑路了！

首先，他那套青藤 SOHO 的公寓，警方联系了房东，房东说今年年底到期，按理说应该提前三个月再预付下一年房租的，但是黄宗盛九月份就跟他说不租了，住到年底就搬家，到现在还有三个月的押金没退呢。另外，警方还查了时代黑胶唱片行，这个店铺也在上个月转让给别人了，黄宗盛已经收了二十万的转让费，按照约定，十二月份就会搬走，而这一切，他店里打工的女孩子们还都蒙在鼓里。

“他为什么要跑路？”卢振宇惊愕万分！他一个开唱片行的，根本没什么资金链的压力，又不赌博不吸毒的，整天玩玩音乐泡泡酒吧，还有一个“地下后宫”，小日子美滋滋，跑哪门子路？“难道是发现自己暴露了？”卢振宇问道。

“不好说。”李晗说道，“现在警方也很纳闷，按理说黄宗盛没什么理由跑路的，就算他察觉有人在查他，那他为什么九月份就跟青藤 SOHO 的房东说不租了？那时候我们还没开始查他吧？”

卢振宇一想也对，黄宗盛九月份跟公寓房东说不续租了，十月份又把唱片行转让出去了，实在不像是临时起意，突然跑路的样子。

李晗说道：“现在警方正在对黄宗盛进行全方面地深入调查，第一看黄宗盛是不是真跑路了，如果是真的，是怎么跑的？通过什么方式？乘坐的什么交通工具？如果是假跑路，那他现在藏在什么地方？是否跟小文在一起？”

卢振宇的心中一痛，强忍着问道：“对了，他的那辆奥德赛呢？好像一直没见到。”

李晗告诉他，警方也找到了，就是在调查租车行的时候，在租车行旁边的小巷子里发现的。

卢振宇赶紧问道：“对了，行车记录仪！他的行车记录仪查了吗？”

李晗叹道："看了，里面的储存卡已经被取走了。"

"该死！"

卢振宇骂了一声，车子已经开进了废弃的游乐场。

他把哈佛停在门口报废车停放场上，挂着蓝牙耳机，一边和李晗通话，一边从车上下来，三两下爬上了一辆废弃的破面包车上，站在车顶，眺望四周。

"我不信这小子真跑路了。"卢振宇说道，"要跑路了还去绑架小文？带着小文跑路吗？带着一个大活人怎么跑路？"

李晗说道："这也正是专案组目前争论的地方，如果他真的是带着小文跑路，那事情倒简单了，就像你说的，带着个大活人根本没法跑路，那要不了多久，他就会被抓住，现在就怕他做出一个跑路的假象，却在某处蛰伏起来了。"

卢振宇站在车顶上，眺望着四周的荒凉废墟，暗下决心：黄宗盛啊黄宗盛，我知道你此刻就藏在这片土地的下面，就在某个角落里，你小子就算是地鼠，我也要把你挖出来。

"对了，挖地鼠……"卢振宇突然闪现了一个灵感，一个主意隐约出现在他的脑海中，但这个想法似乎又很幼稚，可行性不高。

卢振宇看着远处的废弃摩天轮，喃喃说着："敲山震虎……不知道这招管不管用？"

卢振宇开着车进入了废弃游乐场，没多远就碰上了一道封锁线，好几辆警车停在那里，几个警察站在旁边抽烟说话，卢振宇刚到跟前就被拦下了。

警察说这里面是案发现场，正在勘察，闲杂人员不得进入，卢振宇看远处确实有一群穿着"便衣刑警"马甲的警察在搜索，还有一条披着 POLICE 背心的警犬到处嗅，心中感到一阵欣慰，赶紧跟警察说："我是当事人，我是她男朋友，这案子我有参与，让我进去吧，我能帮上忙！”

几个警察相互对视一下，都是一副不可思议的表情，一个领头的打量着卢振宇，警惕地问道：“你是金天鹅集团大小姐的男朋友？你叫什么？你做什么工作的？”

卢振宇这会儿满脑子的烦心事，已经很焦躁了，无视了警察的态度，直接说他是文讷父亲的徒弟，都是《北泰晚报》的，他们爷儿仨从江北到近江来暗访，然后又把文讷的情况简单说了几样，住哪里，开什么车，她妈妈是谁，她后爸是谁，她哥哥是谁……

面前几个警察这时候完全收起了戏谑的表情，都是一脸严肃，为首的警官甚至一副如临大敌的模样，盯着他：“你说，这件案子你也有参与？”

卢振宇一个劲儿点头：“是啊是啊，我是三名骨干之一。”

警官露出欣喜的神色，但仍然叮嘱了一句：“你知道，报假案是要负法律责任的。”

“我报什么假案，当然是真的！”

警官点点头，跟另外两人使了个眼色，三人突然一拥而上，一个擒拿直接把卢振宇按在了车门上，然后二话不说上了背铐。

卢振宇大声叫唤：“哎！你们干什么！”

就听那个警官兴奋地用对讲机报告：“张队张队，嫌犯之一投案了！嫌犯之一投案了！初步交代是团伙作案，至少有三名骨干！”

卢振宇欲哭无泪：“我去，这都什么情况？”

十分钟后，卢振宇捧着杯热咖啡坐在警车旁，李晗陪坐在旁边，一边宽慰，一边责备道：“唉，卢振宇你也真是的，再着急也不能说话不过脑子啊，幸亏我来得快，要不然你就二进宫了，怪不得小文说你是撒手没。”

卢振宇瞥了她一眼，一肚子窝火，心想小文还说你是萨摩耶呢。

虽然误会澄清了，但卢振宇却不能立刻就走，旁边还有个警察给他做笔录，毕竟就像他自己说的一样，他是这件事的重大参与者，平时又跟文讷走得最近，所以警方得找他问话，现在调查小组的其他几个人都已经做过笔录了，就差卢振宇的了。

调查小组原先跟警方是“竞争关系”，现在只要小文回来，别的都不重要，所以现在的方针是跟警方无条件合作，只有这样，小文获救的几率才能最大。既然如此，卢振宇就没什么好藏着掖着的了，把知道的全说了，还很不厚道地把路老师的事儿，还有许家豪垂涎自己妹妹的事儿，全跟警方和盘托出了。

尤其是那个路老师，卢振宇一想起她就恨得牙痒痒，这娘们儿一身本事不干好事，除了偷画就是截胡，租个房子整天蹲在黄宗盛隔壁，现在小文真被绑架了，你在哪里？你倒是截胡啊！五千万让给你都行，你倒是把小文截下来啊！

警察倒是没多意外，这些他们已经知道了，文讷家里警方已经去走访过了。对于神秘的路老师，警方对她很感兴趣，因为名画被盗案件，目前警方也正在找她。

好容易做完笔录，卢振宇想进去参加搜索，但警方把他拦在外面，意思是一切交给警方就好。卢振宇无奈，也不在这浪费时间了，开车就走，他的目标多得很，现在就跟高考一样，一道题做不出来就赶紧绕过做下一道题，争分夺秒。

十几分钟后，车开到北岸仓库区，来到了黄宗盛租的那个小院子。

老远就看见院门口停着一辆警车，卢振宇把车停到旁边的巷子里，凑到院门口往里一看，一个肩膀上两道拐的年轻警察正在黄宗盛租的那辆汉兰达旁，抓耳挠腮地打电话：“……对对，没有……后厢也看了，目测没什么有明显的痕迹……行车记录仪倒是有，就是没有储存卡……张队，那我是先回去，还是在这儿等技术鉴证那边的人过来？哦，那好，那我先回去。”

只见年轻警察带上汉兰达的门，风风火火地跑出来，钻进警车，拉着警笛一路飞驰走了，连就站在院门边的卢振宇也没看到。

卢振宇跑进院子，围着汉兰达转了两圈，大致观察了一下，昨晚太黑了，没能仔细看，然后试着拉了一下车门，居然拉开了，看来那个小警察也是够毛糙的，走的时候都忘了把门锁死。

他把头探进去大致看了一下，很快在后座地板上发现了一根长发，他小心地捏起来，差不多正是小文头发的长度，而且这根头发是乌黑的，没有染过焗过，这也符合文讷的发质特征。

卢振宇小心地把头发放回原地，这种证据自己用不着，还是留给警方技术鉴证人员吧。

他又看了一下行车记录仪，储存卡果然被拔走了，看来黄宗盛做这种事也是老手，估计要不是急着跑路，他能把整辆车内部彻底清洗一遍，连这根头发都不会留下。

卢振宇突然想到，这辆车是租来的，现在租车公司的安全措施都做得很到位，也许行车记录仪会同步备份到云端吧？想到这里，他掏出手机打给李晗："晗姐，我在仓库这边，刚才警方派人来检查汉兰达，行车记录仪里面的储存卡没了，被黄宗盛取走了，我想，租车公司应该有备份吧？"

李晗还没听明白："什么备份？"

"行车记录仪如果有同步到云端功能的话，那租车公司怎么也得有云端的备份吧？"

这次李晗听明白了，她说："倒是个办法，你等一下，我问问。"

过了片刻，她再次打过来，夸奖道："卢振宇你可以啊，都想到警方前边去了，我已经提醒他们了，他们这就派人去租车公司查云端备份。"

李晗的夸赞并没让卢振宇心情更好一点，他仍然是满心的焦躁，哼哈两声就挂掉了。他盯着汉兰达车内，搜索着蛛丝马迹，心中想着：希望行车记录仪好歹能够提供点线索吧……估计也有限，毕竟行车轨迹早就查过了，行车记录仪也就是个锦上添花的东西，除非黄宗盛一边开车一边自言自语，直接把要去哪里说出来，否则也就是聊胜于无。

“嘟嘟嘟。”

卢振宇一个激灵，似乎听到了什么声音，仔细听一下，就响了三声，然后就没有了。

他怀疑自己听错了，错把远处的什么声音听进耳朵里了，又钻出汉兰达，仔细辨认着远处的声音，但都不像。

他又把脑袋伸进车内，仔细搜寻了一番，仍旧是什么都没有，就在此时，又是隐约的“嘟嘟嘟”三声，这次听得清楚，确定没听错，就是车内发出来的，而且似乎就是手机快没电的时候告警的声音。

卢振宇看到手套箱，心中一动，一下拉开，里面赫然有一部手机。他大喜过望，把手机拿出来，这是一部三星的大屏手机，看样子是前两年的旧款，不过屏幕够大，按了一下侧键，屏幕亮了，但是锁屏的，果然，右上角电量标志已经呈现红色，即将没电。

有没有可能是黄宗盛的？卢振宇嘀咕着，不过看着手机的块头，电池怎么也得有好几千毫安，待机个几天不是问题，黄宗盛昨天才租车，那也有可能是上一个租车客人的。卢振宇找东西把卡槽捅开，发现里面没有 SIM 卡，只有一张 32G 的 TF 卡，他有点纳闷，心想没装 SIM 卡的手机带出来几个意思？又不能用。

他看了一眼行驶记录仪，难道也是 SIM 卡上有什么秘密，被黄宗盛取走了吗？不会吧，直接把手机拿走不行吗？多此一举干什么？还留个 TF 卡在这里！

卢振宇把卡拿出来，装进了自己手机里，然后进去浏览，却发现这张卡几乎是新的，连文件夹都很少，唯一的大文件就是一段录音文件，竟然占了十几个 G！他看了一下文件属性，录音时间是从昨天晚上七点半开始，一直到刚才才结束，时长接近 21 个小时！

怪不得把个只有 TF 卡的手机带出来，原来就是为了录音！

昨天晚上七点半开始录，那不用问了，黄宗盛录的！卢振宇心脏狂跳，点开了这段录音文件，仔细听着，激动的就跟当年第一次偷偷摸摸看毛片一样……

录音中，杂音似乎很大，有引擎的震动声，还有颠簸的“咣当咣当”声，很明显这是放在手套箱里的原因。开始好长时间都没声音，卢振宇忍不住拖动进度条，就听见黄宗盛的声音，好像在跟谁打电话：“好，我现在已经到纺织宿舍楼下了，接下来要我干什么？好，明白了。”

就在卢振宇开始惊悚的时候，手机铃声突然响了，把他吓了一跳，一看是李晗的，骂了一声还是接起来了：“晗姐，啥事？”

“我刚才直接跟他们到租车公司去了。”李晗说道，“你猜得没错，他们果然有行车记录仪的备份。”

卢振宇激动起来：“怎么样？录到什么了？黄宗盛在跟谁打电话？”

李晗奇怪道：“打什么电话？没有啊，黄宗盛这一路一个电话也没打，就是在纺织宿舍停了一下，然后在游乐场那里停了一下，最后就开到北岸区仓库了，和 GPS 行车轨迹显示的一样，基本上是没录到什么声音，而且这家伙反侦查意识很强，三次下车的时候都没从车前头过，记录仪也没拍到他的身影，不过你也别灰心，你能想到这个已经很不错了。”

卢振宇眉头已经拧成了一个大疙瘩，心中暗道：难道出了鬼了？

第七章 地下管道图纸

不用问，这里边肯定有一方搞错了，卢振宇直接问道：“晗姐，你确定租车公司调备份没调错？他们没把别的车辆或者别的时间的备份调出来？”

李晗奇道：“当然不会，怎么了？”

卢振宇把发现手机的事说了一下，然后说道：“我怀疑这手机是黄宗盛的，他不知道出于什么想法，放了个手机在自己车里录音，然后你又说行车记录仪什么都没录到，你们是不是搞错了？”

李晗也觉得不可思议，不过她和卢振宇想的正相反，她觉得卢振宇搞错了：“要不你再仔细听一下？你就听了一句，万一听错了怎么办？万一不是黄宗盛的声音呢？你想啊，黄宗盛弄个手机把自己的犯罪证据录下来，最后还忘在车里，这怎么听着都牵强！是不是上一个租车客人忘在车上的？”

“不可能。”卢振宇很笃定，“开始我也觉得可能是上一个客人忘的，但录音时间明明显示是昨天晚上七点半开始的，那时候这车已经在黄宗盛手里了，不是他录的是谁录的？”

“那他为什么要把自己的犯罪证据录下来呢？”

“天晓得。”卢振宇说道，“这个就得逮着他之后问了。”

李晗想了一下，说道：“那个文件有多大？”

“十几个 G。”

“那你过来找我吧。”李晗说道，“就在省厅旁边的咖啡馆，你到了就看见了。”

“好！”

卢振宇挂上电话，直接开车过去了，到了地方，李晗已经在那里了，见了面就一伸手：“卡呢？给我吧。”

卢振宇一怔：“不行，可以拷给你，但卡不能给你，我这儿必须有一份！”

见过了那个毛糙的小警察和从租车公司调到错误的备份之后，卢振宇现在对近江警方的业务水平产生了一定的不信任感，打定主意这种重要证据一定要自己握一份。

李晗盯着他，一副“我就知道你得来这一套”的表情，无奈地一笑，摇摇头，从包里掏出了一个手机 U 盘：“给，拷吧，备份你留着，但原卡得给我，要不然我没法交差。”

尽管是硬件对拷，但十几 G 还是拷了好长时间，复制完毕，卢振宇小心地把 U 盘装在身上，然后两人开始听手机录音，这次是从头开始，一秒不落地听。

录音开始五分钟后，里面先是传来一阵手机铃声，然后是黄宗盛接电话的声音：“喂，金老板，怎么了？我正过去呢！行，那我待会儿到，对了金老板，上次的货收到了吧？好用吗？好用就行，不过金老板，咱君子一言，可得快马一鞭，我说到做到了，你也得说到做到才行，这两年我也给你干了不少活儿，你也该放我一马了吧？这次完了咱就两清了，对吧？不不不，金总，我知道您有钱，问题是我也不差钱，我就是不想再受制于人了，想过几年逍遥自在的日子，你给我多少钱都不行，这不是钱的事，金老板，只要您有钱，有的是愿意帮您干活的人，何必盯着我不放呢？好，那行，金老板能言而有信是最好了，好好好，那我先过去，待会儿再说。”

接下来黄宗盛应该是挂电话了，他骂了一句FUCK，然后就再没声音了，只剩下开车的背景音。卢振宇和李晗的心脏都怦怦狂跳着，两人都突然意识到了：黄宗盛不是一个人！他背后还有人！他绑架女学生，很可能是在帮背后的大老板干活儿！

再接着听，过了一会儿，黄宗盛又打了电话：“好，我现在已经到纺织宿舍楼下了，接下来要我干什么？好，明白了。”

卢振宇点点头，他刚才拖动进度条，听到的就是这句。

接下来是开车门的声音，外面哗哗的下雨声录了进来，然后黄宗盛说道：“几楼？六楼是吧？好，知道了。”接着是“嘭”的关车门声音，然后是一声遥控锁定的鸣叫声，车内归于安静，只隐约能听到雨点“噼里啪啦”敲打在车玻璃上的声音。

两人聚精会神，屏住呼吸仔细听着，卢振宇拳头都攥出汗来了，他知道这是上去捉小文了……经过了极其难熬的半个钟头，终于又有声音了，先是一声解除锁定的鸣叫声，接着是开车门的声音。

“和刚才声音不一样。”卢振宇自言自语道，“这是在开后车门。”

果不其然，片刻后，隐约有一声沉闷的抛物声，似乎是什么重物一下扔在了后座的皮垫上。

“这是小文……”卢振宇攥着拳头，喃喃说道。

李晗同情地看了他一眼，轻轻地点了下头。

然后是关后车门的声音、开前车门的声音，紧接着是屁股坐进驾驶室的声音，随后就是一连串的发动、倒车声，之后就恢复到一开始的单调沉闷的开车声了。持续了大约半个钟头，又听到再次停车，引擎停止，又是开前门、开后门的声音，紧接着是从后座上搬动重物的声音，然后是两声关门声、一声遥控锁门鸣叫。

然后又是长时间的安静，只有雨水敲打玻璃声。

两人都知道，这次停车应该就是废弃游乐场了，如果魔窟在这里的话，那么这应该就是把小文扛进去了。

这次停车时间更长，大约持续了一个小时，和 GPS 轨迹反映的一样。

这一个小时更加难熬，期间李晗等得不耐烦想拖一下进度条，直接拖到一小时之后，被卢振宇凶狠的眼神阻止了。

现在卢振宇不愿意放过任何一点线索，哪怕是单调的雨水声都要听，如果因为偷懒漏掉了哪怕一秒钟的有价值声音，这个代价是他无法承受的。

果不其然，一个小时之后，黄宗盛如期回来了，开门上车、发动、离开，而且这次没再有往后座上抛重物的声音了。能听得出来，之后开得明显快多了，而且基本没什么频繁减速了，应该是上了淮江二桥，然后进了北岸区，直到十几分钟后再次停车、熄火、关门、锁车。

“好了。”李晗长出了一口气，“结束了，在这之后黄宗盛就失踪了。”

卢振宇又坚持着听了一会儿，然后反复用进度条拉来拉去，直到确认之后再没有录到声音才罢休。

听完录音，两人都是一肚子问号，要是之前调查小组的时候，肯定得就地开个分析会，但是现在卢振宇打定主意跟警方全面合作，他催着李晗赶紧把存储卡拿回省厅去分析，他坚信刑侦总队和市局那些大拿们肯定比自己要在行得多。

已经中午了，卢振宇随便找了个地方买了份盒饭吃，然后开车返回废弃游乐场，他想看看警方搜查得怎么样了，自己能不能找机会进去，如果进不去的话，就去妙法山防空洞那边看看，看能不能想办法弄到防空洞的排水管道图，毕竟秦琴是从妙法山防空洞的下水道里钻出来的，而废弃游乐场就在妙法山的北侧，距离很近，或许游乐场的管道和防空洞的管道连到了一起，绝对存在这种可能性。

来到了游乐场门口，能看到警察还在，看样子已经很疲沓了，门口仍然拉着封锁线，一个辅警把他拦在外面，就是不让进。卢振宇自认还没有开车冲破警方封锁线的魄力，也不废话，掉头就走，沿着山脚下的公路绕过了半个妙法山，来到了防空洞。

他停好车，先上了旁边的省人防办公楼，三楼办公室里还是钱主任，钱主任还认得卢振宇，以为他是警察，仍然很客气，招呼他坐下，帮他倒水，问是不是还是上回那个高利贷团伙的案子？

卢振宇有些意外，他不知道的是，自从赵大头被警方通缉之后，又有两拨警察先后来过，一次是来逮赵大头，但扑了个空。第二次是来查抄赵大头的公司，两次都是钱主任领着警察进去的，所以现在钱主任很当个事儿，以为卢振宇也是办这个案子的。

卢振宇索性装出警方侦查员的派头，让钱主任帮忙找一份防空洞的排水管道图纸。钱主任一听，又翻出了一大捆蓝图，从中找出了一摞给排水图纸，其中有给水的，有排水的，有消防的，有总图，有局部图，还有节点大样图……扒拉了半天，找出来一张排水管道总图，卢振宇拿着翻来覆去看了半天，虽然他不是很懂，但好歹看得出来，妙法山防空洞的管道自成体系，最后通过一根总管和市政管道相连，而且连接的方向也是和北麓游乐场的方向相反的……

卢振宇放下图纸，抱着一线希望问道："钱主任，有没有这么一种可能，就是咱们防空洞的管道和北边游乐场的管道是连通的？"他一边说，一边用手比划着图纸外边的一大块，差不多就是废弃游乐场的位置。

钱主任哑然失笑，摇头笑道："这个应该不会，咱们妙法山防空洞属于人防工事，以前还是重点军事工程，所有的设施，电气也好，给排水也好，都是自成体系的。电这一块除了发电机，就是跟城市电网相连，水这一块，除了自备地下水采集设备之外，就是跟城市管道相连，除此之外，不会跟别的单位乱连的。”

这番话就像一盆凉水，把卢振宇浇得是透心凉，他呆呆地看着图纸，一句话也不说。

大概是觉得自己的话说得太绝对了，钱主任又往回找补了下，笑道：“当然了，我也不是专业的，说的也不一定就全对……不过，我既然这么说，那也是和实际情况大差不差，为啥呢？前几年防空洞重新测量修缮的时候，内部电网和地下管道这块都是重新铺设的，当时所有的方案和设计图纸都是从我这过的，我得签字才行，所以对这块情况还是比较了解的。”

卢振宇一个激灵，抬起头来：“你说什么？都是重新铺设的？”

“是啊。”

“那就是说在这之前，里面还有旧的管道了？”

“哦，那肯定的，”钱主任一副理所当然的表情，“这个山体工事还是当年备战备荒的时候修的，旧管道肯定有，要不然这么多年怎么用的？”

卢振宇激动起来，再次燃起希望：“那旧的管道和游乐场管道通吗？”

钱主任笑了：“呵呵呵，小同志，防空洞是哪年修的？游乐场是哪年修的？你说能通吗？”

卢振宇刚燃起来的希望瞬间又被浇灭了。不过他不死心，毕竟秦琴从防空洞的排水管道里钻出来是事实，黄宗盛绑架小文之后在游乐场长时间停车也是事实，既然两个都是事实，那么从游乐场到防空洞之间，必定有一条管道连着。

除非……秦琴说谎？或者黄宗盛在游乐场停下来只是接头，把小文交给那个幕后老板？

这两个可怕的念头立刻把卢振宇惊出了一身冷汗，尤其是后一个。

不过转念一想，秦琴不太可能说谎，毕竟她当初一身污泥从防空洞爬出来的时候，是被值班人员发现后报警的，随后警察又跟着她进去找了好长时间，这个不太可能有假。

至于黄宗盛在游乐场干什么，卢振宇觉得也不太可能只是见个面，交个“货”，那样几分钟就能搞定，不可能耽搁一个小时之久，最大的可能就是黄宗盛扛着个大活人进了秘密巢穴，又得在里面做一些起码的安顿，这样的话，一个小时还是很紧张的。

打定了主意，卢振宇起身问道：“钱主任，这个管道改造工程是哪里做的？”

“哦。”钱主任翻了一下图纸封面，想起来了，“省建筑设计院出的设计，金天鹅建筑工程公司做的施工。”

卢振宇很是意外：“怎么，金天鹅做的施工？”

“是啊，怎么了？”钱主任有些奇怪地看着他。

卢振宇掩饰地点点头：“没什么，就是有点奇怪，金天鹅不是做房地产开发的吗？怎么也做这个？”

钱主任呵呵笑道：“金天鹅主要做房地产，但是金天鹅地产下面还有个建筑子公司，施工能力还是很强的。人家连那些大型建筑都能做，在防空洞里重新跑个管子，那还不跟玩儿似的。”

从省人防出来，卢振宇掏出手机，犹豫着给谁打电话，陆刚？许家豪？还是李晗？

没想到，防空洞里边的管道工程是小文自己家的公司做的，要是小文还在的话，那到公司查图纸就是一句话的事，现在小文被绑架了，许家豪恨死自己了，估计小文家里人也都差不多，现在去求助是自找难看。

陆刚呢？要是以前，估计也就是一句话的事儿，现在么……哎，也难说了。看来最保险的就是打给李晗，让她以警方名义出面要图纸了。

正要拨号，卢振宇突然想起一个人来——上次玩无人机监视主播别墅的时候，不是顺道在水库里救起了一个人吗？那小子不就是金天鹅的吗？好像还是在工程部，在医院里张哥跟他聊得一个热乎，他说他就在工程部档案室管图纸，最后走的时候还互相留了号码……县官不如现管，那小子好像叫章松，对，直接找章松！

在金天鹅工程部的一间地下档案室里见到章松的时候，这个眼镜胖宅男正伏在台式电脑前，噼里啪啦敲键盘，偌大的地下室里只有一张办公桌，剩下的空间都被文件柜占满了，地上还放着一捆捆的图纸，到处落满了灰尘，空气中弥漫着一股霉味和变质外卖的味道。

卢振宇捂着鼻子走了进去，站在显示器后面敲敲桌子，一张茫然的胖脸抬起来，眼镜片上雾蒙蒙的，脸上泛着油光，章松愣了几秒钟才想起来："哦，你就是卢……卢……"

卢振宇皱眉点点头："卢振宇。"

章松飞快地用鼠标在右上角点了一下，屏幕迅速变成了桌面，然后站起来，不好意思地笑笑，伸出手来："卢振宇，对对对，你好你好，还没谢谢你上次救了我呢。"

"好说。"卢振宇瞥了一眼屏幕，笑道，"干什么呢？看直播呢？"

章松更是窘迫，搓搓手说："现在不看直播了，人生总得干点有意义的事情，对了卢振宇，你是学中文的吧？还是张老师的徒弟？是这样的，我正在写点东西，嗯，是一部金庸的同人小说，讲的是小龙女穿越到现代，很纯洁，什么都不懂，在酒吧被人灌醉，差点被劫走，然后被一个善良的大学生救下，于是这个白衣少女和大学生从此开始了一系列浪漫搞笑的故事，你看这个设定咋样？能帮着指点一下不？要是能让张老师帮着看一看，那就更好了……"

卢振宇吓了一跳，心想你怎么知道我和文讷的浪漫故事的？

转念一想，这八成是这小子编的和他那个主播女神的故事，好像那个主播就叫龙儿来着？呵呵，没想到这小子还会写小说。

不过卢振宇现在满脑子正事儿，嘴上先答应下来："回头我拿给张老师看看，现在找你帮个忙，我们正在暗访一件案子，需要一份图纸，这个工程正是你们金天鹅做的，就是那个妙法山人防工事水电改造工程……"

章松二话不说，就在电脑上查询起来，然后到后面撅着屁股翻找起来，他明显业务不熟练，调来工程部这么长时间，净在这看直播，写小说了，找份图纸都半天找不到。

好容易找到了一捆图纸，打开后长出一口气，拎到桌上："给，看吧！"

卢振宇一看封面题目，得，就是刚才在钱主任那里看到的那一套图纸，他赶紧摇头说道："不是这个改造工程的图纸，是原先的老管道图纸，有吧？应该有的，不知道老的情况，怎么铺设新的呢？"

章松点点头，挠挠后脑勺："好吧，我再找。"

他又在电脑上查了一下："嗯，果然有，你等着。"

他起身到房间最里面，打开一个文件柜，这个柜子里都是老图纸，长期没人用的，反倒编号整齐，一下就找到了那个编号的文件盒，一抽出来，章松就愣了一下，盒子轻飘飘的，打开一看，果然是空的。

"咦？这怎么回事？"

"被人拿走了？"卢振宇已经出现在了背后，看着空盒子，有了种不祥的预感。

章松看着他，似乎下定决心似的，说道："你等着啊，我上去找人问问。"说完，三两步跑到楼上工程部的大办公室，卢振宇赶忙跟在后面。

大办公室里人人忙碌，要么敲键盘要么打电话，章松进来也没人理他，他先讪讪地问了一个妹子，那个妹子张口就说不知道，然后章松又讪讪地问另一个妹子，这妹子似乎善良点，同情地看了这个胖子一眼，让他去问谁谁谁，于是章松又讪讪地跑到办公室的另一头……

卢振宇在门口看得直摇头，心想这胖子在这混得这么惨，估计指望不上了，他心里又急又燥，大声喊道："章松，别问了，回头我打电话找许家豪。"

没想到这句话一喊出来，大办公室顿时鸦雀无声，所有人的目光都移到卢振宇身上，惊异地看着这个肆无忌惮对豪哥直呼其名的人。

最里面的大格子间，工程部经理注意到了这份安静，抬头扫视一圈，一下看到卢振宇了，大吃一惊，当初古兰丹姆生日宴，他可是参加了的，而且不久后就隐约听说，这位小卢哥是豪哥妹妹的男朋友……

他立马起身，快步走到门口，笑呵呵地揽着卢振宇的肩膀，掏出烟来，半开玩笑道："小卢哥，哪阵香风把您给吹来了？怎么，替豪哥下来视察啊？"

卢振宇不认识他，不过人家给脸他就接着，也很是客气了几句，然后说出了请求。

"有这事？"经理看了一眼目瞪口呆的章松，笑道，"这不怪小章，图纸被调走了，那时候他还没来呢。"

"被调走了？被谁调走了？"

"集团总部，几个月前来人，点名要这份图纸，当时我还奇怪呢，这么老的图纸也有用？那可是好几十年的老图纸，还是前几年做工程的时候从设计院借来的，后来人家也没要，咱这边也没人想着这事儿，就一直扔在地下室里。"

卢振宇一头雾水，金天鹅集团总部要这份老图纸干什么？

他问道："什么时候取走的？"

"有几个月了吧，"经理回忆着，"当时还很热，应该是七月份，对七月份。"

"后来一直没还回来？"

"没有。"

卢振宇道了谢，又辞别了一脸崇拜加一头雾水的章松，从金天鹅工程部出来了，心想看来不找陆刚不行了。

金天鹅总部和工程部不在一个地方，他一边开车往总部的方向走，一边拨通了陆刚的电话。出乎意料，陆刚仍然像以前一样平易近人，而且很有默契地没提小文被绑架的事，直接答应卢振宇立刻让人查一查。

刚挂上电话，就听耳畔一阵轰鸣，一道黑色闪电呼啸而过，紧接着尖锐的刹车声，一辆黑色超跑一个甩尾，拦在了卢振宇的车前头。

卢振宇吓得魂飞魄散，一个急刹，总算没撞上，他骂了一句，正要推门下车揍人，突然发现这辆车有点眼熟。阿斯顿马丁的车窗降下，路石铭戴着墨镜的脸盯着他，看不出表情，不过感觉相当不善，卢振宇咽了一口唾沫，心里一阵发虚。

路石铭举起手枪，黑洞洞的枪口对准了他，卢振宇感到一阵凉气从后背升起，作为一名军迷，死到临头了却还认出了型号——奥地利 Glock17……不，好像更小一点，可能是 Glock19……

路石铭并没有开枪，只是挥了两下枪口，示意他开到路边停车，卢振宇只觉得后背冷汗湿透，哪敢耍花样，他可不知道自己能不能扛住子弹，老老实实地把车开到了路边停下，阿斯顿马丁也慢慢开了过来，和他并排停着。

路石铭用枪管往下点了两下，卢振宇明白，赶紧降下了车窗，调整了一下情绪，打着颤强笑道：“路……路老师，您听我解释，我并不是故意出卖你，是警察强迫我……”

路石铭却不听他啰唆，只是冷冷地问道：“文讷被绑架了？”

卢振宇心中一痛，点点头。

路石铭显得很疲惫，打开一只银色扁烟盒，取出一支修长的女士香烟，然后用那支 Glock19 对准自己，一扣扳机，把烟点着了。

发现是打火机，卢振宇这才缓过劲儿来，就看路石铭靠在座椅上，缓缓吐了一口烟，说道：“我一直在监听黄宗盛，他被人抓住了把柄。”

“我知道。”卢振宇点点头说道。

路石铭有些意外地看了他一眼，露出些许欣赏的目光，然后继续说道："什么把柄，你知道吗？"

这个卢振宇只能老老实实地摇头道："不知道。"

路石铭抽了口烟说道："好像是他前几年杀了一个人，谁也不知道，也没查到他，但不知怎么的，这个秘密就被人知道了，然后那个人就一直威胁他，让黄宗盛帮他干事。"

卢振宇明白了："怪不得黄宗盛要跑路，看来是想摆脱这个人的控制。他已经预谋跑路很长时间了。"

路石铭点点头说道："要跑路肯定是去国外，但黄宗盛肯定没想到自己这么快就被通缉了，一时半会儿肯定跑不出去，他要么是想办法偷渡，要么是先找个地方藏起来，过阵子再说。"

"我估计他得藏一阵子，因为他有现成的秘密巢穴，没必要冒着被半路抓住的风险去边境。"

"不错。"

卢振宇突然想到了，质问道："路老师，你不是一直监视着黄宗盛的吗？怎么能让他绑架文讷跑掉？"

路石铭立刻怼回来了："你们不是一直监视黄宗盛的吗？怎么能让他绑架文讷跑掉？"

卢振宇一时语塞，面红耳赤，半晌才说道："我们当时都去酒吧街了。"

路石铭白了他一眼说道："我当时出门办事了。这样，现在你跟我干活，我们争取在警方之前把姓黄的和那个幕后老板查出来，救出小文，拿到五千万，然后文讷归你，五千万归我，很公道吧？"

卢振宇二话不说，立刻点头："公道！"

得到了路老师这个强援，卢振宇立刻信心大增，整个人都振奋起来了。

这时候电话铃响了，是陆刚打来电话，告诉卢振宇，他已经让人问过了，总部这边没人调过那份图纸，陆刚本人肯定没调过，下面的几位副总，包括许总和其他主要的高管，都说没调过图纸。而且陆刚让人问过工程部的张经理了，张经理也说不清当时来拿图纸的人姓什么叫什么，因为当时工程部刚搬到新大楼，一切还都还乱糟糟的，档案室的管理也没那么严格，只是事先接到了集团总部的一个电话，说待会儿有这么个人来取图纸，所以张经理见到来人，就直接把图纸找给他了，也没什么书面的手续。

卢振宇一阵摇头，又抱着一线希望问道：“陆总，那套图纸有没有电子版的？公司电脑上有没有备份？”

陆刚说：“肯定没有，几十年前的老图纸根本不可能有电子版，都是手绘的。”

卢振宇彻底失望了，谢过陆刚，挂了电话。

刚挂上电话，铃声又响了，这次是李晗打来的，劈头就问：“喂，卢振宇，你对周天伟这个名字有印象吗？”

“周天伟？周天伟？”卢振宇念了两遍，皱眉道，“怎么这么耳熟呢？”

李晗问道：“你们当时调查过一个主播别墅是吧？”

卢振宇一下想起来了：“对对对，这个周天伟好像就是那个别墅的负责人。”

李晗质问道：“当初你们调查别墅这件事怎么没跟我讲？”

卢振宇一愣：“啊？没跟你讲吗？”

李晗说道：“算了……我刚才去看张老师了，听他说的，你知道吧，刑侦总队这边查了黄宗盛的朋友交往圈，其中一个人跟他来往很密切，就叫周天伟。”

“啊！”

李晗继续说道：“这个周天伟也是玩音乐的，现在负责打理一座直播别墅，兼任里边的形体教练，警方正准备传唤他呢！”

卢振宇说道："晗姐，别传唤了，直接上门去带人，别让他跑了！你知道吧，周天伟连续好几年，每年都买一两张架子床，我们当时还以为他是给直播别墅用的，可你想啊，直播这行当也就是最近两年才火起来，那他前几年买架子床干什么？"

李晗声音也兴奋起来："是吗？卢振宇你还有什么没告诉我的？等一下，我这就报告！别挂电话！"

然后，卢振宇就听到电话那头，李晗在用对讲机向上司报告，片刻后又对他说道："好了，已经派人上门去抓人了，咦？不对啊。"

"怎么不对？"

李晗有些疑惑道："根据我们掌握的情况，周天伟应该只是个打工的，他哪有那么多钱维持那么大的地下魔窟呢？难道他上边还有老板？"

卢振宇咽了口唾沫，干涩地说道："晗姐……你们还不知道吗？周天伟的老板……是许家豪。"

"什么！"李晗大吃一惊，"你说幕后老板是许家豪？"

卢振宇赶紧说："不是，我是说，周天伟的老板是许家豪，那个主播别墅就是许家豪投资的。"

"哦，这样啊。"李晗略有些失望，"我倒是觉得他够变态的，竟然垂涎自己的妹妹……"

卢振宇哑然失笑："这个……又不是亲生的。"

"那也够恶心的，而且他那么好色，包养了那么多女人，而且他还又喜欢音乐，又有钱。"

卢振宇说道："这反而说明了不可能是他，你想啊，他又不缺女人，阔公子一个，只要他愿意，多少女人都能上，何必去干违法的事？"

旁边路石铭笑道："这话说的，那陆傲天为啥还要玩迷奸？"

电话那头的李晗问道："你旁边是谁？"

“哦，是……是……”卢振宇捂着话筒，支支吾吾地望着路石铭，看到路石铭微笑着点了一下头，这才说道：“是路老师……晗姐，你能不能先帮着瞒一下？现在路老师也在帮我们查案，等救出小文再说她的事情，行不行？”

李晗叹了口气，无奈地说道：“路老师和你在一起？在一起就在一起吧，她什么事情都没有，上午路老师已经来做过笔录了，小文失踪的时候她不在现场，去美国参加画展了，护照签证、出入境记录什么都有，路老师的身份警方也调查过了，她是我省的青年画家，省美协成员，开了一家‘石铭画廊’，就在滨江大道上，而且还是近江艺术学院美术系油画专业的聘用讲师，因为去的时间短，很多学生都还不认识她，现在省美协和近江艺术学院的领导都已经证明了路老师的身份，另外列宾美术学院方面的证明，正在联系俄国驻近江领事馆协调，估计不久也能发过来了。”

卢振宇一脸懵逼：“列宾美术学院？”

“对。”电话那头，李晗显然作了一番功课，很不甘地说道，“俄罗斯列宾美术学院，据说全世界排名第一？要不就是第二，路老师就是列宾美院毕业的，理论上还是列宾的校友。”

卢振宇吓了一跳：列宾啊！不就是那个画《伏尔加河上的纤夫》的那个大牛人吗？他转过头，望着坐在阿斯顿马丁里夹着修长女士香烟，正在优雅吞云吐雾的路老师，顿时多了几分崇敬：列宾美术学院毕业、省美协成员、近艺美术系讲师，看不出，这女飞贼还有两把刷子！怪不得那么擅长偷名画。

李晗悻悻说着，声音越说越委屈，“所以，我们领导说了，路老师那天出现在省美术馆纯属正常，而且，她在青藤 SOHO 黄老师隔壁租房子住，也纯属正常，叫我不要再纠缠了，对了，卢振宇你没开免提吧？”

“没开没开……”

“哼……”

卢振宇也不知怎么安慰李晗好，他望着路老师，也不知她猜到李晗说什么没有，反正她的嘴角翘了起来，手指在方向盘上敲着拍子，流露出毫不掩饰的得意微笑。

他突然想起来一件事，说道："对了晗姐，你们那边有没有黄宗盛那辆奥德赛的照片？"

"应该有，怎么了？"

"那，黄宗盛的照片也有吧？"

"那肯定有，你要证件照还是生活照？"

卢振宇说道："你都发给我吧，车和他本人的照片。"

"好。"

挂上电话，卢振宇对路石铭打了个响指，一摆头："走！"

路石铭一愣："去哪儿？天竺？"

"开车跟我走就是了。"卢振宇伸出车窗外看了看天空，"待会儿人家关门了。"

"哦，好。"

卢振宇一脚油门上路，身后一阵浑厚的声浪，阿斯顿马丁咆哮着跟了上来。

半路上，李晗把他要的照片都发了过来。很快，长城哈佛和阿斯顿马丁双双停在金桥市场门口，哈佛没人在意，但阿斯顿马丁出现在这个廉价批发市场门口，立马把附近的目光都吸引过来了。

卢振宇也不管众人的目光，带着路老师这枚大美女一头扎进金桥市场，直奔那个卖架子床的店铺，正好还是上次那个老头在看店。

卢振宇递上一根烟，叫了声"大爷"，那老头很快就认出他来了，惊讶地看了一眼旁边的路石铭，低声笑道："小伙子可以啊，又换啦？"

路石铭在旁边甜甜地笑道："是啊大爷，换啦，上回他带的那个小妹妹跟我比，谁更正点啊？"

大爷没见过这么开放的，一时间倒不敢接茬了，卢振宇闹了个面红耳赤，用眼睛瞪路老师，让她别再胡闹，然后掏出手机，打开李晗刚发来的照片，拿给老头看：“大爷，您仔细看看，前几年一直来买架子床的，是不是这个人？您再看看这辆车，他来拉货的时候是不是开的这种大面包车？”

老头拿着手机仔细看了片刻，点点头，很肯定地说道：“对，就是他。”

卢振宇心中一喜：“那车呢？”

老头点点头：“车也对，就是这样的大面包。”

“您上次说的可是不出昌河金杯五菱，这可是奥德赛，您确定没看错吗？”

老头摸摸脑门：“没看错，上次是我记岔了。就是这个人，车也差不多。”

卢振宇又问道：“这个人前几年都是开车过来提货，今年改在网上买了是吧？”

“对。”

“您能帮我查一下这个买家的真实信息吗？就是实名注册信息什么的，你们卖家能看到吗？”

老头犹豫了一下，然后说我不懂，我得问问我孙子，然后到里间去了，过一会儿出来，脑袋摇得跟拨浪鼓一样：“我孙子说了，我们这边看不到买家的真实信息，只能看到收货地址和旺旺网名，我们从来不用非法手段查看客户的真实信息……”

卢振宇无语了，说：“那好吧，您只要把他的旺旺 ID 和订单号给我就行了，我自己查。”

老头儿总算是同意了，进屋去把这两样给抄来了。

卢振宇道谢过之后，出来给李晗打电话，让她动用网警查一下这个淘宝账号和订单号的真实信息。

李晗的效率很高，过一会儿，带着惊讶的语气打来电话：“卢振宇，你可以啊，这么会儿工夫，你连周天伟的淘宝账号和购货记录都搞到了？”

卢振宇心中的怀疑被印证："晗姐，这么说这确实是周天伟的账号是吧？"

"没错，就是他的，支付宝和绑定的银行账户也都是他的。"

"那就对了，"卢振宇长出了口气说道，"我查过了，只有今年在网上买架子床的那次是周天伟，前几年开车来实体店买的，都是黄宗盛。我估计，黄宗盛跟周天伟关系不错，听说周天伟要买架子床，就跟他介绍了一家店，告诉他都是什么价格……于是周天伟就直接上淘宝找到了那家店，熟门熟路地跟老板砍价，还报出老价格，老板自然也就认为他就是黄宗盛了。"

李晗说："刚才已经突击预审过了，周天伟的口供和你判断的一样，他确实认识黄宗盛，但只是在酒吧认识的泛泛之交，顺带帮忙介绍店铺而已，唉，这条线又断了，你说幕后黑手到底是谁啊？"

卢振宇想了一下说道："肯定是握着黄宗盛杀人把柄的那个人。"

"到底是谁？"

卢振宇望了一眼路石铭，捂住话筒低声说道："路老师，能不能把你监听黄宗盛的那些录音提供给警方？"

路石铭弹了弹烟灰，淡定说道："不能。"

卢振宇知道路石铭想要那五千万，因此不会像自己一样无保留地跟警方合作，既然这样，估计再说也没用，他跟李晗说了句"我再想想办法，待会儿打给你"，挂了电话。

"路老师。"卢振宇转向路石铭，"你不愿意告诉警方，那告诉我总可以吧？"

路石铭眼珠转了转，说道："那你不许转手就卖给警方。"

"行。"

"好吧，你想知道什么？"

卢振宇想了一下，说道："黄宗盛跟那个幕后老板的通话中，有什么有价值的线索吗？比如那个幕后老板不小心想漏嘴了，暴露了他的年龄、职业、或者其他的什么？”

路石铭扑哧笑道：“要是有，我还找你干什么？”

“好吧……”卢振宇抱着头又想了一阵，突然又灵光一闪，问道，“对了，既然那个老板握有黄宗盛的把柄，那总得时不时地拿出来威胁一下吧？他威胁的时候，能不能听出什么信息？哪怕只鳞片爪的也行。”

“你指什么信息？”

卢振宇说道：“关于杀人的信息，比如，黄宗盛杀的什么人？在哪儿杀的？什么时候杀的？因为什么杀的？那人和他什么关系？那个老板又是怎么知道的？等等这些信息，能听得出来吗？”

路石铭抽了一口烟，歪头托着下巴：“我想想啊……”

卢振宇耐着性子等了一会儿，正想开口再问，就听路石铭慢慢说道：“好像说过一次，杀的是个女的，听两人的口气，应该就是最近几年的事，至于为什么杀……黄宗盛有一次被威胁得急了，嚷嚷说他不想杀她的，是那女的不停地纠缠他，还勒索他，争执中失手把她杀死的……然后老板就冷笑说，那你千不该万不该，不该杀人的时候被我看见，那女的指甲里有你的DNA，眉笔上有你的指纹，现在我只要一个电话，警方就会来采集你的做比对，你就完了。”

“眉笔？”卢振宇有点纳闷。

“对，眉笔，我估计是那女的反抗的时候掏出眉笔扎他，被黄宗盛夺过来把女的扎死了。”

卢振宇二话不说，摸出手机就给李晗打电话：“喂，晗姐，帮我查个东西，你查查近江市这几年的未破杀人案里，有没有一名女性死者被眉笔杀死的……对，眉笔，描眉毛的那个眉笔……别问了，查吧，肯定对破案有帮助。”

刚挂上电话，那边路石铭已经杏眼圆睁了：“卢振宇！”

第八章 挖掘机总动员

“淡定，淡定。”卢振宇赶紧捂着话筒，止住了路石铭的发飙，低声道，“李晗是自己人，我就是让她帮着查一下卷宗而已，路老师我知道你本事大，什么东西都能拿来，但那还得费工夫去拿不是？现在缺什么直接一个电话就给你查来了，这不方便吗？”

路石铭心想也是，但是命令他开着免提通话，而李晗那边果然什么多余的也没问。

过一小时，李晗回话了，说确实有这么个案子，是三年前的积案，滨江大道酒吧街一家酒吧后门的小巷子里，一名年轻女子死在垃圾桶旁边，当时颈动脉上插着一支眉笔，血喷得一墙都是，眉笔上有男性指纹，死者指甲里有男性皮肤和血液组织。因为死者财物没丢，也没有被性侵的迹象，所以警方判断是情杀或仇杀，当时觉得案子不难破，指纹、DNA 都有，但警方把死者身边凡是有作案时间、作案动机的男性全都排查了，竟然没有一个指纹和 DNA 对得上的，数据库里有前科人员的指纹也都比对了，也是没有符合的。

由于缺少其他线索，这件案子一直没破，积压到今天，现在明白了，黄祎持的是香港特别行政区身份证件，不在国内数据库之内，所以排查不到他，让这家伙漏网了。

卢振宇问："现场就没有监控吗？"

李晗说："现场是一条小巷子，只有酒吧的后门顶上有一个摄像头，而凶杀刚好发生在背对着摄像头的方向，巷子有两个口，两人肯定是从另一头进入巷子的，没被拍到。"

卢振宇先在心中祷告一下，然后问出了最关键的："那摄像头拍到现场目击者了吗？"

李晗说："可能拍到了，事发时间段，酒吧后门的摄像头拍到了一辆车经过巷口，几秒钟后又倒了回来，停在那儿大约有半分钟，然后一脚油门快速开走了，当时分析很可能那辆车的驾驶员看到了巷子里发生的凶杀，但可能因为害怕没报警，离开了。"

电话那头传来李晗"啪啪"点鼠标的声音，估计在继续看卷宗，片刻后又说道："监控画面只能看出来那是一辆白色宝马，从长度看可能是5系，后来从4S店请来的专业人员也确认了这是5系。但后来警方调查，当晚至少有三辆白色宝马5系在该时间段经过了那个巷子，其中一辆是套牌的没找到，另外两名车主都找到了，但两位车主都矢口否认目击过凶杀。"

"那行车记录仪……"

"碰巧，一辆行车记录仪坏了，另一辆没有安装记录仪，因此线索断了。"

"那两个车主都是什么人？晗姐，黄宗盛背后的老板很可能就在其中！"

李晗明显吓了一跳，过了片刻说道："卷宗上没写那么细，等一下，我帮你问问……"

然后是一阵李晗打电话的声音，卢振宇抱着手机焦躁地等着，过了好久，李晗才沮丧地说道："我费了好大劲儿才打听到的，人家说了，那两辆宝马的驾驶员一位是个阔太太，另一位是个国企中层，也是女的，所以不可能是什么色魔。”

卢振宇一阵沮丧：“都是女的……看来幕后老板应该就是那辆套牌车主了。”

车海茫茫，一辆套牌车，上哪儿找他去？

旁边路石铭悠然地说话了：“套牌很正常，我的车都是套牌。”

“啊？”卢振宇一愣，转脸望向路老师。

路石铭继续吐槽道：“一个铁牌子比车还贵，还要拍，还要摇号，谁耐烦陪他们玩！不过，去年和前年近江搞了两次集中整治套牌车大行动，搞得丧心病狂，我两次都差点中招，要不是车好跑得快，就被交警逮进去了，既然像老师我这样的都差点被逮住，那个套牌车主估计在劫难逃吧？”

卢振宇灵光一闪，马上让李晗帮忙查交警那边的数据库，看前两年整治套牌行动的被处理人员里有没有符合条件的。李晗答应一声就去查了。

省厅宣传处办公室，李晗已经从刑侦总队那里拿到了“尚方宝剑”——一个黑色的大本子，上面记录了全省公安系统各单位的数据库账号密码，不光有刑侦的，经侦、治安、缉毒、特警、交警、边检，消防……全在上面，可以说只要联网的单位，她现在都平趟。

她很快就从交警数据库里查到了那辆套牌宝马车，赫然就是白色的宝马五系！应该就是那晚目击杀人的那辆了，根据处理信息，车主叫姜振海，四十二岁，职业是振海建筑工程有限公司的董事长，而且看来确实是有点能量的，因为购买使用套牌按规定要拘留，而他的处理结果只是罚了款，没收套牌，连车都没扣。

卢振宇得到了姜振海的所有登记资料：照片、身份证号、手机号、住址，按照路石铭的意思，现在就过去把他绑来，然后找个地方严刑拷问，李晗一听就在电话里大声阻止，告诫他们千万不要胡闹，姜振海是有头有脸的人，万一搞不好把自己搭进监狱不说，也救不了文讷。

卢振宇也觉得不对，因为幕后老板应该是个爱音乐、有品位的人，这个姜振海是个工程老板，按一般印象，这些搞工程的大多都是游走于黑白两道的大老粗，甚至可能直接就是大混混，人设反差太大，万一搞错了，白耽误时间不说，还真有可能把自己折进去，也别救小文了。

到底还是路老师有经验，对卢振宇说："这种事就得借刀杀人，你大舅子肯定愿意干。"

卢振宇还没反应过来："我大舅子？"

电话里李晗大声提醒道："许家豪啊！"

"许家豪？好主意！"

卢振宇当下打电话给许家豪，把情况一说，许家豪声音阴恻恻地说道："姜振海我知道，早年干土方的一个小混混，后来跟着江南地产混饭吃，不过是个小瘪三而已，行了，你等我消息吧。"

挂了电话，天色将晚，现在有了点线索，卢振宇也算有了点胃口，开车和路石铭找了个地方吃饭，一边吃饭一边等许家豪那边的消息，一天下来东奔西跑，也就现在才算喘了口气。

吃饭的时候，卢振宇刷了下朋友圈，看到赵联排发的一条内容是他操纵挖掘机上平板车的小视频，不禁灵机一动，立刻点击语音聊天，很快对方接了，大大咧咧的声音传来："啥事？"

"赵总，挖掘机有空吗，帮我个忙。"

"不巧，钩机都在工地上呢。"

"能不能抽个空，时间不用太久，我这边有案子需要借助工程机械。"

"是不是李晗办的案子，我连她微信都没加呢，你知道租赁钩机一小时多少钱吗？"

"不开玩笑，是我女朋友被人绑架了……"

“需要在哪儿开挖，你报地址给我。”

安排完了赵联排的挖掘机进场，卢振宇想到那次古兰丹姆寿宴上，想让自己入赘的田老六手头也有几台挖掘机，于是又是一个电话打过去，田老六也答应了，而且给了优惠价。

“你搞什么名堂呢？”路老师一双狐媚眼上下打量着卢振宇。

“敲山震虎。”卢振宇道。

手机又响了，是许家豪的来电，赶紧接起来：“许大哥，怎么样了？”

许家豪声音依旧是阴恻恻的：“姜振海招了，当年那个游乐场的土方工程是他做的，那辆宝马就停在他车库里呢。”

卢振宇激动起来：“然后呢？”

“他只招这两样，不承认绑架过小文，也不承认当年在酒吧街目睹过杀人，也不承认认识黄宗盛，他说宝马车是黑市上带牌一起买的，买的时间是案发之后三个月，而且是通过中介买的，不知道上家是谁。以我对他的了解，我觉得没撒谎。”

卢振宇心一凉，这条线索怕是又断了。

突然，话筒那头一下传来一阵杀猪般的惨叫：“啊！我真不知道啊……哥哥啊，你就把我当个屁……给放了吧……”

然后是许家豪不耐烦的声音：“你们小声点！”

那边顿时安静了，只听到有人窃窃私语，然后许家豪道：“你调挖掘机是什么目的？”

卢振宇暗暗惊叹，几分钟之前的事儿，许家豪都能立刻掌握，这个人太可怕了，他也不隐瞒，把自己的想法和盘托出：“我想来个敲山震虎，做出工程队进场，大挖特挖的假象，如果凶手还在游乐场地下，他一定……”

“好我明白了！”许家豪打断他“不需要造成假象，直接开挖。”不由分说挂了电话，一阵忙音传来。

卢振宇一顿饭刚吃完，就听到车喇叭响成一片，出来一看，是一台挖掘机，此刻正是下班时间，挖掘机轰隆隆地挤在私家车中间，开挖掘机的小哥似乎技术不佳，宽大的车身几乎占了两股车道，惹得周围私家车不住地鸣笛抗议。

正看着呢，又是一阵轰隆隆的声音，远处又开来一辆挖掘机，这台挖掘机没那么死心眼儿，很会钻，而且明显技术高得多，一会儿开在慢车道上，一会儿又开上人行道，还不住地鸣笛驱赶行人，很快就轰隆隆地从饭店门口开过去了，地上留下两道沾满黄泥的履带压痕。

卢振宇和路石铭用餐巾擦着嘴，都一头雾水，一般挖掘机转场不都是用平板车运送的吗？怎么今天直接开上路了？

看到不少人都用手机拍摄，卢振宇一下反应过来，赶紧掏出手机打开朋友圈，果然，这一会儿朋友圈刷爆了，整个近江市到处都是挖掘机在路上开，造成多处大堵车，交警现在已经不够用了，问题是挖掘机上路又不犯法，只能跟着疏导。

今天下午近江全市大堵车，百度地图上所有干道都是红色，这是因为几乎全市的挖掘机都出动了，从四面八方向淮江二桥南岸集结，因为堵得太过严重，省委省政府都被惊动了，交警总队启动了紧急预案，大批交警上路面疏导交通，折腾了几个小时，总算是消停了。

游乐场挖掘现场正在挑灯夜战，这儿就像个露天大矿山，三十根二十米高的竹竿上挑着碘钨灯一字排开，雪亮的灯光照得如同白昼，八十台挖掘机轰鸣作业，人声鼎沸，山河颤抖。

挖掘机大都是许家豪找来的，而卢振宇找来的除了少数几台挖掘机之外，还有很多“捞偏门”的，比如赵联排，他家在近江人脉广泛，竟然有个哥们儿是江东地质大学的，他一个电话，拉来了一帮勘探专业的学生，关键是还带来了十几把洛阳铲，还有一个金属探测器，卢振宇看了叹为观止，这活脱脱一个盗墓小组！

十几把洛阳铲把地面插得像马蜂窝一样，屁用没有，金属探测器一会儿鸣叫一次，翻上来的东西不是废钢筋就是废螺母，卢振宇看了大失所望，看来还得指望挖掘机！

现在通过李晗的转述，安犁天已经采纳了卢振宇的“敲山震虎”计划，撤出了大部分警力，把这里交给他们去折腾。

“卢振宇，你这计划行不行？”李晗望着这一片大工地，忧心冲冲地说道。

卢振宇红着眼珠子，抽着烟：“不行也得行了，能‘震’出来最好，不然就只能一直挖下去，别管什么地下设施，反正早晚挖出来。”

他扔掉烟屁股，瞥了一眼远处，路石铭正坐在她的车里，戴着耳机闭目养神，卢振宇恨恨地想，天知道是不是在那儿等着截胡呢，我就看这么多人你怎么截。

许家豪正在不停地招呼众人，身后林小斌递过来一个手机：“豪哥，老爷子找你。”许家豪接过电话，走远几步，刚“喂”了一声，就听到手机里震耳欲聋的训斥声，几乎把他耳膜震裂了：“许家豪！你到底想闹多大收场！赶紧把挖机都给我撤回去！”

许家豪很意外，从小到大，父亲一直是以“好脾气”形象示人的，他从没见父亲发这么大的火，怔了一下，说道：“爸，怎么了？我找挖掘机是为了救小文！”

电话那头更加暴风骤雨：“救小文有公安机关，你凑什么热闹！你知道刚才市委曹秘书长电话都打到陆刚那里了吗？刚才下班高峰期，满大街都是挖掘机泥头车，全市大堵车。现在更好了，全市一大半工地停摆！连地铁十号线……地铁十号线工程啊！儿子！你是嫌咱家公司开得太大了，该关门了是吧？”

许家豪耐着性子听着，过了片刻，静静地说道："爸，你说曹秘书长打电话给陆刚，那陆刚什么态度？"

许庆良一愣，然后说道："陆刚当然也是和我一个态度！"

许家豪冷笑道："老爸，陆刚不会和你一个态度的。他的儿子还在死牢里，现在救小文就是救他儿子，我不信他会因为曹秘书长一个电话就让这边叫停，老爸，这里边唯一置身事外的，好像就是你吧？"

"我……"许庆良一时说不出话来，好几秒后才含糊地说道，"家豪，你要冷静，你这样解决不了问题……其实，你可以换个角度想想，也未必没有一点好处……尤其是对你来说。"

许家豪冷笑道："爸，我知道你在想什么，我明白。但绝对不是现在，不是以这种方式，更不能搭上小文！"

许庆良那边急得不行，说道："你就在那吧？我马上过去！还有，你赶紧把姜振海给我放了！"

"已经放了。"

许家豪说完就挂上了电话，又点了一根烟，红着眼珠子，继续盯着挖掘场地。

一辆白色宝马轿车开进了不远处的停车场，低调地停在那里，一名黑衣美妇下车，也没过来，只是靠着车门站着，望着这边，像寒风中的树叶一样微微颤抖着。过了片刻，她似乎鼓足了勇气，深一脚浅一脚地走了过来，渐渐地，周围人的目光都被吸引过去了，没人再吵吵嚷嚷，只剩下机械的轰鸣声。

古兰丹姆身着一袭修长的纯黑羊绒大衣，脸色苍白，脸上还带着未干的泪痕，慢慢地把黑丝绒手套一只一只地拽下来，十指神经质地绞着，咬着嘴唇，盯着漫山遍野的挖掘机发呆。

许家豪发现了她，赶紧跑了过来，轻轻扶住了她："兰姨……"

古兰丹姆仍然望着工地，喃喃说道："小文……在下面吗？"

许家豪赶紧说道："应该在，您放心，小文肯定还活着，我是说，她应该被关在下面……"

"这些挖掘机……都是你找来的吗？"

"嗯，道上的朋友都给我面子。"

古兰丹姆点点头，握住许家豪的手，用力拍了拍，点点头，泪水夺眶而出，哽咽道："好……谢谢你……家豪，谢谢你……"

"一家人说什么谢，兰姨，小文就像我的生命一样……"

古兰丹姆恢复了些冷静，问道："家豪，你怎么知道小文在下面？"

许家豪一愣，指了一下旁边的卢振宇，"咳咳，是他说的。"

古兰丹姆突然发现卢振宇也在这里，瞳孔微缩，几乎要喷出火来，恨不得立刻手刃此人，但她深吸一口气，几秒钟后就控制住了情绪，高跟鞋在烂泥里跋涉着，大踏步走到了卢振宇面前。

卢振宇此时就像一只小鸡仔看到一只霸王龙朝自己走过来一样，正想是不是扭头逃跑，就听古兰丹姆平心静气地问道："小卢，你是怎么知道文文在下面的？"

卢振宇紧张地组织着语言："阿姨，这个……其实是……是这么回事……"

李晗从后面闪出来，一身笔挺的警服挡在卢振宇前面，勇敢地迎着古兰丹姆锐利的目光，不卑不亢地说道："这是警方的分析，许太太，请您相信警方，我们正在努力。"

古兰丹姆嘴角讽刺地一翘，目光却更加咄咄逼人："警方的分析？"

李晗脸上一红，也有点紧张，于是昂首挺胸说道："是……是谷教授的分析，谷教授是我们警方的专家，当年就是靠他的分析，我们破获了江大碎尸案。"

著名的江大碎尸案曾经轰动全国，无人不知无人不晓，这句话一出，包括古兰丹姆，现场再没人怀疑谷教授的权威了。古兰丹姆像抓住了一棵救命稻草："谷教授！我知道这个人！在杜尚别的时候，文文跟我说过！他在哪里？"

许家豪面色立刻尴尬起来，心想你们还不知道，谷教授就在咱们要强征的那块地住着，前两天下边人刚泼了一次大粪，还把人家房子的玻璃窗全砸碎了……

"兰姨。"他赶紧过来，低声说道，"您别担心了，这事儿我来安排，一定会把谷教授好好地请来，请他把小文救出来。"

古兰丹姆欣慰地点点头，热泪盈眶："好，家豪，谢谢你。"

许家豪赶紧叫过林小斌和潘婷，低声一阵吩咐，林小斌领命而去，潘婷也掏出手机，满头大汗地安排起来。

过了一会儿，李晗的手机响了，是谷教授的，声音压得很低："小晗，你在哪里？"

李晗说道："啊，谷伯伯，我在一个工地上，有点事。"

"小晗，金天鹅的人又来我家了，我看出来了，他们是不达目的不罢休，上次是泼大粪，这次大概是来放火的，你能不能带人过来？抓他们个现行！"

李晗赶紧说道："谷伯伯，他们不是去放火的，他们是去请您救小文的！"

"救小文？"谷教授一愣，"小文怎么了？"

李晗突然想起来，小文失踪这件事还没跟谷伯伯讲过，她吞吞吐吐地说道："小文……她……她被黄宗盛绑架了……"

电话那头安静了好长时间，可以想见谷教授惊骇到了什么程度。半晌，谷教授才虚弱地问道："到底怎么回事？"

李晗赶紧言简意赅地交代完毕，然后说道："所以……是许家豪派人去请您的，我就在旁边亲眼看着的，您放心开门吧。"

谷教授静了半天，突然很生硬地说道："不，小晗，我不能帮这个忙。"

"为什么？"

"你对许家豪说，让他死了这条心吧。"

李晗对谷教授这种态度很失望，大声说："谷伯伯，那是小文啊！您就算再恨许家豪，再恨金天鹅，可小文是无辜的！"

过了半晌，谷教授叹了口气，说道："你对他说，要我出马也行，必须答应我一个条件，唉，估计许家豪也做不了主。"

李晗一怔，大概猜出是什么条件了。

果然，谷教授说道："你让许家豪跟他爹还有陆刚说，只要承诺不征这块地了，不拆我们的房子，从此不再骚扰我们，我就出马，我不但把小文救出来，我还能把陆刚他儿子的冤案洗清了。"

"好，我去跟他说！"

谷教授冷笑道："你跟他说，答应就答应，不答应免谈。你再告诉他们，现在还在救人的黄金时间之内，否则时间一分一秒地过去，小文生还希望越来越小，就他们那个搞法，不把黄宗盛逼得狗急跳墙才怪，有十个小文也被灭口了。"

李晗猛然警醒，知道谷教授说到致命之处了，拔腿就往许家豪那边冲过去，一边大喊道："许家豪，赶紧让挖掘机都停下！快撤走！"

"什么？"

李晗把手机塞给许家豪："谷教授要跟您讲话。"

许家豪神色一变，立刻恭敬地接过来，轻声道："谷教授，我是许家豪。"

他抱着手机听着，渐渐地神色大变，立刻招手叫过几个人来，吩咐了几句，随后那几个人跑向远处，各自拿着对讲机下令，很快，工地上的挖掘机都停了。

就听许家豪抱着手机，咬牙说道："行，谷教授，我答应你！不不，您放心，我这里就能拍板，陆总那里绝对不会反对，只要您能救他儿子，金天鹅集团什么都能答应您！”

电话那头，谷教授的声音透着胜利的矜持，淡淡地说道：“如此便好，这样，我给你们一天时间，准备律师和法律文件，明天中午我们在市公证处见。”

“明天？”许家豪急得眼珠子通红，吼道，“谷教授，我现在就过去跟您签协议，您能不能立刻就……”

老头儿明显很享受这种时刻，不紧不慢地笑道：“小子，你急什么？你们放火扔蛇的时候，可曾想到别人也是有亲人的？现在自己的亲人有危险，就恨不得让全世界都配合你？哼！”

就在许家豪快被折磨疯的时候，卢振宇冲了过来，一把夺过手机，大声说道：“谷教授，是我！我是小卢！您看我的面子行不行？我没扔过蛇放过火吧？我爱小文，请您救救她吧！”

谷教授沉吟了一下，语气缓和下来：“小卢，我知道你是个好孩子，跟他们不一样，这样吧，你跟他们说，先把挖掘机都撤走，你这个敲山震虎的想法很对路，但不能一直敲，要敲两下停一阵子，一直敲的话，老虎就不敢出来了。”

“啊！”卢振宇灵光一闪，“我明白了！先撤走，然后外紧内松，布置暗哨，只要他跑出来就当场逮住！”

“对，就这个意思。另外，经此一吓，这家伙肯定觉得这里已经不安全了，他肯定要换地方。你们想一下，除了这里，近江还有什么地方适合做他的新巢穴，藏匿他的那么多‘藏品’。他不可能再现挖地下室，多半还得找现成的地方。”

卢振宇想了一下，脱口而出：“北岸区仓库！对了，还有妙法山防空洞！这些都是有钱就能租的地方，而且在里面喊破喉咙也没人听见！”

谷教授沉吟道："很有可能，你知道该怎么做了吧？"

"知道了！"

谷教授继续说道："唉，你知道就行，你和李晗先安排救人吧，但别跟许家豪说，我得吊着这小子，不然他翻脸就不认人，我还指着这次机会保住房子呢。"

"您放心吧，谷教授！谢谢您！"

当晚，大批挖掘机和泥头车陆续撤出，游乐场又恢复了一片黑暗寂静。

但是在几个关键的地方都布置了警方的暗哨。

一夜过去，什么发现都没有，直到第二天早上，被挖得满目疮痍的废弃游乐场什么变化都没有，几个暗哨报告说，泥土上连个新出现的脚印都没有。

卢振宇救小文心切，早就把答应谷教授的话丢一边去了，他还是和许家豪合作，兵分两路，卢振宇和李晗去妙法山防空洞，许家豪带人去了北岸仓库区，都是先找到租赁的主管单位，以警方名义打好招呼，一旦有新的租客立刻通知。

中午，近江市公证处，陆刚、许庆良、许家豪还有古兰丹姆悉数到齐。与此同时，是一辆寒酸的出租车停下，旁边坐公交车来的老邻居们立刻迎上去，帮忙拉开车门，把一辆轮椅搬出来，然后搀着颤巍巍的谷教授出来，坐上去……林小斌很殷勤地跑过来想帮着推，被谷教授瞪了一眼，讪讪退下。李晗过来推着轮椅，众人众星捧月，簇拥着这位银发老人进入了公证处。

而那些从豪车上下来的鲜衣怒马之辈，大都阴沉着脸，好像残兵败将一样。

卢振宇没来参加，他租了一辆车，整天就停在省人防旁边的停车场里，一刻不停地盯着防空洞的入口，虽然已经跟钱主任说好了，一旦有人来租库房就立刻通知他，但卢振宇还是不放心。

好在他有个不请自来的搭档——路老师。现在两人分工，卢振宇坐在停车场的车里盯着防空洞入口，路老师坐在钱主任的办公室里盯着，确保不漏掉任何一个来租库房的人。而钱主任对这个配合警方的任务也乐在其中，对这个漂亮的“警花”很是殷勤，端茶倒水，陪着她聊天。

一整天就这么过去了，快黄昏的时候，又来了一辆货车，这辆车引起了卢振宇的注意，这不是运水果蔬菜的大卡车或者冷链车，这是一辆物流公司的箱型货车。卢振宇看着物流人员从车上搬下来了一个大包装箱，上面印着“冰柜”，两个物流人员又搬下来一辆小推车，似乎准备用小推车把冰柜运进防空洞去。

卢振宇觉得有些怪异：往冷库里拉冰柜，似乎怪怪的。于是他推开车门，打算靠近看个清楚。

那两个物流人员似乎搞不清地址，看到卢振宇立刻上前询问：“先生，你知道 3-24 号仓库怎么进去吗？”

卢振宇盯着冰柜箱子，皱眉道：“这是冰柜？”

“是，怎么了？”

“我看你们往下搬的时候，怎么这么轻？”

这么一说，两个工人也是有同感：“是啊，我们也觉得轻，是不是小号冰柜？”

卢振宇说道：“小冰柜？小冰柜值当用那么大的箱子？”

他过去抱着箱子摇了摇，感觉也就一百多斤，这得多小的冰柜才会这么轻！

“啊！”

卢振宇突然醒悟过来，一把掏出大剑鱼，先噌噌两下挑断捆扎带，接着“刺啦”一下把封箱胶带划开了，两个工人目瞪口呆，还没来得及上前阻止，就见卢振宇打开箱子看去，顿时大吼一声：“啊！小文！”

纸箱子里是一个物流常用的木框架，文讷平躺在底部，四肢用塑料捆扎带固定在木框上，腰部也用一条皮带固定坐在木框底，脖子下套着一个月牙形的车用靠枕，嘴巴用胶带封着，旁边是一只很大的氧气包，也是用胶带固定在木框上，整个“包装”极其专业，完全避免了“货物”可能有的任何晃动。

阳光洒在文讷身上，她穿着一套粉蓝色的睡衣睡裤，闭着眼睛，平稳地呼吸着，胸部均匀地起伏，虽然在昏迷中，却脸色红润，面色平和安详，就像是睡在自家的床上一样。

“小文！小文！”看清了确实是文讷，而且她还活得好好的，卢振宇大喜过望，双手抓着木框就要往上提，但太沉了，两只手根本提不起来。

他怒吼一声：“过来帮忙！”

两个物流工人此刻都吓呆了，被吼声惊醒，赶紧过来帮忙，一个帮着往上提，另一个说这样搬不行，赶紧拿刀把纸箱子划开！

卢振宇正要掏刀，突然一只手抓住了他的手腕，同时一个声音说道：“先拍照！”

路石铭出现在旁边，她刚从楼上跑下来，直接把卢振宇推开，然后掏出手机，对着箱子一阵拍，又拍里面的小文，一边说道：“卢振宇你白痴啊！这都是证据！里面每一样东西都是破案线索！你还想不想抓那家伙了？”

卢振宇吼道：“你拍完了没有！”现在对他来说，救出小文已经是重获新生般的喜悦，至于破案，那都是后面的次要问题了。

看到路石铭退到了一边，他直接抖开大剑鱼，几下子就把纸箱子划开了，然后挑断束缚住文讷四肢的捆扎带，又解开了腰部的皮带，小心地把文讷抱出来。他先让路石铭打 120，然后自己打给李晗，没一会儿救护车扯着喇叭来了，医护人员小心地把文讷抬上车。

路石铭自告奋勇跟车去医院，卢振宇也同意了，他自己先留在这里等李晗，顺便盯着两个物流人员，他一万个想去医院陪小文，但强忍住没跟车去，现在人已经救出来了，最重要的就是破案了。

没过一会儿，一辆警车扯着警笛过来了，一个急刹甩尾，李晗推门跳出来，车门都忘了关就奔过来，大叫着“小文在哪里”。卢振宇告诉她，小文已经被救护车送医院了，路老师跟着去的，又简单说了下事情的经过。

李晗立刻打电话联系同事，让他们派人去医院保护小文，一旦小文苏醒就打电话。然后她问这两个物流工人：“这箱子应该谁签收？是不是要当面签收？”她想着，如果是当面签收的话，那现在就能让他们打电话把黄宗盛叫出来，然后就可以抓人了。

但物流工人看了一眼单据说道：“哦，不是，上面写的是管理员代收就行。”

李晗吩咐随同的警察把这两名物流工人带回去问话，另外把地上的箱子以及箱子里的每一样东西都拿回去做鉴定。

卢振宇和李晗两人分工，李晗上楼去查出租记录，卢振宇埋伏在停车场上，等着堵那个来收货的人。“货物”毕竟是大活人，尽管里面有氧气包，但也不可能耽搁太久，估计黄宗盛或者那个幕后老板几小时内就得过来收货。

跟料想的一样，3-24 号仓库的承租人叫黄袆，正是黄宗盛身份证上的名字，租下来的时间就在上个月。

这次钱主任不用提醒，立刻拿出钥匙：“走，我带你到 3-24 号仓库去看看！”

3-24 仓库在一条支线隧道的最幽深的尽头，这条支隧道深入山腹，位置比较偏远，车也开不进来，所以根本没人租，整条隧道两侧的仓库都是空的，在这里真正是“叫破喉咙也没人听见”。

3-24 号仓库很大，属于套间，一共有三百多平方，分成四个小隔间，外面有一个总的铁门，据钱主任介绍，原先备战备荒的时候，这里大概是作为弹药库或者是燃料库之类的，所以位置这么偏远。

李晗彻底检查了一遍，这个仓库的位置、大小、结构，确实都很适合做囚禁女生的秘密巢穴，不过目前里面没多少东西，也就是地上扔着几个旧席梦思床垫，其中一个小间的墙角还有一个封装完好的纸箱子，上面印着某某品牌除湿器。

尽管箱子不大，不太可能装下人，但他们还是把箱子拆开了，里面确实是一台新的除湿器，看来黄宗盛是真的准备整个都转移过来了。上次在他的北岸区仓库里发现了很多生石灰，现在又发现了除湿器，这应该都是他在地下巢穴中保持干燥的手段。

这里面没有手机信号，他们又来到洞外，李晗打电话给留在游乐场监视的暗哨，问他们有没有什么发现，回答是什么动静也没有。

“这就奇了怪了。”李晗挂上电话，对卢振宇嘀咕着，“那小文是怎么被送出来的呢？”

卢振宇想了一下说道：“要么是还有别的秘密出口，但位置比较远，不在监控范围之内，要么……要么魔窟就不在游乐场下面。”反正现在小文救出来了，卢振宇心理压力全没了，也能轻松地说出这句话了，之前他虽然也短暂想过魔窟是不是在别的地方，但无法接受这么残酷的可能性。

“啊？”李晗倒是目瞪口呆了。

卢振宇抓抓后脑勺，然后摇摇头：“不对不对，应该就在下面，否则我这个敲山震虎计划不可能立马就见效果。黄宗盛的行车轨迹从小文家出来后，沿途只停过游乐场一个地方，地下巢穴只可能在游乐场下面！”

“那现在怎么办？”李晗问道。

卢振宇说道：“好办，一头堵不住，咱就在另一头堵，现在货送来了，就算管理员签收了，回头他肯定得来收货，而且他那个巢穴里面女孩子又不光小文一个，后边肯定还得有别的女孩子送来。”

“出租时间是上个月。”李晗望着卢振宇说道，“时间也对得上，上个月正是我们调查他的时候，可能他察觉自己被调查了，于是来个狡兔三窟，先到这弄个备用巢穴，一发觉不对，就开始转移。”

卢振宇点点头：“很有可能……不过，既然他察觉自己被调查了，来租仓库的时候为什么还用真名字？难道不该先办个假证，然后用假名字来租吗？”

李晗也是百思不得其解，好在待会儿抓住人就能见分晓了。

一下午就这么过去了，黄宗盛一直没有露面，钱主任也好，管理员也好，都没有人到他们那里去提货。

就在这时，从医院传来消息，文讷醒了。

“去看看小文吧。”李晗说道，“这儿有我，我马上就呼叫增援，你放心好了，姓黄的只要出现，绝对跑不了他。”

卢振宇也不再矫情了，他现在已经恨不得飞到小文身边了，他跟李晗道过谢，开车就往医院飞驰。在路上，自己和小文相识的一幕幕，如电影般浮上脑海：

“出东门，不顾归，来入门，怅欲悲……”

“你坚持住，别睡着，听我说话！车就在前面，上车就好了，马上就能把你送到医院去，比救护车还快！”

“对了，忘了告诉你，我喜欢女的。”

“有你这样的人做哥们儿，我很幸运。”

“这事儿得我来！卢振宇，把腰包给我！”

“好吧好吧，过来吧，撒手没，我不撒手了还不行吗？”

“休言女子非英物，夜夜龙泉壁上鸣！”

……

回忆着和文讷相处的每一刻，两人之间发生的喜怒哀乐，卢振宇此刻竟然止不住的眼泪狂飙，一边开车，一边感谢上苍，没有把小文给收回去……

冲进病房，看到文讷躺在病床上，古兰丹姆坐在床边，正温柔地为女儿喂粥，许家豪坐在病床的另一侧，陶醉地望着文讷，不时地拿起纸巾为她擦一下嘴角。床边的沙发上，坐着一男一女两个警察，摊着文件夹和录音笔，看样子是准备做笔录。

卢振宇一进来，所有的目光都集中到他身上，文讷呆了两秒钟，两道泪水夺眶而出，一撇嘴哭道："撒手没……"

而古兰丹姆冷冷地看着他，目光能杀人。

"小文！"卢振宇激动万分，就要冲上前去。

许家豪一下站起来，上前挡在卢振宇面前，一把把他推出好几步远，怒道："有你什么事！滚！"

卢振宇又惊又怒，怎么着，小文刚回来就准备跟我开干吗？

旁边的古兰丹姆也冷冷地说道："卢振宇，请你自重一点，我们不欢迎你。"

卢振宇刚说了句"阿姨……"，就听古兰丹姆说道："我以前只觉得你没钱没本事，但现在明白了，你不但没钱没本事，还没良心没担当，你有本事把小文弄丢，却没本事把小文救回来，小文失踪这两天，家豪发了疯似的营救小文，而你呢？整天跟姓李的、姓路的那两个不三不四的女人一起鬼混，现在听说家豪把小文救回来了，你又像苍蝇见了血似的叮上来……小文怎么会瞎了眼，跟你这种小人交朋友！"

卢振宇都蒙了，看了看古兰丹姆，确定她不是在开玩笑，又看了看许家豪，只见他也是一脸正气凛然的样子，顿时明白了，小文这个变态哥哥比自己想象的还要无耻。

他直接问文讷道："小文，他是这样说的？"

文讷很歉疚地看着他，点点头，然后委屈地哭道："我把晗姐姐和路老师的事情告诉妈妈，可妈妈不信，还说我护着你说话。”

古兰丹姆回头瞪了一眼女儿，怒斥道：“文文！你还不接受教训吗？你还想跟他们那种人混在一起？”

卢振宇气极反笑，指着许家豪，对古兰丹姆说道：“阿姨，他说是他救的小文？好，你让他说，小文是在什么地方被发现的？”

许家豪冷笑道：“当然是在防空洞口发现的，当时在一个箱子里！”

“什么箱子？”

“卢振宇，你别在这里胡搅蛮缠！”

“什么箱子？”

许家豪怒道：“请你出去！”

卢振宇说道：“是一个冰柜的箱子。”

“我当然知道是冰柜的箱子！”

卢振宇冷笑道：“是什么牌子的冰柜？”

许家豪语塞，随后怒道：“我当时就顾着救小文了，谁会去看牌子！”

卢振宇冷笑道：“是格力冰柜的箱子。你说你就顾着救小文了，那好，箱子打开后，箱子里除了小文，还有什么？”

“还有什么？”许家豪愣了片刻。

卢振宇嘲讽地笑道：“许大哥，当时箱子里还有一个木头框架，小文手脚都被固定在木框子上，腰部还有一根皮带捆着，我和路老师费了半天劲儿才把小文弄出来的……好，我再问你，当时小文身上穿什么衣服？是哪家物流来送箱子的？来了几个人？要送到几号仓库？签收人是谁？”

许家豪这次彻底语塞了。

卢振宇摇头说道：“事实是，根本没有签收人，上面写着管理员代签。不错，3-24 号仓库确实是黄宗盛租的，但他是什么时候租的？用什么名字租的？”

现在哪怕是个傻子都看得出来许家豪在说谎了，听到是撒手没救了自己，文讷流出了感动的泪水，微笑着望着卢振宇，而古兰丹姆心情极坏，她一门心思希望是许家豪救了女儿，她也不准备反对他对女儿的追求了。

但现在卢振宇突然冒出来插了这么一杠子，一下把一切都搅乱了，最令她难以接受的是，竟然偏偏是这个的穷小子救出了女儿。

虽然在女儿失踪的时候，古兰丹姆曾经默默向苍天许愿，只要老天爷能让女儿获救，哪怕救出女儿的是个乞丐，她都愿意把女儿嫁给他，什么金龟婿，什么门当户对，都是浮云，这时候只有女儿最重要，只要女儿活着回来，那整个世界都是圆满的。

但现在看着这个穷小子卢振宇，古兰丹姆早就把在老天爷面前的许愿抛到九霄云外了。

这小子根本配不上小文，就算是他救了小文，最多给他一笔钱做酬谢，她绝不能接受他跟小文在一起！

第九章 魔窟夜惊魂

关键时刻，还是坐在沙发上的两个警察起身打圆场，说该做笔录了，好说歹说，才把沈家豪和古兰丹姆劝了出去。由于卢振宇是营救文讷的当事人，叫他留下来配合警方调查，一起做笔录。

自己的母亲和哥哥出去了，文讷望着卢振宇，小嘴一撇，“哇”地哭了出来，卢振宇此刻也再难抑制住情绪，坐在床边，扯纸巾为她擦眼泪。文讷的泪水越擦越多，卢振宇越哄她哭得越凶，最后卢振宇俯身一把抱住了她，文讷也立刻紧紧抱住他，在他肩头号啕大哭，双手再也不放开，好像生怕一松手就会失去他似的。

旁边一男一女两个警察就站在那看着，相视而笑，也不催他们，他们都是和李晗关系不错的，早听过卢振宇的大名，这两天营救文讷，卢振宇的名字更是一再在警队内响起，好多调查方向、线索，都是卢振宇提供的。

两人很善意地让卢振宇和文讷相诉衷肠一会儿，直到文讷轻轻把卢振宇推开，低声道：“卢兄……警察同志还等着做笔录呢……”

一声“卢兄”又把卢振宇唤回了现实，得，这“万年好哥们儿”啥时候是个头？

文讷瞥了一眼警察，趁他们没往这边看，飞快地抬起头，双唇在卢振宇的脸上轻轻啄了一下。卢振宇“啊”了一声，一阵狂喜，傻笑着望着文讷，心怦怦跳着，只见文讷把脸缩在被子里，只露出两只眼睛忽闪着，连耳朵尖都红了。

旁边男警察咳嗽了好几声，才把卢振宇唤醒。

警察先补充记录卢振宇的证词，主要是他在防空洞口救出文讷的细节，警方目前知道的都是李晗和那两个物流工人的转述，而卢振宇是第一目击者。两个警察详细询问了当时是怎么发现不对头的，当时两个工人的反应如何，有没有可疑的地方，当时箱子里都有什么东西，每一样都要仔细回忆……

文讷此时才第一次听到自己是如何被发现、被救下的，也不寒而栗，她知道黄宗盛本来是要把自己转移到防空洞里的，所幸被卢振宇机智识破，要不然的话，还不知要到何时才能重见天日。

卢振宇也一反刚才在许家豪面前咄咄逼人的样子，反倒谦虚起来：“说起来，这全靠谷教授教我的办法，要不然我也不知道到那儿去堵。还有，许家豪也不是一点作用没起，当时我们分析的，他不是转移到北岸仓库区，就是得转移到防空洞，当时分工的就是我盯着防空洞这边，许家豪盯着仓库区那边，不过是黄宗盛最后选择了防空洞，要是他选择了北岸区，那救下你的就该是许家豪了。”

文讷哼了一声，说道：“那他也不该颠倒黑白，说我是他救下的，然后说你跟别的女的鬼混，还把晗姐姐说成是不三不四的女人……路老师就算了，但晗姐姐可不是。”

卢振宇哑然失笑，这话可别让路老师听到。

两个警察忍住笑，开始给文讷做笔录。

文讷也收起了轻松的表情，深吸了一口气，开始可怕的回忆……

文讷慢慢回忆着，当时自己正在洗澡，突然卫生间的门就开了，然后一个身影扑进来，用毛巾捂住她的口鼻，一边把她往外拖，文讷只当时惊恐万分，只闻到毛巾上一股浓烈的药味，知道不是乙醚就是氯仿之类的麻醉药，她一边挣扎一边努力屏住呼吸，但双方体力悬殊，尽管她努力抓住门框，但还是毫无悬念地被拖到了客厅里，这时候她极度缺氧，忍不住深吸了一口气，几乎就立刻什么也不知道了。

卢振宇咬着大拇指，揪心地听着，就听那个女警察问道："你洗澡的时候没锁卫生间门吗？怎么他一下就进来了？"

文讷摇摇头："那房子平时就我一个人住，所以我没有锁室内门的习惯，毕竟防盗门是锁着的，谁能想到还有人能进来呢？"

男警察问道："当时看清那个人了吗？"

文讷摇摇头："他戴着面具，就是《V字仇杀队》的那种，身上穿着雨衣，好像还戴着手套，个子有点高，具体的当时没看清，反正不会低于一米八。"

警察点点头，记了下来，这也和黄宗盛的特征相符合。

女警察望着文讷，尽量平和地问道："那么……古小姐，你再次醒来的时候……嗯，是什么情况？"

文讷看了她一眼，知道她口中的"情况"是什么意思，文讷苦笑了一下："嗯……没有你们想的那么糟……"

于是，她慢慢地把自己醒来的情形说了一遍，两个警察都是惊讶不已，这堪比好莱坞电影的华丽场面，完全超出了一般"囚禁性奴案"可能的场景。卢振宇听得也是惊心动魄，但他没有插嘴，他的心揪着，等着听那个他不愿听到的事情发生……

女警察看了一眼卢振宇，咳嗽一声，对文讷说道："古小姐……要不这样吧，我一个人给你做笔录就行了，让他俩先出去吧。"

男警察领悟过来，点点头，起身就要拉着卢振宇出去。

“没关系，让他们在这儿吧。”文讷幽幽地说道，“反正记到笔录里，该看的人都得看到……至于卢兄，他是我的救命恩人，无论发生了什么，他都有资格知道。”

男警察和卢振宇面面相觑，都很尴尬地坐了回去，卢振宇的心中一痛，他能感到自己的心在滴血。他在心中对自己说道：我爱小文，无论发生了什么我都爱她……这不是小文的错，而是那个黄宗盛的错。小文是为了救魔窟中那些女孩子才挺身而出的，因此无论因此受过什么样的伤害，非但不能贬损她一分一毫，反而会让她更加圣洁，更加高大。

时间倒回三十个小时之前，文讷从家里被绑走的十二个小时之后。

吃完了烛光晚餐（其实应该是早餐），黄宗盛就开始迫不及待地“享用”文讷了。

他先让那几个女生把杯盘撤走，把桌子搬走，然后“大教室”里只剩下了他和文讷两人。文讷此时双脚仍然被铐在安乐椅上，黄宗盛推着椅子，推到房间中央，黄宗盛蹲下去为她打开脚上的铐子，文讷以为他要放自己自由活动，却突然看到地上有一个大铁环，被铆钉固定在地上，黄宗盛以迅雷不及掩耳之势把她的双脚铐在了大铁环上……文讷吓坏了，挣了两下，大铁环纹丝不动，脚根本抬不起来，她失去平衡一下摔倒在地，惊恐地看着慢慢逼过来的黄宗盛，想逃却无法爬开，拼命挥拳阻止他靠近，颤声道：“不要……宗……老师，老师你听我说，你能不能先听我说……”

没想到黄宗盛只是拉过安乐椅，然后坐在上面，戏谑地笑道：“说吧，我听着呢。”

文讷抹掉眼泪，深吸两口气，稳定心神说道：“老师，我知道您喜欢我，老实说，我不喜欢您，而且还很怕您……但是我知道，我在您手中，这是没法改变的了，现在对我做什么，我都很难反抗……可是，您能不能给我一些时间？我求求您，给我一些时间……”

黄宗盛冷冷地问道：“为什么要给你时间？你要时间干什么？”

文讷豁出去了，把心一横，大声说道：“给我时间，让我爱上您！”

黄宗盛显得很意外，笑道：“哦？可能吗？”

“为什么不可能！”文讷脑子快速转着，厚颜无耻地说道，“您是一个才华横溢的人，我相信如果正常相处的话，您的才华足以让任何一个女孩爱慕……虽然您戴着面具，但我能感觉到，面具后面是一张英俊的脸……您说过，您是我认识的人，我不知道您是哪位，但如果真是的话，那我在生活中肯定已经对您产生一定好感了，只不过您不知道而已……”

黄宗盛似乎很满意，调整了一下坐姿，笑道：“继续。”

文讷喘了两口气，脸上尽量保持着诚恳无比的表情，脑中却搜刮着肉麻而浪漫的词句：“老师，既然您选择以这种方式和我相处，那我只有接受，我也不是不识好歹的人……可是，请您给我一些时间，给我个机会，让我爱上您！那样，我会在幸福中陪您走完一生，而不是屈辱和恨！老师，既然我已经来了，那来日方长，时间有的是，您又何必急于一时呢？今后那么多年里，我是爱您还是恨您，决定在您自己手上……”

黄宗盛似乎在犹豫，点头道：“嗯，有些道理……还有吗？”

文讷紧张得浑身发颤，感到嘴唇都发麻了，她知道此时自己的脸一定是惨白惨白的……

她想起了谷教授的忠告，决定再试一次运气，说道：“老师，我知道您很有才华，可我也有才华，如果您认识我的话，您应该知道，我出生在音乐世家，我妈妈是新疆歌舞团的舞蹈家，我爸爸年轻时候在纺织厂里也是音乐才子……我四岁被世界级小提琴大师开蒙，现在虽然没吃这碗饭，但这么多年一直没放弃苦练……老师，如果您只是把我看作一具肉体的话，那不是太浪费了吗？说句不好听的，那样您从我这儿得到的，和花几百块钱从路边洗头房里得到的，有多大区别呢？可如果您给我一些时间，我会证明给您看，您得到的就不是一具行尸走肉，而是一个和您一样热爱音乐的灵魂……”

文讷手撑在地上，说得口干舌燥，却苦于黄宗盛戴着面具，看不到他的表情，只有一张《V 字仇杀队》的诡异笑脸盯着她，似乎每分每秒都在嘲笑她。

黄宗盛扬起双手，慢慢地鼓起掌来，鼓了半晌才笑道：“不错不错，我这里这么多女孩儿，你是最有意思的一个，确实，也是最有才的一个——虽然还没听你拉琴，但光听这张嘴，已经够有才的了。”

他站了起来，蹲在文讷身前，戏谑地笑道：“你说的我都考虑了，现在考虑完了。对了，你可以选一个你喜欢的姿势，我尽量满足你。”

文讷一愣，大脑“嗡”地一片空白。

“等一下，我去拿个玩具……”黄宗盛说着，起身离开了。

文讷伏在地上，大口喘息着，脑中只有绝望两个字，她已经懒得挣扎了。

很快，黄宗盛回来了，文讷虚弱地抬起头，想看他拿的是什么“玩具”，却发现是一个长形的黑皮箱子，形状很眼熟。

黄宗盛打开箱子，从里面拿出了一把小提琴，啧啧欣赏道：“这应该是曹树堃亲手做的琴吧？可惜，这么好的琴在你手里，不知练过几次？你整天跟那小子东奔西跑的，又谈何‘苦练’？”

文讷还没反应过来咋回事，就见黄宗盛小心地把弓弦拧紧，又用松香在弦上擦了几下，然后把琴递给她，笑道：“我说过，让你选一个喜欢的姿势——你是喜欢站着拉琴呢，还是喜欢坐着拉琴？如果喜欢坐着，我就把这把椅子给你。”

文讷明白过来，自己被他耍了，但是，浑身却充满绝望逃生后的喜悦……

“小姑娘脑子里想的东西还是蛮多的。”面具人开心无比，笑得收不住，“哈哈哈，小文你不要误会，老师不是那种急吼吼的人，要不然你昏迷的时候，我想干什么还不早就干了？把你拴在那里，只是让你站在那个位置拉琴，我听女生拉琴的时候比较容易放松警惕，经常一听一个下午，有时候就会睡着，这样可以防止她们趁我睡着时候干傻事，当然了，我相信你不会干傻事，但我们相互还不了解，一点小小的防范，你不会怪我吧？好了，起来吧，地上凉。”

文讷长出一口气，感觉后背都湿透了，她慢慢爬起来，踉跄站起来，还不忘说一声："谢谢老师。”她舔舔嘴唇，架起小提琴，问道，“老师您想听什么曲子？”

“自己发挥。”

文讷点点头，想了一下，然后开始拉一首轻快的小曲——舒伯特的《鳟鱼》，她相信黄宗盛能够明白这首曲子的意思。

黄宗盛靠在安乐椅里，手指在膝盖上打着拍子，微微地点着头，显然听懂了《鳟鱼》的含义：这首歌词大意是，清澈的小溪里有一条小鳟鱼欢快地游动，岸边有个渔夫拿着钓竿想把它钓上来，但是水太清澈，小鳟鱼又太机灵，怎么都不上钩，双方斗智斗勇，但是渔夫更聪明，他把水搅浑了，于是小鳟鱼昏头昏脑的，立刻就被捉住了。歌词最后一段还把鳟鱼比作清纯少女们，劝告她们不要像小鳟鱼一样，轻易地就被人“钓走”。

文讷此刻拉这首曲子，再应景不过，她这是把自己比作小鳟鱼，而把黄宗盛比作渔夫，最后还是渔夫技高一筹，把小鳟鱼收入了篓中。

虽然文讷优雅地站在那里，夹着名贵的小提琴，演奏着舒伯特的名曲，但此情此景，在古典音乐老炮看来，几乎就是这女孩儿正跪在地上唱“就这样被你征服”，极尽低眉顺眼之能事，求自己放她一马……

果然，一曲拉完之后，黄宗盛哈哈大笑，显得极为满足，起身笑道："小文啊小文，果然是名不虚传，手上的造诣高，心中的造诣更高，就这一首曲子，胜过那些庸脂俗粉十倍！你说得对，来日方长，我们慢慢相处，不过有一条，你得不停证明你的价值，我不在这里的时候，你要负责把她们的功课抓起来，如果我哪次回来后发现她们退步了，呵呵……那你可就没机会了。”

文讷大喜过望，她终于赢到了最需要的时间，夹着小提琴向黄宗盛深深一躬：“谢谢老师！”

接下来的一天中，黄宗盛介绍她认识了这里的每一位女生，一共十九人，其中两人文讷认识，一个是范月瑶，一个正是谢小曼！范月瑶不认识文讷，但是谢小曼却认识她，虽然谢小曼失踪前，文讷还没到时代黑胶卧底，但毕竟她之前经常光顾时代黑胶。

谢小曼只是深深地望了文讷一眼，黑框眼镜后面透露出一丝悲哀，低头默不作声了，但文讷知道，黄宗盛肯定知道自己和谢小曼认识，这时候装不认识反倒会让他起疑心，于是文讷装作很惊讶地叫道：“啊，是你！你怎么也……”

谢小曼抬起眼来，满脸都是悲伤，显然，她来的时间短，还没有适应这里的“幸福生活”。

黄宗盛“嗯”了一声，说道：“你们认识？”

文讷点点头：“我以前常去一家唱片店，她在那儿打工。”

黄宗盛分别凝视了一下两人的眼睛，似乎在确定两人有没有撒谎，半晌，他才问道：“这里边你还认识谁？”

文讷又挨个看了一遍，摇了摇头，她突然想起来，徐晓慧好像不在其中，于是抬头望着黄宗盛：“老师，都在这儿了吗？”

“对，除了不听话的，都在这儿了。”黄宗盛冷冷地说道。

文讷一个冷战：除了不听话的……她立刻想起了秦琴说的可怕事情，难道徐晓慧也因为“不听话”，被杀了吗？

十九个女生里，有十个是拉小提琴的，可见黄宗盛对拉小提琴女生的偏爱，他先让这十个女生每人拉一段自选曲子，让文讷坐在这里欣赏，然后点评。文讷急于证明自己的价值，也是使出浑身解数，把自己的那点本事都拿出来了，比当年考江音附中的时候还紧张。

“嗯，眼高手低。”黄宗盛夸赞道，“不愧是大师的入室弟子。”

文讷听到这个评价，放松下来，知道自己过关了。

“眼高手低”在艺术圈里是个褒义词，意思是每个人虽然手上的功夫有限，但只要眼光更高，高于自己的手上功夫，那手上功夫自然会不断的进步，也自然不会走弯路。

黄宗盛把所有女生都叫来，当着她们的面宣布：“小文今后就是你们的班长了，老师不在的时候，由班长负责你们的功课，谁要是不尊重班长，你们知道后果。”

然后，黄宗盛又向文讷介绍了这里的辅导员，一位三十来岁的美貌女子，这女子没穿学生服，而是一身端庄的套装，气质优雅，但是脸色苍白，默默地站在那里，低眉顺眼，沉默寡言。

黄宗盛介绍说：“这位就是辅导员，她是江东医科大的学生，如果身体有什么不舒服的，也可以对她说。虽然她音乐造诣不如你们，但她刚毕业就来这里了，属于资格最老的“元老”，深得老师的信任，老师不在的时候，就由辅导员管理这里的一切，小文你要像尊重老师一样，尊重她。”

文讷当即向这位辅导员深深一躬：“辅导员老师好。”

她心中惊悚：刚毕业就来这里了，她看年纪怎么也得有三十岁，难道她已经被囚禁在这里六七年了？文讷偷偷看了一眼辅导员那张苍白而顺从的脸，心想完全有可能，多年不见阳光，再加上长期的洗脑，大概已经是斯德哥尔摩综合症重症患者了吧？

文讷心底升起深深的恐惧：如果卢兄不能把自己救出去，那将来自己会不会变成她这副样子？若干年后，自己会不会沦为下一任辅导员？每当黄宗盛抓到新猎物的时候，会不会也向新猎物这么介绍自己？

文讷闭着眼睛，微微打晃一下，努力让自己不要摔倒，努力保持气色正常，并且对自己说道：不要害怕，勇敢，坚持，不要失去希望！失去希望，就会和她一样！

直到下午三点多，黄宗盛又赏了文讷一顿美味的食物，然后告诉她，没有晚餐了，这里的女生每天只吃两顿，因为在这里活动量很少，只有靠节食保持身材。黄宗盛还暗示文讷：如果谁一旦身材走样了，就会立刻失去老师的青睐，那么结果会很悲惨的。

文讷吓得一个激灵，赶紧咽下口中的小鱼干，然后放下刀叉，擦擦嘴角，表示吃饱了。她这副样子，立刻又把黄宗盛逗得哈哈大笑，极为满足。

吃完饭，文讷继续为黄宗盛演奏，黄宗盛点名要听巴赫作品，文讷一展绝技，为他连续演奏了完整的巴赫《无伴奏小提琴奏鸣曲和组曲》，一共三十多首曲子拉下来，黄宗盛赞叹不已，连称自己捡到宝了，说小文当初怎么没继续深造呢，没准现在已经成中国的希拉里·哈恩了。

文讷累得手指打颤，双腿打晃，心想这幸亏是拉巴赫，要是拉帕格尼尼，这时候估计已经累出人命了。但她仍然很庆幸，她也知道黄宗盛一直就想弄一个“色艺双全”的女生来，现在算是如愿以偿了，看样子，黄宗盛目前是对自己的“艺”更感兴趣，文讷努力展示才艺，希望他这兴趣能保持下去，尽可能不对自己的“色”感兴趣吧……就算有那么一天，也尽可能推迟，为外面的调查小组多赢得一些时间。

这时候，隐约有奇怪的震动声传来，开始的时候谁也没在意，可是震动声越来越大，声音来源方向越来越多，似乎上面在搞什么施工……

黄宗盛说先等一下，然后叫来辅导员，让她带着文讷先去宿舍休息，文讷交出了小提琴，乖乖地跟着辅导员走出大教室。穿过半条走廊，和秦琴说的一样，走廊两侧是几扇防盗门，辅导员打开其中一扇，把文讷推进去，说里面有单独卫生间，如果有什么需要，就按墙上那个铃，然后锁上了门。

这是一间不到十平方的小房间，放着两张架子床，墙壁地面都是素色水泥，并没有传说中的各种女生寝室的装饰，就连架子床也只有一张下铺有被褥，另外三个铺位都只有光秃秃的床板，看来这间宿舍还没来得及“装修”，目前只有自己一个人。

文讷迅速检查了一遍，墙上果然有一个电铃，下面有个小话筒，屋顶装着一只小扬声器，除此之外再无任何通讯工具。

房间顶上有通风管道，和在北岸区仓库里看到的一样，但是很细，通风口也很小，像电影里一样钻通风管道逃跑是别想了。靠近门口的地方有一个单独的小卫生间，黑咕隆咚的，文讷摸索到灯线，拉了一下，灯亮了，卫生间最多有两个平方，里面只有一个坐便器，还有一个简易的洗手台。

她想起秦琴说的逃跑方式，心中一动，蹲下观察了一下坐便器底座，试着搬了搬，但是坐便器安装得很结实，纹丝不动。

卫生间门外的天花板上，一个球形摄像头转动了一下，对准了她。

文讷又拉了一下灯线，上方的通风口排气扇“呼呼”地转起来，再拉一下，灯灭了，排气扇也停了。她摇摇头，苦笑道：“条件还不错，跟宾馆标间一样，不知道这是什么地方？难道以前真是个旅馆？”

这时候，房间内的扬声器传出辅导员冷冷的声音：“别试了，下面的管道已经被老师改装过了，你就算搬开也钻不出去了。”

文讷吓了一大跳，抬头张望，这才发现门外的摄像头，她惊恐万分，赶紧对着摄像头摇头摆手，意思是自己不想逃跑，扬声器里继续传出辅导员冷酷的声音：“小文试图逃跑，记大过一次。记满三次大过，直接开除，开除的意思就是处死，你还有两次，好自为之。”

然后，再也没声音了。

文讷颤抖着回到房间里，坐在床铺上，望着那个球形摄像头，那个摄像头安装的位置很巧妙，无论在房间的那个位置，都没有死角，就算进卫生间，只要没关门，一样也会被看见。

她心中羞愤至极，原来黄宗盛比自己想象的还变态！

文讷也不敢乱动，只是低头坐在那儿，使劲儿咬着嘴唇，思考着该怎么办。

她突然感到遗漏了什么，又仔细把刚才辅导员的话重新咀嚼了一遍，刚才那个女人说“别试了，下面的管道已经被老师改装过了，你就算搬开也跑不掉了”，她为什么这么说？难道正常的不应该说“别试了，你就算搬开也钻不出去”吗？为什么要告诉自己“已经改装过了”？

辅导员的口气，好像是很清楚自己知道秦琴的逃跑方式似的，因为按照正常情况，坐便器下面的洞口只有碗口大，人根本钻不出去，可秦琴那次搬开坐便器后，漏出的洞口却能钻进一个人，因此黄宗盛事后把洞口改造了，可能是把每个房间的管道改小了，当然可能更简单，在总管道的某处装了个铁栅栏什么的，总之是把再次钻下水道逃跑的可能性堵死了。

这些我当然知道。文讷在心中想着，可那个辅导员怎么知道我知道？除非是黄宗盛告诉她的，可黄宗盛又是怎么知道我知道的？除非他知道我一直在调查他，还知道秦琴跟我说了什么，可他究竟是怎么知道的？

文讷百思不得其解之时，头顶的震动声越来越大了，也不知过了多长时间，门开了，黄宗盛进来，盯着她一直看，文讷被看得毛骨悚然，刚想说“老师对不起，我没想逃跑”，就见黄宗盛哀叹一声，说道：“小文，你真的很优秀，可惜啊，真的很可惜……”说着一抬手，在她颈部扎了一针，文讷大惊失色，捂着脖颈后退两步，坐在床上，随即感到浑身肌肉无力，挣扎了两下，软绵绵地倒在床上。

黄宗盛抱着她在床上放好，坐在床边望着她，轻轻抚摸着她的头发，眼神中尽是怜爱。

文讷虽然肢体难动，但思维依然清醒，她知道，自己又被注射了失能剂，先前黄宗盛承诺的都不算了，自己还是要被这个禽兽侵犯了。她绝望地哭泣着，口舌麻木，想说话也说不出来，感觉自己就像一条可怜的鳟鱼，被放在案板上，任人宰割。

黄宗盛说道："小文，你知道我为什么答应给你机会吗？不是因为你趴在地上求我求得多可怜，也不是因为你那首《鳟鱼》拉得有多好……你知道吗，你刚进来的时候，我就让辅导员给你做了全面体检，她告诉我，你还是处女……对，当时你应该还没醒。"

文讷愣住了，顿时羞愤无比，她没想到自己昏迷的时候，那个女人竟对自己做了如此变态的"体检"！

黄宗盛说道："你不要介意，这不是针对你一个，每个女生进来之后，我都会让辅导员给她们检查一下，如果一个女孩子自尊自爱，那她也会得到我的尊重，可惜啊，这么多年，得到我尊重的，只有你一个。唉，你能想象如今的艺术学院已经乱成这个样子了吗？"

他顿了一下，又摇头说道："但是小文，由于某种原因，你已经不适合再待在这里了。我答应过，在你爱上我之前，我不会侵犯你的，我会遵守承诺的，我将把你完整地送去另一个世界，你放心，没有一点痛苦。"

文讷瞪大眼睛，恐惧万分，想说"不是说记过三次才处死的吗"，但是口舌已经完全不听使唤了，她最多能发出几个含糊的音节来。

黄宗盛一招手，辅导员进来了，她在文讷床头摊开一个医疗包，先用橡皮止血带扎住文讷的胳膊，找准血管，然后拿出一支注射器，吸了一管药物，推出空气，直到喷出一点药水，这才对黄宗盛点点头，表示已经做好注射准备。

黄宗盛俯下身子，在文讷耳边轻声说道："小文，不要害怕，你只是先走一步，用不了多长时间，我也会到那边去找你，她们也都会去找你的……"

然后他在文讷唇上轻轻一吻，又端详了她一会儿，最后像下了很大的决心一样，起身离开房间。

文讷流着眼泪，已经在心中跟爸爸妈妈、外公外婆还有撒手没道了永别……

辅导员表情冷酷地扎入她的胳膊静脉，缓缓把药水推了进去，很快，文讷失去了知觉，人事不省。

病房中，文讷说到这里的时候，已经非常虚弱，长长叹了一口气，望着卢振宇，露出一个疲惫的笑："撒手没……我再次醒来的时候，已经躺在这里了。"

听完了文讷惊心动魄的魔窟经历，卢振宇的心脏也像过山车似的，上上下下翻了好几个个，到现在也是出了一身汗，情不自禁地再次拥抱文讷，任凭她在自己肩膀上啜泣着，尽情发泄这一天多的恐惧。

卢振宇在内心中深深地感谢上苍，再次把小文赐还给了自己，他凝视着文讷，情不自禁，先前小文主动亲了自己一下，极大地鼓舞了他，此刻他全身都是勇气，对着文讷的唇就想吻下去。

但是文讷一个哆嗦，眼中闪过一丝恐惧，把头略偏了一下，同时轻轻推了他一下，有明显的拒绝意思，卢振宇一怔，有些失望，改在她的面颊轻吻了一下，文讷这才没有回避，只是闭着眼睛，轻声说道："卢兄，谢谢你。"

这一声"卢兄"把卢振宇叫得失望至极，唉，在关键时刻，小文又切换回"好哥们儿"模式了。

文讷略带歉疚地望着他，也没解释，卢振宇突然想起文讷刚才那一丝恐惧的眼神，立刻释然了，她在魔窟中受了太多的惊吓，尤其是最后那个"老师"说要处死她，然后吻了一下她的嘴唇，这个"死亡之吻"在小文心中留下的阴影太深了。

"对了。"文讷突然问道，"你们在防空洞那里布控了吗？"

男警察说道："肯定布控了，现在李晗就带人在那儿蹲点呢，只要有人来签收，立马把他按住。"

文讷略微放心，说道："黄宗盛把我转移到他的新巢穴，肯定不光是我，所有女生他都得转移，他肯定觉得游乐场下面的巢穴已经暴露了，要整个儿搬家。"

卢振宇点点头："不错，我们就这么想的。"

文讷说道："那你们不能光盯着来签收的人，还得盯着有什么新货物没有，他可能发好几件才过来签收一次。"

两个警察对视一笑，都觉得这女孩儿挺聪明的，刚醒过来，一点也不糊涂，女警察笑道："你放心，这我们都想到了。"

文讷看了一下墙上挂钟，问道："我被救出来到现在多久了？我是说从发现我在箱子里开始算？"

卢振宇说道："那时候两点多吧，现在都快六点了，三个多小时了。"

文讷显得有些忧虑："三个多小时，不短了，按理说应该去接货了，他就不怕我憋死在箱子里吗？"

警察和卢振宇对视一眼，也都一脸的焦躁，文讷说得对，是这个道理，但问题是到目前就是没人去接货，就算箱子里放了氧气包，但那个氧气包的容量不大，最多能提供五到六个小时的氧气，按理说如果文讷上午就被装进箱子里，又一直没被卢振宇发现的话，现在已经憋死了。

虽然不愿面对，但事实越来越明显：黄宗盛察觉了，放弃收货，逃跑了。很可能救护车和警车扯着警笛过来的时候，甚至更可能是卢振宇截下箱子的时候，就被躲在暗处的黄宗盛看见了。

文讷有些犹豫，露出一丝恐惧："我就怕……我就怕黄宗盛发现没有退路，会把手里的女孩儿都灭口了……"

文讷的可怕猜测让卢振宇和两个警察都吃了一惊，很显然他们之前谁都没往那方面想，但是文讷在魔窟里亲眼领教了黄宗盛是怎样的冷酷无情，最后虽然没有杀她，但文讷受的精神创伤极大，一下就想到了最残酷的可能性。两个警察迅速向领导汇报了文讷的猜测，领导也很重视，研究了一下认为完全有可能，因此现在要加快破案速度，争分夺秒，现在已经不是拯救那些女生的自由了，而是拯救她们的生命。

但是卢振宇现在已经懒得再去奔波了，小文已经救出来了，其他的都和他没关系了。

文讷很担心那些女生，她虽然不满卢振宇这种事不关己的态度，但在她眼里，卢振宇还是那只很二的“撒手没”，估计他也帮不上多大忙，让他在这里陪自己说说话也好。

文讷告诉卢振宇，下午老爸就知道自己获救的消息了，高兴得快疯了，当时他在另一家医院，立刻就要过来看自己，但让医生硬拦住了，老爸的血压还没控制住，不适合出院，但是父女俩视频通话了好长时间，都哭得稀里哗啦，文讷说明天自己就能出院，到时候过去看老爸。

这时候李晗来了，她一进来就给了文讷一个大大的拥抱，文讷好容易恢复的情绪又被渲染起来了，又哭了一通。

李晗说，防空洞那边仍然在布控中，但是还没有消息。病房里的两个警察做完了笔录，那个女警察拿着笔录回去复命了，男警察仍旧留下来，李晗说这是警方安排的保护人员，防止黄宗盛潜入医院，加害小文。

“有这个必要吗？”文讷笑道，“这儿这么多人呢，卢兄、我哥、我妈他们都在，我哥还带了好几个手下守在这儿，对了，下午我刚醒的时候，我爸和陆伯伯也来看我了，他们都说要安排人来保护我。”

卢振宇和李晗都知道，她这里说的“我爸”是指许庆良，要是张洪祥，不可能看看就走的。另外，陆刚肯定更关心小文的情况，因为小文也是亲历魔窟的人了，她的证言对陆傲天的案子肯定有很大的帮助。

李晗也笑道："是啊，我也说了，小文好歹也是大小姐，人家自己家还能少了保镖吗？可是谷教授坚持建议警方派人保护，你也知道，谷教授说话很管用的，他一说，安叔叔立马就安排了。"

"对了，谷教授！"卢振宇立刻想起文讷是如何获救的，"小文获救多亏了谷教授，不行，我得去看看他，好好谢谢他。"

李晗笑道："想谢他的人多了，你得排队，这会儿他已经被那帮邻居请去阅江楼喝庆功酒了，估计你到那儿的时候，老头儿已经喝高了，他们那几栋老楼好歹保住了，那帮老邻居现在正把他当菩萨一样供着呢。对了小文，我建议你们家单请谷教授一次，一来说声谢谢，二来也重申一下金天鹅的态度，也给老头儿吃个定心丸不是？"

文讷这才明白自己获救背后还有谷教授的相助，当即很认真地点点头："那是应该的，我回头就跟我妈妈说。"

李晗笑道："你这个掌上明珠怎么也得比那几栋楼值钱吧。"

文讷心想还真未必，但仍然笑道："那肯定的啦。"

文讷问李晗，自己到底是怎么获救的，现在李晗来了，自然要听官方版本的了。

于是李晗把这两天的经过大致说了一遍，重点说自己是如何跟卢振宇一起疯狂查案的，还有卢振宇在刺激之下智商开挂的故事。

文讷顿时对卢振宇刮目相看，惊叹道："以后还真不能叫你撒手没了。"

卢振宇得意地"嘿嘿"笑了两下，文讷却严肃起来，她皱眉思考片刻，说道："那我给你们捋捋啊，现在有那么几个蹊跷点，第一，黄宗盛背后还有个老板，那地下室的那个'老师'到底是谁？是黄宗盛还是那个老板？第二，黄宗盛为什么要弄个手机给自己录音？第三，手机什么都录到了，行车记录仪的云备份却什么都没录到，这到底是怎么回事？第四，地下巢穴如果真在游乐场下面，那肯定还有别的出口，不然，我是怎么被送出来的？第五，老的管道图纸，到底被谁拿走了？”

卢振宇补充道：“还有第六，那个老师是怎么把你寄出去的？是他亲自去寄的，还是找的别人？从哪个物流点发的货？被监控拍到了吗？”

文讷微笑道：“这不算蹊跷点，警方不是把那两个物流工人带回去询问了吗？这会儿肯定也有结果了吧？”

李晗一拍脑袋：“对对，把这茬忘了，等一下啊，我问一下。”

她立刻拿起电话向同事打听，很快就问清楚了，那两个物流工人确实什么也不知道，他们没见过那个箱子的发件人，不过出人意料的是，箱子是从北岸区的一个物流点发出的。

警方又去走访了那个物流点的老板，那个老板倒是有印象，说今天上午有人开车送来一个冰柜，因为包装完好也就没拆封检查，不过收货地点就在南岸的妙法山人防冷库，只隔了一条淮江，老板就很奇怪，就问这么近的距离，为什么不自己开车送过去，还要走物流？那个人说南岸就不属于他们的片区了，公司规定跨片区送货要用物流，所以他们也不管那么多，公司让走物流就走物流，反正能报销，这么一说，物流点老板也就没多疑，按照他的要求发了加急件，保证下午两点前送到。

卢振宇和文讷异口同声问道：“那人什么样？”

文讷又追了一句：“监控拍到没有？”

李晗说道：“那个物流点屋里有监控，但那个人根本没进屋，就在外面卸货的，虽然没拍到，但老板说的基本符合黄宗盛特征，一米八左右，体重发型也差不多，至于长相，那人戴了个棒球帽，还带了口罩……因为今天有点雾霾，不少人都戴口罩，老板也没多心。”

文讷点点头，心想如果是黄宗盛，那他肯定要进行伪装，毕竟他已经被通缉了。就算是幕后老板，现在到处都是监控，他肯定也不想被拍到，也会伪装。

她自言自语道："为什么要跑到北岸区发货呢？"

卢振宇说道："掩人耳目，欲盖弥彰。"

李晗也说道："这样就可以说那套'不属于我们片区'的说辞了，不容易被怀疑。"

文讷缓缓点点头，言不由衷地说道："嗯，有道理。"

李晗说道："不管怎么说，警方已经在排查那个物流点附近的监控了，运气好的话，可能就顺着监控一路查到他的落脚点了。"

文讷点点头，附和了一句，但是幽幽地看了一眼卢振宇，两人都明白，北岸区的监控是多么的稀疏，想在北岸区靠着监控破案，难上加难。

卢振宇望着文讷，总有种感觉，小文变了，变得有些阴郁了，不再像以前那样刁钻古怪、娇憨顽皮了。他明白，这肯定是魔窟中受的精神创伤所致，他在心中祈祷，希望过些日子，小文还能恢复成以前那个阳光活泼的小文吧……

第十章 天下无不散的筵席

几个人分析来分析去也没什么头绪，转眼到了晚饭时间，古兰丹姆再次回来，这次她带来了亲手炖的汤，坐在床边，一勺一勺亲手喂给女儿吃，文讷也缩着脑袋，沉浸在妈妈的溺爱中，幸福无比。

不过古兰丹姆完全视卢振宇和李晗如无物，两人都有些无趣，便起身告辞，文讷摆摆手跟他们告辞，跟卢振宇说了句："卢兄你先回去吧，我们微信联系。"

卢振宇先去看了看张洪祥，然后出来吃了个饭，回到天鹅宾馆，躺在床上想这整件事前前后后的疑点，一直想到大半夜才勉强睡去。

第二天，卢振宇睡到快中午才醒，第一件事检查微信，出乎意料的，文讷竟没有发微信。他突然醒悟过来，不会又被她妈妈没收手机了吧？他赶紧给文讷发了个微信，问她今天感觉怎么样？

过了一会儿，文讷回语音，语气很正常："妈妈上午送我去看爸爸了，我爸见到我可高兴了，医生说他能出院了，估计他这会儿快回去了。"

接着又发来一条语音："这会儿我跟妈妈回家了，妈妈说把我接回家住几天，正好我也想妈妈了，就决定回家住几天。对了，今晚我们家在我妈饭店摆谢恩宴，宴请谷教授和警方领导，除了我们一家，还有陆伯伯一家参加，所以……就不方便请你过去了……”

卢振宇愣了一下，突然感到一股莫名的失落，觉得心中空落落的。不过他想了一下，小文经此大难，身心备受打击，这时候肯定是最需要躲进妈妈怀里舔舐伤口的时候，回家住几天，享受一下当掌上明珠的感觉，肯定是对精神恢复有好处的……

他思来想去，最后回了一个：那你好好休息吧。

然后脑子一抽，又发了一个：多喝热水。

然后文讷再也没回了。

过了好半天，就在卢振宇惆怅的时候，又是一声微信铃声，他扑过去抱起手机一看，是文讷发来的文字："撒手没，你永远都是我的撒手没。"然后是一个亲亲的表情符号。

卢振宇又高兴了，浑身充满了干劲儿，他先给张洪祥打了个电话，然后中午过去接他出院。出了院，爷俩直接找个地方搓了一顿，张洪祥心情大好，一杯接一杯地喝，而且杯杯都要卢振宇一起干，卢振宇劝他血压刚稳定不能这样喝，但也劝不住，只能陪着，最后酩酊大醉回宾馆，倒头就睡。

快傍晚了张洪祥才醒过来，然后直接跟卢振宇说收拾收拾东西，明天回江北。

卢振宇一愣，不知他几个意思，张洪祥说："小老弟你还想啥呢？五千万已经泡汤了，我那边跟央视的联合暗访也完成了，现在正准备组稿见报，正是最忙的时候，社里一直催着我回去主持工作，咱哪能老在近江耗着，咱当初出来是查案的，又不是旅游的。"

卢振宇愣在当场，仍然心有不甘，来近江这么久，每天查案，和小文腻在一起，早就成了他生活的一部分了，现在突然说要和这一切割裂开，回到原先报社实习生的轨道上，他一下仿佛觉得生命中最重要的东西被抽走了。

“可是……”卢振宇争辩道，“张哥，你怎么就断定五千万泡汤了呢？黄宗盛还有幕后老板不是还没抓住吗？魔窟不是还没找到吗？那些女生不是还没救出来吗？”

张洪祥说道：“小老弟，魔窟已经找到了，只不过还没挖开而已，也没什么幕后老板，就是黄宗盛，你那个录音警方不会采信的，你不信我的话就等着看。而且现在不管在警方看来，还是在小文家看来，还是在陆刚看来，救出小文的都是谷教授，不是你卢振宇，那么最后挖开魔窟抓住真凶、还他儿子清白，自然也都是警方和谷教授的功劳，你卢振宇就算起了点作用，那五千万也不会给你。”

卢振宇愕然道：“那……那五千万就是要给谷教授了？”

张洪祥摇摇头：“也未必，陆刚已经跟谷教授另外签了协议，不征用那块地已经是代价了，放弃那块地的损失可比五千万大多了，因此陆刚断不会再给谷教授五千万，而且你忘了，小文失踪咱们就报警了，这案子怎么都得算是警方破的，警方破案是本分，所以……呵呵，咱都别想了，权当没有这么回事吧。我也想开了，钱财本来就是身外之物，不该是你的你就拿不到，咱一老一小两个穷鬼真拿了这么一笔巨款，还指不定怎么乐极生悲呢！所以说，只要人平平安安的，还是该吃吃该喝喝该玩玩，开开心心过日子最好！”

卢振宇望着大秃脑壳恨不能升起佛光的张洪祥，在想着他刚来近江的时候那副急吼吼的贪财样，不禁感叹，人生的这种大起大落真是能改变一个人！女儿失而复得，这个做父亲的也学会体悟“知足常乐”了。

张洪祥看他仍旧磨磨唧唧的，像失了魂似的，摇头笑道：“算了，挑明了吧，你小子得相思病了吧？放不下小文是不是？”

“啊，这个……”卢振宇窘迫不堪，这是张洪祥第一次跟他挑明他和小文的事。

张洪祥叹道："按说你救了小文，而且小伙子人不错，要是小文是我一个人的闺女，我也就默认了，实际上你看我拦着你了吗？我从头到尾没拦过吧？唉，问题她不是我一个人的闺女啊，人家妈妈还有那个后爹……唉，现在连我这个亲爹跟亲闺女都不是一个阶层的，更别说你了。所以我也得劝劝你，天下没有不散的筵席，别想太多了，想多了徒增苦恼……好了好了，收拾东西吧，明天跟我回江北，正好咱报社有几个新来的小姑娘，长得也都挺好，你要看中哪个了，我也把她调过来当徒弟，给你们撮合撮合。"

第二天中午，五菱之光行驶在出城的道路上，卢振宇望着窗外划过的城市风景，回忆着这几个月来的一幕幕，心中充满酸楚，他一直在纠结到底要不要给小文发微信道别，但想想张哥的话，还是决定不发了，既然决定忘却，就忘得干净点，别再拖泥带水。

导航提示淮江大桥拥堵，张洪祥选择了从淮江二桥过江，行驶在引桥上的时候，卢振宇看见了远处高大的摩天轮，突然想起下面就是废弃游乐场，伸着脖子往下看了一眼，看到了震撼的景象：十几台挖掘机正在下面挖，不知道的还以为这块地又要开发了呢。

张洪祥也瞥了一眼，然后冷笑道："反正你也找到地方了，小文也救出来了，他们就无所顾及了，开始放手挖了。"

"他们？"卢振宇问道，"他们是谁？"

张洪祥笑道："反正不是警方就是金天鹅那边，两方都着急赶紧破获这个魔窟。"

卢振宇有点担心："那他们这么肆无忌惮地挖，就不怕黄宗盛或者那个幕后老板狗急跳墙，把女生都杀了灭口？"

张洪祥抽了口烟，往窗外弹弹烟灰："应该不会，根本不需要灭口，你看前有秦琴，后有小文，都是从魔窟出来的，她们能说出什么来吗？最多能说说在里边怎么吃的，怎么住的，怎么表演的，那面具后面是谁，能指认吗？根本不能，我告诉你，他根本不怕这些女生说，他掩藏得很好，又何必徒增杀孽呢？他的乐趣不在杀人，他只是个色魔。”

卢振宇点点头，觉得有道理，想必警方也是这么分析的。

到了北岸区，又听说高速上出事故了，大堵车，爷俩干脆在北岸区找了家牛肉馆吃午饭，下午再走，正吃着呢卢振宇电话响了，一看是个陌生号码，接起来一听，是个女人很有礼貌的声音："您好，请问是卢先生吗？"

"是我，你哪位？"

对方顿了一下，说道："听说您在找一份图纸？"

卢振宇心里"咯噔"一下，不动声色道："没错。"

"图纸在我这儿，我可以给你。"

卢振宇问道："请问你是哪位？"

"我……"那女子犹豫了一下，说道，"我也在金天鹅集团工作。"

卢振宇点点头，这就对了："哦，那你是集团总部的吧？当初那个图纸是你拿走的吧？是谁派你拿的？"

"不是我拿的，反正现在这份图纸在我这儿。"

卢振宇泄气了，原来只是个热心的员工，现在小文已经救出来了，魔窟位置也确定了，那图纸本身已经不太重要了。他想了一下说道："这样吧，我现在在外地，不太方便，我给你一个警官的号码，你把图纸给她，行不行？"

对方静了片刻，说道："卢先生，你不想破案了吗？"

卢振宇苦笑一下，嘲讽地道："破案应该找警方，找我干什么？"

那个女子静静地说道："图纸我看了，虽然我是个外行，但很明显能看得出，妙法山人防工事和游乐场之间，是有管道相连的。"

这么明确的信息着实让卢振宇的心跳加速了。

他深吸一口气，问道："那你为什么一定要把图纸给我？"

"我欠你一条命。"

卢振宇一愣："什么？"

那女子声音柔和了点，仍然说道："卢振宇，我欠你一条命。"

卢振宇蒙了，这女人是谁？难道是赵大头的受害者之一？不对，她又不是大学生，她说她是金天鹅集团。

他小心地问道："请问，你到底是哪位？"

那女子说道："我叫章榕，是金天鹅法务部的律师……我弟弟的命是你救的，他叫章松。"

卢振宇明白了，原来是章松的姐姐，怪不得出手相助，这是知恩图报。他说道："我现在确实不太方便过去，你告诉我地方，我让人过去拿。"他还是想让李晗过去拿图纸，把这个情分让给李晗算了，既然决定跳出近江那个"圈子"了，他就不打算再"融"回去了。

既然如此，章榕也就不再坚持，说道："图纸就在我弟弟那儿，你让那个警官去工程部找章松就行了。"

"好，谢谢你章小姐。"

"不，应该是我谢谢你……"章榕犹豫了一下说道，"你知道，我就在金天鹅法务部，确切地说，我就在许家豪身边工作，嗯，我是……我是他的人。"

"噢。"卢振宇大概听出了弦外之音，但也不知怎么接茬。

章榕继续说道："所以，今后你和许家豪之间……如果有什么需要我帮忙的，尽管来找我。"

卢振宇一愣：这几个意思？

挂了电话，他把电话内容原原本本学给张洪祥听了，张洪祥微微一笑，说："这明摆着，这姓章的是许家豪包养的情人之一，但是肯定跟许家豪感情不太好，甚至恨许家豪，这边你又救了她弟弟，所以她不但给你提供图纸，还情愿为你当许家豪的眼线，想吃里扒外呢。”

卢振宇奇道：“什么眼线？我需要什么眼线？”

张洪祥笑道：“她肯定知道你跟小文的事，既然你跟许家豪是情敌，那她肯定愿意帮你一把。”

卢振宇一愣：“啊！你……你已经知道许家豪对小文的……”

张洪祥微微一笑：“李晗上次来看我的时候就跟我说了，再说我又不傻，我吃过的盐比你们吃过的米都多，姓许那小子对我闺女什么心思，我还是能看出一二来的，不过这小子也就是有心没胆，再说还有个兄妹的名分管着，何况那小子是个花花公子，小文看上谁也不会看上她，这点信心，我这个当爹的还是有的。”

卢振宇点点头，对张哥由衷的服气，当即给李晗打电话，让她去章松那里要图纸，然后顺便看了一眼朋友圈，顿时被李晗发的图片吸引了，先是一堆美食照片，看着有点像新疆菜，但明显精美得多，菜式花样繁复，而且装盘造型极其讲究，堪比西餐，光沙拉就好几种，图片的文字写道：在朋友妈妈开的饭店吃饭。

下面有人留言：这是哪里，古兰丹姆吗？

李晗回道：古兰丹姆阿姨特邀土耳其名厨，倾情演绎——奥斯曼帝国宫廷筵！注意，不是拉条子大盘鸡哦，这大概是国内最高水平的清真菜了吧。哈哈，一个吃货的幸福不过如此。

卢振宇明白了，这就是昨晚小文家里宴请谷教授和警方领导的谢恩宴，看来李晗也跟着领导参加了，她和小文一样都是吃货，这种机会焉能不大晒一把。

下面还有人的照片，古兰丹姆、文讷、许庆良、许家豪一家四口齐上阵，挨桌敬酒，文讷和古兰丹姆母女都是光彩照人，许庆良和许家豪父子也是一脸的喜气洋洋，被敬酒的不是副厅长，就是总队长，要不就是局长副局长，最小的也是大队长。

然而，谷教授的面子更大，不光小文一家向他敬酒，就连警方的那些领导也都跟他敬酒，看来李晗真没吹牛。最后是饭店门口一大溜豪车的照片，李晗毕竟有数，没拍领导的公务车，但是陆家和许家的豪车却被她拍了个够。劳斯莱斯、迈巴赫、法拉利、保时捷、宝马……

卢振宇突然瞳孔一缩，似乎捕捉到了什么，那边张洪祥已经吃完擦擦嘴，招呼服务员买单了，然后催促道："走吧，别抱着手机看了。"

"不行，张哥。"卢振宇一下站起来了，感到后背全是冷汗，"我得回去一趟。"

"怎么回事？"张洪祥愕然道，"又出啥事了？"

卢振宇犹豫一下，把心中的担忧跟张洪祥说了。

张洪祥愣了好半天，最后哑然失笑："你这小子啊，你想象力怎么那么丰富呢？电视剧都不敢这么写。"

"可是……"

"可是啥可是。"张洪祥笑道，"这话你也就是跟我说说，别传出去，人家得说你变态……我跟你说，老许这人我知道，人不错，虽然他抢了我媳妇儿，但我得说句公道话，绝对是个好人，比陆刚那货好得多。"

卢振宇本来只是开了一下脑洞，并没什么把握，被张洪祥这么一说，也觉得自己是不是过分了？但他还不放心，说道："这样吧，我让李晗帮我查查当年酒吧街那个'阔太太'的车牌号，看和小文妈妈的车牌号是不是一样，如果不一样，我也放心了。"

张洪祥赶紧说道："得得得，你别麻烦人家小李了，你不就是放不下小文，想找机会回去吗？我陪你回去好不好？咱再多待几天，拿了图纸，看能早点把魔窟打开不，说不定奖金还能有咱的份儿呢！"

卢振宇喜从天降，咧嘴笑道：“张哥，你说真的？”

张洪祥无奈摇头道：“假的！”

“啊？”

“废话，真的！我那么大人了还能骗你吗，走吧！”

爷俩开车又来到了金天鹅地产工程部，章松一见卢振宇就把图纸给他了：“出去时候挡着点啊，别让人看见。”

卢振宇问：“这图纸哪来的？是不是你姐找到给你的？”

章松笑了：“哪儿啊，是我找到了，聊天时候告诉我姐的，我姐跟你说的吧。”

“你怎么找到的？”

章松挠挠头：“就是……昨天接到了集团总部一个电话，说那图纸早就还回去了，让我再找找，然后我就再找找，果然，在旁边一个盒子里找到了，呵呵，可能当时放错盒子了吧。”

卢振宇敏感得要命，立刻抓住问道：“总部什么人给你打的电话？”

章松吓了一跳：“不知道，怎么了？”

“那人号码多少？找我看看！”

章松看他一副很严重的样子，赶紧把那个号码找了出来，给了卢振宇，卢振宇把号码、来电时间、通话时长都拍了下来，然后说道：“这事儿你先别跟别人说。”

“那肯定的！”

卢振宇出来后，把事情跟张洪祥一说，张洪祥有点纳闷，不明白他为什么那么敏感，卢振宇说道：“张哥你想啊，秦琴刚逃出来的时候就是七月份，紧接着图纸就被人拿走了……”

“噢！”张洪祥也严肃起来了。

卢振宇继续说道：“所以问题很可能就在金天鹅集团总部！”

张洪祥笑了："你小子又瞎猜了，那人说他是金天鹅总部的，你就认为他是金天鹅总部的？你跟章松一样傻吗？"

"不信咱试试。"卢振宇掏手机，开着免提，直接按着这个号码拨了过去，片刻后对方传出一个悦耳的女声："您好，总裁办。"

卢振宇心想果然，问道："请问你们是金天鹅集团总部的总裁办吗？"

"是的，请问您是？"

卢振宇又问道："请问是哪个总裁办？正总裁还是副总裁？"

那个女声似乎有点纳闷，说道："不好意思，我们就一个总裁办，请问您是哪位？预约了吗？"

"请问你是对陆总负责的还是对许总负责的？"

"当然是陆总，请问您到底是哪位？到底有什么事情？"

"好，谢谢。"

挂上了电话，卢振宇嘀咕道："是集团总部不假，可为什么是陆刚那边的……难道陆刚也……"

张洪祥忍无可忍，训斥道："你这小子，满脑子装的都是什么？我告诉你，这种东西很好弄，用个改号软件，你想伪装什么号码就伪装什么号码，别说总裁办的号码了，就算想伪装陆刚本人，只要你知道他的号，那都能伪装！懂了吗？"

卢振宇一想也是，可能真是自己想多了。

两人在车里摊开图纸，这是一套发黄的蓝图，图纸晒蓝的颜色已经快退光了，已经很难称之为"蓝图"了，不过好在线条还算看得清楚。图纸上无论汉字还是阿拉伯数字，都是手写的仿宋体，很多汉字用的还是一种奇怪的简化字，透露着那个特殊年代的气息。

出乎预料的，这套图纸里不光有妙法山防空洞的图纸，还有整个淮江南岸一大片的工事图纸，似乎妙法山工事是一个母工事，周围还有很多小的地下子工事，有的是营连级指挥所，有的是弹药库，有的是燃料库，有的是发电室，还有卫生所。

连接着这些小工事的，是密如蛛网的地下通道，江边还有暗藏的反坦克壕沟……

卢振宇不禁啧啧称赞，这简直可以和马其诺防线媲美了。

“不对吧，有点夸张了。”张洪祥咂着嘴，到底姜是老的辣，“没听说近江有那么庞大的地下工程啊，是不是这图纸有问题？”他翻过来掉过去地看，突然用手指“啪啪”点着封面那一张的文字：“看看，看看！”

卢振宇一看，也傻眼了，原来这套图纸不是实际施工图纸，而只是规划的图纸，也就是说，本来是打算按这个规模建来着，但后面肯定没建完，要不然这个工事群太牛了，在世界军事史上都能留名的。至于哪些已建成真实存在，哪些只是纸面上的东西，那就不好讲了。

卢振宇仔细看着游乐场那一块的位置，在一系列小工事中仔细找着，按照文讷和秦琴的描述，确定了几处可能的地下工事，用手指着：“魔窟应该就是这几处中的一处！”

“那到底是哪一处？”

卢振宇摇摇头：“不知道。”

突然，南方远处飘过来一声闷响，两人都抬头向那个方向望去，嘀咕道：“咋回事？哪里爆炸了？”

过了片刻，卢振宇的手机响了，他接起来，传来李晗激动的声音：“卢振宇！卢振宇！你在哪儿？赶快过来，魔窟炸开了！”

卢振宇也激动起来：“用炸的？怎么样？黄宗盛在里面吗？”

李晗喊道：“你都想不到，这是个地下堡垒，挖了很深才露出来，然后混凝土顶盖很厚，切不开，省厅送来的炸药，刚炸开一个洞，现在才把钢筋剪开，等一下啊……好，狗放下去了！特警也跟着下去了……只要他在里边，那绝对跑不了！”

卢振宇把免提开着，爷俩都激动地守在旁边，听着李晗在第一现场带来的及时播报。过了一会儿，李晗又激动地说道：“好，特警出来了！出来了！……急救小组上去了！”

卢振宇和张洪祥都激动起来，有人受伤了，不用问了，黄宗盛在里面，而且拒捕！不知道是谁受伤了？黄宗盛？警察？还是里面的女生？

爷俩的心都揪着，就听李晗说道：“咦，不对啊，抬出来的是特警。”

“怎么，黄宗盛有枪？”

“不是啊……”李晗的声音很困惑，“说是……说是因为缺氧，昏过去了。”

“缺氧？”卢振宇一愣，“这又不是盗墓，怎么还能缺氧？”

张洪祥拿过手机，捂住话筒，然后低声对卢振宇说道：“他们没挖对工事。”

“啊！”

卢振宇也明白了，游乐场下边的工事不止一个，他们肯定是挖开了错误的一个，那些工事在下面废弃了这么多年了，人乍一进去可不缺氧嘛！

他正要提醒李晗，张洪祥摆摆手，跟他使眼色，让他先别说，果然，过了一会儿，李晗说道：“好奇怪啊！他们又带着氧气瓶下去，发现里面似乎好久都没人住了。”

卢振宇和张洪祥对视一眼，都明白了，果然是这样。

张洪祥拿起手机说道：“小李，你们先慢慢挖，我们这边有点事先挂了，回头打给你啊。”

卢振宇一愣：“张哥，你想干什么？”

张洪祥笑道：“现在，警方肯定很困惑，搞不懂这是为什么，而唯一的图纸在我们这儿，他们想踅摸都没处踅摸去。”

“那又怎么样？啊！张哥，你不会是又想……”

张洪祥点点头，现在他的心思又活泛起来了，拍拍图纸，笑道：“你看，这么多工事群，只有这几个小工事彼此是不相通的，当然了，不知道这么设计是出于什么考虑，不过很明显，警方就算挖开了一个，也不可能从里面进入另外一个，他们只有从头开始挖，那么，这个机会就是我们的了。”

张洪祥指着一条管道——那是卢振宇一直梦寐以求寻找到的管道，一直从妙法山防空洞内通到游乐场，通到其中一个小型工事里。而那个小型工事的结构，简直就和文讷、秦琴描述的魔窟一模一样：一条走廊，两边是几个带独立卫生间的小房间，走廊尽头是一个大房间。

张洪祥最后在图纸上用力敲了敲：“这就是魔窟！”

卢振宇也激动起来了：“张哥，那我们该怎么办？”

张洪祥笑道：“那自然是要进去了！上车，我带你去借行头去。”

“借什么行头？”

“废话，钻下水道的行头！先说好啊，你来钻，我在外面给你把风……看什么看，你还想不想追小文了？”

张洪祥说着打了个电话，然后开车带着卢振宇沿着江边开，直到一个很荒凉的江滩停了下来，从这里眺望南岸是高楼大厦，一片繁华喧嚣，但是北岸这边却荒草丛生，成片的灰色烂尾楼，破败凋敝。

卢振宇正纳闷呢，一辆沾满泥土的中兴皮卡开了过来，一个粗犷的汉子跳下来，很亲热地跟张洪祥握手上烟，也给了卢振宇一根烟，接着从后面的车厢里搬下一套装备：“张老师，看是你要的不？”

卢振宇一看，是一件高腰的橡胶套裤，就是下河摸鱼用的那种，还有一些小零碎，比如头灯、指南针、口罩、橡胶手套什么的，简直就是钻下水道的全套设备……张哥的朋友倒是什么人都有，不知这人是干什么的？难不成是盗墓的？

“还有个这玩意儿。”那汉子又从驾驶室里拿出一顶安全帽，“工地上顺手捡的，不知张老师用的着不？”

张洪祥谢过了汉子，指挥卢振宇把东西都搬上车，双方亲热道别。

从淮江二桥往南岸开的时候，卢振宇按照张洪祥的要求在后座试穿装备，穿上觉得还挺合适，又戴上头灯，感觉不错，忍不住问道：“张哥，你这朋友是干什么的，真是盗墓的吗？”

“盗什么墓！”张洪祥斥责道，“人家是干正经行当的。”

“什么行当？”

张洪祥握着方向盘，淡定地抽着烟：“捞尸。”

“老师？”卢振宇嬉皮笑脸道，“什么老师？教盗墓的老师吗？”

“不是老师，是捞尸，打捞尸体。”

“……”

卢振宇顿时像过电了似的，三两下把装备都扒下来了，蔫在一旁，面如白纸。

张洪祥跟他说，前两年“挟尸要价”风波一再上演的时候，他曾经做了一个关于淮江捞尸行业的深度调查报道，整整一个夏天，跟这些民间捞尸队的汉子们同吃同住同捞尸，最后做出了一系列公平客观的报道，第一次把这个行业的种种辛酸和无奈展现在公众面前，让大家对这群“边缘人”有了更多的理解。当然，张洪祥也赢得了这些人的友情和尊重，这不，今天一个电话，人家就把捞尸的装备借给他了……

到了妙法山防空洞，两人直接上去找钱主任，把图纸往桌上一放，说老钱你不是找不到图纸吗？没事，我们公安机关有办法，现在找到图纸了，麻烦钱主任给带个路吧。

钱主任看到上次的“张大队长”又来了，而且人家连几十年前的老图纸都找到了，毫不怀疑，更不敢迟疑，立刻叫来了一位“李工”，带着他们进了防空洞。

李工是负责这里负责水电维护的师傅，对洞内各种管道的情况更熟悉，即便如此还是花了一段时间才找到图纸上标注的那根管道，具体位置相当偏僻，常年人迹罕至。在隧道的最深处，李工撬开地上一个井盖，指着下面说道："下面就是总管道。"

趴在井口一看，下面漆黑一团，深不可测，只能隐约听到流水声，阴风飒飒，扑面而来，虽然不是城市下水道的那种恶臭，但却是一股浓重的陈腐味，让人联想到墓穴。

卢振宇有点打怵："李工，这下的去吗？"

李工用电筒往下照着，明显也有点犹豫："咋说呢，我也没下去过，不看图纸还不知道跟山北边是通着的，不过既然图纸上标明这是'人孔'，就是人员检修入口，那人肯定下的去。"

果然，借着电筒光，能看到井壁上有一道锈迹斑斑的铁梯直通下去。下面的水不知有多深，只有一套装备，卢振宇和李工只能下去一个，那这种事肯定不能让外人下去，而且那个李工明显也不准备下去。

卢振宇忍着浑身鸡皮疙瘩穿上了那套"捞尸装备"，又戴上头灯和安全帽。李工递给了他一个大尼龙工具包，死沉死沉的，按照张洪祥的要求，里面有液压钳、螺丝刀、钢锯、撬棒之类的工具，因为根据小文的回忆，那个"辅导员"说魔窟的管道被改装过了，很可能在某处装了铁栅栏之类的，那就需要破拆。

张洪祥揽着卢振宇的肩膀，小声做最后的战前动员，给他"封官许愿"："小老弟，还是那句话，富贵险中求……等咱真拿到了五千万，你和小文的事，包在我身上……只要小文乐意，她妈再不乐意也没用！不过你知道吧，她妈妈是个势利眼，到时候看你有钱了，多半就乐意了……"

卢振宇点点头，低声道："张哥，我没事！不就是钻下水道嘛，里边还能有僵尸粽子咋的，当初秦琴能从里边爬出来，我一个大男人还不能爬回去吗？！”

张洪祥点点头，关切道：“没有僵尸粽子，但黄宗盛或者那个老板可能还在里边，你一定要小心！”

卢振宇这就更有信心了，笑道：“放心吧张哥，就算来十个黄宗盛，再来二十个老板，我都照样把他们练躺下。”

张洪祥听女儿说过卢振宇的神威，对他的武力值还是比较有信心的，否则也不会放心他一个人进魔窟。他又叮嘱了几句，什么进去之后全程拍摄、尽量抓活的、按着图纸走千万别迷路了之类的，卢振宇都一一记下，背上工具包，戴上口罩，捏着鼻子，抓着铁梯慢慢地往下爬。

借着头灯的光，能看到周围井壁是条石砌成的，偶尔还能看到大块的岩石，上面黑乎乎、湿滑滑的，不知是什么东西，恶心至极。连铁梯也是滑腻腻的，卢振宇好几次都差点踩滑，要不是双手戴着橡胶手套抓得紧，就掉下去了。

这铁梯似乎是直接通到地狱去的，长长的没有尽头，头顶的洞口已经像月亮那么小的时候，下面还是一望无际的黑暗。

卢振宇越来越紧张，心脏怦怦狂跳着，感觉自己手脚发酸，也不知是累的还是紧张的，反正现在是骑虎难下，也不可能再爬上去了，只得横下心来，一路往下爬，并且不断对自己说：当初秦琴一个小姑娘，不也是这么爬上去的吗？人家还是往上爬的，自己大男人一个，矫情个屁！

上面隐约传来张洪祥的喊声：“怎么样……下到底了吗……”

卢振宇喘了两口气，往上喊道：“没有，还早呢！”

下面的流水声越来越大了，好容易能照到水面了，卢振宇信心大增，又往下爬了十来米，一下跳进了水里。当初秦琴既然能通过，说明水肯定不深，果然，只有齐膝盖深，卢振宇戴着头灯四下打量了一下，这是一条悠长的隧道，大约有一人高，能勉强直立行走，也没有电影里的大群老鼠，只是流水，还有四壁湿滑的粘状物，地下水不断渗进来，像水帘洞一样，滴滴答答的。

他抬头喊了一嗓子："我下到底了！往前走了啊！"

上面张洪祥隐约喊了一句什么，太远了，再加上回声，已经听不清了。

卢振宇心一横，特地看了一眼地图和指南针，然后划着水向前走去，全身充满了力量，仿佛前面的不是魔窟和黄宗盛，而是身披婚纱的小文。

这应该是一条废弃多年的管道，脚下流的并不是污水，而是山腹渗出的地下水，卢振宇隔着橡胶套裤都能感觉到冰凉刺骨，真不知道当时秦琴是怎么走过来的。不知走了多久，也许有一两公里，头灯的光渐渐暗了，卢振宇心中大骇，把那个捞尸的祖宗三代都问候了，心想你给头灯还不充满电，这不是害人吗？！

他加快脚步，连走带跑，好几次差点滑倒，终于发现了前方隧道出现了分叉，他不敢怠慢，赶紧掏出图纸，又对着指南针看了看，确定了其中一条分叉，一头钻了进去。这条岔道就窄得多了，必须弯腰才能行进，而且是不断上坡的，坡度越来越陡，必须用手抠着墙壁上的石头缝才能保证不滑下去，好在这条岔道的水很少，而且四壁也不太渗水了，卢振宇估计这里已经在游乐场下面了，距离地面不是很远了。

又爬了几十米，头灯光线越来越弱，就在卢振宇已经累成一条狗，快要丧失信心的时候，突然看到了前面有一个白色的东西，他加快脚步靠近一看，是一个卫生巾！

这说明走对了！卢振宇深受鼓舞，手脚并用在坡道里爬着，突然发现侧面有个圆洞口，刚好能钻进一个人，而且里面装了一道钢筋焊的铁栅栏！他抓着铁栅栏大口喘息着，把背包拿下来扔在地上，拽出了液压钳。

这时候，隐约听到某种低沉的声音从铁栅栏深处传来，卢振宇屏住呼吸分辨，好像是管风琴的声音。魔窟里正在演奏！他一下激动起来，这下没错了，不但地方找对了，而且黄宗盛还在里面！不过……管风琴那么大个儿，他是怎么弄进去的？没听小文说里面有管风琴啊……

这时候头灯闪了两下，彻底熄灭了，周围一下陷入黑暗，卢振宇这时候倒不慌了，他从身上摸出了打火机，打着了放在铁栅栏旁，幽深的隧道里，在远处若隐若现的管风琴伴奏下，卢振宇一根一根地剪钢筋，火苗上方巨大的黑影摇动，气氛诡异至极……

剪断了两根钢筋，卢振宇试了试，勉强能钻过去了，他背着包，举着打火机往里爬，心中祷告说，姐妹们，你们这会儿可千万谁也别冲厕所啊……

两侧有好几根碗口粗的小管道通到这里，管道口沾满屎尿秽物，不用问了，这每根小管道都是通向一间牢房，可是这么细的管道根本钻不过去，卢振宇纳闷，秦琴当初是怎么钻过来的？难道是黄宗盛连管道也改装了？

想到这，他一身冷汗，那样自己可就要困死在这里了。

突然，前方爬到了尽头，卢振宇摸着管道壁，刚要骂娘，抬头一看，头顶上方赫然有一个直径几十厘米的圆洞！他松了一口气，感谢了一遍各路神仙，站起身来，上半身挤进这个垂直的圆洞内，举着打火机一照，确定了这应该是一只陶瓷坐便器的内部，当初秦琴肯定就是搬开这只坐便器逃跑的。

卢振宇仔细听了片刻，没有声音，他心想还等什么，等人冲大便么，掏出撬棍来，叮叮当当几下，敲破马桶，眼前顿时一片刺目的光亮，他两手一撑，钻了出来。

这是一件两三平方的卫生间，四个身穿学生装、脸色苍白的女孩子围在门口，目瞪口呆地看着他。卢振宇也愣了一下，这四个女孩里就有两个熟人，一个是谢小曼，一个是范月瑶，另两个不认识。

他把食指放在嘴边“嘘”了一下，差点被臭死，赶紧摘下手套，重新“嘘”了一下，压低声音道：“嘘……我是来救你们的！”

第十一章 众神的黄昏

四个女孩愣了片刻，其中一个脸色最苍白的女孩拔腿就往电铃那边跑，扑在上面猛按开关，然后贴在话筒上大喊："老师！老师！"由于太过急切，声音都变调了。

卢振宇又急又气："我去，你疯了吗？！"

他一个箭步上去，粗暴地将女孩儿拉开，那女孩儿跌坐在地上，仍然大喊着："老师！外边人进来了！"

卢振宇也不知该怎么办了，他想过去捂那女孩嘴，就觉得脑后生风，紧接着后脑勺一阵剧痛，转头一看，另一个女孩握着一根长笛，她竟然在打自己！打营救他们的人！

长笛女孩看到卢振宇转过身来，眼中顿时充满了恐惧，握着长笛一边后退一边颤声道："你……你想干什么……"

卢振宇还没动手呢，就看谢小曼从那女孩儿身后摸上来，抄着一把小提琴，高高扬起，猛地用侧面砸在她脑袋上，木质琴腔"嗡"地一声闷响，这女孩被砸得晕了过去。

原先那个坐在地上的女生瞅准机会一个轱辘爬起来，扑过去继续按电铃，大喊道："老师！老师！外面人进来了！老师！"

唯一什么都没干的是范月瑶，她呆立当场，似乎拿不定主意该帮哪一边，只是吓得眼泪汪汪，缩在墙角。

谢小曼此刻似乎化身为一头凶狠的猛兽，谁也不能阻止她对自由的渴望，她捡起地上的长笛，吼叫着扑向那个按电铃的女生，两人疯狂撕打在一起。谢小曼毕竟是舞蹈专业出身，还练过钢管舞，肢体力量很强，很快占了上风，她高举长笛，一下又一下地砸……这可不是中国的竹笛，而是西洋的铜管长笛，分量不轻，上面还有凸起的按键，打起人来效果堪比甩棍，很快就把那个女生砸的血头血脸，躺那不动了。

卢振宇此刻已经完全蒙了，他脑补过好几种进入魔窟后的情景，唯一没想到的就是这种……这是唱的哪出戏啊？

他突然想起文讷说房间里有摄像头，抬头一看，果然有，黑漆漆的摄像头正对准他，幽深的镜头如同人的眼睛，卢振宇二话不说，抽出甩棍，一棍把摄像头砸得稀巴烂。

这时候走廊上传来急促的脚步声，听动静像个男的，卢振宇突然发现防盗门上还有个猫眼，心想有这玩意儿太好了，赶紧贴上去看外面，却什么也看不见。

"反装的！"早该想到的，这是用来从走廊上监视里面的，焉能正装！

卢振宇正准备把猫眼敲碎，突然听到门外隐约传来一声轻微的金属撞击声，貌似是他在电影里听过无数遍的声音……手枪上膛的声音。

他头皮一炸，瞬间蹲了下去，就听头顶"啪"地一声巨响，碎屑飞溅，猫眼炸开了，屋里几个女孩一起尖叫。

卢振宇一个翻滚，躲进了旁边的厕所内，就听见外面接连的"啪啪啪"三声枪响，防盗门上多了三个枪眼，如果刚才自己还傻乎乎趴在猫眼上看的话，脑袋已经开瓢了。

谢小曼反应也很快，她身手敏捷，像猫一样“噌”地蹿到上铺，伸长手臂用长笛一抡，天花板上的 LED 灯泡碎了，屋内顿时陷入全黑，然后就缩在上铺，一动不动。

卢振宇不禁暗赞谢小曼的心理素质，他躲在门口的卫生间内，后背冷汗直冒，就听见外面用钥匙开门的声音，他紧握甩棍，又轻轻抽出大剑鱼，推开刀刃，双手执械，做好准备。

防盗门一下子向外拉开，走廊灯光照了进来，对方似乎也没料到屋内会是全黑的，并不敢马上进来。

几秒钟后，一条手臂伸进来要摸灯开关，卢振宇看准机会，猛然跃起，一甩棍狠狠砸上去，伴随着撕心裂肺的惨叫，一个身影摔倒进来，卢振宇紧接着上去就是一刀，又是一声惨叫。这时候卢振宇才反应过来，声音是女的！

扎错人了！这不会是那个“辅导员”吧？

就听走廊上脚步声，那个男的在逃跑，卢振宇来不及多想，抄着大剑鱼和甩棍追出去，只见一个黑袍身影跑向走廊尽头，然后突然回手就是一枪，“啪”的一声，子弹在地面和墙壁上反弹，擦出几点火花。

虽然没打中，但可把卢振宇吓得不轻，他一下扑倒在地，就看那人回头看了一眼，抬手又是一枪，子弹几乎擦着卢振宇的耳朵过去，溅起的水泥碎屑打在他耳朵上，刺痛无比。

卢振宇知道这么趴着就是活靶子，就算这家伙枪法再烂，再来两枪肯定打中，他一个就地翻滚，退回了刚才那间牢房，灵机一动，向走廊里大喊道：“警察！放弃抵抗！缴枪不杀！”

对方听到“警察”两字似乎犹豫了一下，没追过来，卢振宇心想此时必须虚张声势才能保命，他回头向洗手间里喊道：“快！嫌犯只有一把手枪，拿防弹衣上来！小张，给我一把冲锋枪！小李，拿催泪弹！”

果然，对方听到这几句话后，直接逃窜了，就听到走廊尽头传来一声防盗门重重关上的声音。

卢振宇飞快伸出脑袋看了一眼，走廊上已经没人了，他抄着刀棍飞窜出去，几步冲到走廊尽头的那扇防盗门前，这次他学精了，没敢再贴上去看猫眼，不管正装反装，先一甩棍把猫眼捣碎，起码他看不到外面的情况，这样他就成了瓮中之鳖。

他紧贴着门边的水泥墙，防止对方再隔着防盗门打枪，大声喊道：“黄宗盛！你已经被包围了！赶紧缴械投降！”

过了一会儿，卢振宇又喊道：“黄宗盛！你已经走投无路了！”

喊了两嗓子，没有回答，走廊内却逐渐响起低沉的音乐声，卢振宇一愣，看到走廊天花板上每隔一段就有一个小扬声器，而且貌似音乐还同时从每扇门后面传出来。看来这里和黄宗盛家里一样，都装了背景音乐系统，总控看来就在这扇门后面，根据文讷的描述，这后面应该就是那间“大教室”。

同时，“大教室”里传出了低沉浑厚的管风琴声，和背景交响乐融为一体，旋律缓慢有力，悲怆苍凉，似乎是巨龙最后的挽歌。

卢振宇觉得自己被戏耍了，他深吸一口气，大声喊道：“黄宗盛，死到临头还放音乐！你倒是给你自己放首哀乐来听听啊！”

仿佛是回应他一般，门后传出一阵歇斯底里的狂笑声，透过变声器更显得诡异恐怖，而里面的管风琴弹得更加高亢有力了。

过了片刻，管风琴声音停了，只剩下交响乐悲壮的旋律还回荡在走廊上，卢振宇知道黄宗盛已经起身离开风琴，打算干什么了，他紧握大剑鱼，严防死守。突然，他似乎闻到一股汽油味，紧接着就听里面“呼”的一声，汽油味更浓，在音乐中伴随着黄宗盛的狂笑，突然“砰”的一声枪响，笑声戛然而止。

卢振宇一愣，心想这老小子不是自杀了吧？

果然，之后再没有笑声，也没有管风琴的声音，只能闻到汽油味，还有越来越浓的焦糊味儿。

“我去，他放火了！”卢振宇闪身到门前，抬脚接连飞踹，但防盗门纹丝不动。

突然，门内“哄”的一声，透过残破的猫眼能看到里面一片雪亮，紧接着防盗门变得滚热，卢振宇赶紧往后跑，他知道火势变大了，可能是更多的易燃物被引燃了，待会儿弄不好还会爆炸。

他一直退到刚才那间牢房门口，远远地观察那道门，倒是并没有爆炸，只是能看到防盗门上的漆面在慢慢卷曲、剥落，猫眼也融化了，液体的树脂往下流淌着，冒着黑烟。很快，走廊里充满了浓重的焦糊味儿，卢振宇心下大骇，天知道这小子在里面囤了什么！

走廊上的音乐已经停了，身后一个颤抖的声音说道：“众……众神的黄昏……”

卢振宇猛然回头，看到是谢小曼，她脸色惨白，身子却激动得如同筛糠，五官扭曲，表情奇怪之极。

“你说什么？”

谢小曼颤抖地说道：“瓦格纳歌剧《尼伯龙根的指环》，最后一幕《众神的黄昏》……没错，他死了……他说过，如果他死了，不想听哀乐，只希望在葬礼上放一曲《众神的黄昏》……没错，他死了……”

卢振宇心想废话，那间屋里不可能有活着的生物了，还用你听音乐来确认？看来黄宗盛真的是调教有方，这里的女孩儿已经习惯用音乐来思考一切问题了。

他问道：“你知道出口在哪儿吗？”

谢小曼仿佛惊醒过来，摇摇头道：“不知道。”

卢振宇骂了一声，刚要自己去找，就看谢小曼颤抖着指着走廊另一头："应该在那里……但我从没去过……"

卢振宇一看，走廊另一个方向的尽头也是一扇防盗门，也是关着的，他回身一看，被自己扎伤的那个女人正捂着肚子颤抖，手边就是一串钥匙，他立刻捡起来，问谢小曼道："她是谁？是不是辅导员？"

"对！"

卢振宇点点头："你看好她。"

然后拿着钥匙跑到走廊那一头，挨个儿试钥匙，运气还不错，试到第三把就对了，他打开防盗门，外面漆黑一团。

卢振宇用打火机照一下，发现又是一条悠长的隧道，他掏出手机照着亮，飞快地往前跑，跑了一会儿，也不知有多远，发现进入了一个小房间，不到十平方，对面墙上有个半尺见方的长方形小窗，还有一个锈迹斑斑的推拉钢板。

他凑过去，扒着小窗往外看，外面是一条狭窄的水泥楼梯，向上通去。

身为军迷的卢振宇顿时明白了，外面就是地下工事的入口，这扇"小窗"是机枪射击孔，正对着外面的楼梯，用来把守地堡入口的。在这里架上一挺机枪，外面再多人也冲不进来——除非用火焰喷射器。

卢振宇顾不得欣赏，他很快发现一个侧门，出去一拐弯，就上了那道窄楼梯，他回头一看，身后的射击孔黑洞洞、阴森森，他不禁有些胆寒，如果警察从这个入口强攻的话，黄宗盛躲在射击孔后面，就算只拿一把手枪，也是一夫当关万夫莫开了吧？不知警察得丢下几条命才能攻进来？

卢振宇举着手机照亮，沿着窄楼梯向上走，走了十来级，楼梯拐了个弯，再往上……卢振宇傻眼了。大块的水泥块和巨石把楼梯掩埋了，中间还有大量的泥土，水泥块中间的钢筋都快锈完了，看样子这里被堵住已经不是十年二十年了……

此时，周围的大地微微颤抖了一下，伴随着身后传来一阵闷响，似乎是远处的魔窟主体发生了剧烈的爆炸，大概黄宗盛在那间房间里不但囤了汽油，还囤了爆炸物……

卢振宇心中拔凉拔凉的，后背冷汗直冒，本来实在找不到出口，大不了再从下水道顺原路钻回去，现在魔窟发生大爆炸，要是都炸塌了，那自己可就被彻底堵死在这地底下了……正陷入巨大的恐惧中，突然听到身后远处隐约传来狗叫声，正在他怀疑是否听错的时候，伴随着狗叫声的，还有人声："他往那儿去了？"

"我看他从这边走了……"

前边是男的声音，后面好像是谢小曼的声音！再加上狗……难道是警察攻进来了？他们从哪儿进来的？

卢振宇瞬间燃起了生的喜悦，顺着楼梯原路返回，穿过那个机枪孔小房间回到隧道内，就看到远远的有手电光摇晃着过来，还有大批零乱的脚步声，伴随着狗兴奋的叫声。

他一下明白了，刚才那声爆炸，并不是魔窟发生了大爆炸，而是警方又挖开了这个工事，然后故技重施，又用炸药把混凝土顶盖炸开了……

卢振宇彻底放松了，他一屁股坐在地上，大声喊道："警察叔叔，我在这儿！"

对面几道强光照过来，接着是威严的喝令声：

"不许动！"

"趴在地上！"

"手抱头！"

尽管谢小曼大声说他是来救我们的，但警察还是不由分说把卢振宇上了背铐，押了出去，卢振宇也不在乎这个，刚被拽出洞口，就看到李晗惊叫一声："啊！卢振宇！"

特警不认识李晗，但是带队的刑警认识卢振宇，上来就把他接管过来，而李晗直接掏出钥匙把他铐子打开了，根本无视其他人的目光。李晗万没想到卢振宇也在里面，刚想掰着他看看受伤了没有，就被熏得差点吐出来，连退三步，捂着鼻子："喔……卢振宇……你……你去掏大粪了吗……"

卢振宇苦笑道："没有，不过也差不多……"

他三两下把身上的"行头"脱下来扔在一旁，一边打量着周围，发现这仍然是室内，虽然很残破，但能看出来是仿欧式的装修，还有壁炉什么的，正中央的大厅地板上炸出了一个大洞，那些女孩正在一个接一个地被拉出来，有的表情木然，有的浑身颤抖，还有的喜极而泣，那个辅导员和两个被谢小曼打伤的女生也抬出来了，辅导员小臂骨被甩棍打骨折了，这倒没什么，关键是肚子上被大剑鱼戳了一下，伤口很深，急救人员直接抬到外面救护车上拉走了。

阳光透过窗户照进来，外面是灌木草丛，卢振宇此刻真想说一句"地面真好"，他这么一会儿就快疯了，真不知那些在下面被囚禁了几年的女孩子是怎么熬过来的。

卢振宇被带了出去，直接在一辆警车旁做笔录，他毕竟是在魔窟里被"抓到"的，这事儿必须说清楚。卢振宇一边说，一边观察着这栋建筑，这是一座缩小版的城堡，明显 COSPLAY 迪士尼的风格，面积很小，不过三层楼，也就是一栋别墅的体量，不过所有玻璃都被爆破震碎了，碎玻璃洒满周围一大片的草地，亮晶晶的宛如魔幻世界。

小城堡的屋顶烟囱正在冒着浓烟，正是在下面闻到的那种焦糊味儿，卢振宇一下明白了，这座"小城堡"正好建在地下工事的上面，魔窟的通风管道和小城堡的壁炉烟囱是连通的，平时只是通风换气，外界难以发现，现在下面失火了，浓烟冒出，警察立刻就发现问题了，进来检查之后发现壁炉里没生火，浓烟是从地底下冒出来的，正好手边还有炸药，果断爆破，一下把魔窟炸开了。

他三言两语把经过说了，李晗和旁边的几个警察都是一脸不可思议地看着他，仿佛他在说天方夜谭，卢振宇说道："回头你们问问谢小曼吧，对了，还有范月瑶，我就是从她们那间屋的厕所钻出来的，另两个我不认识，反正她们四个亲眼看着我钻出来的……对了！"他突然想起来，赶紧说道，"那个辅导员……就是那个受伤的女人，你们得把她看好了，她很有可能参与过杀人，而且在里边是黄宗盛的帮凶。"

几个警察互相看了看，然后其中一人用对讲机安排了，范月瑶也被带过来了，小姑娘脸色惨白，浑身颤抖，一个劲儿地哭，旁边一个女警察不住地安慰她，好容易才让她平静下来，证实了卢振宇所说的都是实话。

误会澄清了就好，卢振宇想着，随口问道："谢小曼呢？"

那个女警察含糊地说道："这个不清楚，可能是跟她们一起都被送医院做检查了吧……"

卢振宇没多想，又问道，"黄宗盛死了吧？"

旁边一个特警经过，顺口说道："死了吧？都烧成灰了，技术科的正在里面铲呢。"

卢振宇闭上眼，一阵心塞，这下可好，死无对证，陆傲天想翻案难了，那五千万估计也拿不到了。

李晗皱眉问道："烧成灰了？最多烧焦啊，怎么可能烧成灰？"

那个特警把冲锋枪往后一挎，跟这个美女警花口沫横飞起来："姐们儿，你是没进去，那间房子简直成火葬场了，别说人了，连金属都烧化了，一地的铁水，还有个化了一半的萨克斯……市局的人说是可能有什么化学药品助燃，要不然光汽油的话，不可能这么高的温度。"

两人骇然半晌，然后卢振宇问道："那找到地堡入口了吗？"

特警摇摇头："没，还在找，不过在里边找起来就容易了。"

突然远处一声喊，他说了句“姐们儿回见”就跑过去了，同时，好多警察都往那个方向跑过去，卢振宇和李晗对视一眼，同时喊了声“入口”，也跟着跑了过去。

两三百米外就是游乐场出口，停放着大量的报废车辆，只见好多警察围着一辆破大巴，卢振宇和李晗挤过去，看到两个特警正蹲在大巴车内，乒乒乓乓地砸锁，很快把地板上的一个挂锁砸掉，然后掀开一块钢板，露出洞口，一个戴着“POLICE”头盔的脑袋探了出来，两个特警把他了拉上来，然后，又陆续从里面钻出来几个特警，都显得特激动，指着公交车下面喊道：“下面有密道！”

很快搞清楚了，原来入口就在那个机枪射击口小房间的顶上，是个直径几十厘米的圆洞，垂直通到地面，洞口用水泥做成雨水井盖大小，盖上铸铁井盖，伪装成普通的雨水井盖，而且这个洞口正好在一辆废弃的公交车底下，公交车周围堆满了轮胎之类的杂物，和周围环境融为一体，车底正好形成了一个封闭隐秘的空间，车底板切开一块钢板以供出入，平时盖好，用挂锁锁上，上面再用又脏又破的橡胶垫铺上，任谁也不会怀疑这下面就是通向魔窟的洞口。

卢振宇明白了，怪不得那天警犬只是在停车场这一片嗅来嗅去，不往游乐场里面走，当时还以为是下雨把痕迹冲掉了呢，敢情入口就在这里！

一直到这时候，还有女生被陆陆续续地送出来，警察在下面没找到钥匙，只能每个防盗门都采取暴力破拆的方式。

这些女孩子无一例外都很美貌，但是脸色或多或少的苍白，出来的时候都是瑟瑟发抖，有好几个当场号啕大哭，抱着警察不撒手，还要给自己的爸爸妈妈打电话。不过大半女生的表现都比较木然，看着外面的世界显得有些迷茫、困惑，还有的惊恐万分，不愿意上车，几个女生抱在一起瑟瑟发抖，对每一个“外人”都很排斥。

不过她们都问了一个共同的问题："老师呢？老师在哪里？"

张洪祥也被卢振宇用电话叫过来了，他听到黄宗盛已经死了的消息，顿时一阵捶胸顿足，哀叹五千万泡汤了。爷俩沮丧之余，只能先跟着警方回市局做笔录，做笔录的时候，好几个警察也都凑在旁边听，看着卢振宇的眼神都不一样了：这哥们儿太牛了，单枪匹马搞到几十年前的图纸，然后顺着下水道钻了几公里，愣是钻到魔窟里去，把色魔给逼死了……

卢振宇一会儿就问一次，找到第二个入口了吗？市局刑警也不知道，就问入口不是已经找到了吗？为什么一定要有第二个？

卢振宇说："肯定有第二个入口，而且肯定比较远，不在游乐场范围内，得能扛着文讷出来还不被警方暗哨发现才行，而且魔窟里还有管风琴，那玩意儿可是大家伙，停车场上的那个小洞口，弄得进去吗？"

几个警察面面相觑，其中一个警察当个事儿，打电话问了一下，然后说道："现场检查了，没有安装过管风琴的痕迹，倒是发现了电子琴的残骸，电子琴什么乐器都能模拟，你听到的管风琴，肯定是电子琴模拟的。"

卢振宇一想，倒也有可能，但他又问道："不对，小文说里面还有长条桌子呢？还有铁架子床呢？那些大家具，那个洞口进不去吧？"

警察说，架子床是可以拆分的，至于长条桌……哪有什么长条桌，那屋里除了点金属物品残骸，什么都烧没了。

卢振宇急了："长条桌烧掉了，那防盗门没烧掉吧？里面那么多扇防盗门，防盗门那么宽，可别说那个小井口下得去。"

一个年纪大的警察过来拍拍他肩膀，笑道："小伙子别那么急啊，现场还在勘察过程中，肯定都会水落石出的，要相信警方。"

紫竹林独栋别墅区，许庆良的别墅内，大落地窗旁，文讷正坐在琴凳上，百无聊赖地玩弄着琴键，一会儿在低音区敲几个音符，一会儿在高音区敲几个音符，一会儿双手弹一段小和弦，她已经在这儿坐了半个下午了，一首完整的曲子也没弹，就是这么纯消磨时间。

古兰丹姆第四次走过来，轻轻坐在旁边的扶手椅上，心疼地注视着女儿，她发现，女儿抑郁了。

“文文……”古兰丹姆仔细斟酌着措辞，温柔地问道，“如果真有什么伤心难过的事，你就告诉妈妈，妈妈是你最亲的人了，难道连妈妈也不能说吗？告诉妈妈，妈妈一定不告诉别人……”

文讷忧郁地看了妈妈一眼，勉强笑笑：“妈妈……你都问了 N 遍了，真的没什么啊，我就是……我就是提不起劲来，也不知道想干什么，真的没什么伤心难过的事。”

于是，古兰丹姆第四次得到了同样的答案，她再次温柔地点点头：“那好……妈妈就是担心你……没事就好，你玩吧……”随即轻轻地起身离去。

但不到五分钟，古兰丹姆实在忍不住了，再次坐过来，说道：“文文，现在家里没有别人，你爸你哥都在外面，连李阿姨也去买菜了，妈妈也就不拐弯抹角了……文文，你……你在里面，到底……到底有没有……”

文讷生气了，拉下脸来，转头盯着妈妈，她知道妈妈下面想问什么，冷冷地说道：“没有。”

古兰丹姆愣了半晌，柔声说道：“哦……妈妈……妈妈不是那个意思，妈妈是想告诉你，其实，有没有都无所谓，妈妈永远是最爱你的人……不过，别人未必会像妈妈这么爱你，文文，毕竟……毕竟你是个女孩子，将来还要……还要……”

文讷冷冷地道：“还要嫁人是吧，我无所谓，嫁不出去就不嫁，一个人挺好的。”

古兰丹姆又是一愣，赶紧耐着性子一阵哄，连忙说妈妈不是那个意思，妈妈是说，现在医学那么发达……文讷直接说道：“你是想带我到医院检查是吧，有的话就做个修复手术，没有的话就开个证明，将来不耽误嫁阔少，是吧？”

古兰丹姆接连被说破心思，她没想到一向乖巧的女儿脾气变得这么坏，心想肯定如此，女儿脸皮薄，不愿承认，可偏偏又那么倔强，唉……她心中悲愤交加，起身就要离开，就听女儿在身后低声说道：“妈妈……”

古兰丹姆吃惊地转过身来：“怎么了，孩子？”

文讷望着她，恳求道：“今晚我想睡客厅。”

“什么？”古兰丹姆怀疑自己听错了。

“睡客厅，”文讷指了指沙发，“我就想睡这里。”

“为什么？”古兰丹姆吃惊地问道，“楼上有你的房间啊。”

文讷咬着嘴唇，低下头不说话。

许庆良的这套别墅在紫竹林里面算比较大的一款，地下一层地上三层，一楼除了客厅、正餐厅、早餐厅、中西厨房、休闲厅之外，还有一间客卧和一间保姆房，二楼除了书房和主卧，也有两间次卧，一间是许家豪的，一间是文讷的，不过两人都不常回来住。三楼是阁楼和大露台，主要当作健身房和古兰丹姆的练功房。

可就是这么大的房子，这么多房间，文文却偏偏要在客厅睡！古兰丹姆也是一头雾水了，再三问过，文讷才低声说道：“在卧室里睡，我害怕。”

古兰丹姆哑然失笑，过去搂着女儿，轻抚她的头顶，柔声问道：“害怕什么呀？怕鬼啊？你一个人住纺织宿舍小房子都不害怕，怎么到了妈妈这里反倒害怕了？”

文讷嘟着嘴说道：“反正，我在小空间里睡觉就是害怕，我得在宽敞的地方睡觉……反正，你要不让我睡客厅，我就出去睡大街。”

古兰丹姆明白了，女儿这是得了幽闭恐惧症了，害怕狭小的空间，不用问，这是在那个地下魔窟里受的刺激。想到这里，古兰丹姆忍不住咬牙切齿，听说那个色魔是吞枪自杀的，真是太便宜他了，真应该让他活活烧成灰！

既然如此，古兰丹姆只有答应女儿在客厅睡，保姆回来之后，她吩咐把榻榻米找出来，等晚上在客厅铺个宽敞舒服的床铺，现在只有先依着女儿，看过几天能好不，如果不好的话，那就真得去看心理医生了。

当天晚上，李晗叫上了几个处得比较好的同事，非要请张洪祥和卢振宇吃饭，说案子破了得庆祝一下，开个庆功宴。

张洪祥五千万飞了，心情不好，不想跟他们闹腾，但李晗说他是主角，他不去，那都不去了，好说歹说，张洪祥也想探探警方那边的口风，才愿意去了。

李晗说："要不去阿丁的饭店吃上海菜吧，好多天没去了。"

谁知一提丁海卢振宇就来气，说："这小子也太不是那么回事了，小文被绑架这两天我们都跟热锅上的蚂蚁似的，恨不得跟《飓风营救》里边那个老爸一样，人挡杀人佛挡杀佛，丁海倒好，连个头也不露，抱着老婆过他的小日子，不就是看我们报警了，觉得奖金没戏了吗？世态炎凉，这种人怎么跟他做朋友。"

李晗一想，也确实是着实气人，最后几个人决定去吃潮汕牛肉火锅。

喝着鲜美的牛肉汤，看着大片的雪花牛肉和牛肉丸在火锅里翻腾，蘸着潮汕特有的沙茶酱，大口喝着啤酒，卢振宇心情才好了起来，那些不快的事情都飞到九霄云外去了。

张洪祥笑道："丁海这么做是很正常的，人家操持个饭店，本来就忙得要死，原先跟咱们一起查案子，是为了分五千万，也是硬挤时间，现在我们都跟警方合作了，那人家还掺和啥？义务劳动啊？咱俩急，废话，小文是我闺女，是你女朋友，咱应该急的，可人家是小文什么人？反过来想想，要是秦琴被绑架了，丁海又报案了，那时候你也少不了置身事外，最多跟着帮点小忙，那也是你没开饭店，是个闲人……所以说人啊，就这样，关键时候都会趋利避害，谁也别觉得谁比谁高尚多少，谁比谁自私多少，这就是人性，世态炎凉不炎凉，就看你怎么看了。”

一番教导，说得在座的年轻人频频点头不已，仿佛碗里盛的不是牛肉汤，而是心灵鸡汤。

吃饭的时候，卢振宇又问道那个手机录音的事，问警方是怎么看的？

李晗有些尴尬，看了几个同事一眼，摇摇头笑道：“应该是黄宗盛故意混淆警方视线的，故意杜撰出一个金老板来，增加案子复杂程度，把水搅浑……”

卢振宇心想这不是胡扯吗，混淆视线？那有必要说“我已经到纺织宿舍楼下了”这句话吗？这不是坐实自己的罪证吗？他刚想再问，张洪祥在桌下踢了他一下，卢振宇会意，不吭声了，闷头吃肉。

“对了！”李晗又兴奋起来，“卢振宇，张叔，你们还不知道吧，今天市局的走访了纺织宿舍的住户，你猜小文对门的 602 是谁租的？”

“谁租的？”卢振宇和张洪祥对视一眼，“不会是黄宗盛吧？”

李晗笑道：“就是黄宗盛！我也是刚知道，中介说租房子的人姓金，但侦查员一看扫描的身份证照片，就是黄宗盛！也就是说，他是拿的假身份证租下的这套房子！”

卢振宇和张洪祥都是一阵毛骨悚然，这太恐怖了吧，果然是精心策划，早有预谋，连隔壁的房子都租了！

卢振宇问道：“他是什么时候租的？”

“八号租的。”

“这个月八号？那没几天啊！”

“对。”李晗说道，“小文是十八号被绑架的，黄宗盛八号就在她隔壁租了房子，注意还是在他过生日之前的好几天，说明黄宗盛早就打算绑架小文了，并不是谷教授分析的那样，非得是小文说要去英国留学，他才下的决心……小文去不去留学，他都打算绑架小文了！”

张洪祥沉吟着说道：“还有一点不对头，为什么他这次就知道用假证租房子，而租北岸区仓库、租防空洞仓库怎么就用真证呢？”

片刻后，另一个男警察说道：“这个，具体原因，还在分析中，也许是租两处仓库的时间在前，那时候他还没弄假证吧？等到准备租纺织宿舍602了，他刚好弄了个假证，于是就用假证租了吧？还有种可能，是他不想让人把租仓库的和租纺织宿舍的名字联系起来吧。”

尽管略微有些牵强，但一时也找不到更合理的解释，只能姑且信之了。

卢振宇很不甘心，问道：“是不是他假证上的名字姓金，所以你们才认为他和那个‘金老板’就是同一个人的？”

那个警察笑道：“虽然不能完全这么说，不过这倒是原因之一。”

张洪祥突然想到了，问道：“对了，三年前那个谋杀案到底是不是黄宗盛干的？”

李晗点点头：“是他。市局技侦到黄宗盛家里提取了他的指纹和生物检材对比过了，证明他就是三年前眉笔杀人案的凶手，也就是说，那个案子也破了。”她笑了一下，说道，“说起来，这还得感谢路老师，要不是她孜孜不倦地窃听，怎么能捕捉到这个线索呢？哪天把她也请出来，大家坐坐吧。”

卢振宇突然又想起一件事，连忙问道：“对了晗姐，地下室里都找遍了吧，还是没找到徐晓慧吗？”

李晗摇摇头：“没有……已经跟其中的几个女孩做过笔录了，他们都说从来就没有过徐晓慧这个人，根本没来过。因此，我们怀疑徐晓慧失踪很可能是另案。”

“那，有没有可能是他把徐晓慧单独关在了别的什么地方呢？”

另一个警察笑笑：“不是没有可能，目前正在全市可能适合租来做囚禁场所的地方进行排查，不过话又说回来，他为什么要把徐晓慧单独关押呢？”

卢振宇一愣，脱口而出："徐晓慧漂亮啊！"

说完就后悔了，脸皮微微发烫，赶紧喝了口汤掩饰一下。

那个警察笑了："伙计，你也看见了，那里边的女生哪个都是颜值担当，再加上才艺……咳咳，那徐晓慧的照片我也看过，扔在里边也就中等偏下水平，而且黄宗盛还喜欢有才艺的，徐晓慧有什么才艺？啥都没有，听说在广告公司里连图都不会画，只能当个前台。"

卢振宇的脸一阵红一阵白，不得不承认，人家说得有道理。

紫竹林别墅，许家一家人也在吃晚饭。

自从小文被接回来之后，许家豪晚上也不应酬了，这两天都回家吃晚饭，饭桌上竭力展现一个成熟睿智优质男的风度，细心呵护，谈吐幽默，用尽浑身解数哄文讷开心，这时候许庆良和古兰丹姆也都很配合，尽显慈父慈母的本色，一家人就一个任务：让小文尽快开心起来。

而文讷也很懂事，从不在继父和哥哥面前摆脸色，该笑眯眯的时候就笑眯眯，有问必答，很配合地扮演一个乖乖女的角色。

古兰丹姆随口笑道："对了庆良，过阵子咱们再单独请那谷修平一次吧，好好谢谢人家。"

许庆良笑道："行啊，你说请就请，毕竟是咱女儿的救命恩人，谢多少次都不多。换个地方吧，鲍翅楼如何？你说日子，我让秘书安排一下。"

古兰丹姆笑道："别挨得太近了，下个月吧，中下旬的样子。"

许庆良有些意外："下个月中下旬？那还有将近一个月呢，有必要拖那么久吗？"

古兰丹姆笑道："就得这样，等这件事慢慢凉了咱们再请，人家才觉得我们是真心的，想跟人家真心交往。"

许家豪也有些意外，笑道："真心交往？"

许家豪心想有这必要吗？就算那老头儿有不少学生都在公安系统当官，那毕竟还隔着一层呢，再说老头都退休那么久了，人走茶凉，酒席上人家敬你杯酒是给你面子，真找人家办事，那就难了，要不然底下那些小混混还能整天去砸玻璃泼大粪？

文讷低头默默地吃着菜，她知道妈妈心里打的什么算盘，酒席上谷教授没少炫耀他在美国当医生、马上要开诊所的儿子，还说今年圣诞节前夕儿子就会回来，美国那边圣诞节放假，再加上自己攒的年假，大概十二月中下旬就能回来。

唉，又要被妈妈安排相亲了……

“对了，家豪。”古兰丹姆说道，“市局那边你有熟人吧？你打听一下，咱家那把曹树堃的琴，到底有没有找到？”

许家豪说道：“不错，这倒是个事儿。不过，就怕里边有懂行的，知道那把琴值钱，给吞了，然后说琴被烧了，咱不信都不行。”

古兰丹姆点点头：“所以让你找熟人问。”

许庆良笑道：“你们两个啊，人家好歹也是堂堂的公安局，值钱的赃物见得多了，还吞你一把琴？”

许家豪笑道：“爸，你以为人人都跟你一样？那些警察，一个月能挣多少钱？那把琴价格顶一辆豪车了，真有那个机会，能不动心？”

文讷这时候笑道：“要是真烧了，那我就没琴用了，爸爸，您能不能把咱家那把‘镇宅之宝’借给我用？”

许庆良笑道：“问你妈，你妈是咱家领导。”

这时候，古兰丹姆怎么可能让女儿失望，哪怕女儿说要天上的星星她也得给摘来，何况只是一把琴而已，她只是溺爱地笑骂了女儿一句“趁火打劫”，就点头答应了，许家豪立刻在旁边应景儿地配合，很夸张地表示出羡慕嫉妒恨。

晚饭后，文讷缩在单人沙发里玩手机，悄悄地给李晗发文字微信：

晗姐姐，我那把小提琴烧掉没有？

李晗很快回了：我帮你问问。

过了一会儿，她又回了：恭喜，不在那个起火房间，完好无损，明天给你送过去。

文讷继续打了一段文字：保护好，最后一个拉那把琴的是那个“老师”，上面有他的指纹，比对一下，看是不是黄宗盛的指纹。

第十二章 全部消失

李晗正在吃饭，收到文讷的消息，赶紧打电话提醒办案的同事，同事语气很含糊，说："要不你吃过饭过来一趟吧，大家研究一下案情新进展。"

李晗知道，那个同事一直想追自己，一有机会就想跟自己接近，不过无所谓，去看看案情进展也好，现在魔窟打开没几个小时，可以说每分钟都有新发现。

虽然这些女生失踪案一直是市局在办，但市局方面大部分都归到"陆傲天迷奸杀人案"里了，剩下少数几个因为陆傲天都有过硬的不在场证明，实在并不进去，也都列为单独的失踪案处理了。

但自从文讷被绑架之后，这案子就成了省厅挂牌督办案件，在刑侦总队安犁天亲自过问下，重新成立了"11·18 系列失踪案"专案组，李晗和几名同事代表省厅进驻了市局，现在这案子已经在省厅的监督指导下在侦办了。

李晗和卢振宇他们吃完饭，赶紧开车到了市局，一进门就问那把琴上的指纹到底是谁的。

同事告诉她，谁的指纹都没有。

李晗顿时就愣了。

同事告诉她，不光那把琴，魔窟里所有的乐器还有可能被嫌疑犯经常使用的物品，都已经拿去物证检验了，无一例外检测不出任何指纹！就拿古文讷的那把小提琴来说，无论是琴身、指板、还是弓子上面，一个指纹也没有！不但没指纹，也提取不到任何生物检材，就连腮托这种夹在下巴下的部位，也被擦得干干净净，连一点皮屑也没有！

李晗彻底蒙了，她知道就算是新买的琴，上面至少也会有制琴师和销售人员的指纹，像现在这么干干净净，那就只能是为了掩盖证据而擦的了。

同事还说，不光所有的乐器都被擦得干干净净，整个地下魔窟，目前能找得到的指纹，大部分都是那些女生自己的，少部分是卢振宇的和特警队员的。

李晗怔了半晌，说道：“那就是说，嫌犯早就知道巢穴会被攻破？”

同事点点头：“未必知道一定会被攻破，但至少是未雨绸缪，上面那么多挖掘机，他不可能不做一点准备。”

魔窟主体部分，共有一个大房间和十二个小房间，十九个女生住着其中的五间，“辅导员”单住一间，另一间是“老师”的房间，剩下五间一间是储藏室，一间是厨房，一间是浴室兼洗衣房，剩下两间空着，文讷当时就被囚禁在其中一间。

据女生们说，“老师”很少到她们的房间里去，如果想要“临幸”谁的话，都是把谁直接叫到他自己的房间里去，用女生们的话说，叫“到办公室去”。所以女生房间里肯定只有她们自己的指纹。

至于“辅导员”的房间，因为那女人刚脱离生命危险，还没法审问，所以不知道“老师”会不会在她房间过夜，但目前还没在她房间找到其他人的指纹以及生物检材。

至于“老师”自己的房间，不用问了，擦得干干净净，连床上的被褥都没了，地上也是干干净净，连点灰都没有，估计是用吸尘器吸过，又拖过的。

至于厨房，大部分女生都没去过，主要是辅导员和两个受信任的女生负责做饭，其中一个就是那个被谢小曼用长笛打伤的女生。

据女生们说，里面虽然每天只有两餐，但伙食还不错，但主要是蒸、煮，或者是微波炉和烤箱做的，绝对没有煎炒烹炸这些做法，可能是怕产生油烟，引人怀疑吧。

她们说“老师”来的时间不固定，一般每隔几天来一次，长的话十几天来一次，这时候食物烹饪水平就会大幅提升，她们猜可能是“老师”在亲自下厨。

李晗想，这也符合黄宗盛的特征，小文被邀参加黄宗盛生日的晚餐，黄宗盛的厨艺就很好，据小文说，赶得上饭店厨师的水平了。同事告诉她，厨房和储藏间是两个最有希望提取到嫌犯指纹的地方，虽然也是被擦过了，但这两个房间的物品众多，肯定会有百密一疏的地方，现在正在紧锣密鼓地检查。

至于大教室，全烧光了。而且烧之前肯定也擦过了，因为就算墙壁上，也照例是一枚指纹也没有……

夜里十一点多，文讷缩在客厅地铺的被窝里玩着手机，这时候才收到李晗的消息：没有指纹！除了那些女孩的、辅导员的、你的、卢振宇的和警察的之外，再没别人的指纹！

文讷咬着嘴唇，盯着屏幕愣了半晌，又发了一条信息：尸体能确定是黄宗盛吗？

李晗回道：没有尸体了，大部分烧成骨灰了。

文讷心中大骇，心脏怦怦跳起来。

李晗很快又发来一条：不过还剩少量骨头，正在做DNA比对，估计十二点前就能出结果了。

就在文讷刷着微信等结果的时候，突然听到楼梯上方有“悉悉索索”的声音，似乎是有人蹑手蹑脚地正在下楼！

文讷正紧张呢，后背汗毛都竖起来了，一下关掉屏幕，屏住呼吸，半张脸缩在被子里，瞪大眼睛看过去，只是她眼睛刚看了亮屏幕，现在一时不能适应黑暗，只听到那个脚步声慢慢地越走越近，而且身材高大，绝对不是妈妈！

文讷紧张到了极点，索性咳嗽了一声，那个黑影站住了，呆立片刻，低声道：“小文？”

“哥？”文讷声音有点发颤，“你……你到下面来干什么？”

许家豪呼了一口气，小声笑道：“嗨，你把我也吓了一跳……突然看客厅睡了个大活人，还真不习惯……我那屋卫生间没纸了，下来拿包纸。”

文讷疑惑道：“爸妈这儿的卫生间不都有智能马桶圈吗？”

“我那屋的坏了……”许家豪摇头道，“当初老爸说不差这俩钱，托人买的一水的日本货，我说日本水质跟咱不同，没准得堵，而且也都是中国生产的，都一样，老头死倔，说出口和内销的标准能一样吗？现在呢，堵了吧？我那儿的怎么就不堵？哼哼……”

文讷看着许家豪念念叨叨说了一大堆，然后顺着楼梯下到地下室，听到他在储藏间翻腾了一会儿，很快拿着一包厨用抽纸上来了，对文讷小声道：“哥不打扰你了，睡觉吧。”然后蹑手蹑脚回二楼了。

文讷惊魂未定，突然微信响了一下，把她吓了一跳，一看，是李晗发来的信息：对比结果出来了，死者是黄宗盛。

听到这个消息，文讷更加惊恐了，她宁愿被烧死的那个人不是黄宗盛，黄宗盛已经暴露了，就算潜逃中也没那么可怕。文讷在紧张和不安中辗转反侧，翻看各种新闻，自从昨天警方打开魔窟到现在，几个小时之内，这个案子已经刷爆朋友圈了。

目前网上疯传的信息还不多，主要还是“多名少女被色魔囚禁数年”“色魔囚禁杀害多名女大学生”“震惊全国的特大囚禁性奴案”这类自媒体标题，文讷大致翻看了下，还好，目前爆出来的都还是冰山一角，而且还没有女生照片被曝出来，自己的名字也还没被提到。不过她知道，自己的名字和照片被曝光是早晚的事，虽然她平时一个人住，很有防范意识，从不在朋友圈发自己照片，也没发过个人信息，只是发美食，但架不住自己跟闺蜜合过影，被人扒出来只是时间问题。

在恐惧和焦虑的折磨下，文讷直到快天亮，听到保姆起来干活儿了，这才沉沉睡去。

直到第二天下午，文讷才睡醒，醒来后发现客厅一个人也没有，拉着窗帘，光线昏暗，后面休闲厅方向隐约传来低声说笑的声音，好像还是塔吉克语，她明白了，大概是姨妈来了，正跟妈妈聊天，大家怕打扰她睡觉，都改到休闲厅活动了，而且还很体贴地为她拉上了窗帘。

文讷感到一阵暖暖的温馨，穿好衣服，回楼上自己房间洗漱梳头，再下来的时候，保姆已经很有眼色地把地铺收拾好了。

手机微信又响了一下，她拿起来一看，是李晗转发给自己的一条新闻，标题是《音乐性奴案大反转——性奴自称心甘情愿，拒绝被救，被当场打死》!

文讷一愣，这是什么节奏?

她迅速点看，说的是里面的女生都得了斯德哥尔摩综合症，都跟色魔一条心，警方进入魔窟时，她们都不愿意出去，还大喊提醒色魔，有一个女生被绑架的时间短，阻止其他女生喊叫，在厮打中将一名女生打死，据悉目前涉事女生已经被刑事拘留。

写得比较乱，文讷没看明白是谁把谁打死了，她悄悄返回楼上房间，给李晗打了个电话，李晗很激动地告诉她，打死人的女生是谢小曼！

文讷大吃一惊，看不出谢小曼文文静静的，竟然会打死人？

李晗很快把情况都告诉她了，包括卢振宇怎么找的图纸，怎么顺着隧道爬进魔窟，然后谢小曼为了阻止那个女生，搏斗中将她打死了，再后来卢振宇怎么跟黄宗盛搏斗，赤手空拳的把持枪的黄宗盛逼到“大教室”里，走投无路自杀了。

文讷这才知道另一个版本，这两天卢振宇一直没联系她，她心情低落也不想主动联系别人，听到的都是官方版本：即警方攻破魔窟这一个。

她胸中激动不已，各种情绪起伏着，当即给卢振宇打了个电话，颤声说道：“撒手没……撒手没……”说着说着就哽咽起来了。

“喂？小文？小文？怎么回事？”

文讷抽了一下鼻子，哭道：“你为什么不告诉我？”

卢振宇那边还挺纳闷：“不告诉你什么啊？”

“不告诉我你钻下水道的事……”

卢振宇一愣，嘿嘿笑道：“那不是怕你嫌脏吗？”

文讷现在顾不得哭哭啼啼，抹了把眼泪问道：“卢兄，你听说谢小曼的事了吗？”

“听说了！晗姐刚告诉我！听说死者家里还挺牛的，要不然警方也不至于就刑拘。”

文讷坚定地说道：“你现在有空出来吗？我们详细聊聊，你把当时的情况都告诉我，我整理一下，用我的公众号发。”

“啊？这个……”

文讷接着说道：“对了，还有我爸那边，我再写篇纸媒版的，用我爸的名义发《北泰晚报》。”

“不是，小文……晗姐说了，你知道就行了，让咱别乱来，要相信警方……”

“是吗？那我现在还在魔窟里拉琴呢！”文讷冷笑一声，低声说道，“我现在就相信你，还有我爸，除了你们，别人谁也不信！”

“那……你到底想干什么？”

文讷想了一下，说道：“我想去见见谷教授，我……我有些事情拿不准，想向他请教。”

“你不是说除了你爸和我，谁也不信吗？”

“那就再加一个谷教授。”文讷笑道，“本宫有最终解释权。”

文讷穿戴完毕，下楼到后面休闲厅见了一下姨妈，姨妈古丽娜尔前几天回老家办事去了，今天早上才回来，一回来就听说外甥女被绑架了，刚救出来，可把她吓得不轻，她从小就最疼文讷，啥事顾不上，立马就跑来看文讷了，得知可怜的外甥女居然被吓出心理疾病了——幽闭恐惧症，古丽娜尔更心疼了，此刻外甥女终于睡醒了，自然是抱在怀里又看又亲。

文讷也很亲昵地跟姨妈撒了会儿娇，就跟妈妈说要出去一下，晚饭不回来吃了，古兰丹姆的脸顿时就拉下来了，古丽娜尔一听也嚷嚷道：“这怎么行？姨妈特地过来给你做好吃的，姨妈的手艺可好了，店里的大厨都敬我三分……”

文讷说跟人约好了，去看看谷教授。整个案子的前因后果古丽娜尔都听说了，那是救命恩人，是得去看。

但古兰丹姆知道女儿的小心思，当时就问道：“你是不是想去找卢振宇？”

文讷懒得扯谎，直接三言两语地把卢振宇钻下水道救人，谢小曼是如何吃官司被刑拘说了一遍，然后告诉妈妈，自己出去就是要和卢振宇一起去看谷教授，想办法搭救谢小曼。

这些内容古兰丹姆也是第一次听到，她没想到这小子这么大本事，一时语塞，也不知道该说什么。倒是古丽娜尔对卢振宇颇为欣赏，她说："我也听阿布拉江说过，这是个好小伙子，那谢小曼也是因为勇敢才摊上事儿的，小文你去吧，古兰丹姆你就别再拦着了，真主教导我们：你们当为正义和敬畏互助，不要为罪恶和横暴互助……"一听姐姐讲经，古兰丹姆立刻头大了，赶紧摆摆手，叮嘱文讷别玩太晚，一定要注意安全。

文讷的牧马人还在纺织宿舍那边，自从她被绑架那晚就没动过，古兰丹姆心疼女儿，拿出保时捷 911 的钥匙给她，文讷看着钥匙犹豫了一下，拒绝了，说这节骨眼上，还是低调点吧，打车好了。

古兰丹姆很意外，女儿经此一劫，倒是变得更懂事了。

文讷打车来到纺织宿舍，开了牧马人去天鹅宾馆接卢振宇，两人虽然才两天没见，但就好像已经分别多日一样，相互诉说了半天，文讷还特地凑过去嗅了嗅，笑道："还行，不臭。"

卢振宇冤屈大叫道："拜托，我洗了好几遍好吧！"

两人一路说笑着，很快开到了谷教授家楼下，停好车，上前敲门，敲了半天没人开，这时候对门门开了，上次那个老阿姨探出头来，打量着他们，两人立刻认出来了，文讷笑道："阿姨，又是我们，您忘了吗？我是江音舞蹈系的，他是晗姐姐的朋友，我们来看谷教授的……"

那老阿姨想起来了："哦……你们是上次那个……谢小曼的朋友是吧？"

"对对对，是我们！"

老阿姨笑了，用手往外一指："谷教授上超市买菜了。"

文讷很奇怪："您怎么知道的？"

老阿姨自知失言，有些不好意思，尴尬地笑道："他……他刚才出门的时候，我正好看见了。"

文讷看了一眼门上的猫眼，笑了，她估计这位老阿姨暗恋谷教授吧，没事就趴门口偷窥人家。文讷带着一丝邪恶地嘻嘻笑道："唉，说起来谷教授也怪可怜的，坐个轮椅还要自己出去买菜，也没个人照顾……赶明儿给他介绍个老伴好了，卢兄，你们系里那个王老师就挺不错的，绝对配得上谷教授……”

卢振宇一愣，知道文讷又恶趣味了，虽然戏耍人家对门空虚寂寞老太太颇不人道，但他很高兴文讷这么快又开朗起来了。

果然，那老阿姨一呆，闪过一丝少女般的慌乱，努力掩饰着笑道：“其实……谷教授身体还是不错的……家乐福就在旁边……他推个小车就去了……就是那种老年购物车，还能当拐杖用……实在不行，我也能帮他一把……”

看着笑嘻嘻的文讷，还有可怜兮兮的老阿姨，卢振宇看不下去了，偷偷拽了文讷一把，笑道：“那我们不打扰您了阿姨，您休息吧，我们也到超市转转，没准还能碰到谷教授呢……”不由分说拉着文讷就走，文讷还开心地笑道：“阿姨再见！”

到了外面，文讷低声笑道：“卢兄，我敢说这阿姨还是个老姑娘，你信不信？”

卢振宇啼笑皆非，压低嗓子责备道：“小文，你怎么就喜欢拿人家开心呢，在你看来是好玩，在人家阿姨看来，可能就是一生的痛呢！”

“一生的痛，这词用得好，真不愧是中文系，”文讷笑嘻嘻地捶了他一拳，“开开玩笑而已啦，好好好，我不拿人家开心了还不行吗？真是善良的撒手没。”

两人走出院子，就看到家乐福门口熙熙攘攘的人潮里，谷教授蹒跚着，推个老年购物车，慢悠悠地往外走，小车里装满了米、面、鸡蛋和蔬菜，还露着几根大葱。

两人赶紧迎上去，卢振宇要抢过来帮他推，谷教授吓得不行，赶紧抓住不松手：“哎哎，可别，给了你我就没拐棍了……我全指着扶着这个能走两步呢……”

文讷笑吟吟地道：“谷教授，您还蛮吃香哩！”

“可不是嘛，吃香！”谷教授也得意起来，笑道，“自从这几栋楼保住之后，我就吃香了，天天排着队要请我吃饭……我说，你们想干什么？不会是也来请我吃饭的吧？”

“哪能啊！”文讷笑道，“您这把年纪，再吃可吃不消了，他们不疼您，我们疼您，不吃饭，就是看看您，陪您聊聊天！”

文讷小嘴像抹了蜜一样，把老头儿哄得眉开眼笑，很是开心，领着两个孩子回到家里，开门的时候卢振宇下意识地瞥了一眼对门，似乎感到猫眼后面的光线一暗……

进门之后，两人七手八脚地帮谷教授把买的东西整理好，然后扶他坐在轮椅上，卢振宇帮他倒水吃药，文讷背着手，欣赏着客厅的摆设。虽然房间里透着一股清贫气，却没有一点庸俗气，没有什么装修，地面还是老式的实木地板，墙面就是普通石灰粉刷，下半截刷成淡黄色，蒙布沙发，茶几上一如既往地摆着一盘色香俱佳的新鲜水果，整体还是上世纪七八十年代的风格，但书架上却摆满了各种书籍，除了的心理分析、精神分析的专业书之外，还有大量的文史类书籍，全套《二十四史》、诸子百家、明清小说、楚辞、汉乐府诗、唐宋八大家，甚至还有佛经……大部分都是上世纪八九十年代的老版本，还有大量的中华书局和商务印书馆的书，而且看摆放的随意性和新旧程度，绝对是看了不知多少遍的，不是买来装文化人的那种。

谷教授看她对自己的藏书颇有兴趣，往屋里一指，神秘地笑道：“喜欢看书啊？里边还有，去里边看看。”

文讷饶有兴趣，按照他指的方向进入了里间，这是一间书房，面积很小，除了一张书桌和两面墙的书柜之外，几乎再放不下别的了，出乎她意料的，这里的书几乎像个小图书馆，除了书柜塞得满满当当的，就连地上也放着一堆一堆的书，全部是书脊冲外，大概是便于选书吧，现在她是明白了为什么谷教授要把一部分书摆在客厅了，不是为了装，完全就是因为里边摆不下。

其中有两排格子，外面摆着两只造型古朴的铜质貔貅，里面摆着一个个古旧的纸盒子，上面用毛笔写着书名，文讷颤抖着小心打开一个，发现里面是整套的线装书，至于时期……她怀着神圣的心态从风衣口袋里掏出一副黑丝绒手套戴上，然后极其小心地捧出一本翻看，她几乎不敢相信自己的判断，这竟然是宋版书！

宋代出版的书籍因其书写和印刷的精美，价值流传数量稀少，历来尊为历代古籍善本之冠，一册书拍出几万、几十万的价格，一点都不稀奇。

她不禁崇敬地往客厅方向看了一眼，又小心地把书放回去，摘下手套，对这位老教授刮目相看。

此时天色已近黄昏，文讷知道卢振宇会做饭，打发他到厨房去做饭，伴着卢振宇在厨房里煎炒烹炸的声音，文讷先是跟谷教授说了谢小曼的事，谷教授说他已经听李晗说了，他判断问题不大，毕竟谢小曼确实打死了人，暂时拘留起来是难免的，他估计最后多半不会判刑。

“而且你要知道，刑事拘留虽然听起来严重，但它和行政拘留、治安拘留都不是一个性质，后两者是惩罚性质，拘你本身就说明你犯法了，而刑事拘留并不是惩罚手段，它只是个防范手段，只是说目前你涉嫌犯罪，把你控制起来，防止你潜逃而已。放心吧，我已经跟安犁天问过这事了，我跟他说小曼是我们老邻居，这孩子我看着长大的，小安你看着办。”谷教授说着，捧起盖碗来，矜持地吹着。

文讷看他这么自信，放心了，笑道：“原来您老也会干涉司法啊！”

谷教授笑道：“这叫什么话！一般我不干涉，这件事是非曲直明摆着，再不说句话还行吗……嗯，小文，我看你好像心里不只装了这么点事吧？就这事儿，让小晗一个电话就跟我说了，你们还颠儿颠儿地跑过来，又给我做饭，说吧，还有什么想不通的？”

文讷瞥了一眼在厨房忙碌的卢振宇，又看了一眼谷教授，低下头，咬着嘴唇，似乎在思想斗争着，谷教授也不催她，只是很耐心地等着。

文讷深吸一口气，抬起头来的时候，眼中已经充盈着泪水，哽咽道：“谷伯伯……我……我不知怎么的，有种很可怕的念头……地下室里被烧死的是黄宗盛，可是，我宁愿他潜逃了，被烧死的是一个陌生人……”

谷教授盯着她的眼睛，慢慢说道：“你还是坚持认为，有个幕后老板？”

文讷点点头，泪水滴落下来，谷教授扯了桌上的抽纸递给她，问道：“而且……你是不是也有怀疑对象了？”

文讷接过纸巾，摇摇头：“我不知道……”

谷教授叹了口气，说道：“那你的可怕念头，到底‘可怕’在什么地方？”

文讷轻轻呼出一口气，说道：“那个人对我说，他是我认识的人。”

谷教授点点头：“这个我听李晗说过。那么，你怀疑谁呢？”

文讷咬着嘴唇，浑身颤抖着，一句话也不肯说。

谷教授叹了口气，说道：“小文，你去书房，把我桌上的那叠纸拿过来，再拿一支笔。”

文讷不明白，但还是去拿来了，谷教授把白纸摊在茶几上，在纸的中心写上“小文”两个字，然后在旁边写上“小卢”，又在周围画上几条线，分别写上“爸爸”“妈妈”“哥哥”“继父”“陆刚”“丁海”“秦琴”“李晗”这些名字，组成了一张围绕着文讷的关系网。

他把笔递给文讷，说道：“来，你生活中还有谁，这些只是我知道的，你自己把剩下的主要的填上，家人、朋友、同学，想起来的都写上去。”

文讷一愣，接过笔来，咬着嘴唇，又犹豫着写下了几个人名，其中有自己交往比较密切的闺蜜，有舅舅阿布拉江，有姨夫，有路老师，还有一个江东音乐学院的教授，自己跟他练过琴。

她长出一口气，放下笔："差不多了，就这些吧。"

谷教授拿过来看了看，念念有词一番，又递给她："现在把你绝对信任的人，圈上三个。注意，最多三个。"

文讷点点头，首先在"爸爸""妈妈"上圈了两下，还剩一个名额，她犹豫了一下，圈上了卢振宇。

谷教授微微一笑，看了一眼厨房的卢振宇，点点头，笑道："这小子福气不浅啊。"

文讷不好意思地一笑，脸颊有点红，谷教授又笑道："下面再圈去三个人。"

文讷想了一下，提笔把舅舅、姨夫还有李晗圈掉了。

谷教授看了一下，点点头，问道："小文，下面剩的这些人中，还有没有你绝对信任的人？我是说，百分之百无条件的信任，有没有？"

文讷又看了一遍人名，摇摇头："没有了。"

谷教授捏着下巴，端详着剩下的一大堆人选，忍不住长出一口气："我的天……这么多。"他突然抬起头来，命令道，"再圈掉三个，不要求绝对信任，只要你认为嫌疑比较小的就行了。"

文讷点点头，又圈掉了秦琴，还有两个闺蜜。然后她指着剩下几个闺蜜，抬头说道："其实这几个也可以圈掉，她们虽然不是我最近的人，但毕竟不太可能。"

"好，圈掉吧。"

于是，名单上还剩下路老师、丁海、陆刚、继父、哥哥、音乐教授几人。

谷教授端详片刻，说道："再圈掉三个。"

文讷开始犹豫了，但她提起笔，还是圈掉了陆刚、丁海、音乐教授。

"这个教授……"她指着名字解释道，"嗯……他已经快七十岁了，所以……"

谷教授微笑着点头，表示他明白，然后他盯着名单上剩下的三个人，沉默良久，叹道：“小文啊小文……我明白你为什么觉得可怕了。”

文讷颤抖着放下笔，谷教授点点头，接过笔来，说道：“你放心，我不会再让你排除了……我来替你划。”

说着，他毫不犹豫地把“路老师”圈掉了，原因很简单——她是女的。别管别的地方再可疑，她是女的。

文讷望着名单上剩下的两个人，泪水再次模糊了她的双眼。

谷教授盯着她，沉默半晌，很艰难地问了一句：“小文……我也喜欢看推理小说，但我从来不依靠推理小说的方法来办案，因为我知道，现实案件和小说上的根本是两回事……但是小说中的人物，偶尔也会说出至理名言……你知道吧，福尔摩斯说过一句话……”

文讷无声的大口哭泣着，颤抖着说出来：“我知道……他说过……排除掉所有的不可能，剩下的那个无论多不可思议，都是真相……”

“When you have eliminated all which is impossible,then whatever remains,no matter how improbable,must be the truth。”谷教授默默地说了一遍原文，然后，又递给她一张纸。

正好卢振宇端着炒好的菜过来放下，突然看到文讷这副样子，吓了一跳：“小文，你怎么啦？”

文讷抬起头，望着戴着围裙的卢振宇，一阵暖心的安全感，伸出手拉住他，却哭得更凶了。

卢振宇惊疑地看了一眼谷教授，谷教授指了一下那张纸，卢振宇刚想拿过来看，文讷一把抢过去，迅速团成一个纸团，装进口袋里，可怜兮兮地望着卢振宇。

谷教授摇头道：“小文，你这样逃避不行的，你不是第三个就圈了小卢吗？这份儿信任还不够吗？”

卢振宇急得不行：“到底怎么回事啊？”

文讷深吸一口气，流着眼泪把纸团递给了卢振宇，卢振宇拿过来三两下展开，看着上面的一大片名单，只有其中两个没被画圈，他大致知道怎么回事了。

“谷教授，”他试探着问道：“这是……这是排除法吗？”

谷教授点点头，问道：“小卢，你老实说，你，或者小文，之前怀疑过这两位吗？哪怕潜意识里的一点猜测，有吗？”

卢振宇立刻就想到了自己之前那个“大脑洞”，他犹豫着要不要说出来，就看文讷低着头，慢慢地点了一下头。卢振宇也是心中怦怦跳着，大惊失色，难道小文之前也怀疑过她的继父和哥哥？

谷教授盯着文讷，命令道：“小文！抬起头来，勇敢一点！我问你，你觉得这两人，谁的嫌疑相对更大些？”

文讷颤抖着抬起手，慢慢地在“哥哥”两个字上指了一下。

谷教授不经意地皱了一下眉，似乎觉得不对，但他沉吟一下，仍然问道：“为什么？”

文讷轻叹一声，闭着眼睛，哽咽着说道：“我知道，哥哥对我有……有企图。”

谷教授点点头：“嗯，有企图，那你什么时候发现的？”

文讷想了一下，低声道：“以前怀疑过，但是最近才确定……我哥哥有三部手机，一部存的是家人朋友，一部是业务使用，第三部存的都是他的女人们，三部手机型号外观都不一样……以前有一次我回家吃饭，我哥也在，我想给别人打电话的，不小心拨错了，打给了我哥哥，结果我看他掏出了第三部手机……发现是我打来的，当时他显得有些尴尬，说句笑话掩饰过去了，当时我只是觉得有些奇怪，但并没多想……直到这几天，我一下全想明白了，地下室里不是黄宗盛，应该就是他……谷教授之前分析的嫌犯画像，再没有比他更符合的了。”

谷教授捏着下巴，沉吟着，微微摇头，但还是说道："不错，我之前确实有过和你相同的想法，不过……"

文讷犹豫了一下，低声说道："昨天……昨天夜里，他……"

两人都是一愣，同时问道："昨天夜里怎么了？"

文讷把昨天夜里的奇怪事情说了出来。

谷教授和卢振宇面面相觑，过了片刻，谷教授沉吟道："小文，你哥也许确实对你有想法，甚至昨天夜里确实想干什么事，但我告诉你，应该不是他。"

文讷吃惊道："为什么？"

谷教授继续说道："甚至昨天夜里他都并没想干什么，就是像他说的那样，只是一次很正常的下楼，到地下室去拿纸，只不过忘了你睡在客厅，他也吓了一跳，你处在惊恐的状态下，产生那种怀疑是很正常的。"

文讷奇道："可是……可是您为什么断定不是他呢？"

谷教授望了一下卢振宇："小卢，你来告诉她吧。"

卢振宇迫不及待地说道："小文，当时你在下面的时候，那个'老师'一直都在里面吧？"

"对。"

"好，我告诉你，就在那段时间里，许家豪一直都在外面。"

文讷惊愕地看着他，卢振宇点点头："没错，他跟我在一起，正在游乐场组织挖掘机大挖特挖！"

文讷怀疑地看着他，问道："我是十八号晚上被绑架的，二十号下午被救出来的，中间这几十个小时，他都跟你在一起？"

卢振宇挠挠头，想了一下："呃……这倒没有。"

谷教授敲了两下茶几，提醒道："好了小文，我问你，当时你听到上面挖掘机震动的时候，那个'老师'在里面吧？"

文讷点点头："对。"

谷教授说道："当时许家豪就在挖掘工地上。"

文讷望了一眼卢振宇，卢振宇点点头，表示肯定。

文讷低下头，目光又陷入了更大的惊疑不定中——显然，这个无可辩驳的证据把她说服了。

卢振宇提起笔来，在"哥哥"两字上画了个圈，然后又毫不客气地打了一个大大的叉。

现在，纸上只剩下一个名字了。

文讷盯着那个名字，面如白纸。

与此同时，近江第二看守所会见室里，陆傲天母子正隔着铁栅栏"抱头痛哭"，陆刚和律师坐在旁边，平常日理万机的他，今天特地推掉一切安排和夫人蔡红一起来看儿子，因为据可靠消息，儿子的杀人冤屈基本被推翻了，应该很快就能出来了。

作为商界枭雄的陆刚，此刻看着铁窗内的儿子，忍不住也是鼻子酸酸的，这几个月宝贝儿子真是受了大罪了，大概他的顽劣性子也被磨掉了不少，等儿子出来，得好好补偿他。

蔡红隔着铁窗紧抓着儿子的双手，号啕大哭道："天天啊，天天，我的心肝宝贝啊，你受大苦了，你马上就能出来了，你要什么妈妈都给你买，你不是说过想要布加迪威龙吗，妈妈砸锅卖铁也给你买！"

陆刚吓了一跳，瞪着这没数娘们儿，心想布加迪威龙好几千万呢，整个金天鹅的现金流还没这么多，那真得砸锅卖铁了，儿子有今天，还不是被你从小这么惯出来的？

让他欣慰的是，儿子一边哭一边摇头："不，妈妈，太贵了，我不要这个，能出去我已经很开心了，我知道，你们为了救我没少花钱，给我买个法拉利 488 就行了，就是豪哥那样的。”

陆刚松了一口气：儿子终于懂事了。

会见结束后，蔡红又给儿子账户存了一大笔钱，又跟看守所领导打点了一番，坐在行驶的劳斯莱斯车内，律师才有机会说道：“陆总，天少的杀人冤案是基本上可以洗清了……不过……”他欲言又止，陆刚看了他一眼：“正义，有话直接说。”

“好。”周正义律师点头说道，“不过，我也跟省厅和高检那边的相关领导接触过了，人家让我问问你，接下来还有什么打算没有。”

“什么打算？”陆刚拧起了眉头，仔细品味着这几个字。

蔡红在旁边扯着嗓子叫了起来：“当然有打算！天天这几个月的冤狱白坐了吗？申请国家赔偿！不光赔偿，还得处理责任人，都是哪些人办案的，该处理处理！”

陆刚瞪了她一眼，让她闭嘴之后，试探地问周正义道：“正义，领导那边大概什么意思？”

“领导的意思，这事儿不好办，因为天少不光背了这一个案子，前期审理的时候，他还承认了其他好几起案子，有酒吧迷奸的，有交通肇事的，有醉驾逃逸的，有致人重伤的，特别是今年七月份那个杀人未遂案，就是把卢振宇打伤后抛入淮江的那个。”

蔡红哼了一声，冷笑道：“这个我知道，那小子事后连点伤都查不出来，根本就是碰瓷！让他来告好了，没证据就是诬告，办他个敲诈勒索，让他吃不了兜着走！”

周正义点头说道：“卢振宇确实不需要担心，但那个案子起因是因为一起迷奸未遂案，对方是香港富豪韦嘉诚的外孙女。”

这句话一说，蔡红蔫了。

陆刚点点头，说道：“我明白了。正义，你帮我个忙，跟领导那边再疏通一下，就说我们这边不准备申请国家赔偿，也不会主张什么错案，看能不能先办个保外，让孩子出来就行……”

说着，掏出一张卡塞了过去，低声说道：“密码和以前一样。”

周正义点点头，接过来装好：“您放心陆总，现在天少杀人嫌疑去掉了，很多事情就好办，我一定尽力。”他顿了一下，又说道，“陆总，下午那个姓丁的小伙子又来了，要求您兑现五千万的奖金……”

陆刚皱眉道：“姓丁的？哪一个？他凭什么跟我要奖金？”

周正义说道：“他女朋友叫秦琴，就是那个从地下魔窟里逃出来的女孩，他好几个月前就带着他女友到市局去作证，说天少涉嫌谋杀的那个女孩其实也是魔窟里的，是被那个黄宗盛杀死的，天少是冤枉的。”

陆刚冷笑一声：“那我儿子怎么关到现在？”

周正义也笑道：“当时他的女友精神不太正常，其实就算正常，警方也不会采信这种一面之词。现在呢，因为警方攻进了魔窟，救出来十几个女生，她们看过照片，都说那个女生原先也是和她们关在一起的，最后也是在魔窟里被杀的，虽然天少的 DNA 为何出现在那女生体内还不好解释，不过天少至少没杀人，这点已经肯定了。”

陆刚冷冷说道：“那就是了，所以我儿子脱罪跟姓丁小子一点关系都没有，让他滚蛋。”

周正义点点头：“那我有数了。不过还有一件事比较麻烦，陆总，还有一个私家侦探小组，就是您通过许太太联系的那个张老师。”

蔡红立刻警惕起来：“哪个许太太？”

陆刚瞥了她一眼：“老许媳妇，小兰，姓张的是她前夫，江北一家报纸的大记者，调查案子很有一手。”

蔡红点点头，放心了，她跟小兰关系还不错，那是自家姐妹。

“我听说了，卢振宇钻地道找到的地方是吧。”陆刚点点头，双掌贴脸揉了一阵，缓解了一下疲惫，叹了口气道，“他们也找来了？”

“暂时还没有，不过肯定得来要奖金。”

五千万，不是小数目啊，虽说整个集团资产市值好几十亿，但目前市场不景气，好几个楼盘的房子卖得都不顺，资金链压力不小，别说五千万，连一千万都抽不出来，就这，他还得四处求爷爷告奶奶找银行贷款续命呢。要是儿子还悬在死亡线上，那他就算把金天鹅整个儿卖了都在所不惜。不过儿子现在已经没危险了，那就……量小非君子，无毒不丈夫，在这个世界上，仁义怜悯是没有丝毫价值的。

陆刚疲惫地靠在真皮靠背上，长叹一声：“正义啊，你看着办吧。”

周正义虽然不是金天鹅的律师，但跟陆刚私交不错，而且政法口关系过硬，之前金天鹅涉及的很多黑暗肮脏的事情，没少让周正义从中牵线搭桥，就连他儿子陆傲天之前闯的祸，也没少通过周正义捞人平事。

周正义很了解自己这位老板的脾性，他一句话、一个眼神，自己就明白他想干什么了。很显然，如果陆刚打算掏这五千万，那是绝对轮不到他周正义来“看着办”的。既然让自己“看着办”，那就是打算赖账了，让自己想个甩掉包袱的办法。

第十三章 美人计

卢振宇默默地给文讷夹菜，希望她吃两口，但文讷现在陷入极度悲苦之中，就算山珍海味也难以下咽。

看着梨花带雨的文讷，卢振宇突然想到一个激动人心的可能性：如果色魔真是许庆良，那他伏法了之后，文讷就不是金天鹅大小姐了，充其量只是一个饭店老板娘的女儿，就不再那么高不可攀了！她妈妈那两个饭店值多少钱？能有一千万吗？到时候自己再拿到一千万，那和小文完全就是门当户对了！一切阻碍都没有了！

这时候文讷楚楚可怜地看了他一眼，仿佛看穿了他的心思似的，卢振宇怔了一下，突然觉得自己很自私，居然生出这种乘人之危的念头！

但是心里另一个声音马上反驳道：怎么了，又不是我卢振宇当的色魔，我一没杀人二没囚禁的，没做过亏心事，对得起天地良心。许庆良自作孽害了小文，现在该我给小文幸福了。

他干咳两声，问道：“那……小文，接下来你有什么打算？”

谷教授也望向文讷，等着听她的打算。

文讷想了想，低声说道："只是猜想，没有证据，也许……也许那个色魔嘴上说认识我，其实根本不是我生活中的人呢。也许这个名单根本还没把他写进去呢。"

卢振宇哭笑不得，刚想说"小文你这样自我催眠可不好"，就听谷教授点头赞同道："不错，小文你说得也有道理，还是那句话，现实案子和小说、电影肯定不一样，现实案子枯燥无聊得多，根本没那么多的戏剧性，你说得对，目前只是猜测，没有证据，有可能是他，当然也有可能不是他，还有可能在名单外面呢，甚至你根本都不认识他，只是他认识你。"

卢振宇虽然想反驳，却不得不承认谷教授说的似乎也有道理，于是他又问道："小文，那你到底准备怎么办？"

文讷呆坐了好一会儿，最后用蚊子般的声音说道："我……我准备跟爸爸……还有撒手没，回江北去。"

"噢……"卢振宇点点头，"那然后呢？"

"然后没事少回来。"

卢振宇听明白了，这丫头是准备当鸵鸟，躲了。

"那……就这么算了？"

文讷抬头看了他一眼，哭着说道："那我又能怎么办？去跟我妈说：你老公是色魔？或者……或者去公安局举报我继父，人家问我有什么根据，我就说是我猜的？"

卢振宇待了片刻，一想还真这样，没证据，冒失地声张开，不但解决不了问题，还会把她的整个家都毁了。

"可是……"文讷仰着脸，泣不成声道，"我会想妈妈的……"

卢振宇和谷教授默然良久，然后谷教授又斟了一杯茶，说道："你们看过《杀人回忆》没有？是一部韩国电影。"

卢振宇立刻点点头："看过。"

谷教授点头道："这部电影拍得就很真实，其实现实就是这样，并不是每桩罪案最后都有结果的，历史上很多严重的罪案，最后都变成永远的谜团，淹没在历史的长河中。有时候我们必须承认，我们不是万能的，那个警察最后也是改行去做生意，放下了这段回忆，开始了自己的新生活，若干年后再回到当年的凶案现场，已经物是人非，只能坐在那里，望着一望无际的麦田，感叹几声而已。其实，这才是真实的生活。"

他叹了口气，又说道："小文，你的选择是明智的，回江北吧，没事尽量别回来了。唉，实际上危险也不大了，不管真凶是谁，他再犯罪的可能性很小了，魔窟已经暴露，他不太可能再找到这样一处完美的巢穴，而且，人到中年，正是身体各方面机能迅速走下坡路的时期，如果他真的是个中年人的话，大概五到十年之内，他的体能等各方面将会迅速衰退，不再支撑得起这种大规模的绑架、囚禁、控制了……最大的可能，他会金盆洗手，从此销声匿迹，而这件案子也将成为悬案……当然了，这是对你们来说，不是对警方来说，因为警方那里已经破案了，色魔就是黄宗盛。"

从谷教授家里出来，外面已经是万家灯火，对面的东方财富广场霓虹闪烁，人头攒动，临近岁末，商家都在各种打折促销。文讷抬头望着上面高高的写字楼，还有少数公司亮着灯，其中三四十层的位置，还有几扇落地窗亮着，隐约能看到一个高大的男子站在窗边，好像在往下看，也可能在凭栏远眺……

文讷不知道那是不是金天鹅在这里的项目部，也不知道那个男子是哥哥还是继父，或是其他什么人，她懒得去数楼层，反正也没有意义。

"唉，现在是个人都比我幸福……"文讷怅然叹道。

卢振宇也不知该怎么安慰她，就看她默默地牵住了自己的手，凄然一笑："撒手没，还好有你在我身边，要不然……真不知道活着还有什么意思。"

卢振宇心中一暖，紧握住她冰凉的小手，安慰道："胡扯什么，人没事就好，留得青山在，不怕没柴烧，年轻没有失败，彪悍的人生不需要理由，虽然你左右不了大事，但下一秒钟是小确幸还是小确丧，却完全由你自己决定。”

这几句极其乐观的话鼓舞了文讷，她展颜一笑，使劲儿点了点头：“嗯！”

她一指流光溢彩的财富广场，有些不好意思地笑道：“撒手没，我又有点饿了，我们……嗯，你陪我再进去吃点东西吧。”

卢振宇焉能不答应，笑道：“好，我请你吃好吃的，你别再跟我抢啊。”

两人牵手走进去，乘电梯到了美食那一层，文讷选了一家烤肉店，两人在店外排着队，说说笑笑，享受着此刻的“小确幸”，就在这时，卢振宇电话响了，李晗打来的，声音很兴奋：“喂，卢振宇！”

“怎么了？”

“厨房里发现一枚指纹，比对结果也出来了！你想不想听？”

周围很吵，卢振宇捂住另一只耳朵，大声道：“赶紧说！”

“嘻嘻……”李晗似乎心情很好，“你干什么呢？说话不方便啊？”

“没什么。”卢振宇瞥了一眼文讷，“我在外面吃饭呢！”

李晗笑道：“跟小文约会呢？嘻嘻……约会吧约会吧，不打扰你们了……告诉你，那指纹就是黄宗盛的。”

“噢……”卢振宇有点怅然所失，似乎跟期望的结果不符。

李晗笑道：“所以你们也就别瞎猜了，没什么幕后老板，那录音估计也是黄宗盛为了混淆视线弄出来的。”

卢振宇耐着性子说道：“可是晗姐，你就不觉得……”

“再告诉你第二个好消息！”李晗更加兴奋地说道，“可是个天大的好消息哦！被救出来的那些女生口供都出来了，她们一致证明，陆傲天涉嫌奸杀的那个女子其实也曾经是魔窟里的一员，而且是在魔窟里被杀死的！而且魔窟里也找到了那个女子的一些物品，还提取到了生物检材，比对后证明就是她！”

卢振宇胸中开始狂跳：“那就是说……”

“那就是说，陆傲天可以脱罪了！你和张叔都要变成大富翁了！”

“我去，不是吧……”

“有钱了别忘了姐姐我啊！请我吃大餐啊！”

文讷突然低声问道：“是晗姐姐吗？”

卢振宇咧大嘴笑着，恍恍惚惚点点头，文讷伸手把手机拿了过来，说道：“晗姐，是我，小文……”

“小文啊，嘻嘻，恭喜你们啦。”

李晗咭咭呱呱地一通表示羡慕嫉妒恨，文讷一句也没听进去，她脸上阴晴不定，仿佛下了好大决心才鼓起勇气说道：“晗姐姐，能不能帮我查个东西。”

李晗一愣：“好啊，查什么？”

文讷舔舔嘴唇，沙哑地说道：“眉笔杀人案中，那两辆白色宝马的车牌号。”

李晗有些意外，不知道她突然要查这个干什么，说道：“那辆车不是套牌吗？”

文讷说道：“不是那辆套牌的，是另外两辆白色宝马，不是说一辆是阔太太的，一辆是国企女中层的吗？就要这两个车牌号，晗姐姐麻烦你帮我查一查。”

“哦……”李晗虽然不明白她要查这个做什么，但想必是有用的吧，于是说道，“好吧，我这就帮你查，你等着啊。”

过了一会儿，两人的叫号排到了，服务员引导他们到一张桌子旁，卢振宇很绅士地帮文讷接过风衣，然后坐下，把菜单递给文讷，眉开眼笑道：“敞开点！什么贵点什么！”

文讷瞥了他一眼，笑道：“你就那么确信陆刚会给钱？”

卢振宇一愣，说道：“他那么大的老板，身家几十亿的，这点钱还能赖？”

文讷耸耸肩，没再说什么，闷头点了几份菜，卢振宇拿过来看了看，皱皱眉头，嫌太便宜了，提起笔来又“唰唰唰”加了好几份颇贵的荤菜，像个大款一样地交给服务员：“好，给我们上炭火吧。”

“好的，先生，马上来。”

然后卢振宇往后面一靠，四下望着周围的“芸芸众生”，忍不住嘻嘻笑道：“哎呀……有钱的感觉真好。”

文讷扑哧笑了，低声道：“这样，以后你顿顿都吃两碗红烧肉，吃一碗倒一碗。”

“嗯！必须的！”

炭火和菜品很快上来了，两人吃着“滋啦滋啦”地烤肉，低声说笑着，吃得正香，卢振宇手机又响起来了，屏幕上来电显示正是“李晗”。两人同时望着那部手机，然后对视了一眼，文讷微微一笑，说道：“接呀。”

卢振宇抓起手机：“喂？”

文讷托着下巴，盯着卢振宇，就见他毫无表情，只是在那里“嗯嗯”着，文讷心中紧张无比，仿佛对面的不是卢振宇，而是一个黑箱，里面装着薛定谔的猫。

卢振宇挂上电话，盯着文讷说道：“阔太太的是江 ADW168，国企女中层的是江 AE377。”

第一个就是……尽管有心理准备，但突然听到妈妈的车牌号被报出来，文讷还是感到头脑一片空白，愣在那里。最可怕的事情，终究还是被证实了。

卢振宇好容易才把文讷哄好，吃完饭，卢振宇提出带文讷看电影，文讷很乖地点头答应了。观影全程，文讷只是紧紧握着卢振宇的手，一刻也没有撒手。

看完电影已经很晚了，文讷对卢振宇轻轻说道："我们回家吧。"

卢振宇心中一荡，一瞬间真有种感觉：两人已经结婚了，文讷现在是自己的妻子，小两口看完电影，随口说一句"我们回家吧"那么平常。

"走吧，车子还在那边。"文讷说道，"我先送你回宾馆，然后我再回紫竹林那边。"

一句话，把卢振宇拉回了现实，他有些担心："你还回去住？"

文讷点点头："我答应陪妈妈几天的，别担心，没事的，最多几天我就回江北了，可能和你们一起回去吧，谷教授说得对，应该不会有事了。"

回到宾馆，张洪祥正叼着烟，坐在电脑前上网，屋里烟雾缭绕而且一股酒味儿，听见门响，头也不回地说道："小子，约会去啦？"

卢振宇心情很好，把陆傲天脱罪的消息告诉他了。

张洪祥瞥了他一眼，眯着眼，醉醺醺地道："怎么，你觉得这里边还……还有我们……什么事吗？"

卢振宇愣在当场，半晌后问道："怎么，没我们什么事吗？"

他这才发现，张洪祥喝得脸通红，说话舌头都大了。

张洪祥告诉他，就在今天晚上，省厅开了一个"11·18系列绑架杀人案"告破庆功表彰大会，表彰了一大串立功的干警，听官方通报，这案子从头到尾就没有他们这个调查小组什么事，完全是警方破的，好多被解救女生的家长也都去了，各种感激涕零，献锦旗的，下跪的，什么都有，就是没一个人提到卢振宇进魔窟这回事。

"这也难怪。"卢振宇说道，"你想啊，当时见过我的就只有那间屋的四个女生，谢小曼还在看守所里，范月瑶的父母还没找到，那两个女生斯德哥尔摩综合症晚期，一个被谢小曼打死了，另一个估计也对我充满敌意，能帮我说话才怪。"

张洪祥摆摆手："你想多了……我告诉你，就算那……那几个女生都见过你，也……也白搭，你觉得你的救命之恩……顶得过某些人的一个招呼？呵呵……就算她们不识趣，她们的……的父母，也会识趣的。”

卢振宇听得后背凉飕飕的。

“唉……不过你也别……别太丧气，”张洪祥说道，“我说过，你和小文的事……包在我身上。”

“张哥，啥意思？”

“晚上……她妈妈来找我了……”张洪祥打了个酒嗝，露出幸福而满足的神情，“小兰还……还陪我喝了……喝了几杯，这么几年了，这还是头一次啊……”

卢振宇愣在当场，他有种不祥的预感——张哥貌似被“美人计”砸倒了。

张洪祥告诉他，晚上卢振宇和文讷吃饭看电影的同时，古兰丹姆也来找自己了，说要请吃饭。张大叔一时间是小鹿乱撞，搞不清对方葫芦里卖的什么药，心想也许是想感谢我救回了女儿？不过这娘们儿不是这脾性啊，难道是想给我下什么套？应该不会，一日夫妻百日恩，应该不至于想害我吧。

总之，张洪祥带着提防加小心，还把手机开着录音，赴约了。

按张洪祥的话说，今晚的兰儿美丽无比，化着淡妆，衣着高贵，宛如奥黛丽·赫本从屏幕里走出来了一样，从始至终没给他甩脸子，也没拿茶泼他，温柔和煦，一颦一笑，就跟当年他们风花雪月的时候一样……

卢振宇忍不住了：“张哥你就别肉麻了，赶紧说重点！”

张洪祥叹口气说：“老哥没出息，几句话就被忽悠的五迷三道，再加上几杯酒灌下去，完全找不着北了……”

酒酣耳热之际，古兰丹姆开始跟他倾诉，这些年带着女儿在豪门中苦苦支撑，是多么的不容易，既要保持独立和尊严，又要和许家父子搞好关系，尽可能的替女儿的将来多争取一些。

“她到底想说什么？”卢振宇焦急地问道。

张洪祥说，兰儿说着说着就哭起来了，然后张洪祥就赶紧哄，然后她开始诉说金天鹅集团目前的困境，现金流困难，几个楼盘销售缓慢，资金链压力巨大，银行方面更是政策调控，银根紧缩，陆刚和许庆良都愁得整夜整夜睡不着觉，头发大把大把地掉……

古兰丹姆说，如果现在非要硬拿出五千万，那么金天鹅集团资金链就会断裂，那立刻就会破产清盘，别说五千万了，最后连五万都不会剩下，她的古兰丹姆饭店虽然独立于金天鹅集团之外，但一旦失去这课大树的庇荫，她一个女人家根本没有实力撑住这么大的场子，可想而知，这么好的位置，这么好的生意，很快就会被黑白两道虎视眈眈的目光觊觎，将她吞得骨头渣子都不剩……

那样的话，她古兰丹姆倒没什么，反正从小也是过惯穷日子的，但是他们共同的女儿——文讷，将从富家女一下跌落为最底层，甚至连小文现住的纺织宿舍也会被法院查封，因为那是一处相当值钱的学区房，作为许家的财产，肯定要被拍卖掉还债，到时候小文将不得不像那些穷人家的女孩一样，去城中村租房蜗居，而且她连个正常学历都没有，打工也只能打那种最低贱的工作……

"洪祥，你能忍受我们的女儿落到那种可怕境地吗？"

看着梨花带雨、楚楚可怜的兰儿，张洪祥醉醺醺的，脑子一热大喝一声："不能忍！"

然后，古兰丹姆抛出了一个来自陆刚的建议：只要张洪祥现在放弃要这五千万，那么陆刚愿意承诺，等他死了之后，将金天鹅集团所有股份的2%赠与古文讷——也就是张洪祥和古兰丹姆共同的女儿名下，作为一种替代方式，同时也是对文讷为探案身陷魔窟的补偿。

张洪祥当时也是一愣，问金天鹅的2%有多少，古兰丹姆告诉他，目前金天鹅市值大约已近五十亿，那百分之二就是将近一亿。

张洪祥心当时就“咯噔”了一下，动了。

古兰丹姆接着告诉他，陆刚目前正在准备往 IPO 方向努力，金天鹅一旦上市，那这百分之二可就不是一亿了，到时候二十亿、四十亿、八十亿都有可能，那么女儿将会成为中国最有钱的女人之一，过着世界上最幸福的生活，虽然我们不一定能看到那一天，但作为亲生父母，为了孩子将来的一切都愿意牺牲，还在乎这点时间吗？

卢振宇目瞪口呆，剧情转变得太快，他已经完全跟不上了，半晌才问道：“张哥，你答应了？”

张洪祥喷着酒气：“为什么不答应？换你，你难道不答应？”

卢振宇此刻很想直接吼一句“那老子怎么办”，但看着醉猫一样的张洪祥，还是忍住了，说道：“张哥，我们大学里上过法律课，赠与合同在赠与行为实际发生之前，赠与人随时能取消赠与的，也就是说，陆刚随时能翻脸不认账。”

张洪祥把脑袋摇得像个拨浪鼓：“不不不，人家想到你前边去了，她妈妈对我说了，这份合同会经过公证，而经过公证的赠与合同是不能撤销的。我刚才上网查了，她没骗我，我跟你说，小文也是她亲闺女，这事儿她比我还上心呢，一个亿啊。”

看到人家一家人各得其所，唯独没自己的份儿，而且小文名下多了这 2% 的股份，身价更是和自己天差地别，卢振宇更加抓狂了，他一屁股坐在床上，抓着自己的头发，懊丧地几乎想放声大哭。

张洪祥拍着他的肩膀笑道：“小老弟别担心，我说过，不会亏待你的，你放心，你和小文的事包在我身上，我跟她妈妈也要来了一个说法，她妈妈也知道小文是你救的，她和陆刚这么干挺对不起你的，当时她也默认了，你再追小文，她不拦着了。”

卢振宇也不是三岁孩子，他也知道，此刻这么一句虚无缥缈的“不拦着”，几乎没有任何意义，有这 2% 的股份垫底儿，他和文讷之间本就很大的阶层鸿沟只会拉得更大。

张洪祥看他仍旧不开心，笑道：“这么的吧，张哥也不是不讲究的人，回头我让小文再写一个转赠协议，承诺将来把那 2% 的股份分一部分给你，怎么样？至于多少，我还没跟她说，这个得看小文的意思……”

“千万别！”卢振宇吓了一跳，大声喊道，“张哥你可千万别跟她提这个！小文的就是小文的，我要就要陆刚的，不要小文的！”

卢振宇更加抓狂了，这主意更馊，别的不谈，小文得把自己想成什么样的人啊？本来还有希望追上的，现在直接把自己当成贪图钱财的小白脸了！他看张洪祥这个状态，明显已经喝大了，现在不能跟他商量事，等他酒醒再说吧！

卢振宇也没再说什么，叹了几口气，洗完澡躺床上玩了会儿手机，生了会儿闷气，睡觉了。

第二天醒来，张洪祥已经没影儿了，卢振宇愣了一会儿才反应过来，这爷们儿肯定是怕自己阻拦，索性趁自己没醒，偷偷跑去跟他的兰儿签协议去了。

卢振宇还真没猜错，此刻，就在近江市第一公证处，一场由律师和公证员们见证的合同签字正在进行，这边只有张洪祥一个人，对方来了好几个，陆刚亲自驾到，还有古兰丹姆作为受赠人的母亲也来了，此外还有律师、助理、秘书什么的。

张洪祥戴着眼镜，非常仔细地审阅了合同的每个字句，确定没有什么猫腻，而且古兰丹姆也和他一样仔细地审阅合同，这令张洪祥更加放心，因为他知道古兰丹姆就算坑他，也不可能坑女儿。

双方对合同条款确认无误之后，陆刚、张洪祥和古兰丹姆分别在合同上签了字，公证员也签字盖章，合同一式四份，公证处存档一份，陆刚、张洪祥、古兰丹姆各保留一份。然后按照约定，张洪祥交出了原先他跟陆家签的“悬赏五千万”的那份合同，也算是交出了索要五千万赏金的权利。

陆刚把这份旧合同拿过来看了看，然后交给秘书，露出了一个不可言说的笑容，不留痕迹地拍了拍周正义律师的后背，两人对视一眼，周正义也是神秘地一笑，点点头。

秘书从劳斯莱斯的冰箱里拿出冰好的香槟，现场倒酒，在一片友好祥和的气氛中，大家握手碰杯，完成了交易，三方各取所需。

张洪祥看许庆良没来，就动了点心思，腆着脸凑过去，想跟古兰丹姆找地方喝一杯，庆祝一下，顺便讨论一下女儿教育问题的，古兰丹姆只是很有礼貌地跟他微笑点头，说道：“谢谢你啊洪祥，有空再联系。”然后，仔细夹着装有合同的皮包，跟着陆刚一行人出了公证处，坐进她那辆白色宝马540，扬长而去，只留下张洪祥五味杂陈，慢腾腾地朝自己沾满灰尘的五菱之光走过去。

张洪祥心愿已了，回到宾馆把合同展示给卢振宇看，卢振宇翻来覆去看了半天，也看不出有什么问题，只能怅然羡慕文讷了，可他自己却更郁闷了。

看他神色抑郁，张洪祥神秘地一笑，掏出来一个“好东西”，递给卢振宇，卢振宇接过来一看，是一张银行卡。

卢振宇捏着卡翻来覆去地看，疑惑道：“张哥，这几个意思？”

“咱的车马费一天三千，咱正经查案子的时间大概有三个月吧，所以我报了 27 万，人家直接一把给了 30 万，咱实际开销了五万块多一点，我在里边留了 25 万，都是你的。”

卢振宇吓了一跳：“张哥，为啥都给我？”

张洪祥叹道：“这件事老哥做得不地道，我也知道，你本来能得一千万的，现在只有这么点儿，你放心，我不是拿这点钱堵你嘴的，你刚毕业手头不宽裕，谈恋爱追女孩都得花钱，你先拿着用，买辆车啥的，跟小文在一起的时候也好大方点，别太穷酸了，小文那边我说到做到，帮你使劲儿，还是那句话，只要小文乐意，我这边没二话，还帮你做她妈妈的工作。”

卢振宇都蒙了，半晌才说道：“张哥，那也不该我全拿啊，就算剩下多少，最多给我一半，那一半是你的啊。”

张洪祥摆摆手：“别来这套，我不缺钱，我有个亿万富姐的闺女，还能缺钱花了？再跟我客气我翻脸了啊。”

卢振宇仍然觉得这张卡片滚烫，坚决不要，张洪祥一瞪眼，呵斥道：“拿着！不然给我滚！老子不认识你！”

卢振宇心一横，真的把银行卡往桌上一放，扭头就走，张洪祥一愣，连忙追到走廊上，把他从电梯跟前拽回来：“好好好，就依你就依你，一人一半，一人一半……臭小子还真走啊！”

卢振宇这才被他拉回房间，张洪祥把那张卡甩给他：“你先装着，我现在手头也没合适的账户，回头办好了告诉你，你再给我转吧。对了，密码是小文的生日，记住了吧。”

“哦。”卢振宇茫然地点点头。

“小文哪天生日？”

“啊？”

卢振宇一愣，顿时感到脸上烧得慌，挠挠后脑勺：“这个……我还没问呢……”

“看看！看看！”张洪祥不满地呵斥着，“你这怎么追女孩子？都多长时间了，连人家生日都不知道？万一这几个月错过了呢？整个一榆木疙瘩，唉，小文到底喜欢你哪点的？”他教训了一通之后，看了一眼门口，压低声音说道，“970606，记住了吗？”

卢振宇点点头，笑道：“6 月 6 号，这日子好记。”

“对，六六大顺。”

“霸王行动。”

两人几乎同时说出来，瞬间有些尴尬。张洪祥打量了一番卢振宇，摇摇头：“你们这些宅男啊……还行，还是个军武宅，至少不是章松那种废宅。今年就算了，六月份的时候你们还不认识，明年可别忘了啊。”

“噢，放心吧……张哥。”

金天鹅总部，宽大的总裁办公室里，陆刚坐在沙发上，从沙箱里拿出一根雪茄，剪掉头，旁边的周正义已经伸过都彭打火机帮他点上，陆刚谢绝，自己擦着一根柏木火柴点了，努着腮帮子吸了一口，喷出烟来。

周正义收回打火机，自己也掏出一支烟点上了，笑道：“应该的……唉，我还是享不了这玩意儿啊。”

陆刚把雪茄从嘴上拿下来，笑道：“我也是刚学着抽，附庸风雅。”

周正义哈哈笑道：“陆总，要不要帮你介绍个小姑娘，教你打打高尔夫球？我认识不少资源，都在国外打过比赛的，素质不错，怎么样，要不要来一个试试？”

“别别……”陆刚夹着雪茄摆摆手，“你嫂子能吃了我……”

两人笑了一阵，陆刚指了一下茶几上的合同，笑道：“正义，说起来，这件事还得好好谢谢你，圆满解决，吃相还不难看，要不然张洪祥那小子折腾起来也够我受的。”

周正义面露得意之色，笑道：“关键地方改了几个术语，这份赠与合同就变成法律意义上的遗嘱了，外行根本看不出来，呵呵……遗嘱和赠与合同可不同，一旦变成遗嘱，那只要立遗嘱人还活着，就随时可以立新遗嘱替代老遗嘱，只要陆总你哪天写一份新的，说我不高兴了，一分钱也不给那小女孩儿了，然后拿去公证一下，他们手里的旧遗嘱就变成废纸了，那 2% 的股份该是您的还是您的。”

陆刚望着他，露出会心的笑容，然后用雪茄指点着他，两人同时开怀大笑，陆刚笑得畅快淋漓，周正义笑得内敛含蓄。

笑了一会，陆刚从怀里掏出一本支票，刷刷写了壹拾万元整，撕给他：“正义，哥谢谢你。”

这是之前谈好的价码，周正义一点也没客气，接过来揣进怀里，微微一笑：“陆总太见外了，这都是本分。”

他又问道，“陆总准备哪天弄份新的？我好准备一下，提前跟公证处那边打好招呼。”

陆刚眯着眼睛，抽了口雪茄，慢慢说道：“不急，小兰毕竟也是我弟妹，这么快翻脸不认人，大家脸上不好看，先搁着吧，就算他们哪天回过味来了，也不好跟我说什么，毕竟我没说作废。而且说起来，这也算是个饵了，先吊着她们，来日方长。”

周正义点点头，露出若有所思的笑容：“对了陆总，好像天少挺喜欢那小女孩儿的吧？”

陆刚抬起一挑眉毛：“哦？哦，对，有这事儿。”

周正义笑道：“那女孩儿我知道，素质不错，陆总，考虑考虑？”

陆刚猛抽一口雪茄，沉吟道：“原来条件倒是不错，勉强够进陆家门，可是……最近这档子事儿……唉。”

周正义笑道：“这你放心，等天少出来，问问天少的意思，看他还喜欢不……”说着，他凑过去，压低声音：“陆总，不瞒你说，内部消息，那小女孩被救出来不是送医院了吗？当时就做了全面检查，也包括……侵害检查，其实吧……没事儿……啥都没有……”

陆刚点点头，听懂了，但他觉得很匪夷所思：“可靠不？我咋觉着那么不可能呢？”

“绝对可靠。”周正义微微一笑，神秘地说道，“当时妇科孙主任亲自做的检查，她老公就是市局经侦一把，那是我铁哥们儿，骗谁也不能骗我。”

陆刚放心了，点点头，呵呵一笑："行，那就问问小天的意思了，小天喜欢的话，那就给小天留着了，那小子整天在外边胡闹，也得有个人管管他了，小兰那闺女我知道，那性子，绝对能把小天治得服服帖帖的。呵呵，那样的话，那 2% 的股份就当真给她留着，也算是肥水不流外人田。"

紫竹林别墅顶层阁楼，健身房里，文讷穿着健美套服，正在挥汗如雨地练哑铃，她刚刚才在跑步机上跑完了一千米，补充了点水分就来练力量了。

她握着沉重的男式哑铃，艰难地举着，感觉大臂肌肉在燃烧，一边做着，一边在心中默念："我要更积极地生活，我要面对一切挑战，我要练得能够保护自己，我要变得像路老师一样强大，笑对一切魑魅魍魉，不要低头，王冠会掉！不要流泪，坏人会笑！"

突然，她打了个喷嚏，紧接着又打了一个，轻轻嘀咕道："没感冒啊，难道是谁在念叨我？"

张洪祥让卢振宇去退房，说下午就走，晚上就能回到江北了，还不耽误第二天去报社组稿。

"这次"音乐色魔案"比上次的高利贷案还轰动，作为亲历者，咱都责无旁贷，回去就写报道，小老弟你发达了，刚入行就亲历了这么一个大新闻，多少小记者混一辈子都没你这个机会，这叫失之东隅，收之桑榆，虽然没挣着五千万，但好好跟我混，几年之内把你捧成大记者。"

卢振宇这次有心理准备了，魔窟也破获了，黄宗盛也自杀了，女生也都已获救，确实没在有什么理由再赖在近江了。可是这样留下小文和她那个色魔继父在一起，卢振宇想到就不寒而栗，但他又想起了谷教授的话："不管色魔是谁，他近期都不大可能再犯罪了，好不容易找了个黄宗盛当替死鬼，再暴露自己岂不是前功尽弃？"

卢振宇给文讷打了个电话告别，带着一丝侥幸提议文讷跟他们一起走，文讷还是那句话，现在她刚回家，要多陪妈妈些日子，让他们先回去，中午她过来一起吃顿饭，当是饯行。

卢振宇当然求之不得，张洪祥也很高兴。中午爷儿仨就在御井路上的一家饭馆搓了一顿，因为都要开车，都没喝酒，文讷很伤感，跟爸爸说了几句道别的话就忍不住哽咽起来了，勾得张洪祥眼圈也红了，他心想女儿以前可不这样，暂时分开弄得跟生离死别一样，肯定是这一场劫难给吓的。

文讷以茶代酒，端起来敬卢振宇："撒手没，你一定要好好的哦，跟着我爸写好这篇报道，谢小曼还在牢里等着昭雪呢，以前你是用拳头救人的，现在你该用笔救人了。现在，你就是无冕之王，手握正义利剑，代表民众发声，要刺破重重黑暗，让真相像太阳光一样照进来！"

看着面带泪痕，却英气逼人的文讷，卢振宇大为感动，当即也倒了一杯茶，端起来，望着文讷，激动地说道："说得好，小文！休言女子非英物，夜夜龙泉壁上鸣！"

两人"当"地碰杯，然后一饮而尽。

文讷手腕反射过一道璀璨的光，卢振宇一看，她手上戴着一个手环，上面镶了一圈小钻石，密密麻麻地很是夺目，他还没问，张洪祥也看见了，开口问道："丫头，这啥玩意儿，谁给你买的，我看看。"

文讷一撇嘴，摘下来，递给老爸，无奈笑道："妈妈给我的，非要我时时刻刻戴着，她说，这是卡地亚定制的智能手环，带 GPS 定位的，防止我再遇到危险。"

正在此时，文讷的手机铃响了，她接起来撒娇笑道："妈妈，没事没事，是我摘下来拿给爸爸看的，爸爸要回江北了，我陪他吃饭送行，好好好，我不摘了还不行吗？"

挂上电话，她撅嘴说道："妈妈一刻也不让我摘，一摘下来她那边手机就发出警报，然后她就打电话过来问我，如果我的电话打不通，她就要报警了。”

张洪祥和卢振宇都啧啧赞叹，说这玩意儿真不错，堪称防绑架利器，都让她赶紧戴上。

张洪祥问道：“这个不便宜吧，多少钱？你妈给买的还是老许给买的？”

文讷笑道：“我妈买的，我哥认识卡地亚那边专门负责这款产品的人，具体多少钱我也不知道。”

听到是许家豪帮着买的，卢振宇心里有些不是滋味，但一想这个东西确实对小文的安全大有好处，也就没说什么。

文讷笑吟吟地抬起手腕，展示手环搭扣处“Mozart”的刻字，张洪祥问：“这刻的啥？”

文讷笑道：“莫扎特，我也不知道为什么有这个，可能是我妈知道我喜欢莫扎特，特地让人家刻上的吧。”

天下没有不散的筵席，吃完饭，三人依依不舍地站在车边又叙话良久，文讷少不得又哭了一阵，两个男人好容易将她哄好了，这才上车，朝着出城的方向驶去。

刚驶过淮江大桥，卢振宇微信响了，打开一看，是文讷发来的：今番良晤，豪兴不浅。青山不改，绿水长流，日后江湖相见，自当杯酒言欢！

他看着这句话，脑中回想起文讷第一次说这句话的情景，那还是自己在夜市被打，被她送到医院里，然后她到病房来看自己，临走时候很酷地甩下的这句话。卢振宇思绪连篇，感慨万分，不知道自己和小文最后究竟能如何，会有个什么样的结果……

回到江北后，张洪祥带着卢振宇紧锣密鼓地整理资料、写报道，由于两人都是案件亲历人，这个系列报道大获成功，一时间洛阳纸贵，火遍全国，卢振宇的微博粉丝几天内迅速突破十万加。

真应了张洪祥的那句话：失之东隅，收之桑榆，虽然两人没挣着五千万，但是却收获了事业上的一个高峰。卢振宇结束实习期，成为了报社的正式记者，经过一次例行考试，拿到了新闻记者证。

最高兴的还是卢振宇的父母，现在他已经成了父母的骄傲，老爸老妈走到哪里都是昂首挺胸的，在亲戚朋友们面前也是开口闭口不离“我们家卢瑟”如何如何，而卢振宇现在对父母叫自己这个名字也不那么敏感了，毕竟，已经不是“Loser”了嘛，老爸老妈高兴叫什么就叫什么，就是那么自信。

这些天想给卢振宇介绍对象的都排成队了，通过各种七大姑八大姨、同事、朋友，拐弯抹角地找到老爸老妈，而且女方平均条件比以前高多了，以前介绍对象，女方是个事业单位的，老爸老妈就烧高香了，现在有教师、有医生甚至还有公务员。

老爸老妈的胃口也被惯得刁起来了，说卢瑟是青年名记，大V，年轻有为，前途无量，一般二般的女孩就不考虑了，至少公务员、本科学历起，女军官也行，医务工作者的话，护士不考虑，至少得是医生，药剂师都不行，教师的话，幼师不考虑，至少得是中小学老师，还得是重点学校带编制的，今后小孩上学进重点能使上劲。

不过老爸还算清醒，私下告诫卢振宇：你小子别翘尾巴，也别觉得自己有多牛，你有今天的成就，并不是因为你采编业务能力有多强，纯粹是运气好，这件事让你撞上了，俗话说捧得越高摔得越重，接下来你要是不好好的跟着张老师学习提高的话，非得掉下来摔死不可。

卢振宇觉得老爸说得很有道理，也小心地夹着尾巴，不敢得瑟，整天跟着张洪祥学习，对文讷那边也不敢多想，最多每天发发微信聊聊天，周末也不敢偷跑去近江约会，老老实实跟着在报社加班。

至于相亲，卢振宇当然是一概拒绝，一个都不见，他对老爸老妈堂而皇之的理由是：现在事业刚起步，学习时间还不够呢，哪有工夫谈恋爱？

老爸老妈一想也是，儿子还年轻，前途一片光明，何必逼着他早早成家，以前逼他相亲是担心他条件不好找不到，现在这个发展势头，再过个几年的，没准都不是这些普通公务员、医生配得上的了。

卢振宇趁这段时间利用记者的特权调查了两件事，一个是那个挨了神秘针扎得了艾滋病自杀的所谓的文讷前男友，一个是被打成植物人的《北泰晚报》记者，也是所谓的文讷的前前男友，事实证明这两人都是确有其事，但人家根本不认识文讷，所谓的前男友的故事就是小文拿来吓唬自己的。

原先文讷说“几天就回江北”，到底没能实现。一是古兰丹姆不愿女儿这么快又离开自己，她央求女儿多留些日子，多陪陪妈妈。二是文讷也舍不得妈妈，而且这段时间确实没再发生什么可怕的事情，她也没那么紧张了，心情也渐渐好了起来，每天开着小红马东奔西跑。

因为女儿戴上了许家豪给的手环，古兰丹姆也放心了许多，也不限制女儿成天出去玩，她知道起码不是去会卢振宇那小子的，那小子正在江北报社混得风生水起，但愿两人感情就此变淡，相忘于江湖吧。

但是，文讷整天出去转悠，古兰丹姆只看到她的 GPS 轨迹满近江地画，以为她和以前一样，整天和一帮闺蜜吃吃玩玩，至于文讷到底在干什么，古兰丹姆却不知道，也从来没想过。

转眼间，十二月中旬了，又一波寒潮来袭，近江也迎来了今年的第一场雪。

瑞雪兆丰年，近江地处江南，并不是每年都降雪，而且一般也下不大，今年却很难得地降了一场大雪，地面积雪的深度罕见地没了脚面，街上大人小孩都开心无比，一时间打雪仗的、堆雪人的，尖叫欢笑声到处都是。

也就在今天，谢小曼无罪开释，从第二看守所放出来了。

文讷开了一辆兰德酷路泽，带着谢小曼的父母还有李晗，一起去北岸区看守所接人，这辆车平时开得不多，停在公司车库里，主要是每年跟妈妈回新疆的时候用，现在下雪，正好派用场。

谢小曼在看守所里并没有受罪，也没有受欺负，这件案子太轰动了，看守所里都小心谨慎关照着，再加上文讷偷偷在她账上存了不少钱，谢小曼在里面也是好吃好喝的。

但她出来的时候仍然是一脸憔悴，毕竟一个女孩子，生平第一次入狱，再加上之前陷入魔窟那么长时间，这段精神创伤一时半会儿好不了，谢小曼本来就略显忧郁的一张脸，现在更加悲伤了。

谢小曼的父母抱着女儿痛哭，文讷和李晗在旁边不停地劝，说外面冷，咱们到车里说话吧……这时，文讷无意中瞥到看守所大门外停车场上，还有一辆一模一样的黑色兰德酷路泽，看牌号似乎也是金天鹅的，而且，旁边还有一辆黑色的豪华大轿车……那是一辆劳斯莱斯幻影。

文讷伸着脖子，眯着眼睛分辨，喃喃说道："是陆伯伯的车牌号，嗯，他又来看陆傲天了。"

她回身扶着谢小曼和她爸妈上了车，就见看守所的小门再次打开，一行人前呼后拥地出来，中心是陆刚和蔡红夫妇，他们紧紧搂着一个头皮剃得铿亮、眼神却依旧桀骜不驯的小青年——陆傲天。

第十四章 江滩密道

除了陆家一家三口，一行人里还有好几个熟人，林小斌冲在最前面，去开那辆兰德酷路泽，然后是许家豪，他边走边打电话安排着什么，后面跟着女秘书潘婷，还有一位漂亮知性的大姐姐，也是羽绒服加职业装，也在打着电话，很干练的样子，看着有点眼熟……

后面还有周正义律师，那是陆伯伯的大谋士之一，文讷认得，后面还有好几个她不认识的人，还有两个小青年屁颠屁颠地跟在最后，文讷也认识，那是陆傲天的两个死党：宋铮、沈壮。

好在陆家到底是体面人，没那么恶俗地准备几十万响的鞭炮来庆贺儿子脱罪，而是低调处理，悄悄地接走。

林小斌一抬头，正好看见了这边的文讷，他回头跟许家豪说了一声，许家豪冲文讷这边看了一眼，一边打电话一边冲她微笑抬手，算是打招呼，貌似并没有喊她过来的意思。但后面的陆傲天也看见了文讷，他嘴上刚叼了一支烟，宋铮挤过来帮他点上，就看天少的目光直勾勾的，他顺着看过去，也是一愣，小文女神也在这里！

陆傲天盯着文讷，愣了片刻，把香烟一扔，从老妈怀抱里挣脱出来，裹了一下大衣，整了一下领子，大步朝文讷走过去，后面蔡红还想上去拉儿子，陆刚阻止了老婆，笑道："让他去吧。"

蔡红看到是文讷在那边，愣了一下，以为她也是来接自己儿子出狱的，露出满意的笑容，嘀咕道："嗯，这丫头还算有良心……"

事到如此，文讷也不好装看不见了，对李晗和谢小曼一家人说了声"你们先上车吧，是我朋友"，然后礼貌地冲陆傲天点点头，笑道："嗨。"然后伸出一只手，意思是想跟他握手，像普通朋友那样。要平时在大街上，文讷直接就走人了，根本不啰唆，现在他身后有陆刚一家人，文讷不能不给陆伯伯面子。

陆傲天披着大衣，丝毫没有刑满释放犯的觉悟，反而像个拉风的小马哥一样，带着一脸邪魅的笑望着文讷，伸手抓住文讷的那只手，文讷正要跟他握手，没料到陆傲天俯下身子，把她的手捧到唇边，轻吻了一下。身后宋铮、沈壮应景儿地鼓掌欢呼起来，沈壮还喊了一句："在一起！"

许家豪脸色很难看，不过也就是一瞬间，他很快又恢复了正常，对陆刚夫妇笑道："我想起来了，今天同案的一个女嫌犯也出来，小文是来接她的。"

文讷不动声色地抽回了自己的手，笑道："恭喜了陆傲天，出来就好，以后别再冲动惹事了哦。"

身后一阵引擎的巨大声浪，一辆火红的流线型跑车停在旁边，文讷惊讶地看去，这是一辆法拉利 488，和哥哥那辆一样，只不过这辆是火红色的，更加拉风。车门升起，两名 4S 店的工作人员出来，对着陆傲天一个鞠躬，然后恭敬地说道："天少您受苦了，这辆 488-Spider 是陆先生和陆太太买给您的礼物，希望您开心。"

远处的陆刚夫妇欣慰地看着这一幕，心想儿子受的苦怎么补偿都不为过，先买辆车，让他出狱的时候惊喜一下。

陆傲天看也没看那辆车，只是望着文讷，深情说道："小文，谢谢你，我知道我坐冤狱的这段日子里，是你在外面为我奔波找证据，现在还专门来接我，千言万语也不能表达我此刻对你的感情。"

他一伸手，工作人员很有眼力的将车钥匙放在他手心里，然后陆傲天拉过文讷的手，又把这串带着骏马标志的钥匙塞到她手心里，带着霸道总裁的笑容："小文，此刻我本该送你九百九十九朵玫瑰，但我刚出来，什么也没准备，只有先用这个俗物代替玫瑰花送给你，希望你喜欢。"

身后的所有人全傻了，蔡红瞪大了眼睛，咬牙切齿说道："这败家小崽子！"

许家豪的嘴巴也张成了一个"O"型，他都怀疑自己看错了，随后，他意识到这才是真正的金天鹅少东家，一股深深的挫败感油然而生，随之而来的是强大的斗志和满满的信心。

陆刚也是一愣，但他很沉得住气，只是不动声色地看，观察文讷如何处理，那丫头肯定不会要，这是毫无疑问的。

文讷完全蒙了，她下意识的想把钥匙还给陆傲天，就见陆傲天一个潇洒转身，手插在大衣口袋里，踏着大雪，很拉风地走了……走了……文讷愣在当场，只觉得手里的钥匙烫手无比，她二话不说，直接把钥匙塞给同样惊呆的 4S 店人员，也不敢再去跟陆伯伯他们打招呼，赶紧拉门上了自己的兰德酷路泽，一脚油门，逃之夭夭。

陆刚露出一丝不易察觉的满意微笑：还是个单纯的小女孩啊……不过这样最好，呵呵。

卢振宇虽然远在江北，但他几乎立刻就收到了陆傲天出狱的消息，而且在看守所门口整的这场景，他也一个细节不漏，全知道了。给他递消息的有两个人，一个是李晗，另一个是章榕，当时章榕就在许家豪身后，全程亲眼目睹。

卢振宇立刻意识到自己后院起火了，他首先给文讷发了条微信，问她啥时候回江北，说自己都想死她了。

文讷立刻就回了条：消息挺灵通的，啥姐姐告诉你的？

然后又回了一条：放心，你是我的撒手没，陆傲天和你还隔着一百个好哥们儿呢。

卢振宇一阵汗颜，没想到自己一张嘴，小文就知道自己心里藏着什么话。他想了半天，回了一句：我只是担心陆傲天再去骚扰你，那小子啥事都干得出来。

文讷马上回道：那你回来宣示一下主权吧。明天周五，这周末来近江吗？我陪你吃好吃的。顺便让陆傲天知道你的存在，不敢对我动坏念头。

卢振宇大喜，看来小文还是那个小文，善解人意，胸怀坦荡，虽然说话还是那么没心没肺，却是说到自己心坎里去了。嗯，是得过去宣示一下主权，更主要的是和小文约会，这么久都没见了，确实想得心里痒痒的。

卢振宇看了一下工作安排，最近事儿还挺多，但他觉得虽然事儿多，但还没多到离了自己就不转的程度，于是趁中午和张洪祥一起吃把子肉的时候，硬着头皮跟他说了。

张洪祥有些不满，他说快年底了，采编部任务一大堆，他却关键时刻你就掉链子！再过段时间就元旦放假了，就不能再忍忍，到时候一起去看小文。

卢振宇欲哭无泪，说："到元旦还有小半个月呢，张哥你不会让我这半个月都连轴转吧？其他同事每周还至少能休息一天呢，我这都多少天没休息过了……"

张洪祥哈哈一笑，又用小酒壶给他倒了半杯伏特加，说："这是好事，谁叫你现在在采编部挑大梁呢？"

卢振宇半杯伏特加下肚，恶向胆边生，说道："张哥，其实我是担心小文的安危……”

张洪祥笑道：“你别跟我玩这哩根儿愣，陆傲天那小子根本算不得威胁，一个嘴上没毛的全靠爹的混小子罢了，许家豪都撬不动小文，陆傲天更撬不动了……就他？他敢动小文一根手指头，许家豪第一个饶不了他。”

卢振宇犹豫了一下，还是说道：“张哥……其实吧，不是陆傲天……”

“嗯？那你担心谁？许家豪？”

卢振宇摇摇头，咬咬牙说道：“是……是许庆良。”

张洪祥呆了半晌，哑然失笑，摇头道：“你小子到底怎么回事，一根筋了？人家老许那么厚道的人，招你了还是惹你了？你还认准了是不是？”

卢振宇不打算再瞒着他了，这么拖下去，万一小文真出什么事，他不能原谅自己。于是，他把车牌号的事跟张洪祥说了，告诉他，已经让李晗查过了，三年前“眉笔杀人案”那天晚上，经过凶杀现场的三辆白色宝马 5 系里面有一辆就是小文妈妈的车。

张洪祥愣了半天，脸上表情古怪，憋了半晌才说了一句：“那……这又不能说明什么，小文妈妈就算看见了，也不能帮着别人害自己亲生女儿啊。”

卢振宇都快晕了，平常那么睿智的张哥，此刻怎么好像大脑短路了一样，他低声说道：“张哥，黄宗盛在酒吧街那边很有名，常去的人都认得，小文妈妈只要看到了黄宗盛杀人，回去跟许庆良一说，那许庆良不就知道了吗？那不就跟许庆良亲眼目睹是一样的吗？然后许庆良完全可以去胁迫黄宗盛，逼他为自己办事！你想，一个女人在外面看到了可怕的事情，回家告诉老公，这不是很正常的事吗？至于老公之后怎么利用这件事，她又不知道！”

张洪祥脸上显得异常尴尬，他倒了一杯酒，一仰脖喝了，随即满脸通红，喷着酒气说道：“唉，小老弟，事到如今，我也不要面子了跟你说了吧，不过你可千万别跟别人说，我的面子无所谓，她妈妈的清誉比我重要一万倍！”

卢振宇愣在当场，他完全没想到张哥竟然是这个反应……到底是怎么个状况?

张洪祥告诉他，离婚这么多年，他之所以一直对小文妈妈念念不忘，一直没有再找，妄图复合……并不是他真的那么痴心，也不是他不切实际，而是中间真的发生过!

卢振宇一愣："发生过什么?"

张洪祥瞥了他一眼，压低声音，用男人都懂的表情说道："废话! 你说发生过什么?"

卢振宇张大嘴巴，望着张洪祥……这老张，看不出来，厉害啊!

张洪祥告诉他，大概就在五六年前，文讷从江音附中高中部退学，回到了江北开始"跟老爸混"，这段时间古兰丹姆异常焦虑，多次来到江北找张洪祥谈判，商谈女儿的教育问题，而张洪祥正等着她主动找来呢，当即施展出当年勾搭她的花言巧语的本事，古兰丹姆说什么他都先答应，很快就把古兰丹姆哄骗得不再焦虑，对女儿的将来充满希望，并且也不那么讨厌张洪祥了。

那段时间，古兰丹姆隔三差五就开车前往江北，主要是看女儿，顺便跟张洪祥出去吃个饭、喝一杯，探讨女儿教育问题，张洪祥也经常带着女儿一起回近江看妈妈，渐渐地，古兰丹姆觉得张洪祥还是当初那个善解人意的男人，两人的关系越走越近，再加上之前有过一段姻缘，两人迅速突破了界限……

这段不该有的旧情复燃断断续续，持续了几年，中间古兰丹姆逐渐看清了老张对女儿的教育口是心非的态度，也觉得这样对不起许庆良，几次试图斩断情丝，摆脱这段关系，但无奈张洪祥像块牛皮糖一样，好容易再次一口咬住，岂能轻易松口。

直到三年前，古兰丹姆痛下决心，一定要跟张洪祥划清界限，那天晚上到酒吧街，就是准备跟张洪祥摊牌的，当时张洪祥就在车上。当晚出来的时候发现有很多警车，后来才听说当晚酒吧街发生了一起命案，有个女的被人用一根眉笔扎死了。

“所以，小子你知道了吧。”张洪祥又是一杯酒灌下肚，摇摇头说道，“那天晚上我就在车上，我们根本没看到什么谋杀……小子，你错怪人家老许了……唉，老许没对不起我，是我对不起老许啊……”

卢振宇听得目瞪口呆，对眼前这位张哥简直是重新认识了一番。

他耳畔又回响起了文讷的那句话：“苏牧和苏牧生的叫苏牧，泰迪和泰迪生的叫泰迪。”

这位老张哥，还真是一只不折不扣的泰迪……

近江，淮江正是枯水期，大堤下面的江滩上到处是一人高的荒草和芦苇，水面在很远的地方，原先的泥滩冻得很硬，像水泥路面一样。

文讷仔细地开着牧马人，在江滩上慢慢行驶着，虽然这款车极限越野能力很强，但仍要小心避免陷进泥里去。她一面开车，一面戴着蓝牙耳机和卢振宇打电话，刚才卢振宇已经告诉她，周末不能来了，老爸不放人……而且他还让自己放心，许庆良应该不危险，至于原因，这撒手没死活不肯说。

“没关系。”文讷微笑道，“你不说算了，反正我也知道。”

“你知道什么？”

“我知道我继父不危险。”

“你怎么知道？”

文讷笑道：“对了，谢小曼说过，虽然在里面被审讯的时候她都顺着警方的意思说，但她心里知道，那个‘老师’不是黄宗盛。”

“她怎么知道？”

文讷笑了一声，嗔道：“你自己不会想啊？笨蛋！”

卢振宇一下明白了：哦，谢小曼之前就是黄宗盛的女人，肯定跟黄宗盛发生过关系，被抓进魔窟后，又被迫跟那个“老师”发生了关系，那肯定一下就能知道两人不同！

文讷接着说道：“谢小曼说，那个‘老师’胸前有一个黑痣，但我问我妈妈了，许庆良胸口有没有黑痣，我妈妈说没有……啊，我这边有点事先挂了，回头再打给你。”

前方江滩上，停着两辆大SUV，车旁分别站着赵联排和宋铮。

文讷也在旁边停好车，跳下车来，两人立刻围上来，都很殷勤地喊道：“小文。”

赵联排指了一下大堤上的一个黑幽幽涵洞入口：“小文，今天是要探这个秘道吗？我都准备好了！”

宋铮喊道：“我也准备好了！只要你一句话！”

文讷笑吟吟点点头：“谢谢你们了。要是没有你们帮忙，我还真不敢进去呢。”

文讷点头说道：“这是我发现的又一处图纸上没有的涵洞，而且大小还能进去人，还是多亏了联排哥哥在市政工程公司那边帮我找图纸，还有宋铮哥哥帮着借来的探险装备，多谢你们了，晚上请你们吃大餐。”

宋铮和赵联排脸上都显出骄傲的神色，彼此对望了一眼，都有种相互挑衅的意味。宋铮一直跟着陆傲天混的，但现在对文讷迷得不行，背着老大陆傲天跟“嫂子”文讷当跟班，文讷有什么吩咐都屁颠屁颠地去做，早就把兄弟情谊抛到脑后了。

赵联排现在也试图在追文讷，但他不像宋铮那么一根筋，他是一颗红心两手准备，那边追着李晗，这边追着文讷，哪边得手都行，至于文讷和卢振宇的关系他也知道，但这个西北小伙子从小在新疆边陲长大，认为爱情就该像天上的雄鹰般自由，各凭本事追，谁追到算谁的，兄弟归兄弟，爱情归爱情，到时候你就算是兄弟也只能祝福我……他也知道文讷是把他俩当备胎使唤，但他不在乎，别人想当这个备胎还当不上呢。

文讷倒没打算把他们当“备胎”，主要是觉得他们确实都能帮得上忙，那何乐而不为呢，自己虽然朋友很多，但都是闺蜜，男的能喊出来的也就这俩人了，大不了请他们吃大餐酬谢就是了。

这个涵洞紧贴着大堤，大概半人多高，猫着腰应该能走进去，但是洞口铁栅锁着，看大锁也是锈迹斑斑，估计有年头没开过了。

赵联排以内行眼光审视了一下，说这个涵洞位置很低，紧贴着江面，应该不是排水口，估计是个取水口，夏天丰水期的时候这个位置是在水下的，现在枯水期，露出来了。至于是什么设施的取水口，赵联排说不好说，不过看这位置，再加上图纸上查不到，估计还是跟妙法山的那个工事群脱不开关系，也许以前就是妙法山主体工事的取水口呢，不过看样子应该也是废弃多年了。

这个把月里，文讷一天也没闲着，她调查了很多东西，其中很重要的一项就是试图找到魔窟的第二个出入口。警方到现在也没找到第二个出口，而且早就宣布结案了。根据常识，第二个出口是绝对存在的，不然里面的很多东西根本运不进去。

而且文讷怀疑，密道就在那间“大教室”里面，黄宗盛只是个替死鬼，真正的“老师”已经顺着密道逃跑了。只有找到这个密道，才能证实自己的猜想，另外没准这条密道还连通着另一处魔窟呢，也许徐晓慧就关在那里，也许能找到那个“老师”的蛛丝马迹。

这些日子她开着车，拿着赵联排帮她复印的市政图纸，围着妙法山和江滩找到了不少疑似的入口，大部分的图纸上都有，图纸上没有的只有几处，而且她已经带着赵联排和宋铮探查过了，都不是的。

现在这个废弃取水口，又是一处图纸上没有的洞口。

文讷一声令下，宋铮拿出液压钳，三两下把大锁剪断，一下推开铁栅栏门，就要进去，文讷喊道：“等等！”

她跑过去蹲下，查看铁栅门的合页，发现上面虽然也是锈迹斑斑，但刚才开门的时候一点声音也没有，她掏出一张面巾纸，在转动结合处抹了一把，果然，纸巾上沾了一条黑色的油泥痕迹。

文讷心里“咯噔”一下！直到最近，还有人为它上过油。

她又捡起地上的大锁，锁梁被剪断了，能看到虽然锁梁露在外面的部分锈迹斑斑，但插在右边凹孔里的部分依然很亮。她又反过来看锁眼，锁眼位置也没有氧化，露出亮闪闪的黄铜本色。看得出来这把锁经常被打开，但是很小心地保持了外观锈迹斑斑的假相。

“小心。”文讷站起身来，拍拍手，有些激动，“大概就是这里了。”

这么一说，另两人也都激动起来，宋铮从背包里拿出两把阳江砍刀，递给赵联排一把，两人戴上头灯，小心地弯腰走进去。

“千万小心！”

文讷嘱咐完，就回到车里避风，开始玩手机。

前几次她也想一起进去的，但是宋铮和赵联排死活也不让她进去，说这种事是男人干的，女孩子在外面等就行了。文讷倒并不觉得自己有什么特殊之处，她每天挥汗如雨地健身，也是为了让自己变的强大起来，但实在拗不过两人，接连几次她都没能成功“下井”，无奈之下，索性乐得享受女神特权，把舞台全让给这两个血气方刚的男子汉。

过了好久，宋铮和赵联排再次跑出来，激动地大喊：“小文！小文！密道找到了！”

文讷几乎不敢相信自己的耳朵，她推门跳下车：“什么？”

“密道找到了！”

“通到哪里？”

“魔窟！”

“里面有人没有？”

“没有！”

“确定？”

“确定！”

文讷二话不说，掏出手机，不是报警，而是要给卢振宇打电话，她要把这个机会留给卢振宇，只要卢振宇飞速赶来近江，就能抢到这第一手资料，他的事业会再升到一个新高度……

电话还没拨出去，手机已经响起来了，看着来电号码，居然是一片空白！文讷下意识一个寒战，随即意识到这应该只是诈骗电话，随手点了拒接。

刚想再给卢振宇打电话，电话又响了，仍然是那个号码空白的来电。

诈骗电话不会那么执着……文讷迟疑着，接起了电话：“喂？”

话筒里是一个奇怪的低沉声音：“小文长大了，都开始玩备胎了。”

文讷身上一阵恶寒滚过，抱着手机，半天不敢吭声，大口喘息着，只是四下用目光搜索着，半晌，才颤抖着小声道：“老……老师？”

“嗯，不错，还知道叫我一声老师。”

“你……你在哪里？”

“在看得见你的地方……呵呵，最近身材更曼妙了啊……”

文讷一个哆嗦，又是四下张望，两侧江滩无限延伸出去，其中不乏大片的荒草芦苇，大堤上方是正在建的楼盘工地，灰色水泥本色的楼体上，一个个黑乎乎的窗洞，就像骷髅的眼窝，还有淮江对岸，也是这样的荒凉江滩，大堤上更是一片码头仓库，能看到这里的地方太多了。

“祝贺你。”那个声音说道，“到底还是被你发现了。发现就发现了吧，无所谓，反正那个地方我也不准备再用了，对了，我正在为你物色新地方，到时候希望你喜欢。”

文讷惊呆了，抱着手机，整个人都被恐惧抓住了，她当初在魔窟里的那种压抑、绝望的感觉，再次涌上脑海。她冷静一下，按下了录音键，然后问道："你究竟想怎么样？"

那个声音温柔地笑道："别害怕，我不会伤害你的，我已经遵守了诺言，我只是想帮你也遵守诺言而已。"

文讷一怔："帮我遵守诺言？什么意思？"

"小文，还记不记得你承诺过什么？你说，让我给你些时间，好让你爱上我，然后你会带着幸福和感激陪我度过一生。我遵守了诺言，给了你时间，一直都没对你做什么，怎么样，时间够长了的吧？不知你爱上我了没有？哈哈哈，没关系，我会让你爱上我的……"

文讷冷冷地说道："怎么，你还想绑架我？"

"呵呵，别说得这么难听，不是绑架，是邀请，邀请你和我在一起，我正在替你寻觅一个新家，等找到合适的，我会邀请你来一起生活的，到时候只有我们两人，不会再有别的女生和你争宠了，我每天都能听到你为我拉琴，而你，每天都能享受到爱情的美妙，体会到做一个女人是多么的幸福……"

文讷浑身都是鸡皮疙瘩，她再也受不了了，直接挂断电话，两腿一软，跪倒在地上，哭泣起来……

赵联排和宋铮惊呆了，赶紧上前扶她，大声喊道"小文你怎么了"，这时候电话铃声再次响起，文讷颤抖着拿起电话，看到来电显示是卢振宇，瞬间像抓到了救命稻草一样，按下接听键，贴着脸哭喊道："撒手没，撒手没……"然而，听筒里依旧是"老师"的声音："哦，你叫他撒手没啊？呵呵，倒是很贴切，那傻小子也就是一只哈士奇而已。"

文讷惊恐万分，又看了一下来电显示，没错，就是卢振宇！

她瞬间明白过来，是改号软件！

文讷没再啰唆，直接挂了。

几秒钟后，手机再次响起来，这次来电显示是"妈妈"。

文讷抱着手机，望着屏幕上“妈妈”两个字颤抖着，不知道要不要接听，犹豫片刻，还是接了起来，哆嗦着说道：“喂……”

“你认命吧！”依然是那个声音，“命里注定你要陪我一生一世，你就算逃到天涯海角也没用，我会一直在你身边等待机会，一个月不行两个月，一年不行两年，我有的是耐心，而且这一次，我不会再轻易让你离开我了，小文，这是命中注定的，你无处可逃。”

文讷尖叫一声，挂上电话，然后打给了李晗……

一小时后，几辆警车云集在江滩上，警灯闪烁，警察在给宋铮和赵联排做笔录，文讷坐在李晗的车里，喝着李晗为她带来的热牛奶，浑身仍然在不停地哆嗦。

李晗坐在旁边陪着她，抱着她，轻轻拍着，哄着，文讷缩在李晗怀里，总算慢慢平静了下来。李晗戴着耳机，听着录音里那个阴森森的声音，经过变声器的处理，尤为可怕，就像半兽人的声音一样。

李晗皱着眉头反复听了几遍，最后叹道：“看来，你是对的……手机我拿走了。”

文讷一个哆嗦，然后一把夺回手机，抱在怀里不撒手，用怀疑的目光盯着李晗。

李晗一愣：“怎么了小文，你连我也不相信？”

文讷没说话，只是戒备地盯着李晗，慢慢地和她拉开距离，似乎欲言又止，但最后还是低下目光，咬着嘴唇。

李晗知道她受惊吓过度，也没怪她，只是温言哄道：“小文，你就算不相信我，还不相信警方吗？”

文讷盯着她，慢慢问道：“上次那个录音，你们怎么处理的？”

李晗一时语塞，然后睁着眼说瞎话道：“呃……嗯，还在分析中。”

文讷不屑去拆穿她的谎言，只是嘴角微微上翘，露出一个讽刺的笑：

“警方都不相信我，我为什么要相信警方？”

李晗怔了半晌，无奈地摇头笑笑，掏出一个手机 U 盘递给她：“要不说你们俩真是天生一对儿呢……给，你自己拷一份吧，不过录音我得拿走，要不然我没法交代。”

文讷瞥了一眼手机 U 盘：“我这是苹果的，不支持 OTG。”

李晗愣了，拿着 U 盘有些尴尬。

文讷叹了一口气，说道：“不过我云端有备份，晗姐姐你找个 iPad，我共享给你吧。”

李晗去另一辆车上拿了一个 iPad，把文讷云端的录音下载下来，这时候赵联排和宋铮的笔录都出来了，警方人员也进去过了，这条隧道确实通到那个魔窟里面，而且就是通到那间“大教室”的下面。

宋铮和赵联排爬进去的时候，发现地面上有两条细细的轨道，弯着腰顺着轨道往上走，能感觉到坡度在升高，他俩带足了装备，又是俩人高马大的爷们儿，胆气很壮，一往直前，走了几十米，隧道高度可以直起腰杆行走，在这里发现了又一道铁栅栏门，门上挂着铁牌子，上面用红油漆刷着“军事禁区严禁入内”八个字。

宋、赵二人走到这儿的时候还真被这块牌子吓了一下，但也仅仅是一下而已，两个愣头青不知天高地厚，直接拿液压钳把锁剪开了，再次前行一段距离，看到隧道里有一辆平板轨道车，仔细观察，头顶上有一个水泥盖子，但推不开，最后还是使足蛮力才打开，爬进去后惊讶地发现地上铺了薄薄的一层金属，头灯照耀下亮晶晶的，好像史矛革的洞穴一样，而且其中有很多铜管乐器熔化在里面，闪耀着一层铜的金黄色。

密道入口就在大教室的地板上，是一个很大的钢板盖子，大约有一米宽，一米五长，掀起来就能爬进来，之所以先前反复勘察都没发现，是因为当天起火的时候，由于房间内存放了自行配制的铝热剂，产生了极高的温度，导致大量金属物品熔化，金属液体流了一地都是，等警方进去勘察的时候，金属早已凝固，在地上铺了一层，把密道入口完美地掩盖住了。

现在分析，很明显是那个“老师”的安排，挂一块“军事禁区”的牌子，恶狠狠的警告字眼，一般的探索者就算闯进了第一道铁栅门，到这儿如果胆不够大的话，就被拦住了。

警方还发现在第二道铁栅门后面，隧道顶上不起眼处装着一个红外线报警装置，如果第二道铁门被打开，“老师”应该就会收到警报，他可能马上就动身前来查看，并躲在远处用望远镜窥伺文讷，然后给她打恐吓电话……

文讷听完李晗叙述的这些之后，闭眼沉思了一会儿，仿佛下定了最后的决心，从口袋里掏出一张纸，放在李晗手心里：“晗姐姐，帮我查查这两个名字。”

李晗奇怪地看了她一眼，展开那张纸，看到上面写的两个人名，顿时瞪大了眼睛，惊讶地望着文讷：“小文，你……你不会是……”

文讷点点头，沉声说道：“帮我查查这两个名字的过往，上过什么学，做过什么工作，曾经在那里居住过，有没有前科……越详细越好。”

李晗吃惊地合不拢嘴巴：“小文，你不会是怀疑……”

文讷突然醒悟过来，望着她微笑一下，宽慰道：“不是呀，晗姐姐，我并不是怀疑，只是需要一点佐证，排除我头脑中的一些想法……拜托你了，晗姐姐，查到了尽快告诉我。”说完，她向李晗灿烂地一笑，推门下车，上了自己的牧马人，一脚油门，离开了。

车内，李晗呆呆地望着红色牧马人远去的背影，又低头看了一下纸上的两个名字：谷修治、谷修齐。

省厅宣传处办公室，李晗在电脑前登录近江市公安户籍网，检索着这两个名字，谷修治没搜索到，谷修齐一共检索出了三人，第一个谷修齐是1927年生，今年已经九十岁了；第二个谷修齐2009年生，只有八岁；第三个谷修齐 1966 年生，今年五十一岁。

“应该就是这个了……”

李晗胸中怦怦跳着，思索着该从哪儿开始，然后，她抓起电话往外拨：“喂，教育局吗？我这里是省公安厅刑侦总队，我们这边案子上有个人，想查一下他的教育经历，麻烦你……”

“喂，社保局吗，我这里是省公安厅刑侦总队，我们这边案子上有个人，想查一下他的工作经历……”

“喂，民政局吗，我这里是省公安厅刑侦总队……”

最后，李晗登录了公安局内网，调查谷修齐的前科……

直到日落西山、夜幕降临，她才拼凑出一份比较完整的谷修齐的资料。

谷修齐，男，1966 年生，父亲叫谷怀轩，母亲叫廖潭秋，哥哥叫谷修平……果不其然，是谷教授的弟弟。

李晗有些纳闷：谷教授基本不提他弟弟的事，连自己也只是知道谷教授有个弟弟而已，小文是怎么知道谷教授的弟弟叫什么的？

她低头看了一下小文给她的那张纸，默念道：修齐，修治，修平……修身，齐家，治国，平天下……原来如此，好聪明的小文，她想必是猜到了谷教授“修平”二字的意义，于是估计他要有个弟弟的话，那不是叫“修齐”就是叫“修治”了。

民政局那边反馈来的资料最全，原来谷家很不一般，谷氏兄弟的祖父是民国时期的大银行家，是江东实业银行的大股东之一，兄弟俩的父亲，也就是谷怀轩，是当年有名的“近江四公子”之一，留过洋，有极高的艺术造诣，精通音乐、绘画，酷爱收藏，娶的太太廖潭秋也是当时的大家闺秀。

解放前，谷家举家逃到了美国，但是二十世纪五十年代初，谷怀轩却带着夫人毅然回国，参加祖国建设，并在 1955 年生了大儿子谷修平。但就在 1966 年二儿子刚出生后不久，谷怀轩夫妇就被打倒，家里被抄，谷家的房产、留在国内的存款、黄金、收藏全都被没收，直到 1980 年平反，财产部分返还。

李晗边看边唏嘘着，没想到谷教授还有如此显赫的家世！怪不得看他一个穷酸老头，却有如此高的修养！

她又重点看谷修齐的生平。谷修齐 1966 年生，童年完全是在最疯狂的年代中度过的，稍微长大一点就正好赶上大笔的财产重新属于谷家……可想而知，从原先受人欺负的孩子，一跃成为生活条件优越的小少爷……

大概是受家庭浓郁的艺术氛围熏陶吧，1979 年，十三岁的谷修齐考入了江东音乐学院附中，天赋过人的他，上学期间屡获各种少儿奖项，甚至被编入江东音乐学院少年交响乐团，远赴日本和美国，进行表演交流，后保送入中央音乐学院，毕业后分配到江东音乐学院任教。但是光环戛然而止，前途无量的青年讲师谷修齐因为强奸罪被判处死缓，送到遥远的大西北某监狱，终身服苦役……

看到这里，李晗吃了一惊：这样一个前途似锦的青年，本应是被女青年众星捧月一样簇拥着的，究竟为什么会和“强奸罪”扯到一起的？

她接着往下看，越看越心惊：2000 年，三十四岁的谷修齐被减刑提前释放，他在大西北整整蹲了十年的苦窑……但仅仅在三年之后，谷修齐因为盗窃被抓，而且因为数额巨大，被判了无期徒刑。关于这次盗窃案的卷宗，李晗也调取来了，一看之下，几乎不相信自己的眼睛：谷修齐竟然连续偷盗了八座豪宅，其中不乏当时的近江市市长、副市长、局长、甚至还有省领导的家……

卷宗显示，谷修齐简直是一个技术开锁高手，可以在一分钟内捅开当时最先进的防盗门锁芯，更绝的是进门还不算，还能开保险柜，这八所豪宅里都有保险柜，有机械的也有数码的，可没一个能挡得住他的，全部被他打开后洗劫一空！

谷修齐是在销赃的时候被抓的，直到归案，也只有一所豪宅的主人报了案，那户主人是个做生意的大老板，其他几所豪宅的主人，连案子都没报，还是谷修齐交代出来的，当年因为这事，江东官场颇为震动了一番……

这次谷修齐被判无期，在江东省第四监狱服刑，但仅仅在第二年，也就是 2001 年的时候，谷修齐就越狱了，警方动用了上千武警搜捕，谷修齐在重重包围中负隅顽抗失败，自焚身亡，死法和黄宗盛的死法如出一辙！

看完所有的卷宗，李晗震惊万分，谷修齐的档案已经表明他就是真凶！而且这个人很可能制造了假死亡，至今逍遥法外。按年龄来说，谷修齐今年五十一岁，这种猛人身体素质肯定很好，龙精虎猛，按照行话来说，还不耽误“犯花案”。

如果谷修齐真的就是“老师”，那他已经在近江盘踞很久了，谷教授知不知道？甚至……他有没有可能对他弟弟进行了某种包庇？李晗感觉自己不能再在这里坐着了，她有必要去见一次谷教授，跟他好好谈谈这个问题。

李晗收拾好卷宗，开车来到谷教授家，经过东方财富广场的时候，看到家乐福的标志，心中一动，她觉得不能空手去，应该买点谷教授爱吃的水果，拿出十足的诚意，跟老头开诚布公地谈一谈。

李晗转动方向盘，开进地下停车场，停好车突然发现对面车位停着一辆红色牧马人，看车牌号也很眼熟，但记不得是不是文讷的了。她也不管这些，径直进入超市，选了几样进口水果，提着出来，又进入地下车库，正看到停车场的远处，值班人员办公室门口，好像是小文的身影，小文拿着手机，正跟值班人员说着什么。

李晗此刻心事重重，而且她觉得这属于谷教授家的隐私，在搞清楚之前最好不要让小文知道，也就没去打招呼，开车刚出了地下车库，电话铃就响了，一看，是小文打来的。

第十五章 师生恋

东方财富广场摩天大楼上，一片黑暗中，一个身材高瘦的男子站在落地窗前，端着一杯蓝方，站在一架长焦望远镜前，一边慢慢品着，一边观察着下面谷教授家的旧楼。身后，一架钢琴的黑漆面被外面城市夜景照耀着，在黑暗中反射着城市的流光溢彩。

樱桃木的酒柜里，摆着各种演奏比赛的获奖证书、奖杯，最上面摆着一个相框，里面是一对青年男女的合影，男孩相貌英俊，带着一丝不属于这个年龄的睿智之气，女孩容颜清秀，长发披肩，戴着绒布发卡和那个年代特有的黑框眼镜，虽然合影的时候表情淡然，但气质绝佳，宛如冰山上的一朵雪莲。

桌上，大屏幕的曲面显示器发出微弱的光，屏幕上是一组监控画面，不过大部分画面都已经是黑色的了，只剩最后一个画面还亮着——那是谷教授家门口。

这名男子在望远镜前看了一会儿，又来到屏幕前，略显失魂落魄地望着逝去的那些监控画面，叹了口气，将杯中酒一饮而尽，坐到钢琴前。

立式钢琴的顶上，一排摆着二十几个小相框，每张都是一名女生手持乐器的微笑照片……她们的微笑有的是发自内心的，有的则带着几分不情愿。男子的目光在这些他曾经拥有的女孩儿们脸上缓缓扫过，最后小心抬起手，在最中间的那张相片上轻轻抚摸了一下——这位女孩儿是他的“皇后”。

这位少女闭着双眼，就像一件艺术品：浓眉下是长长的睫毛、富有立体感的鼻梁、精致有型的下巴、花骨朵般的双唇，如同睡美人一般。即使是她陷入沉睡的样子，也远胜过两旁的那些庸脂俗粉。

男子的手指在女孩脸上流连了片刻，长叹一声，说道：“好在一切就要结束了……老师弹琴给你们听吧。”说着，轻抚琴键，慢慢弹奏起来。

一片幽暗中，男子轻柔弹奏着巴赫的《歌德堡变奏曲》，扬起下巴，放空心灵，陶醉在音乐的美妙圣境中。

外面是五光十色、物欲横流的都市，房间内，黑暗中却流淌着世界上最纯净、最优美的旋律，犹如雪山圣湖一般……

一人一琴，在落地窗前形成一幅剪影。

在下方的财富广场地下车库出口，李晗正准备开车出去，却接到了小文打来的电话。

李晗有点心虚，接起来说道：“喂，小文？”

电话里传来文讷笑吟吟的声音：“晗姐姐，你在哪里啊？吃过饭了吗？”

“呃……我看看啊……”李晗犹豫了一下，还是说道，“我过来看谷教授了，快到了，嗯，还没吃呢。”

地下车库里，文讷望着出口处李晗那辆甲壳虫的车屁股，人畜无害地笑道：“正好，我也快到了，等下我们一起吃饭吧，吃完饭一起去看谷教授。”

李晗松了口气，原来这丫头也满嘴跑火车，她笑道：“好吧，等我到地方给你打电话。”

十分钟后，两个女孩坐在了楼上美食街的一家餐厅里，吃着菜，有一搭没一搭地聊着，互相试探。李晗也不好直接问你刚才在停车场里跟保安说什么，于是就问那个“老师”没再打电话骚扰你吧？

文讷说没有，然后问，那个录音分析出结果来了吗？

李晗有些尴尬，摇摇头：“还没。”

李晗凭直觉感觉到文讷似乎也猜到了什么，便问道：“小文，你是怎么想起来过来看谷教授的呢？”

文讷狡黠一笑：“和你一样啊。”

“和我一样？”李晗看着小文的笑容，仿佛被看穿了内心一般，她不太会说谎，顿时感到脸上一热，笑道，“呃……你也是担心谷教授的身体啊。”

文讷笑道：“对啊。”

两人一边说说笑笑，李晗一边想，这个小文来的真不是时候，自己本来想单独跟谷教授聊聊他弟弟的事，没想到小文不揣冒昧地也跑来了。这种事涉及谷教授的家庭隐私，小文和谷教授的关系又不比自己，而且她又是这个案件中的受害人，实在不适合。

李晗想着，怎么才能避开小文，偷偷问问谷教授，或者想个什么办法让小文先走，自己留下来跟谷教授开诚布公地谈一谈……或者用什么小文听不懂的暗示话语探探谷教授？

两个女孩各怀鬼胎地吃完饭，手拉手下楼，穿过马路，来找谷教授。

谷教授正在吃饭，看到两个小丫头一起来看自己，很高兴，招呼她们坐下一起吃点，两人连说刚吃过。

文讷笑道：“哟，您老还喝两杯啊！”

可不是吗，小折叠桌上摆着好几盘菜，有两盘炒菜，还有两三个熟食，估计也是在超市买的，旁边放着一小坛黄酒，大约有一两斤的样子，泥封刚扣掉，用木塞子塞着，老头儿正在自斟自饮。

老头儿喝酒颇为讲究，不直接从坛子往酒杯里倒，而是执一只青花瓷小酒壶，往一只同款的青花小杯子里斟酒，酒壶上写着两句诗：人生百年常在醉，算来三万六千场。

酒杯上也有两句诗：天子呼来不上船，自称臣是酒中仙。

琥珀色的酒浆注满杯子，空气中飘荡着黄酒特有的醇厚幽香，甚是诱人。

老头儿一小口黄酒下肚，笑眯眯地夹了一小块豆腐干填进嘴里，心满意足地嚼着，摇头晃脑，手指在桌面上无意识地划着，颇有孔乙己的即视感。

文讷第一次见喝黄酒这么讲究的人，笑吟吟地坐过去，端起小酒壶，为老爷子又斟了一杯，她惊讶地发现，酒壶是热的，摸起来颇烫手。

"谷伯伯，您还真讲究呢，喝黄酒一定要喝温的。"

"那是。"谷教授摇头笑道，"其实我这算不得讲究了，老年间讲究的是要用锡壶装黄酒，然后放在专门温酒的家伙什里，还得烧热水来温酒，我这不想折腾那个了，直接放微波炉里打热了就是。"

"您怎么不放一颗话梅呢？"

"切！"谷教授一摆筷子，不屑地说道，"那是你们不懂事小孩儿的喝法。"他又是"吱喽"一口酒，夹起一筷子白切鸡嚼着，很是得意，摇头晃脑地吟哦道："老人七十仍沽酒。"

文讷看他从现代的精神科教授瞬间变成了古代的乡间教书先生，忍不住笑嘻嘻地接了下句："千壶百瓮花门口。"

谷教授抬起眼来，颇惊喜地看了文讷一眼，接着又吟一句："道傍榆荚仍似钱。"

文讷笑道："摘来沽酒君肯否？"

"好！"

谷教授抚掌大笑，文讷也开心地笑个不停，一老一少开怀大笑，直接视旁边的李晗如无物。

李晗有些不满地皱眉道："谷伯伯，您这个病不能喝酒的，您又不是不知道。"

谷教授望着李晗，笑眯眯地为自己辩解 :“这两年控制得不错，喝点黄酒不碍事的。”

文讷看他这个状态，笑道 :“谷伯伯，是不是您老有什么高兴事了？”

谷教授笑吟吟地一指文讷，夸赞道 :“还是小文聪明，看出来了。”

他又喝了一口酒，夹了颗花生米吧唧着，用筷子指了一下茶几上的 iPad，笑道 :“这不，下午和儿子视频来着。”

文讷心里“咯噔”一下，仍然笑着问道 :“怎么，您儿子要回来啦？”

谷教授摇头笑道 :“不是，他的诊所开业了，今天刚开张！唉，当爹的盼了这么多年，儿子总算有大出息了！不过他今年就回不来了，诊所刚开业，那边的事够他忙的了，反正我已经办好签证了，过几天飞去美国看他，在那儿跟他一起过年，开春再回来。今天你们来得正好，就算提前给我送行了吧。”

文讷和李晗对视一眼，都感到颇为意外。两人陪着谷教授聊天，待他喝完酒、吃完饭，两人又帮着收拾好，然后文讷替谷教授泡了一壶茶，李晗肚子里藏不住事儿，好几次想开口问谷教授，可是看看文讷，都欲言又止。

文讷看看她，问谷教授道 :“谷伯伯，您这一走，恐怕得好几个月才能回来吧？”

谷教授点头道 :“是啊，往年都是快过年了才过去，今年去得早，这么多年了，还是头一回陪儿子待这么久呢。”

“怎么样？”他借着酒意，用打量儿媳妇的目光看着两人，笑道，“你们两个，愿不愿意跟我去美国玩玩？”

他先打量了一下李晗，笑道 :“小晗要上班，大概不会去。”

他又打量一下文讷，笑道 :“怎么样小文？你也没什么事，想不想去美国玩玩？”

李晗幸灾乐祸地看着文讷，心想谷伯伯这真是喝多了，趁着卢振宇不在，公然挖起墙角来了，不过，找个在美国开诊所的男朋友，对于女孩子来说，的确是上上之选！她笑道："小文，要不你就陪谷教授去一趟吧，我是上班走不开，要不然我都抢着去了。"

文讷没接茬，只是微笑道："谷伯伯，我今天来除了看看您，还有就是，这段日子我自己也调查了一些东西，有些心得，可也有些疑惑，既然您很快就要去美国了，那今天我还真得抓住机会，跟您请教一番了。"

她这么一说，谷教授也严肃起来，喝了一口茶，点头道："嗯，你还放不下这件事啊，好吧，你还有什么想不明白的？先说好，我也不是神仙，我只能尽我所能帮你分析一下，你可别拿我说的当权威答案啊。"

文讷点点头，说道："最近我想起了多年前的一段往事。"

"往事？什么往事？"

谷教授望着她微微笑着，心想你才多大，能有什么"多年前的往事"。

文讷也端着一杯茶，蹙眉回忆道："那年我在江音附中上高一，带我专业的是江音的邢怀远教授，有一次上完课，我留下来帮他整理谱子，听到他跟另一个老师聊天，感叹现在的年轻人普遍浮躁，不愿趁着年轻苦练专业，考上好大学了就整天瞎玩、谈恋爱，还有被包养什么的……"

谷教授听到这微微点头，颇有知音之感。

文讷继续说道："然后那个老师也说，当年的风气多好，学生念书就是念书，哪有谈恋爱的，然后邢教授叹了口气，说也不尽然，当年咱学院就有这么一件事，有个刚来没多久的年轻老师，跟女学生谈恋爱，还发生关系了，后来事情闹开了，人家告他强奸……"

李晗瞪大了眼睛，"啊"了一声。

文讷接着说道："邢教授说，那时候还是上世纪八十年代末九十年代初，人都保守，女学生跟男老师谈恋爱，还发生关系，那就算不得了了，女生基本就没法做人了，那时候严打刚结束没几年，根本不讲什么证据，女生说他强奸，那个年轻老师直接就被抓进去判了死缓。那个年轻老师当时已经是全国有名的青年演奏家了，还获得过不少国际大奖，被认为是将来的世界级小提琴大师的……就这样，被送到大西北蹲苦窑去了，据说一蹲就是十年，出来后已经完全变成了个社会渣滓，学了一身坏本事，整天盗窃。”

李晗小心地问道：“小文，邢教授有没有说那个……那个年轻老师叫什么名字？”

文讷摇摇头：“没说。”

两个女孩都望了一眼谷教授，谷教授什么也没说，只是闷头泡茶，但是脸色已然很难看，鼻翼微微颤抖，眼圈稍微有点发红。

文讷继续说道：“邢教授说，他虽然是旁观者，但也能看出来，这场悲剧完全都是那个女学生造成的，本来不该是师生恋的，因为那个年轻老师爱上的人，其实不是她。”

“哦……”李晗已经听进去了，小声问道，“那是谁？”

文讷说道：“也是一位年轻女教师，当年他俩是中央音乐学院的同学，一起被分到江东音乐学院任教的，那位年轻男老师疯狂爱着这位女老师，一直在追求她，可是那位女老师虽然当了老师，却仍然像个清纯的女学生，她被这位男老师的热烈追求吓坏了，而且她当时也很年轻，非常单纯，只想提高自己小提琴的造诣，并不想谈恋爱，好几次都拒绝了他。”

李晗有些痴痴地问：“那，然后呢？”

文讷摇头道：“这时候男老师班上的一个女学生出手了，她已经暗恋了这名年轻又才华横溢的男老师好久了，趁着老师陷入失恋苦恼的机会，乘虚而入，勾引他，中间怎么回事不清楚，反正最后那个男老师没把持住，和这名女学生搞到了一起。”

“那……”李晗很有些愤愤不平，“那个女教师呢？就这么看着男友被那女学生夺走？”

文讷微笑道：“哪有什么男友？刚才都说了，那女老师根本没想着谈恋爱，又谈何夺走？就像没出古墓之前的小龙女一样，外面谁喜欢她，谁不喜欢她，谁又为她流泪，谁又为她分手……她根本不在乎，甚至根本没概念。”

“嗯……有道理，”李晗慢慢点着头，“那后来呢？”

文讷叹道：“其实，这位‘小龙女’还是有一颗善良的心，男教师被抓被判刑之后，她才明白过来是怎么回事，虽然不关她的事，但事情毕竟因她而起，这位‘小龙女’陷入了深深的歉疚中，甚至跑到那个男教师的家里去看望他的父母……”

李晗点点头，感叹道：“唉……真是好姑娘。”

文讷看了一眼谷教授，慢慢说道：“但是，那个男教师家里还有一个大他十一岁的哥哥，而且，那位哥哥还是单身。”

谷教授慢慢抬起头，表情复杂地盯着文讷，苍老的眼中已经满是泪水。

李晗也怔怔地望着谷教授，又望着文讷，轻轻捂着嘴，似乎猜到了什么。

文讷点点头：“不错，后来的故事就是，这位‘小龙女’嫁给了这位哥哥，而他的弟弟，正在大西北戈壁滩的劳改农场做着苦役，在冤屈和绝望中……开始地狱般的新生活。”

文讷这句话一出，如同在这屋里响了个炸雷，连李晗也惊呆地望着谷教授，轻掩嘴巴，几乎不敢相信文讷所说是真的。

谷教授没理她俩，只是斟了一杯茶，自顾自地端起来吹吹，一仰脖子，像喝酒一样一饮而尽，一不小心茶水洒在了脸上，他扯了一张纸巾擦擦脸上的茶水——顺便把险些落下的泪水也擦掉了。

他摇着头苦笑道：“到底年纪大了，手脚都不听使唤了。”他抬起头，慈祥地望着文讷，笑道，“小文，有个道理你应该明白，一件事经过了许多次转述之后，一定会面目全非。尤其是这种涉及男女之情的事，尤其在信息和娱乐都极其匮乏的上世纪八十年代末九十年代初，你们没经历过那个时代，可能在相关影视剧里，你们看到的都是那个年代的人们多么的纯真，可事实正好相反，那个时代的人，或者说，从更早的年代成长起来的那批人，某种程度上比今天的人更加扭曲，无论是价值观，爱情观，还是……贞操观。”

谷教授沉吟片刻，说道：“我来告诉你另一个版本。”他抬头看了看文讷和李晗，特别是多看了李晗一眼，说道，“希望你们两个守口如瓶。”

李晗赶紧点头道：“您放心吧谷伯伯，我们会守口如瓶的！”说完，她又看了看文讷，“对吧，小文！”

谷教授明显是对文讷保守秘密的本事更放心，也没要文讷表态，慢慢说道：“故事的前半部分基本上都对，这几个人也基本是这么个关系，只是……”他犹豫再三，还是说了出来，“只是，那个年轻老师没被冤枉。”

李晗看了看文讷，又望着谷教授，惊愕地说道：“这么说……他确实强奸那个女学生了？那女学生没诬告他？”

谷教授看了她一眼，说道：“诬告了。”

“诬告了？”李晗被绕晕了，手扶了一下额头，嘀咕道，“嗯，不对，我想想啊……”

文讷皱着眉头，望着谷教授，猜测道：“谷伯伯，你是说他确实强奸了，但强奸的不是那个女学生？”

谷教授苦笑着点点头。

李晗瞪大眼睛：“那……那他强奸的谁？”

谷教授露出一个痛苦的笑容：“你们猜呢？”

文讷和李晗对视一眼，这时候都明白了。

谷教授沉默半晌，叹了口气，苦笑道：“那个年轻男教师虽然和女学生好上了，但是始终没放下那位女教师，直到有一天喝醉了酒，强奸了那个女教师……但是当时是在琴房里，没人看见，事后那个女教师也没声张，那个年代，姑娘都把自己的名声看得比生命还重，然后，这件事情就这么过去了。”

文讷和李晗都很惊讶，李晗问道：“就这么过去了？”

谷教授叹了口气：“是啊，就这么过去了。”

“那……那然后呢？”

谷教授摇头苦笑道：“不久之后，那个女教师发现自己怀孕了，那个年代不像现在，想看什么病都要通过单位报销，所以一个大姑娘如果说我要打胎，那基本等于宣判了她在这个社会上的死刑……”

李晗急着问道：“那她该怎么办？”

谷教授叹道：“她去投湖自尽，但是被一路跟踪她的男教师救下了，那个男教师说，可以和她结婚。女教师当时也没有别的办法，只得答应，准备委身于这个强奸了她的男人，下面的事情，小文，你大概能猜到了吧？”

李晗望着小文，有些心急地问道：“小文，下面怎么样了？”

文讷舔舔嘴唇，蹙眉猜测道：“如果我没猜错的话，该是那个本来和男老师谈恋爱的女生觉得自己被背叛了，被妒火冲昏了头脑，举报老师强奸自己，然后才有了后面的一切，对吧？”

“哦……”李晗点点头，明白了，没想到还有这么一段隐情。

谷教授摇摇头，痛苦地说道：“其实，当时就算是强奸，也远不该判死缓，但据说就是有个领导看了卷宗，说了一句‘这样的斯文败类，枪毙都不为过’，于是，我弟弟一审就被判了死刑。”

两个女生对视一眼，都是一脸惊骇——第一是惊骇是这个死刑判的竟如此戏剧化，第二，是谷教授终于说出了“我弟弟”三个字。

李晗试探着问道：“可是，不是死缓吗？怎么又是死刑了？”

谷教授叹道：“那个女生本来只是被妒火冲昏了头脑，大概没想过后果，现在看自己爱的老师要被判死刑，估计也很后悔，于是到公安机关去翻供……但当时已经破案了，判也判了，怎么可能轻易翻案，人家告诉她你这算伪证罪，要坐牢的，那女生也就吓的不敢再翻供了，再加上我们全家上下奔走、求告、申诉，才在二审的时候留了余地，改判了死缓。”

文讷继续问道：“那么接下来，那个女教师……嗯，应该说谷伯母，她后来又是怎么跟您……”

谷教授说出了最沉重的包袱，后面的话就轻松些了：“那个女教师……哦，也就是我后来的夫人文昭，嗯，姓华，华文昭，她真的很善良，虽然她已经准备去轻生了，但仍然先到我们家去看望了一下我的父母。我毕竟是吃这碗饭的，当时就看出来她情绪不太正常，于是跟她沟通，诱导她把心里的话都说出来了。这时候，我才知道弟弟虽然被那个女生诬告，但其实不冤……这个女孩子在我心目中一下子高大起来了，她真的是以德报怨。我不停地开导她，想让她放弃轻生的念头，但你也知道，一个女孩子一旦陷入那种绝境，开导是没有用的……”说到这儿，谷教授露出一个感慨的笑容，“当时也不知怎么的，我的脑袋好像被施了魔法一般，脱口就是一句：我跟你结婚！”

“啊！”两个女孩子异口同声轻呼出来，都惊讶地望着谷教授。

老爷子脸上洋溢出一丝幸福的光芒，陷入了痛苦又美好的回忆，慢慢说道：“于是，后面的一切，你们都可以凭想象补齐了，大概就是这么回事。”

文讷惊愕地问：“那……那您在美国的儿子……”

谷教授点点头：“对，没错。”

文讷和李晗对视一眼，都是一脸愕然。

李晗完全被谷教授这种勇于接盘的精神感动了。平常总说接盘侠，并不是所有的接盘都当得起一个“侠”字！

文讷接着问道：“谷伯伯，那这么多年，您和您弟弟就没再联系过吗？”

李晗一愣，望着文讷，不明白她为什么突然问这么一句怪话，难道她不知道谷修齐已经死了？还是她也怀疑谷修齐没死？

谷教授叹道：“当然联系了。”

李晗吓了一跳，惊骇地望着谷教授。

谷教授说道：“每年我们都去看他，后来我父母年纪大了，阿克苏那边又不通火车，老人家经不起折腾，不能年年都去了，只有我每年去看他，2000年，修齐出狱，我们全家都过去接他，那段时间算是一家人团圆了，唉，也就是那么一小段时间，后来……后来……没了。”

李晗虚惊一场，端起茶杯喝了一口。

文讷慢吞吞地掏出手机，点开一张图片，伸到谷教授面前："谷伯伯，那您见过这辆车吗？"

照片上正是姜振海的那辆套牌宝马，车牌号拍得非常清楚。

谷教授一愣，仔细看了看，摇摇头："没见过。"

文讷盯着谷教授的眼睛说道："这辆车从2010年到2014年，曾长期停放在财富广场的地下停车场里，就在您家对面。"

谷教授惊讶地望着她，李晗也凑过来看，然后愕然问道："你怎么查到的？"

文讷说道："我问过这里的停车场管理员，他帮我查的登记，这辆车曾经在这里办过长期停放。"

李晗马上问道："只是停放，还是……"

文讷说道："不，经常开出去。只是相当于在这里租一个私人车位。"

李晗惊骇道："那他为什么要停在谷伯伯家对面？"

文讷盯着谷教授的眼睛："是啊，晗姐姐说得对啊。谷伯伯，您不知道吗？"

李晗也惊疑不定地望着谷教授。

谷教授握着茶杯，杯子里的茶水微微颤动着，半晌，他才说道："小文，我知道你想说什么，但是我可以告诉你，我弟弟已经死了。"

文讷微笑道："这件事连警察都不那么确定，您怎么就能确定呢？"

谷教授一惊，抬起头来："警察不能确定？什么意思？"

文讷望着他，淡淡地说道："在警方围困下，在出租屋里放火自杀，而且跟这次黄宗盛'自杀'的手法如出一辙，使用了大量自制铝热剂，把尸体烧得只剩骨灰，而且引发全楼大火，在消防队的高压水龙头下，什么痕迹都没有了，任何检测都没法做了，不错，警方是结案了，但并不代表他们真心确定，尤其是其中的某些有头脑的办案警察，尤其是这次黄宗盛又'自杀'了之后。"

谷教授惊疑地看着文讷："小文，你怎么知道这么多？"

然后他转脸望向李晗，李晗一愣，赶紧摆摆手，意思是，这次不是我跟她说的。

谷教授打量着文讷，一时倒琢磨不透这个女孩了，难道除了李晗，她还有别的警方消息来源？

"小文……"他一时竟然不知道该怎么跟眼前这个女孩对话了，犹豫再三，还是问道，"小文，我当然也希望我的弟弟没死，你刚才说的疑点我也都知道，曾经我也像你一样，在心底里燃起那么一点点希望，幻想着他没死，他正在世界的某个角落享福……可是，哪有那么多幻想成真，我早说过，现实跟影视剧不一样。"

文讷依然没说话，只是带着一丝古怪的表情盯着他。

谷教授待了一会儿，说道："好吧，如果你认为他没死，那你有什么根据？说给我听听。"

"根据就是这辆车。"

谷教授几乎被气乐了，把茶杯往茶盘上一顿，茶水泼溅出来："岂有此理！你这丫头怎么回事，吃定我了是不是？那家乐福又不是我开的，谁把车子停在下面，关我什么事？我让你说根据，是让你说靠谱的根据，你这算什么？"

李晗一想，也确实是这么回事，你总不能让老头对停车场的每一位车主负责任吧？

文讷叹了口气，拿过手机，又打开了另一张图，递给谷教授："谷伯伯，那这辆车，您见过没有？"

谷教授眯着眼，盯着屏幕上的照片，这是一辆黑色的三菱帕杰罗。

"没见过。"他抬头望着文讷，"怎么，这又是哪位的？"

"不知道。"文讷轻描淡写地说道，"我被绑架的那天晚上，这辆车在我家周围出现过。"

谷教授一愣，望着文讷。

文讷说着，连续滑动手指，又调出了几张监控拍摄到的照片，就是那辆车。

李晗也凑过来看，一脸不相信地望着文讷："小文，你连警方监控也搞来了？"

文讷没理她，只是盯着谷教授的眼睛，一字一句地说道："现在，这辆车也停在您家对面的地下停车场里。"

谷教授盯着这第二辆车，眼角微微颤动了一下，文讷敏感地捕捉到了。

"好吧……"她说道，"也许您仍然可以说不知道，不清楚，毕竟只是拍到了这辆车，没有拍到它的主人，不过假如我专门安排几个人，守在暗处轮流盯着那辆车呢？"

谷教授目光难以察觉地闪动了一下，用余光飞快瞟了一下茶几上的电话。

文讷凝视着谷教授，说道："谷伯伯，看着晗姐姐的面子，我再叫您一声谷伯伯，您也说过，您那个年代的人，价值观和人格都会发生一定扭曲，没错，您说得对，但我真没想到，有些人的自私竟然能达到这种程度。"

文讷深吸一口气，颤声说道："谷教授，你为了庇护你的弟弟，不惜利用我对你的信任，竟然一步步诱导我怀疑……怀疑自己的家人！"她闭上眼睛，但泪水流下来，"你知道那几天我是怎么度过的吗？我……我晚上睡客厅……白天只要我爸爸在家，我就出去……他对我很好，非常关心我，可我当时只会更害怕，还……还不敢告诉任何人……"

她睁开眼睛，含着泪水瞪着谷教授，大声说道："谷修平，你只知道你有亲人，难道你不知道别人也都有亲人吗？你不知道谢小曼也有亲人吗？你不知道范月瑶也有亲人吗？你不知道……不知道秦琴也有亲人吗？"

文讷一番痛哭宣泄，李晗完全吓坏了，她看了一眼谷教授，一边往文讷手里递纸巾，一边试图安慰她："小文……小文，你先不要着急，我们慢慢问清楚……也许谷教授那时候还不知道呢？”

“不知道？”文讷流着眼泪，指着谷教授，对李晗大吼道，“你问他什么不知道？他不知道他弟弟干的事吗？我在魔窟里的时候，他敢说他不知道？”

她转脸对谷教授说道：“好，我问你，为什么我哥刚给你打完电话，第二天我就被送出来了？”

李晗有些晕：“什么叫送出来了？”

文讷继续说道：“我哥给你打完电话的第二天，你前脚跟陆刚签完协议不拆房子，我后脚就被送到妙法山防空洞口了，北岸区仓库和防空洞冷库，这两个地点难道不是你诱导卢振宇的？”

李晗尝试着说道：“也许这只是碰巧……”

“碰巧？”文讷冷笑了一下，“我在下面的时候，有一个很明显的感觉，那个‘老师’对我的态度前后变化非常大，我在那间‘大教室’的时候，他对我就像猫玩老鼠一样，完全把我视作他的……他的长期玩物，根本不急于一时……但是他把我关进单间牢房之后，曾经消失了很长一段时间，再次出现的时候，显得气急败坏，心有不甘，他看着我的那种眼神，就好像是看着一只刚煮熟却要飞走的鸭子。”

文讷转向李晗，问道：“晗姐姐，换作是你，你会有什么感觉？”

李晗现在也感觉到了，她偷偷看了一眼谷教授，声音干涩地说道：“他……他在听命于人……虽然心有不甘，但是……那个人的命令是他不敢反抗的……”

“或者是不愿反抗。”文讷凝视着谷教授，缓缓说道，“因为那个人是他最敬畏的人，也是这个世界上现存的最爱他的人。”

李晗眼神复杂地看着谷教授，半晌才轻声说道：“毕竟，谷伯伯听说是你，才……”

“不！”文讷斩钉截铁地说道，“根本不是你想的那样！我跟他才有多少感情？来跟他聊过几次天，泡过几次茶，做过一顿饭而已！晗姐姐，你忘了谢小曼了吗？谢小曼是他看着长大的孩子，论感情，我能跟谢小曼比吗？可他怎么没让谷修齐把小曼放掉？因为谢小曼没有丝毫利用价值！可我有！他觉得这是一个可以跟金天鹅集团谈条件的机会，可以让他保住房子！”

一番凌厉的分析让李晗目瞪口呆，她望着谷修平，一种不寒而栗的感觉升上来，平日和蔼可亲的谷伯伯，此时竟显得如此陌生。

谷修平面色发白，却是一句话不说，伸手端茶喝，茶杯里的茶水几乎泼溅出来。他喝了一口茶，抬眼看着文讷，声音沙哑地说了一句："你说的这些，毕竟只是你的猜测……”

文讷冷笑一声："猜测？”

她看着谷修平这副模样，知道他还在垂死挣扎，需要给他最后一击，作为压弯骆驼的最后一根稻草。文讷心想，你说我都是猜测，那我现在就来诈你一诈，检验一下猜得对不对。

“没错。”她说道，“我刚才说的都是猜测，但我下面说的就不是了。”

谷修平艰难地抬起眼来，望着文讷。

文讷一不做二不休，把心一横，再次酝酿情绪，开始顺嘴编起来："晗姐姐……你们知道吗，我并没有……并没有对警察……全说。”

李晗有些意外，望着文讷："小文，你还有什么没说的？”

文讷闭上眼睛，努力酝酿情绪，表现出一种羞愤之色，泪水夺眶而出："那个……那个老师是趁我洗澡的时候……冲进来绑架的我……”

李晗点点头，她心想这个你不是对警察说过吗？难道还有什么隐情？

文讷深吸一口气，心想不要面子了，然后哽咽着开始编："当时……我在魔窟里醒过来的时候，浑身动弹不得……后来才知道，是被注射了失能剂……我就觉得有个人从后面抱着我，一边在我后脖颈亲吻，一边……一边摸我，还在我耳边说：小文，文昭，你又回到我身边了……”

此言一出，李晗和谷教授都是一脸惊愕。谷教授喃喃地问道："他……他叫你什么？"

文讷抹了一把眼泪，抽泣道："他先叫我小文，然后又叫我文昭……我开始还以为听错了，我叫文讷，又不叫文昭……"

李晗惊呆了，小心地问道："小文……可是，这个情况你为什么没告诉警方呢？"

文讷表现出羞愤之色，咬着嘴唇，闭上眼睛，泪珠不断滚下来。

李晗明白了，小文毕竟是个女孩子，谷修齐毕竟是在"摸"她的时候说的这句话……虽然小文最后没被性侵，但被占便宜想来也是难免的，而且她当时也不知道"文昭"这个名字意味着什么，出于羞耻的心理，就对警方隐瞒了这个细节，这很自然。

谷教授的脸色变得更白了，闭着眼睛靠在沙发里，一声不吭，不过嘴角在不停地颤抖。

文讷说道："那个'老师'总是叫我小文，而且叫得非常自然，非常亲切，我一直怀疑他就是我身边的某个人，现在才明白了，并不是他跟我很熟，而是他跟多年前的另一个'小文'很熟，可能我跟那个小文很像，都是学小提琴的，名字里都有个'文'字……在他的眼里，我只不过是他用来思念那位'文昭'的替代品而已！谷教授，用你们的专业术语来说，这种现象应该叫作'移情'，是吧？"

谷教授长长地出一口气，一颗浑浊的泪珠终于顺着脸颊滚了下来，半晌才长叹一声："修齐……他到底还是没忘了文昭啊……"

谷修平彻底虚弱了，他疲惫地靠在沙发里，瞬间像老了十岁。很明显，今晚谷修平的情绪经历了太多的大起大落，他不准备再硬扛着了。

"小晗。"谷修平虚弱地说道，"去我书房里，打开写字台最下边的抽屉，把里边的烟拿出来。"

李晗没说话，默默地去了，回来的时候拿着一盒还未拆封的香烟，一只打火机，还有一个干净的烟灰缸。她知道谷教授以前抽烟，但是后来戒了，今天，他终于又开始复吸了。

谷教授点点头："谢谢你，小晗。"

他艰难地撕开烟盒包装，看到里面露出的香烟，犹豫了一下，似乎在面临一个重大的抉择。李晗默默地走上前去，帮助他抽出了一支香烟，帮他打火点上，然后递到他手里，低声道："还是抽一支吧。"

谷教授颤抖地夹着香烟，沙哑地说道："谢谢你……"

他闭上眼睛，美美地抽了一口，徐徐吐出烟雾，仿佛在享受人世间极大的乐趣。过了半晌，他叹了口气，缓缓说道："小文，你说对了……没错，用专业术语，这就叫'移情'，但我告诉你，你只说对了一半。"

文讷盯着他问道："那，另一半是？"

"另一半是那个诬告他的女生。"

"什么意思？"

谷教授弹弹烟灰，说道："那个女生姓黄，叫黄红兰……"他微微一笑，摇头道，"这名字倒好记。"

然后他又抽了一口烟，说道："黄红兰的性格和你很像，都是那种很开朗，点子很多，古灵精怪又会来事儿的类型。可是当时修齐最喜欢的不是她，而是文昭，可能是因为小黄相貌并不出众吧，也可能是他更喜欢文昭那种偏文静的女孩吧。但是后来，到底他没追上文昭，而黄红兰却追上了他，到最后，他害了文昭，而黄红兰又害了他……可以说在他的生命中，这是给他留下最深烙印的两个女孩儿。"

说到这儿，谷教授弹弹烟灰，看了一眼文讷，苦笑道："小文你明白了吧，他当然是把你当作了文昭的替代品，但潜意识里，何尝又不是把你当作了小黄的替代品呢？"

第十六章

第二次画像

文讷没想到自己凭着猜测诈了一下，竟然歪打正着，真诈到点子上了。不过她还觉得有点牵强，于是问道："谷教授，你说那个小黄和我的性格像，他把我当成小黄的替代品，这个好理解，可我除了名字里也有一个'文'字之外，跟文昭还有什么相像的吗？难道我们俩长得像吗？"

谷教授沉吟了片刻，弹了下烟灰，说道："你说……你刚进去的时候，那个'辅导员'就给你做了……相关检查？"

文讷脸一红，低声说道："我不知道，是我醒过来后听他说的。"

谷教授点点头："这就是了……小晗，当时的笔录里，小文这段怎么说的来着？就是那个'老师'说，只有她值得尊重什么的……"

李晗回忆了一下，大致复述道，"那个'老师'说，嗯，他抓来了这么多女生，开始都让辅导员检查过，没有一个是处女，最后只有小文是，然后他就说现在的艺术学院怎么乱成这样了，说只有像小文这种自尊自爱的女生，才能得到他的尊重，什么的。"

谷教授点点头："小文你明白了吧。修齐一生迷恋的，就是文昭的那种，就是你说的那种“小龙女”的气质，还有她那种冰清玉洁的感觉。小文你虽然性格和文昭相去甚远，长得也并不很像，但在如今的漂亮女生里……像你这个年纪了还保持洁身自好的，真的算是难得的了……”

一番话，把文讷说得脸又是一红，她低下头来，想着他说的也未必对，拿自己闺蜜来说，照样有人高中时就谈过好几个男朋友了。

她回想起来，好像自己对男孩子有比较强的免疫力，反正别管再帅的男生，哪怕是年级男神，自己跟他们相处的时候，最后总是不由自主处成“好哥们儿”，可以一起吃、一起玩，一起嗨，直到最后男生们悻悻的铩羽而归，还认为自己在玩他们，可自己真的不是玩他们啊，就是不来电，有什么办法？

难道是青春期之后，负责恋爱的这块大脑回路没跟着发育起来？文讷也很苦恼，一度怀疑自己不只喜欢男孩儿，可自己也不喜欢女孩儿……因为怕二十岁了还没谈过恋爱说出去太丢人，她甚至为自己虚构出两个前男友，甚至跟卢振宇也这么说。

就连跟卢振宇相处，开始也是把他当好哥们儿，也就是最近，自己才渐渐找到那种做女孩儿的感觉，那种被保护、被宠爱的感觉真的是很美妙……他真的是很善良，很可爱，很可……对，就是这种感觉。

也许魔咒被打破了？

“所以你们都明白了吧。”谷教授的声音把她唤回现实，“为什么小文深陷魔窟几十个小时，却始终没被侵犯，唉，在修齐的眼里，小文至少有一半是华文昭的化身，那是他心中的女神，是不容轻易亵渎的。唉，他当年一时把持不住，侵犯了文昭，我想，在他的心中那一定是有一种刻骨铭心的懊悔吧……女神被自己一手毁掉了，那是怎样的心情？因此，他一旦把小文当作第二个文昭的时候，或许多少会有一种想‘弥补’的情结吧？我都能想象出，当辅导员把检查结果告诉他的时候，修齐是怎样一种……怎样一种如获至宝的感觉……你想，他是把小文当作黄红兰抓来的，突然发现他得到的竟然是文昭……他肯定会因此感谢上苍，给了他一次重新来过的机会。”

文讷没有说话，只是微眯眼睛审视着谷教授，慢慢玩味他说的话。

李晗有些不明白，问道："他既然把小文看成文昭，那为什么还会对她……就像猫玩老鼠一样的，进行那种戏耍……或者说是羞辱呢？"

这也正是文讷没想明白的地方，她没说话，只是望着谷教授，等待着答案。

果然，谷教授沉思片刻，又给出了答案，他抽着烟，缓缓喷着烟雾说道："应该这么说……其实，他戏弄的也不是小文，更不是文昭……在这时候，他戏弄的还是黄红兰。"

"噢……"

此言一出，文讷和李晗都有些明白了，都不由自主地点点头。

谷教授继续说道："在修齐看来，黄红兰是害了他一生的人，也是音乐女生中放荡不自爱的代表，自然要大大地羞辱一番了。小文你是不是觉得他对待你的方式很特别？就是那种既有尊重的一面，也有羞辱的一面？很正常，在他看来，你就是一个人分成了两个面，或者说，你是他生命中两个女孩子的结合矛盾体，当他尊重你的时候，你就是华文昭，当他羞辱你的时候，你就是黄红兰。"

文讷和李晗都若有所思地点点头。

片刻后，李晗问道："既然他只喜欢文昭那种类型，那他为什么还要抓这么多女生呢？他也知道现在的女生大多都是黄红兰那样的，他为什么还要不停地绑架、囚禁她们？难道单纯就是为了满足欲望吗？"

谷教授抽了一口烟，微笑道："这个就更简单了，你们注意到他的行为特点，跟普通的性奴囚禁案有什么不同吗？"

李晗脱口而出："他只喜欢音乐女生！"

"嗯，还有吗？"

李晗想了一下，说道："一般的色魔绑架女孩子来，只想着发泄兽欲，而他的品位似乎比较高，还要听她们演奏音乐，还要她们组成乐团，还要教她们什么的……"

谷教授摇摇头："你说的这两点，归根到底其实是一点。"

他转向文讷，说道："小文，你说说？"

文讷打量着谷教授，淡淡地说道："他想当老师，他要的不光是女生，还想要那种老师和女学生的关系。他想重温当年当音乐老师的那种感觉，那是他一生中最美好的时光，而且在他看来，那个时候才是他最好的时候，女生们都埋头专业，不像今天这样整天谈恋爱、玩手机、逛夜店……在他看来，当年只有一个黄红兰，而今天的女生个个都是黄红兰，他作为一名教师，肩负神圣使命，有必要出手去改造她们，也许在他看来，他经营的并不是魔窟，而是和今天某某'书院'类似的改造问题女生的机构罢了，当然，这毕竟是他自己这么想，在我看来，他无非是用一种正义的理论说服自己罢了。所有的变态杀手和恐怖分子都有自己的一套理论，他也不例外。"

李晗目瞪口呆望着文讷，简直有一种刮目相看的感觉。

连谷教授也惊愕地望着文讷，过了好半天才慢慢点头，露出孺子可教的欣赏之色。

"唉……"他摇头感叹道，"我当年怎么没收到一个你这样的学生。"

听到谷教授发出爱才感叹，李晗略带嫉妒地望了一眼文讷，却发现文讷脸上没有一丝得意，仍然是和刚才一样面无表情，盯着谷教授。

"谷教授，"文讷终于问道，"那您跟您弟弟，到底有没有联系？"

谷教授夹着香烟，挑着眉毛望着她，缓缓说道："你觉得我们可能有联系吗？"

"那他为什么要把车长期停在离你那么近的地方？"

谷教授抽了一口烟，喷着烟雾说道："只有一种可能，我不知道他的存在，但他肯定知道我的存在——如果他真的没死，如果我们上面的一系列假设，真的是他的话。"

文讷皱眉道："你的意思是，你弟弟一直在监视着你？"

谷教授摇头道："未必是监视……他为什么要监视我？如果是真的，那也可能是他想看看我吧，我毕竟是他在这个世界上唯一的亲人了……哦，除了他的侄子，或者说，儿子吧。"

李晗皱眉望着谷教授，她觉得很牵强，即使她再傻，也知道如果他弟弟真活着的话，肯定不可能只是在暗处看看而已，他弟弟把车停在附近，很可能也住在附近，那只有一个可能：方便跟哥哥来往。

而谷教授到现在还死活不肯承认和弟弟有联系，这也很正常，他毕竟是当过刑警学院的客座教授，知道这种事一旦承认了，那就是包庇罪，因此他可以暗示，但绝对不会在嘴上承认。

文讷问道："谷教授，那么请您帮着分析分析，如果您弟弟还活着，他现在应该在哪儿？"

谷教授叹了口气："这个并不难猜，他应该已经在美国了吧，那儿毕竟有他的亲人。"

文讷盯着他问道："可是，这儿不也有他的亲人吗？"

谷教授苦笑道："那也得分情况，现在他那个'地下学校'已经被发现了，他再留在这里已经没意义了，而且还危险，因此，他很可能在一个多月前，也就是小卢和警方发现那个地方之后，就去美国了。"

李晗问道："可是，为什么他就一定会去美国呢？中国和美国之间是有引渡协议的。"

谷教授微笑道："我也没说他一定会去美国，我只是说可能性最大。另外引渡协议也不用担心，我儿子在纽约州，他应该也在那里。纽约州是废除死刑的州，只要他能证明被引渡回中国后可能面临死刑，纽约州法庭就会拒绝引渡，这是毫无疑问的。”

文讷突然说道：“谷教授，我想见见他。”

谷教授一愣：“见谁？”

“见您弟弟，谷修齐。”

谷教授不可思议地盯着她：“你在开玩笑吧？”

文讷摇头道：“我没开玩笑。我只是想看看他到底长什么样子，听听他真实的声音……视频也行，如果他在美国的话。”

李晗眯着眼睛看着文讷，她也有点看不懂了：小文明明知道谷修齐不可能在美国，上午在江滩上接到他电话的时候，他肯定躲在附近窥伺来着。那她为什么要提出视频？

谷教授摇摇头：“你这要求是不可能的，别说这只是个猜测，就算他真的在那边，又怎么可能和你视频？”

文讷微微一笑：“谷伯伯……其实是我想跟您儿子视频，我想认识认识他，跟他聊几句，您看可以吗？”

听到文讷这个奇怪的要求，谷教授哭笑不得，摇头道：“小文，你就算不相信我说的，也不能想一出是一出，你不想想，美国现在几点钟？凌晨啊。”他顿了一下又说道，“好好，就算我一个电话，让我儿子爬起来跟你视频，你又能验证什么？你想想看，如果修齐没去找他，他肯定得说没这个人，如果修齐真去找他了，他就能告诉你有这个人了？唉，小文你那么聪明，怎么这么简单的道理还想不明白呢？”

文讷微笑道：“谷伯伯，我又不是说非得看见你弟弟，我就看看你儿子还不行吗？他叫什么来着？”

谷教授托着额头叹了口气，说道：“谷润田。”

文讷抬腕看了一下表，点点头：“好吧……现在七点钟，和美国东部时间差十三个小时，现在就是早晨八点钟……谷润田医生昨天诊所开张，想必忙到很晚，这时候多睡一会儿也是应该的，那我就不打扰他了。”

谷教授瞥了一眼文讷，哼了一声。

没想到文讷又笑道：“那，谷伯伯，他的 Facetime 账号是多少啊？回头我找他视频行不行？”

谷教授明显不耐烦了，说道：“小文，你不要太过分，假如是平时你来要润田的联络方式，那我求之不得，但是今天，你很明显是来跟我找事的，在我这里达不到目的，就想去骚扰润田，不行，不可能，我不会把润田的联络方式给你的。”

李晗这时候也彻底看不懂文讷了，她怎么这个节骨眼上老是缠着谷教授问他儿子啊？难道他弟弟不才是关键吗？

文讷笑道：“谷教授您别误会，我没有那个意思……既然您介意，那我就不问了，来，谷教授，喝杯茶，消消气。”说着，拿起茶壶为谷教授斟了一杯茶，捧给他。

谷教授脸色依旧很难看，也不接她的茶，气得脸色发白，手里的烟已经抽完了，他又拈出一支，拿起打火机“啪啪”点火，可气得手直哆嗦，怎么都点不着。李晗看他这个样子，于心不忍，仍旧接过烟和打火机，打着火，自己吸了两口，直到点着之后，才咳嗽着把烟递到谷教授手上。

谷教授夹着烟，靠在沙发里虚弱地点点头：“唉，小晗，还是你好。”

文讷有些尴尬，仍旧背着手欣赏着谷教授的藏书，脑中却在飞快思考着：他明显已经抵触了，接下来该怎么办呢？忽然，文讷的目光停留在书架上唯一一本佛经上——《地藏菩萨本愿经》。

文讷有些奇怪，她上次来就看到这本佛经了，当时就有点怪怪的感觉，但没多想，今天再次看到，又觉得怪怪的。

文人的书架上有佛经，一点也不奇怪，她自己的书柜里就有半排佛经。

但一般人就算研究佛经，总是先从《金刚经》《坛经》《法华经》等这些比较流行的经书看起，即所谓的“佛教十三经”。《地藏经》虽然也比较常见，但一般人很少有从《地藏经》入门的，因为这本书基本没有什么佛学思想，而是一本功能性很强的经书，主要是超度亡魂用的，很多人甚至都觉得这部经书不吉利，避免去接触它。

文讷有些好奇，先在心里双手合十拜了拜，然后小心地把这本经书拿出来，慢慢翻看。她有些意外，这本经书和平常书店买的那些很不一样，装帧很正式，是缎面繁体字竖排版的，印刷精美，而且是纯文言文，也就是唐代高僧实叉难陀从梵文翻译的原经，没有现代的白话文译文。

作为一个经常买书的人，她习惯性地想看看价格，翻到最后却找不到定价，相反却看到好多页的“敬印《地藏经》功德芳名”，密密麻麻的人名，人名后面是各自捐的钱数，最下面写着“九华山化城寺恭印”。有的人名外面有个方框，这个文讷明白，那就表示已经这人故去了，用佛教说法就是往生了……她知道，汉传佛教讲究“四大菩萨”，分别是文殊、普贤、观音、地藏，各有一座佛教名山作为道场，而九华山就是地藏菩萨的道场，地藏菩萨就是发愿“地狱不空，誓不成佛”的那位。

文讷明白了，这本经书不是书店卖的普通出版物，而是寺院通过信众捐款，自行刊印的正规经书。

谷教授在身后说话了，声音格外沧桑：“这是我当年得知修齐的死讯之后，专门到九华山请来的，为修齐请的……还请住持加持过的。”

文讷转身望着谷教授，老头儿盯着他，淡淡地说道：“你看功德名单上，第一行。”

文讷依言仔细看了一下“敬印《地藏经》功德芳名”，果然，第一行赫然印着最高的捐款数：“谷修齐：30000 元”。

她感叹道：“2001 年的三万元，看来你们兄弟的感情真的很深啊。”

先是捐了三万块钱参与刊印，然后专门跑到地藏菩萨的道场，请来这本地藏菩萨所说的经文，还请住持大师加持（俗称的开光）过，全套仪式走得不可谓不隆重。文讷不禁纳闷，身为大学教授，这种理性思考了一辈子、秉持科学精神的高级知识分子，就算和弟弟感情再深，也最多缅怀为主，怎么会在这上面这么上心呢？

她盯着“谷修齐”这三个字，突然发现，这个名字并没被框起来。难道当年他就知道弟弟没死？不对，既然知道，那为什么还要捐三万块钱印经还专门跑到九华山去请呢？

文讷只觉得有种莫名的恐惧感，一瞬间却还想不明白，只觉得自己的推理哪里出错了，而且是个很关键、很致命的错误……

她屏住呼吸，慢慢地把这本《地藏经》插回书架，只觉得后脊梁凉凉的，也不敢回头，只是颤声说道：“晗姐姐……不早了，我们……我们走吧，让谷伯伯休息吧……晗姐姐，晗姐姐？”

然而李晗并没有回答，只有几声含糊不清地呻吟声。

文讷已经明白了，她感觉两腿发软，右手慢慢地伸到左手手腕上，扣住了手环搭扣。她大口喘息着，慢慢转过身来，惊恐地发现谷教授已经站在自己身后，正微笑着看着她，那戏谑的目光无比熟悉。

文讷发出一声毛骨悚然的尖叫，就觉得脖子上一痛，只看到谷教授手上有个针管，紧接着双臂一阵剧痛，被他铁钳般的右臂掰到身后，紧紧箍住，同时嘴巴也被他左手捂住，无法再发出叫声，只能从鼻子发出几声绝望的闷哼。

文讷挣扎着，但还是被谷修平从书架旁拖到了沙发上，当谷修平把她往沙发上一推的时候，文讷已经挣扎不动了，她虽然意识还清醒，但感觉浑身的肌肉已经不听自己使唤了。

文讷瘫靠在沙发上，望着强壮矫健的谷修平，惊恐的泪水已经流了满面。

谷修平此时哪还像个六十多岁的老人，目光凶猛锐利，狞笑着说道："小文……我说过，你早晚还会回到我身边的，只是没想到这么快，我这话上午刚说，你晚上就送上门了。"

文讷惊恐地哭着，颤声说道："不……谷……谷伯伯，您……您听我说……"

谷修平笑道："说什么？让我再给你一个机会是不是？"

"谷……你不是谷教授！"

"真是聪明孩子。"

"你就是谷修齐！"

谷修齐笑道："既然都知道了，那还是叫老师吧。"

谷修齐抱着文讷，把她和李晗并排放在一起，然后坐在旁边的单人沙发上，喘了口气，端起茶来，边喝边欣赏着自己的战利品。

文讷扭头看着李晗，发现李晗已经陷入迷醉状态，脑袋靠在自己肩上，闭着眼睛，口中含糊不清地说着什么。文讷明白了，她看了一眼桌上烟灰缸旁那支基本完整的香烟，知道问题出在这根烟上。

谷修齐的目光落在书架旁的地上，那儿有个奇怪的东西，他快步过去捡起来，发现是一只镶钻手环，搭扣解开着，应该是小文的，刚才挣扎时候掉下来的。

他拿着手环走回来，笑道："还是卡地亚的，嗯，莫扎特，定制的吧？到底是小文啊，连首饰上都刻着音乐家的名字，不错，要都像你这样就好了，学音乐就有个学音乐的样子。"

这时候，谷修齐突然听到一阵悠扬欢快的旋律，这是莫扎特的《D大调第二号长笛协奏曲·第三乐章》，他随即发现，音乐是从文讷的口袋里传出的。

谷修齐明白了，这是她的手机铃声。

他伸手掏出文讷的手机，看到屏幕上显示是"妈妈"，他看了一眼文讷，发现这小妮子目光一闪，瞥了一眼手环，似乎多了那么一点点有恃无恐的成分。

不过文讷的目光也就是一闪，随即垂下眼来，继续可怜兮兮地抽泣。

谷修齐看了一下自己手上的手环，似乎明白了什么，思索几秒钟，抄起沙发扶手上的沙发巾，三两下塞进了文讷的嘴里，塞得结结实实，文讷能发出的哭喊声已经微乎其微了。

谷修齐拿着她的手机快步走进卧室，关上门，然后按了接听键。

听筒里传来古兰丹姆焦躁的声音："喂，小文？你在谷教授那儿吧？怎么那么久不接电话？你想急死我啊！"

谷修齐又恢复了那种苍老但和蔼可亲的声音，呵呵笑道："哦，是小文妈妈吧，我是谷修平啊。"

对面古兰丹姆明显有些意外，然后声音变得客气热情："哦，谷教授啊，你好你好，那个……文讷跟您在一起吗？"

"小文啊，唉，别提了，她去卫生间洗鸡蛋去了……"

古兰丹姆没听明白："什么？洗鸡蛋？"

谷修齐无奈地摇头念叨着："唉……要不说现在人这素质啊，刚才有个买鸡蛋的老太太从旁边过，小文就碰了她一下，她就拽着小文不让走，非说她那一袋子鸡蛋是小文撞碎的，还把整袋子鸡蛋往小文脚底下摔，弄得她满脚鸡蛋黄，要不是李晗亮出了警官证，还不知道被她怎么讹上呢……现在小文进去洗脚了……"

古兰丹姆听着老头颠三倒四的唠叨，这会儿才算听明白，放心了，笑道："哦，你们这会儿在家乐福超市里是吧？"

"是啊。"谷教授呵呵笑道，"晚上吃饭的时候两个小丫头过来看我了，小文还跟我们家润田视频来着，唉，你还别说，两个孩子还真聊得来……呵呵呵……"他一边说，一边快步走回客厅，二话不说，先把手环给文讷戴上，文讷都听见了，眼瞅着妈妈就要被这老家伙骗过，绝望地使劲儿哭喊着，但声音大部分都被毛巾堵住了，谷修齐看了她一眼，微笑着做了个噤声的手势，捂着手机话筒，又回到了卧室，关上了门。

古兰丹姆一听，自己女儿和谷教授的儿子视频了，还很聊得来，顿时心花怒放，又听到手机里传来一声提示音，知道女儿洗完脚，又把手环戴上了，彻底放心了。

她眉开眼笑："是吗？我就说过，我们家文文性格开朗，朋友多，跟谁都能聊得来，咳咳，不过，她的朋友都是女孩儿，我们文文还从来没跟男孩子交往过，能跟润田聊得这么开心，也是这两个小孩有缘。"

谷修齐也笑道："是啊，润田也是木讷性格，从来不敢跟女孩子讲话的，能跟小文聊得这么投缘，按照心理学上说，这就是一种性格上的互补，翻译过来，也就是缘分。"

古兰丹姆笑道："真的呢，这就是缘分，对了谷教授，圣诞节也快到了，润田哪天回国啊？大家自己人，我安排个车，让文文跟着，一起去机场接一下吧。"

谷修齐于是说了"儿子诊所刚开张，今年回不来"的那套说辞，古兰丹姆有些失望，但听到未来女婿已经在美国开诊所了，等于步入了上流社会，心中更是满意得不行，心想回头一定得好好告诫女儿，一定要抓住这个机会，这么好的男人，别让那些美国小妞儿抢走了。

谷修齐笑呵呵地加了一句："要不，等小文出来，让她再给你打个电话？报一下平安。"

古兰丹姆顿时有些尴尬，赶紧笑道："哎呀，谷教授您说什么呀，文文跟您在一起，我是最放心的，再说还有李晗，一老一小保护着我们文文，那还有什么不放心的。"

两人客气几句，挂上了电话。

谷修齐长出一口气，仰面躺在床上，抬手擦了一下额头上的汗。

古兰丹姆嘴上说完全放心，但还是看了一眼女儿手环信息，刚才有段时间心跳剧烈加快，应该是在超市里被老太太扔鸡蛋的缘故，又气又急，现在心跳基本正常了。再看 GPS 定位，现在仍然没有信号，不过很正常，进入室内就没信号了。至于轨迹最后出现的地方，正是谷教授家和东方财富广场之间的位置，也很正常。

古兰丹姆完全放下心来，想到女儿跟谷教授儿子的将来，心情大好，又哼着歌回到阁楼里继续练功了。

谷修齐回到客厅，笑呵呵地坐在文讷旁边，拿起她的手腕，观察着这只手环，笑道："不错，不是一般的手环，带远程报警的吧？一摘掉就报警？哼哼，真是聪明孩子。"他说着抬手捏了捏文讷的脸颊。

文讷一阵恶寒滚过，屈辱的泪珠又滚落下来，她强撑着转移话题，哽咽道："谷伯伯，为什么……为什么上次你给我打了一针，我都不能说话了……这次，我还能说话？"

她知道，此刻必须保持沟通的状态，不然这个老变态对自己分分钟产生兴趣。只有尽可能拖延，才有可能想办法脱身。

果然，谷修齐笑道："小丫头求知欲还挺强的，我给你解释一下吧，失能剂也分好多种，有的是对全身肌肉都产生作用，而有的只是对大肌肉产生作用，对小肌肉不产生作用，这次给你用的就是，所以你只是身体动不了，但还能说话，还有你手指也可以动，感觉到了吗？对了，失能剂一般都不会有什么后遗症，也不会作用于膈肌，不然你就没法自主呼吸了，总之来讲非常安全，要不然我也不会舍得给你用，明白了吗？"

文讷抽泣着问道："那……谷伯伯……"

谷修齐用食指请按在她的嘴唇上，笑道："叫老师。"

"老师……"文讷打了个哆嗦，哽咽道，"老师，你会杀了我吗？"

谷修齐一挑眉毛，很诧异地笑道："杀你？为什么？我爱你还来不及，为什么会杀你？"

文讷哭道："我……我知道了你那么多的秘密……"

谷修齐笑道："没关系，我不是说过了吗，这一次，我再也不会让你离开我了，我们将会一直在一起，让你体会到做一个女人是多么的幸福，我会把当年对文昭的爱，加倍地倾注到你身上。"

文讷听得既惊恐又恶心，她知道，当年这个男人可是强奸了文昭的……

她战战兢兢地问道："难道，你还有别的……别的地方吗？"

谷修齐微笑着点点头："狡兔三窟，这是肯定的。"

文讷心中一惊，试探着问道："那，徐晓慧在那边吗？"

"徐晓慧？"谷修齐一怔，随即反应过来，"哦，就是卢振宇原来的同事吧？不，她不是我的菜，我说过，今后就只有我们两个人在一起，再没有别的女生跟你争宠了。"

文讷明白了，他手里已经没有别的女生了，他这时候没必要撒谎，那徐晓慧在哪里？不过此刻还顾不上徐晓慧，文讷自身难保，而且心中还有太多的疑问，需要源源不断地问他问题，不能给他时间去想别的什么邪念。

她盯着谷修齐的眼睛，问出了心中最想问的问题："真正的谷教授在哪里？他的妻子和儿子在哪里？还有……老师，您应该只有五十一岁，可您看上去就像真正的谷教授这么老，足有六七十岁，您的脸是真的这么显老呢，还是化装了？"

谷修齐感慨道："我坐了太久的牢，坐牢会让人显得更加苍老，而且你说对了，我的确化装了，年纪大的想化年轻不容易，但年轻的想化得老一点就好办了，这都只是些小手段而已，回头你要是不喜欢，我和你在一起的时候可以洗掉化装，你会发现我是个帅大叔，一点也不比黄宗盛难看哦！"

文讷紧接着问道："老师，黄宗盛也是你杀的吧？他和你到底是什么关系？他只是你的外围马仔，还是合伙人？”

谷修齐似乎觉得文讷的问题有点多，按说这种处境下，她不该是这种表现的，不像个受害人，倒像个暗访记者。他冷下脸，盯着文讷的面孔，慢慢打量着，然后目光渐渐往下移，落在了她的胸脯上。

见老师突然盯着自己的胸看，文讷紧张了，颤抖着说道：“老师……老……”

谷修齐突然伸出手，一个接一个开始解文讷胸前的扣子，文讷全身颤抖着，闭上眼睛，屈辱的泪水夺眶而出。果不其然，文讷毛衣的胸口位置，别着一只小话筒，一根细线一直连到腰间。

谷修齐脸色变得很难看，顺着这根线往里摸，很快从文讷的裤子口袋里拽出一只小录音笔。他看了一下录音笔上的小屏幕，显示还在录音，他一下把录音笔关上了。

谷修齐捏着这只录音笔在文讷眼前晃了晃，问道：“这只是普通录音呢，还是……”

“同步上传。”文讷冷冷地说道。

谷修齐一愣，他本来怀疑会有人同步收听，那很可能就是卢振宇，那就不好办了。现在既然是同步上传……他盯着文讷的眼睛，逼问道：“上传到什么地方？”

文讷咽了口唾沫，说道：“公安厅。”

“上传到省厅？”

文讷说道：“上传到刑侦总队长安犁天的邮箱里面，谷修齐，你完了。你现在最明智的做法就是把我们留在这里，然后赶紧跑路。如果你想杀我灭口，光杀我一个没用，你还得杀李晗，李晗是警察，她家在江东警界是什么背景你也知道，那样你将会成为全国警察的公敌，公安部头号通缉犯，整个国家机器都会调集最多的资源，优先追捕你，你就算跑到国外，也是红通人员，这种普通的刑事犯罪，你避难人家都不接受，跑到哪儿都能给你引渡回来。”

谷修齐微微一笑，只是捏了捏她的脸颊，笑道：“哦，是吗？”

然后没说话，拿着录音笔来到书房，从柜子里拿出笔记本电脑开机，把录音笔插上，熟练地找了个驱动下载装上，然后进入录音笔的软件界面，看里面的上传设置。嗯，这丫头果然开了同步上传，不过上传的目标邮箱肯定不是什么安犁天的邮箱，这个邮箱名字叫“luzhenyuluse@163.com”，就是个普通的网易免费邮箱。

他拼读了一下邮箱名字：“lu……卢振宇……卢瑟……嗯哼，呵呵呵……”

又看了下录音笔里存的音频，除了今天录的这段之外，还有一段录音，点开听了，发现就是那天卢振宇在地下工事里和自己周旋的录音！谷修齐明白了，这小子当时还想拿五千万，所以全程录音想当作证据的。现在很显然，这个录音笔是卢振宇留给文讷的，文讷今天拿来录音，音频自然也是传到了卢振宇的邮箱里。

他想了一下，回到客厅坐下，对文讷说道：“你知道他的邮箱密码吗？”

“不知道。”

这个答案也在预料之中，应该也是真的，谷修齐拿起文讷的手机，把她的手指按在上面，指纹解锁之后，打开微信，进入和卢振宇的聊天。

他打出了一行字：你邮箱密码多少？

但他没有立刻发出去，只是盯着这行字，有些犹豫，这么一问，卢振宇肯定很好奇，为什么小文突然问他邮箱密码。那么，就算这小子愿意告诉小文密码，那在告诉她之前，难保不会先到自己邮箱里检查检查，看有什么不适合让女朋友看到的东西……那就完了。

谷修齐把这行字删掉，又思索了一会儿，打上了三个字：你在哪儿？然后他又删掉了，改成了语音模式，把手机放到文讷嘴边，命令道：“说：撒手没，你在哪儿？”

文讷看到对方是卢振宇，一下警惕起来，盯着谷修齐："你想干什么？"

谷修齐笑道："就是问问他在哪儿。"

文讷冷冷地盯着他，抿着嘴唇不说话。

谷修齐笑得很开心，露出白白的两排牙，贴着她的耳边，用情人般轻柔的语气笑道："不听话，我现在就把你脱光，强奸你。"

文讷颤抖着闭上眼睛，大口抽泣着，片刻后哭道："我说……"

谷修齐按住说话键："说吧。"

文讷哽咽着说道："撒手没……你在哪儿？"

谷修齐手指向上一划，取消了发送，然后笑道："不要急，调整一下，别带哭腔，没事，有的是时间。"说着，扯了两张抽纸帮她擦擦眼泪，过了一会儿，文讷平静下来了，谷修齐再次按住说话键放在她嘴边。

文讷平静地说道："撒手没，你在哪儿？"

谷修齐一松手，发送出去了。

片刻后，卢振宇回了一条语音："我在安滨呢，怎么啦？"

谷修齐没再让文讷说语音，一条就够了，他现在放心地开始打文字了：卢大记者，你在安滨做什么？

安滨也是江东省的一座地级市，距离近江很近，近江在淮江南岸，而安滨就在淮江北岸，和近江的北岸区接壤。卢振宇那边看来是正忙着，尽管文讷给他发文字，他还是回语音："你没看新闻吗？特大失窃案，昨天夜里，安滨市美术馆丢了一副徐悲鸿的画，据说市价上亿的，你爸派我来抢新闻，下午开了好几个小时的车，晚上刚到，正忙着呢。"然后又是一条语音，声音压得很低："哎，小文我跟你说，我怀疑这还是路老师干的，好久没她的消息了……"

谷修齐微微一笑，打出一行字：那你采访完能不能过来找我？

接着又打出一行：我有惊喜给你。

发出去后，对方半晌没动静了。

谷修齐也不急，他很清楚卢振宇这种小子的心理，这时候肯定百爪挠心呢，还指不定做出了多少联想呢。

果然，过了一会儿，卢振宇回复了一条文字：啥惊喜？

还配了个害羞的表情符号。

谷修齐打了一句：来了你就知道了。

紧接着又加了一句：别让我爸知道，也别跟别人说。

过了好半天，估计那边卢振宇正在天人交战，终于，他回复了三个字：好，我去。

谷修平一下靠在沙发里，长出一口气，露出了心满意足地笑，然后去书房，回来的时候手里赫然拿着一支黝黑的五四式手枪，另一只手拿着一根消音器。他熟练地把消音器旋上枪口，检查了一下弹匣，然后拉了一下套筒，手枪发出一声清脆的子弹上膛声。

文讷惊恐地望着这一幕，恐惧、悔恨的泪水夺眶而出。

第十七章 护身符

卢振宇正在安滨市的一家小酒馆请一位老警察喝酒。本来他下午就到安滨了，但是安滨市美术馆拒绝采访，卢振宇也练出来了，使出了死缠烂打加厚脸皮的本事，跟人家软磨硬泡，说自己是刚实习的大学生，多么多么不容易，家里还有个绝症的妹妹，所以是多么多么的需要这份工作……

终于有个工作人员被他打动了，让他找保卫科的老周，他以前是警察，专门侦破这种特大盗窃案，后来跟单位领导闹翻了，辞职不干，正好和他们馆长关系不错，到这儿来当了保卫副科长，老周喜欢聊天，找他准能聊出猛料来。

卢振宇喜出望外，一番感谢，然后联系到了老周，果不其然，老周很健谈，两杯酒下肚，更是猛料不断，虽然这个案子还没有什么线索，但是跟他聊了不少之前的艺术品盗窃案，都和这个很类似，手法相当一致，很可能是同一个人，或者同一伙人所为。

“暗网，你知道吧？”老周喷着酒气说道，“就是那个……”

“我知道，我知道。”卢振宇赶紧点头。

老周告诉他，世界上专门有些豪门巨富，就喜欢这种博物馆里的藏品，比如《蒙娜丽莎》《最后的晚餐》《清明上河图》这种国宝级的，但是艺术品一旦进了博物馆，基本就不可能再流入市场了，也就是说成了非卖品，你有多少钱也买不到，可是你又特别有钱，又特别想要，那怎么办？

"去偷！"卢振宇说道。

"对，去偷。"老周点头道，"市场上能买到的画，梵高的就算到顶了，再往上的大师，你有再多钱也买不到，都在博物馆呢，可有市场就有需求啊，暗网上就专门有这种犯罪组织，他们的客户都是世界各地的有钱人，看中了哪座博物馆的哪个作品，就以匿名会员的方式下单，当这幅作品'人气'比较旺了，又相对比较好下手的时候，这个犯罪组织就会给派驻在当地的一线窃贼'下单子'，这些窃贼都是些神通广大的神偷，有的是和组织签约的，有的就是组织自己培训出来的，一般都是当地人，熟悉情况，总之，这些签约窃贼收到'派单'后，就开始进行勘察，进行评估，看能不能干。如果觉得能干，那就给组织反馈，组织就会在暗网上开始收订金，有意向购买的客户就会下订金，收到足够多的订金后，组织就正式给窃贼下任务，窃贼就得在一定时间内把艺术品偷出来。"

"想偷就能偷出来吗？"

"不一定，卢浮宫那种大博物馆当然不好下手，但是很多小博物馆也有好东西，防盗措施却逊得很，别说小博物馆了，前几年连故宫不都让人偷了吗？反正吧，不管你是凭本事硬偷，还是和内部人员勾结，最后只要弄出来就行，偷出来之后，组织就会在某个地方进行拍卖，交过订金的客户都有资格参加，价高者得，最后没拍到的客户也会返还订金，基本就是这么个过程。"

卢振宇听的心驰神往，这不就是真实版的《偷天陷阱》吗？卢振宇幻想着路老师身穿黑色紧身衣，像凯瑟琳泽塔琼斯一样，在一道道红线中优美地舒展身体，最后接近目标，把世界名画从墙上摘下来，嘴角露出迷人的胜利微笑……

他正幻想着，老周意犹未尽又说道："以前有个大盗就很厉害，人家以前还是搞艺术的，还是个老师，后来走了歪路，在监狱里学得一身本事，开防盗门、开保险箱跟玩儿似的，别管啥样的防盗门，一分钟之内给你捅开。"

卢振宇一振，脱口问道："那大盗姓什么？是不是姓路？"

老周奇怪地看了他一眼，摇摇头："不姓路，姓谷。"

"姓什么？"

"姓谷。"老周说道，"稻谷的谷。"

卢振宇愣了一下，喃喃说道："老师，搞艺术的，会开防盗门……可是，为啥是姓谷呢？"

他马上问道："周叔，这人男的女的？学的什么艺术？画画还是音乐？"

老周说道："当然是男的，对这人的抓捕工作我也参与了，所以知道一些情况，他是搞音乐的，以前是个小提琴家，在江东音乐学院当过老师，后来因为强奸罪进去了，在大西北蹲了十年，在里边学了一身本事，各种开锁，还会易容，诡计多端，近江好多大官的别墅都被他偷过。这人是个人才啊，可惜不用在正道上，要不是已经死了，我简直怀疑这几件艺术品大案子都是他做的。"

卢振宇问道："死了？怎么死的？"

老周说道："他不是被捕了吗，判了重刑，从第四监狱越狱，警方布下天罗地网抓他，到底是道高一丈，这家伙后来被堵在出租屋里，自己放火，烧死了。"

卢振宇立刻问道："是不是用了助燃药物，烧成灰了？"

老周诧异地看了他一眼，随即想到他是记者，打听到也很正常，于是点头道："是啊，用的自制铝热剂，把整座楼都点着了，要不是消防队来得快，整个城中村都能烧起来，那就不是死一个人的事了。”

卢振宇问道：“做 DNA 检测了吗？”

老周摇摇头：“做啥检测，消防队用水冲的都差不多了，只提取到少量骨灰，单凭着骨灰可没办法做检测，起码得有残存有机物才行。”

“那，结案了吗？”

“那当然了，人都死了，不结案干什么？”

卢振宇沉思道：“那，怎么能确定死的就是他？”

老周笑道：“小卢，你电影看多了吧，不是他还能是谁？”

卢振宇问道：“他多大年纪？”

“哦，我想想啊……对，那家伙六六年生人，死的时候也就三十多岁。”

卢振宇算了一下，1966 年生人，到今天也就五十出头，年龄对得上。接着，他问出了最关键的一句：“他叫什么名字？”

“谷修齐。”

卢振宇愣住了。

好几秒后，他才又问道：“叫什么？”

“谷修齐。”老周嚼着一筷子猪耳朵，摇头晃脑说道，“我为啥记这么清楚呢，因为他哥哥有名，他哥哥是个研究犯罪心理学的教授，叫谷修平，在警界有些名气，参与破了好多大案子，江大碎尸案就是靠他的分析才破的，但凡当警察的，一提起谷教授，那都是这个。”他竖了个大拇指，然后摇头叹道，“唉，谁知道他这个弟弟这么不争气。”

卢振宇坐不住了，说道：“周叔您先喝着，我去个洗手间。”

然后跑进厕所，又看了一下刚才文讷给他发的微信，文讷让他采访完就去近江找她，约的在废弃游乐场见面，到地方给她发微信。

本来看到约在那个地方，卢振宇还没来得及多想，现在他只觉得这个要求颇为古怪，三更半夜的去那里干什么？难道文讷在那儿又发现了什么新线索？卢振宇不想猜谜了，他直接拨了文讷的电话，不管怎么样，得把谷教授的弟弟这回事告诉她，让她有个警惕。

电话响了几声，对方拒接了，然后发来一条微信：撒手没，别打电话，不方便接。

卢振宇回了一条：你在干什么？

小文回复道：上课呢。

卢振宇纳闷，发了一条：你上的什么课？

小文回复道：夜校，我妈想让我拿个文凭，她说至少得是本科，不然不好嫁人。

卢振宇点点头，这倒是小文妈妈干得出来的事。

他回复道：你在哪上课？几点钟下课？我去接你。

小文回复：你直接过去吧，我开车了。

卢振宇回复：还是我去接你吧，这么晚了，你一个人太危险。

小文回复道：不用接，不危险，其实家里危险，出来倒好些。

卢振宇一愣，心想她不是已经排除许庆良的嫌疑了吗？为什么还说家里危险？

他回复一条：为什么家里危险？

小文回复道：当然因为我继父了。

紧接着，她又加了一句：谷教授不是分析过嘛，只有他可能是色魔。

卢振宇眯起眼睛，捏着下巴，沉思起来。

片刻后，他啪啪地发了一条信息过去：那你自己小心，把我上次留给你的大剑鱼带着。

谷修齐看到这条回复后，也捏着下巴犹豫片刻，然后微笑问文讷："小文，大剑鱼是什么东西？"

文讷眼睛一转，欲言又止。

谷修齐靠到她脸边，先深深嗅了一口她的体香，然后贴着她耳朵轻声道：“好孩子，快说……不然时间长了，老师不一定把持得住哦……”

文讷一个寒战，目光低垂，瞟了一下自己的领口。

谷修齐迅速捕捉到了，顺着文讷目光往下看，发现她脖子上戴着个东西，伸出手去，从她领口慢慢拽出了一条项链。这是一条很细的铂金项链，末端有一个小吊坠，是条精致的小鱼造型，鱼眼睛和背鳍是用小粒蓝宝石镶嵌的。

谷修齐怀疑地盯着她：“小文，你可别告诉我这叫剑鱼。”

文讷小声说道：“这是金枪鱼的一种，学名叫鲣鱼，卢振宇念白字，就叫它剑鱼了。他说这种鱼是护身符，能抵挡各种……各种邪魅罪恶……”

谷修齐讽刺地笑了一下，然后打量一下这条项链：“他送你的？这小子怎么买得起？”

文讷说道：“这次陆刚委托我爸查案子，一天车马费三千块，查了三个月，给了三十万，还剩二十五万，我爸跟卢振宇一人一半分了，现在卢振宇手头阔得很……而且，而且这条项链也不是蓝宝石的，是坦桑石的，没那么贵。”

谷修齐觉得还算合理，点点头，拿着手机回复卢振宇：放心吧，我每天都戴脖子上，很灵呢。

卢振宇终于看到了小文的回复，然后脑袋“嗡”地一下，汗下来了。

他摸摸口袋里的大剑鱼，盯着屏幕上小文的头像，呼吸开始颤抖……

卢振宇直接从厕所冲出去，从老周面前冲出饭店，老周只觉得眼前人影一闪，揉揉眼，以为是幻觉，摇摇头，又倒了杯酒，接着喝。

这条街有好多小酒馆，不少代驾在招揽生意，看到一身酒气的卢振宇跑出来，一个代驾迎上去：“哥，要代驾不。”

卢振宇心急如焚，一把将他拨开：“一边去！”

随后跑到路对面的快捷旅馆门口，掏钥匙一按，一辆白色哈弗 H9，闪了两下，卢振宇拉开车门进去，轰油门窜了出去。

这辆哈弗是报社的车，卢振宇现在也算大记者了，这趟出差社里给配了辆车。本来是准备在安滨住一夜的，车就停在了旅馆门口，打算跟老周敞开了喝一顿，现在什么也顾不上了，好在他喝得很少，酒驾是一定的，但不影响开车。

他心急火燎地往出城的方向开，一边拿着手机拨打李晗的电话，对方却关机了。

卢振宇骂了一声，看了下手机时间，现在不过八点多，那么早关机？他想了一下，小文手机不在她自己手里是肯定的了，不过还有种可能，就是手机被她妈妈没收了，不过古兰丹姆也不可能冒充女儿约自己去游乐场？难道是要找人揍自己一顿？

虽然觉得可能性不大，但还是要证实一下，卢振宇发现自己没有小文妈妈的电话号码，于是打给张洪祥，三言两语讲了一遍，张哥的声音听起来明显正在喝酒，喝得还挺大大，听了半天才听明白，他也觉得事情严重了，酒立刻醒了一半，说马上给她妈妈打电话。

卢振宇挂上电话，猛踩油门，恨不得插翅飞到近江，突然看到前边两百米处有辆警车闪着警灯停在路边，一个穿反光背心的交警挥舞着荧光棒，示意他靠边停车。

“太背了吧！”卢振宇骂了一声，他估摸一下形势，还有安滨和近江的距离，心一横，油门踩到底，狂按喇叭，发疯一般直冲过去。

交警吓了一跳，赶紧躲得远远的，眼睁睁看着这辆白色哈弗从眼前呼啸而过，然后抓起对讲机报告，随后坐进警车，拉开警笛，在后面开始追。

卢振宇肾上腺素开始狂飙，施展开车技夺路狂奔，后面的警车拉着凄厉的警笛，用大喇叭不住地命令自己停车，但是只是跟在后面，并没有进一步地别停之类动作，可能看到自己这辆哈弗 H9 人高马大的干不过，也许是上级有规定不许穷追猛打导致严重事故发生。

哈弗打开了双闪，鸣笛就没停过，朝着出城快速路奔去，卢振宇不住地给李晗打电话，可是对方一直关机状态打不通。刚挂上电话，张洪祥电话打过来了，他气急败坏地说古兰丹姆告诉他，小文现在在谷教授那里，安全得很，李晗也在，正通过视频跟谷教授的儿子聊天呢，小文妈妈一听张洪祥喝得大舌头的声音，就不想听他哔哔，没说两句就把电话挂了。

“你给她发信息！”

“发了，我跟他说谷教授的弟弟可能是色魔，小文可能又被抓了，娘们儿还没回！”

卢振宇说道，“那你也先别急，我这正在赶过去，最多一小时就能到近江！你千万别急！”

他知道张哥有高血压，上次小文被绑架，他就直接进医院了，这次还没弄明白呢，他可别先出啥事了。

张洪祥说：“你先过去，我马上也过去。”

卢振宇吓了一跳，说：“张哥你行不行啊，喝那么多，可别出事了！”

张洪祥说没关系，社里有加班的小年轻，他喊一个出来开车，连夜赶去近江。

卢振宇挂掉了电话，全神贯注地开车，前面出城快速路高架入口到了，他一脚油门，上了高架桥。后面的警车也跟着上了高架桥，仍然只是在后面跟着，不停地喊话。这样正好，后面有辆警车喊着话，前面的车辆纷纷往两边避让，卢振宇反而畅通无阻，朝着近江一路狂奔过去。

近江，文讷的失能剂药性还没过，李晗也还没醒，但谷修齐为了以防万一，已经把两人都绑了起来，嘴巴堵上。处理好之后，他看了一下时间，估计还来得及，他做了一番准备，推了个老年购物车，佝偻着身子，一瘸一拐地上超市了。

谷修齐先来到家乐福角落的储物柜区，开了个最大的储物柜，把购物车折叠起来放进去，然后掏出一根伸缩拐杖，弯腰驼背的，慢慢地走进旁边的洗手间。

他进入一个隔间，插好门，迅速脱掉外面一层衣服，露出了里面的西装革履，又从口袋里掏出一个大号的购物袋，把换下来的衣服和伸缩拐棍装进去，然后把脸上的化装都去掉，出来洗了把脸，照照镜子，这时候腰也不弯了，背也不驼了，镜子里已然是一个身高一米八的帅气中年人。

变身完毕的谷修齐大步流星出了卫生间，乘电梯来到地下停车场，先观察了一下周围，确定没有暗哨之后，按了一下车钥匙，角落里一辆黑色帕杰罗闪了两下，他快速过去拉开门，发动，开出了车库。

半小时后，一辆涂着物流公司标志的面包车停在了谷教授家门口，一位身穿物流工作服的中年人下来，戴着物流标志的棒球帽，先打了个电话："喂，您好，您有两个物流快件到了，家有人吗？哦，好吧，行行行，我帮您搬进去。"

然后，他从面包车上搬下两个沉重的大纸箱子，一个接一个地搬进单元口，放在谷教授家门口，先装模作样地敲了两下门，然后左右看看没人，迅速掏出钥匙打开门，嘴上说着："哦，没关系的，我帮你搬进去吧，你老人家腿脚也不方便……哎哎，不客气不客气……"

两个箱子都搬进去后，他不动声色地把门从身后关上，然后打量着沙发上捆的跟粽子似的两个女孩儿，长出了口气，微微一笑，摘掉棒球帽。

李晗还没醒，文讷惊愕地望着眼前这位穿着物流工作服的"帅大叔"，长得跟"谷教授"很是相像，却年轻得多，看上去也就四十来岁，最多五十岁。

她知道，现在终于看到"老师"的庐山真面目了。

她又看了一眼地上的两个大箱子，顿时明白谷修齐要把自己和李晗转移走，那样卢振宇可能就找不到自己了，恐惧和绝望塞满胸膛，泪水夺眶而出，嘴巴却被塞得结结实实，只能发出几声沉闷的“嗯嗯”声。

谷修齐一脚把一个箱子踢过去，箱子很轻，是空的，刚才在外面他故意做出箱子很沉的假象，伪装成送货的。现在只要把两个女孩儿分别装进去，封好，再装作包裹被拒收的样子，重新搬回车上去，然后拉走，神不知鬼不觉。

他已经制定了完美的跑路计划，带着小文跑到中缅边境是不成问题的，他跟那里的蛇头很熟，带着小文偷渡到美国就比较费事了，但也不是完全不行，费一些周折而已，谷润田活着的时候，在俄克拉荷马州有一处房子，现在已经属于自己了，那房子位置很偏僻，还有地下室，那儿位于“龙卷风走廊”，家家户户都有地下室，进行改造、深挖什么的一点也不会引人注意，到那儿之后，很容易就能为小文改造出一处新家，她会喜欢的。祖父母去世前，在美国还留有巨额存款，足够自己和小文幸福而富足地度过下半生了。

谷修齐走了过去，先抱起李晗，小心地把她装进箱子里。

李晗他并不准备带出国，并不是因为不喜欢李晗，相反，他很喜欢，这个小姑娘就像个纯真的布娃娃一样，真的很讨人喜欢，可惜，小文说得很对，李晗家里在警界太有背景了，本身又是警察，如果把她也绑走，那惹出的动静就太大了，不利于自己安全抵达边境。但她也不能留在这所房子里，谷修齐估计，再有那么几个小时，当文讷和李晗迟迟不回家，家人又联系不上的时候，就会开始找她们，那很快就会找到这里。

按照谷修齐的计划，得先把她们送到北岸区的另一处安全屋里，然后自己只身去游乐场杀卢振宇，把那小子处理掉之后，再回到安全屋，换一辆车，留下李晗，带着小文出发。

把李晗封在箱子里之后，谷修齐看了一眼文讷，笑眯眯地走过去，想要抱她起来。

文讷这时候使出全身力气，双脚一蹬，这一记兔子蹬鹰力道不小，谷修齐毫无防备，一下被踹得坐到了地上。他一愣，随即明白了，小文的失能剂药效过去了。

他毫不介意，笑眯眯地爬起来，拍拍身上的灰尘，把文讷面朝下压在沙发上，然后坐在她身上，把她双脚向后扳过来，和反剪的双臂捆在一起，这叫捆猪法，五百斤的大肥猪这样捆上都动不了，文讷双腿再也没法挣扎了，脸埋在沙发里，绝望地哭泣着。

谷修齐欣赏着文讷陷入绝望的样子，笑道："乖，先在这趴一会儿，老师再去给你配一针。"

这时候，一辆白色的哈弗 H9 慢慢地开进来，不动声色地停在楼前。大灯熄掉，能清晰地看到保险杠和侧身有好几处撞瘪的痕迹。

车门轻轻打开，一条黑影跳了下来。

第十八章 飓风营救

卢振宇费了老鼻子劲才甩掉警车——直到进入近江地界，那辆安滨警车悻悻而退，也许是不敢跨界执法，也许是安滨近江两地交警沟通协调也需要一定的时间，也有可能是那辆警车把他的车牌号输入警务通查过，发现没有什么问题，估计就是普通的逃避醉驾检查，也就没了兴致，总之不再追赶，放了他一马。

路上又接到了张洪祥的电话，老张说刚才小文妈妈又给他打电话了，古兰丹姆接到张洪祥上一个电话后，越想越不放心，又给文讷打了电话，这次手机直接关机了，于是小文妈妈慌了，又给张洪祥打电话，问怎么回事。

张洪祥把古兰丹姆第一次给文讷打电话的情况告诉了卢振宇，卢振宇一听就炸了："什么，那老头儿真说她和小文在超市呢？"

"是！说李晗也在！"

"她说什么时间了吗？"

"说了，她说小文手环是七点五十几分被摘掉的，她马上就打电话过去了，是谷教授接的，说正和小文在超市买东西。"

卢振宇冷汗顺着后脖颈往下流，咬着牙说道：“我八点多一点接到小文微信，说她在上课！”

“上什么课？”

“说是在上夜校，说她妈妈让她再读个本科！”

张洪祥扯着嗓门大喊道：“没这事！绝对没这事！姓谷的老头儿有问题！”

“绝对有问题！不光他弟弟没死，他本人也不是个好鸟！好了不说了，我到了，你赶紧报警，我这就进去看看！”

“小心啊！”

与此同时，近江天网系统监控大厅中，一个眼镜警员正百无聊赖地盯着屏幕，图像正是谷教授家的那座楼门口，这是前段时间一系列拆迁纠纷事件之后，临时加装的一个治安摄像头。

今天下午，上边交代下来，让他不用管别的摄像头，就专人专盯这一个，一旦发现什么异常就报告。而且还给了他一张照片，上面是一个三十多岁犯人的照片，让他一旦发现长得像的人出现，就立刻报告，而且还告诉他这是十几年前的照片，现在这个人应该五十多岁了，让他注意辨别。

这个小警员也能猜到大概是怎么回事，照片上肯定是个通缉犯，这应该就是逃犯的家，逃犯一旦潜回家，就组织抓捕。但他也明白，多半这个逃犯回家的可能性很小，要不然就不会只是让探头监控了，肯定得派人实地蹲点守候了。

但是一个小时前，单元门口走出一个颤巍巍的瘸老头儿，长得倒是和照片上有几分相像，小警员立马打电话汇报，却被告知那个不是，那是目标嫌疑人的哥哥，嫌疑人比他年轻十来岁，继续观察。

盯了一下午加半个晚上，小警察开始疲沓了，靠在转椅里，手机插着耳机听着有声小说，不时捏捏鼻梁，闭目养神一会儿……他突然发现，不知什么时候，目标单元门口停了一辆物流面包车，而且后车厢门还开着，似乎在送货，但他盯着看了一会儿，发现一直没人来。

小警察迟疑了一会儿，还是拿起电话，报告上边了。

监控中心主任接到报告，亲自过来看了一会儿，还是决定宁错报，别漏报。他直接打电话给安犁天总队长——今天下午这个任务也是安总队临时交代的，让有情况别耽误，直接向他报告。

总队长办公室里，安犁天还在加班，他接到电话后，让那边把监控画面转了过来，亲自盯着电脑显示器看了一会儿，看了一下表，对电话里问道：“六点多进去的那俩小女孩儿，一直没出来吗？”

中心主任问了一下小警察，然后回答道：“没有，我们一线队员没反映出这个情况。”

“好的，知道了。”

安犁天挂上电话，直接打李晗的手机，居然关机！

他安排监控谷教授家，并不是心血来潮，也不是未卜先知，而是因为他事先监控了李晗——确切地说，是监控了李晗的办公室电脑，李晗无论查什么，他都会第一时间得知。安犁天先是完全放权给李晗，授权她最高级别的查阅权力，什么卷宗都能查，让她自由地想查什么查什么，然后他在幕后盯着李晗，筛选她查到的东西。

今天下午李晗查到了一份犯罪记录，居然是谷教授弟弟的！安犁天看到也吓了一跳，他之前也完全没有想到，仔细阅读所有卷宗之后，和李晗一样，他也有了一个大胆的推测……

六点多的时候李晗和文讷去谷教授家，安犁天已经接到了报告，但他觉得目前还只是个猜想，还不至于就会出什么事，而且李晗和谷教授走得太近，贸然提醒李晗，难保她不告诉谷教授……为了不打草惊蛇，安犁天选择静观其变。

但是现在李晗手机打不通，安犁天觉得有点不妙了。他从通讯录里搜出了"古文讷"的手机号，然后拨了过去，居然也是关机！

安犁天已经把手放在电话听筒上，刚犹豫了一下是安排 110 巡警过去看看，还是直接派刑警过去，就见监控画面上，一个身穿卡其冲锋衣、围着战术腰包的身影贴着墙根悄悄摸了进去，还无意间回头看了一眼摄像头。

安犁天一愣，这人竟然是卢振宇！

至此，他不再犹豫了，直接抓起电话筒，安排刑警、法医、技术组出现场，然后又让秘书联系 120……安排完毕，安犁天脸色铁青，捏着下巴盯着监控画面，心里暗暗说着：不好，不好，要闹大……

卢振宇跑进单元口，贴在谷家的防盗门上听了一下，里面似乎有挣扎的动静，貌似还有个男的说话声，声音有点像谷教授。他拉开腰包——这是张洪祥同款的战术腰包，不过是泥色的，类似卡其色，里面也装满了各种私家侦探的小玩意儿，袖珍望远镜，偷录偷拍设备，还有个"反猫眼"，这时候正派用场。

卢振宇把"反猫眼"贴在猫眼上，趴上去一看，室内情况顿时一览无余。

看到被捆得像个粽子似的小文，卢振宇气血上涌，恶向胆边生，慢慢掏出了大剑鱼，推开细长的刀刃，然后捡起楼道花盆里的半块砖头……

谷修齐刚把一针新的失能剂抽进针管里，正准备往文讷胳膊上扎，突然听到门铃响。

他犹豫了一下，轻轻放下针管，抽出手枪来，蹑手蹑脚地靠近门口，然后眼睛贴在猫眼上往外看……

一门之隔，卢振宇将左手中的大剑鱼刀尖对准猫眼，右手拿着板砖，看到对猫眼后方变暗，卯足了力气夯下去，如同用锤子砸铁钉一般。

"噗嗤"一声，谷修齐爆发出一声惨叫，捂着眼睛，后退两步摔倒在地，疼得打滚，手指缝里不断流出鲜血，叫声惨绝人寰，已经不像是人类的发声了。

卢振宇从猫眼里抽出大剑鱼，甩了一下上面的血，又趴在已经被击穿的猫眼往里看，只见里边那家伙挣扎着，抓起地上的手枪，卢振宇头皮一炸，迅速闪到一旁，只听到防盗门上“叮叮当当”几声，多了四五个枪眼。

他扔下砖头，冲出楼道，发动哈弗 H9，开到楼后面，停在谷教授家的后窗旁。

卢振宇跳下车，从后车厢里拿出一根牵引绳，一头固定在车头牵引钩上，另一头拴在后窗的防盗网上，然后坐上车挂倒挡，一脚油门到底，硕大的 SUV 咆哮着，牵引绳瞬间拉得笔直，两秒钟后“咔嚓”一声，整个防盗网从窗台上被拉下来了，SUV 一屁股倒进花坛，撞断了一棵小树。

卢振宇飞身下车，车门都没来得及关，只见窗户底下一片烟尘和碎水泥块，他掏出甩棍，两棍子砸烂玻璃窗，单手支撑窗台，跃进屋内。他一个骨碌爬起来，拨拉掉插进身上的碎玻璃片，像条比特犬一样甩甩头上的血，抄着家伙冲过去了。

刚冲进客厅，就听耳边“砰”的一声，紧接着身后的门框木屑四溅，谷修齐右眼血流如注，摇摇晃晃地站着，手里的枪口还冒着青烟，抬手对着卢振宇又是三枪。

还好谷修齐现在已经疼得站都站不住了，打出来的子弹也是毫无准头，不然这一下就挨上了，虽然不知道自己对子弹的抵抗力如何，但子弹的威力绝对不是刀子能比的，被刀捅一下，刀子多大，伤口多大，但子弹可是高速旋转的，能瞬间把一大片内脏血管搅成一团糨糊，然后炸出去一个碗大的窟窿。

谷修齐再开枪，子弹却已经打光，卢振宇一个飞踹将其放倒，然后一甩棍砸下去，谷修齐又是一声惨叫，右手小臂骨“啪嚓”骨折，枪掉了。

卢振宇蹲下来，用膝盖顶住谷修齐的腰眼，抄着大剑鱼，对文讷问道，“小文！这小子是不是‘老师’？”

文讷使劲儿点点头。

“他用哪只手绑你的？是不是这只？”

文讷摇摇头。

“对了，两只手都用了是吧？”

文讷使劲儿点点头。

“好！”卢振宇把谷修齐左手按在地板上，高高扬起大剑鱼，使出全力往下一钉……

谷修齐再次发出杀猪般的惨叫，左手被钉在了木地板上，身体拼命扭动着，但被卢振宇顶住后腰，无法起身，只是疼得用额头一下一下撞着地面。

卢振宇又高高举起甩棍，对准他左臂用尽全力抡下去，甩棍带着一股哨音，“啪嚓”一声，谷修齐左臂也弯曲成一个奇怪的角度，他一翻白眼，昏死过去。

想到小文在他魔爪下遭受的惊恐和屈辱，卢振宇丝毫不解恨，他想一不做二不休，干脆把这老小子阉了算了，他握住大剑鱼刀柄，想把刀子起下来，可是钉得太深，大概钉到下面的木龙骨里去了，一时拔不下来。

“便宜你小子了！”他把枪踢到一边，然后扑过去抱着文讷，先把她嘴上的绑绳解开，把毛巾拽出来，文讷“哇”地一声哭了出来：“撒手没……呜呜呜……撒手没……”

卢振宇把她身上的绑绳解开，又把她脚上的绑绳解开，文讷哭喊着抱住卢振宇，浑身颤抖个不停，趴在他肩头放声大哭起来。紧紧抱着文讷，一边拍着她的背一边哄着，哄了半天，文讷总算哭得精疲力竭了，身体也不再打战了，这时候才发出一声虚弱小猫似的声音：“去……去救晗姐姐……”

卢振宇这才意识到屋里有两只大箱子，其中一只箱子里面一直传出“嘭嘭”的闷响，好像里面有个活物，他放下文讷跑过去，打开箱子，里面是同样捆的跟个粽子似的李晗，泪流满面，看着自己。

他赶紧把李晗解救出来，两个女孩儿再次抱在一起，放声大哭。李晗醒过来已经有一会儿了，刚知道“老师”就是自己一直敬重的谷伯伯，更是哭得撕心裂肺。

这时候远处隐约传来警笛的声音，卢振宇长出一口气，心想这案子，总算结束了。

被钉在地上的谷修齐这时候悠悠醒转，听到警车声，努力伸着那只没被定在地上的手，想去够远处的手枪，卢振宇照着他腰眼又是一脚，谷修齐翻着白眼，再次昏死过去。

手机铃声响起来，卢振宇掏出来一看，是个生号码，接通后，话筒里传来一个女声，显得有些紧张：“喂，是小卢吗？”

“是我。”卢振宇不耐烦地擦擦脸上的血，“你谁啊？”

“我是小文的妈妈……小卢，我听老张说你快到近江了？拜托，小卢……请你一定要救救小文……”古兰丹姆说着就失声痛哭起来，“拜托……小文是我的命根子，请你，请你一定要……只要能救出小文，阿姨再也不反对你们……你们交朋友了……拜托你……请你一定要……”

卢振宇这时候已经点了一支烟，刚抽了一口，听到这句话，直接把烟一扔：“好的，您放心阿姨，有您这句话就行，小文已经救出来了。”

“啊？！”

卢振宇拿着手机直接塞给文讷，文讷听到妈妈的声音，立刻又“哇”地大哭起来。

这时候，楼前楼后已经停了好几辆警车，警笛大作，现场已经拉起了警戒线，邻居们在外面挤着围观，议论纷纷，几个辅警维持着秩序，刑警们穿着防弹背心，握着手枪，枪口冲上，紧张地躲在满是弹洞的防盗门两侧，楼后面，两个穿着防弹背心的刑警持枪蹲在窗户下面，一人拿着自拍杆，小心翼翼地举到窗口，用手机摄像头观察里面的情况。

带队的刑警蹲在警车后面，拿着扩音器喊道："里面的人听着！你们已经被包围了！有什么要求可以提，但不要伤害人质！"

刚喊完一句话，防盗门开了，李晗出现在门口，顿时好几把手枪指着她的头，现场一片大喊："不许动！"

"别动！"

"李晗？"

刑警们一拥而入，发现了被钉在地上血头血脸的谷修齐，都大吃一惊，然后看到现场唯一的青壮年男性——卢振宇。立刻一拥而上，几个人把他扑倒在地，几把枪顶头，打了背铐。

卢振宇也不在乎了，反正这一套都熟了，他也懒得解释，只是翻着白眼，不满地吼道："哎，你们轻点好吧？"

一只手薅着他头发，让他脸扬起来，然后一个手持 DV 镜头杵到脸前，接着有个声音喝道："叫什么名字！"

"卢振宇。"

"知道为什么逮你吧？"

"知道。"

"为什么？"

"我把姓谷的右眼珠子戳瞎，然后把他手钉地上了。"

卢振宇一副满不在乎的嘴脸说出血淋淋的话，问话的刑警也不禁打了个怵："为什么？"

"老小子自己作死，绑架我女朋友。"

这时候，拿摄像机的那个警察就觉得有人拍他肩膀，回头一看，李晗一拳打来，他惨叫一声，捂着鼻子坐在地上了。

问话的那个警察还没反应过来，也觉得有人拍他肩膀，回头一看，文讷也是一拳挥来，他也"嗷"得一声，捂着鼻子后退到一边了。

剩下三四个警察大喊着“你们干什么”，但仍然死死按着卢振宇，不让他起来，他们只是眼睁睁地看着其中一个美丽的女孩儿先跪在地上，然后弯下身子，最后捧起地上这小子的脸，看准他的嘴唇，狠狠地吻了下去。

一周之后。

公安医院的病房大楼，这一层只有一间病房住着病人，而走廊上戒备森严，五个特警坐在椅子上，抱着 79 微冲和防暴枪，饶有兴致地盯着张大队带着两个年轻男女从他们面前走过。

张大队推开一间病房门，里面坐着的一名刑警立刻站起来：“张大队来了。”

张大队点点头，对身后的两个青年男女说道：“进去吧。”

卢振宇和文讷对视一眼，进去了。

张大队招招手，让屋里的那名刑警出来。

文讷轻轻关上了门，现在，屋里没有别人了——除了床上躺着的那位。

谷修齐躺在病床上，一只眼蒙着纱布，两条胳膊都打着石膏，一直包到手，因为双手无法戴戒具，所以一只脚被手铐靠在床栏杆上。

看到两人来访，谷修齐一点也不惊讶，反而笑眯眯的，像平时一样招呼道：“小卢，小文，来啦？别站着，坐啊。”

卢振宇点点头，笑呵呵地说着“哎，不客气”，然后一屁股坐在了旁边的病床上。

“来。”谷修齐用下巴点点旁边的凳子，“小文坐这儿，对，坐我旁边。”

文讷也是微微一笑，依言坐在了旁边的凳子上，左腿往右腿上一搭，摘掉手套放在腿上，然后盯着谷修齐，笑吟吟地道：“老师，刚打听到您在这儿，我们就过来看你了，这儿住的怎么样，还习惯吧？”

谷修齐摇摇头，苦笑着：“还行吧，条件是差了一些，到底不如自家舒坦。”

卢振宇掏出一支烟叼上，也充满恶意地笑道：“是啊老师，眼睛怎么样？一只还习惯吗？胳膊呢，还好吧？”

谷修齐没理他，只是转脸对文讷笑道：“看看，小文，小卢以前多好的孩子啊，呵呵，现在也让你带坏了。”

“哪能啊。”文讷笑道，“他那么好，我再带也带不坏，他真的是关心您老啊，把你弄成这样，他很过意不去呢。”

谷修齐点点头，叹道：“行啊，这不都看见了吗，右眼没保住，做了摘除手术……这倒没什么，主要是胳膊难受，以前没打过石膏，疼倒无所谓，就是里边痒得厉害，想挠，也没法挠。”然后他望着卢振宇笑道，“小卢，你们俩的事儿怎么样了？她妈妈还拦着吗？唉，现在她要再拦着，那可就太没良心了，没事儿，跟我说，我帮你开导她。”

“这您甭操心了。”卢振宇笑道，弹弹烟灰，“过几天她跟我回家过圣诞节……哎对了，老师，圣诞节咱家润田还回来不？”

文讷也笑道：“是啊老师，我还惦记着想见见润田呢。”

卢振宇接着嘻嘻笑道：“老师，润田到底是你们兄弟俩谁的？”

谷修齐笑道：“你们说呢？”

文讷轻咳一声，拍拍手套，微笑道：“好了卢兄，咱今天来又不是专门气老师来的，咱们是跟老师请教来的。”

“噢对，都忘了。”卢振宇一拍脑门，笑嘻嘻地说道，“咱今天还真不是专门气老师来的。”

文讷盯着谷修齐，微笑问道：“老师，说真的，谷润田，还有真正的谷教授，还有华文昭，他们一家三口到底在什么地方？”

谷修齐闭着双眼，微笑不语。

过了半晌，他轻叹一口气，笑道：“这些问题，警察问了我一个礼拜了，一个字也没说，我不喜欢他们，但你们俩不一样，我挺喜欢你们俩的，真是当自己孩子一般看待的，我跟你们说，你们想问什么尽管问，我也不会藏着掖着了。”

卢振宇和文讷对视一眼，都有些意外，他们原以为得有一番斗智斗勇、心理交锋呢，没想到老变态这么痛快，是不是憋着什么坏点子呢？

“但是有个条件。”谷修齐果然笑眯眯地说道，“小文得陪我玩个游戏。”

卢振宇的脸一下子拉下来了，他看了下门口，坐到谷修齐床边，一把掀开他的被子，先狠狠抽了一口烟，然后把通红的烟头拿到他命根子的位置，跟他笑眯眯地说道：“啊？你说什么？我没听清楚。”

“别紧张。”谷修齐丝毫也不畏惧，他望着文讷，“小文，所以我说小卢被你带坏了吧？这孩子以前多善良啊，小卢，不要冲动，这样小文，咱们玩个游戏，你们可以问我问题，但每问我一个问题之前，都要先回答我一个问题……就是用我想知道的答案，来交换你们想知道的答案，怎么样，公平吧？”

文讷笑了：“老师，您真以为自己是莱克特博士？咱们这又不是沉默的羔羊，您虽然变态，可还没变态到汉尼拔那个程度。”

谷修齐笑道：“没事，你就让我过过瘾，也算致敬一下经典，其实主要是，我确实也有一肚子问题想问你。”

文讷和卢振宇交换一下眼神，两人都微微点了下头，文讷笑道：“好，第一个问题，您问吧。”

谷修齐盯着文讷，微笑道：“小文，‘大剑鱼’到底是什么？”

文讷和卢振宇对视一眼，几秒钟后，两人同时发出一阵爆笑，笑了好长时间，谷修齐也从原来笑眯眯的气定神闲，慢慢变的脸色越来越难看。

好容易两人笑完了，文讷才揉着肚子，忍着笑说道：“对不起啊老师，实在没忍住，其实，大剑鱼就是卢兄当天拿的那把刀子。”

谷修齐一愣，有些不可思议地望向卢振宇，卢振宇憨着笑点点头："没错，就是先把你右眼戳爆，然后又把你左手钉在地上的那把刀子。"

文讷笑道："您看，老师，是不是很形象？"

谷修齐的脸色铁青，鼻翼和嘴唇微微颤抖着，好半天才平静下来，再次换上那副气定神闲的表情，微笑着摇头叹道："唉……怪不得啊……老师一时糊涂，着了你们俩小屁孩的道了，这说明，小卢也不是很傻。"

然后，他又打量着文讷，不无恶意地笑道："这么说……这小子真的什么都没送过你了？"

文讷笑吟吟地道："这老师您就别操心了，撒手没本身就是我最好的礼物。"

卢振宇听得心里一暖，这时候也才想起来，自己确实什么也没给文讷买过，他暗暗打算，一定要趁这个圣诞节，送给小文一件像样的礼物。

谷修齐点点头："好吧，小文，该你问了。"

文讷问道："老师，还是那个问题，真正的谷教授一家在什么地方？"

谷修齐笑道："你注意到我书架上的那本《地藏菩萨本愿经》了没有？"

文讷心中一凛，轻声答道："注意到了。"

谷修齐又问道："那你注意到我书房里的那对铜貔貅了吗？"

"注意到了。"

"貔貅有什么功效？"

文讷回答道："招财。"

谷修齐微微摇头："还有呢？"

文讷想了一下，说道："驱邪，镇宅。"

谷修齐点点头："那《地藏经》呢？"

文讷怔了一下，说道："超度亡魂……"

谷修齐露出一丝得意的笑："那你一定没注意到，我的茶几上常年都摆着两盘供果吧？”

文讷“啊”的一声惊呼：“供……供果……”

谷修齐笑道：“而且，那天你来的时候也一定没注意到，地上还洒着一杯酒吧？”

文讷一阵鸡皮疙瘩，突然明白了什么，惊骇道：“他们就埋在你房子下面！”

此言一出，连卢振宇也惊呼道：“不会吧！”

谷修齐微笑着点点头：“小文还是那么聪明，这就是我喜欢你的一点，而且，你应该也猜到了我为什么偏要在那天晚上喝酒了吧？”

文讷小心地猜测道：“难道……那天是他们三口人的忌日？”

谷修齐看了一眼卢振宇，笑眯眯地说道：“小卢看到了吧？小文就是比你聪明，多跟人家学学。当记者需要调查很多东西，这是一门本事，让小文多教着点儿你。”

卢振宇掏出手机，问道：“埋在哪间屋？”

谷修齐笑道：“这就属于另一个问题了。”

“好。”文讷说道，“你再问我一个问题吧。”

“很好。”谷修齐点头问道，“小文，你究竟是怎么从许庆良转而怀疑到我身上的？或者说，是怎么怀疑到可能是谷教授的弟弟的？”

文讷说道：“排除我继父的嫌疑，其实很简单，之前是你诱导我把它想复杂了。”

“哦？说说看。”

文讷说道：“我继父根本不具备作案时间。我问过我妈妈，我继父有没有过经常彻夜不归的情况？我妈妈说没有。虽然他身为老总，事情很多，晚上经常要在外面应酬，但第一，不管再晚，他总是回家的。第二，他身边总是不断人的，除了客户、生意伙伴之外，要不就是下属、员工，还有秘书、司机这些人，他几乎很少能有一个人待着的时候。”

谷修齐点点头：“嗯，还有呢？”

文讷说道，“谢小曼说过，你胸前有一颗黑痣，而我问过我妈妈，我继父胸前并没有痣。因此，我知道不是他。”

谷修齐略带赞赏地点点头：“那你是怎么转而怀疑我的呢？”

文讷说道：“那天你让我用排除法划掉人名字，但后来我反复思索，假如不是我继父的话，那会是谁呢？你说过一句话，我听进去了，那就是真凶很可能根本没写进这个名单里。那我就想了：在我生活中，满足这几个基本条件的，又不在名单上的，还有谁呢？”

谷修齐笑道：“不管你怀疑谁，都不应该怀疑我，毕竟，我是一个坐轮椅的残废老头啊。”

第十九章 最后的陈述

文讷微笑说道："老师，其实我怀疑到你，或者说怀疑到你弟弟这边，只是时间问题。"

"此话怎讲？"

文讷说道："第一，我对我继父的怀疑解除，只是时间问题，这个你承认吧？"

谷修齐赞许地颔首道："没错，你说得对，许庆良的嫌疑虽然大，但是太容易洗清了，只要你心里一直装着这事儿，稍微调查一下，比如问问你妈妈，或者问问许庆良身边的其他人，很容易就能查清他的活动规律，所以我当初也并没有主动告诉你应该怀疑你继父。你说我引导你，确实冤枉我了，我不过是给了你一张纸和一支笔，无论往上写名字，还是往下划名字，都是你自己完成的，我最多告诉你路老师不是真凶，许家豪也不是真凶，你看，我也没骗你，对不对？你口口声声说我引导你，其实不过是你说出了你自己心底的怀疑，而我没有否认罢了。"

文讷一想还真是，摇头笑道："好吧，算我冤枉你了。"

谷修齐笑道："嗯，这是第一，那第二呢？"

"第二，当初怀疑我继父的时候，我还可以跑到江北去当鸵鸟，图一个偏安，可既然继父也不是真凶，那我的处境就太危险了，如果不搞清楚，我就算跑到天涯海角也睡不安稳。"

文讷顿了一下，说道："于是我又把那张名单拿了出来，反复仔细地琢磨、推敲，名单上有谁可能被错划掉了？或者说，那个人根本就在名单外面？我想，他既然自称'老师'，音乐造诣又那么高，那很可能当过音乐老师，原先最符合这个条件的是黄宗盛，但黄宗盛显然并不是。那么是谁呢？"

谷修齐笑道："你是不是怀疑你那个音乐学院的老教授了？"

文讷说道："谈不上怀疑，但毕竟有那么一瞬间，我分析了一下他的嫌疑程度。"

"结果呢？"

"结果想来想去，还是觉得……不大可能。"

谷修齐哈哈笑道："说明小文还是有生活常识的，没错，七十多了，还能干什么？那种七八十岁生龙活虎的老头儿不能说没有，问题是谁见过啊？"

卢振宇听得出，他语气中透露着一股优越感，很明显对自己五十出头仍然"生龙活虎"很是自豪。卢振宇心想，你老小子就算不枪毙，也只能在监狱里生龙活虎了。

文讷微微一笑，没接茬，接着说道："我当时想，未必是他本人，但很有可能是别的老师，而且认识我，那就有很大的可能，色魔就是在江东音乐学院里面。"

卢振宇纳闷道："可是你上的又不是江东音乐学院，是江音附中，为什么不能是江音附中的老师？"

文讷解释了他的疑惑："江音附中的专业老师，大部分都是江音的讲师或者教授，要么是教授按课表过来附中讲课，要么是附中的学生到江音学院里去找教授上课，附中自己编制的老师大多都是教文化课的：语数外史地政，教音乐的也有，但，第一很少，第二，水平也没那么高，根据我对那个‘老师’的成色判断，他应该是学院里的，多半还是教授。”

谷修齐显出一丝谦逊之色，很绅士地欠了欠身。

文讷继续说道：“于是我就去拜访了几次邢教授，去他家吃饭，跟他聊天，邢教授也很喜欢我，一直为我当初退学惋惜不已，我有意识地跟他聊学院里的老师教授们，聊他们的八卦，邢教授不八卦，可是师母八卦，老太太当初也是江音学院里的老师，知道一肚子的同事八卦，而且是那种发霉的陈年八卦。”

谷修齐笑容慢慢褪去了，他已经明白下面是怎么回事了。

“邢怀远的老婆是王瑾梅吧？”谷修齐嘴角翘起，露出一个冷酷鄙视的笑容，这种笑容在“谷教授”脸上是未曾见过的，“她确实八卦，年轻时候就八卦，老邢当初怎么看上她的，她那张嘴要是少说点八卦，多练点唱歌的话，早就进中央歌剧院了。”

文讷微微一笑，接着说道：“老太太果然跟我聊了很多当年的八卦，又聊到了当年年轻的谷老师和华老师的故事，因为师母对八卦的记忆力可比教授好得多，所以这次，我准确无误地听到了‘小谷’这个称呼。”

谷修齐道：“于是你自然就想到那可能是我弟弟了。”

文讷点点头：“还记得在我去黄宗盛的黑胶唱片店卧底之前，曾经去你那里请教过，我还当场表演了用口哨空手拉琴，而你准确地叫出了我吹的曲子的名字。我当时真的是心里一惊，但还没等我开始疑心，你就说除了你弟弟当年练琴那一套说辞，我们也就觉得理所当然了，但从那之后，我也就记住了，你有一个学音乐的弟弟，并且应该是生死未卜。”

她又顿了一下，等大家消化自己的话，然后接着说：“我当时就问师母，那个‘小谷’全名叫什么，师母说这么多年了，她也想不起来全名叫什么，只记得叫小谷，我说师母，小谷老师是不是有个哥哥叫谷修平？师母说这个不知道，但是邢教授把话接上了，他说那个小谷老师的哥哥很有名，是个著名的犯罪心理学家，江大碎尸案就是他破的。于是，我一下就对上了，我问教授和师母，那个小谷老师现在怎么样了，人在哪里？他们说小谷早就死了，十几年前的时候越狱，在围捕中畏罪自杀了，还放了一把火自焚，搞得挺轰动的。”

“嗯……”谷修齐点点头，说道，“然后，你一听说是‘放火’这种死法，就联想到了黄宗盛之死，就觉得手法相同，之前的那可能也是替罪羊，真正的谷修齐可能还活着，然后你就让李晗帮你查了？”

文讷摇摇头：“没有，我考虑晗姐姐和你关系走得太近，你在她心目中的地位太高，如果我贸然让她调查你，我怕她会抵触，更怕她会先跟你说。”

谷修齐笑道：“你担心的还真有道理，所以说小文聪明啊，如果你直接让李晗查我，可能我早就知道了，也不会到今天这一步。”

文讷说道：“那几天我总想先从别的方向查到线索，我拼命地想找到地下魔窟的另一个入口，而且……而且……”她看了一眼卢振宇，略带羞涩地一笑，“我当时怕……怕卢兄误会我，就一直没跟你说。”

卢振宇一怔，笑道：“没跟我说什么？”

文讷抿嘴一笑：“君君你知道吧？就是我妈生日那天和你们坐一桌的那个……”

“哦，我知道，你闺蜜。”

文讷笑道：“君君她……她一直想把他哥哥介绍给我，而且她哥哥确实在尝试着追我……他哥哥是公安局的，正好在天网系统这一块儿，我就让君君拜托她哥帮我查一下监控，看能不能查到我被绑架那天晚上出现在我家附近的嫌疑车辆。”

“噢！”卢振宇笑了，“原来如此，哈哈。”

他明白了，原来小文是怕自己吃醋，才遮遮掩掩的没告诉自己，不过卢振宇现在已经有绝对的信心了，自己的小文绝不是什么阿猫阿狗就能随便撬动的——无论是塔吉克斯坦总统家族的贵胄，还是近江的阔少，还是天网系统的小警察。

“那，查到没有？”他问道。

“还真查到了。”文讷说道，“其实也不是现查的，因为警方已经在案发后进行了视频监控排查，列出了十几辆有嫌疑的车，都是当晚案发时间段进出过纺织宿舍的外来车辆，而且经过走访，初步排除掉了一大部分，剩下的只有几辆还没找到，要么是没拍到清晰车牌，要么是套牌。”

“套牌？”

文讷点头道：“对，套牌，而且只有一辆，就是黑色的三菱帕杰罗，只有这辆是套牌，而且我觉得从车型上看，也比较适合干绑架这种事。可是，警方一直没找到这辆车。”

“那你又是怎么找到的？”

“那天，我先在江滩上找到了魔窟的第二个出入口，越发肯定了是这辆帕杰罗，因为这是辆纯正的越野车，适合在江滩那种地方行驶。”文讷说到这儿，盯着谷修齐，冷冷地说道，“可就在那个时候，老师，你给我打电话了，你当时说的话，那种语气，让我觉得无路可逃了。我觉得如果不做一个了断的话，即便逃到天涯海角，早晚也是得成为你的猎物。”

谷修齐微笑道：“所以，你当时就让李晗帮你查我的历史了？”

文讷点点头：“不错，准确地说，就是查你的历史。当时我还不知道，我还以为你就是谷教授，我要查的只是你的弟弟，但我不知道谷修平的弟弟叫什么，于是猜测，应该不是叫修治，就是叫修齐吧。”

“聪明孩子。”

文讷继续说道：“上次，对门那个阿姨跟我们说过，你经常上超市，然后我就想……”

“谁？”谷修齐一怔，有些意外，“对门？她什么时候跟你们说的？”

文讷说道：“有一次我们去找你，你不在，对门阿姨说你去超市了。”

“哦……”谷修齐若有所思地点点头，“你接着说。”

文讷接着说道：“我想，你一个行动不便的老人，不是坐轮椅就是拄拐的，肯定会减少不必要的外出，那么你经常去的地方，除了医院应该就是超市了。如果你弟弟还活着，并且如果你们经常见面的话，那见面地点会在哪儿呢？不外乎医院附近，超市附近。貌似超市更合适，因为这儿不光有超市，还有很多的饭店、咖啡厅、休息区，而且人流量巨大，倒是个和人见面的好地方。”

谷修齐赞赏地点点头：“嗯，分析得有道理。”

文讷微笑道：“当然也有可能在医院，不过我暂时还不知道您经常去哪所医院，所以还是先查超市这边吧……现在我是知道了，你根本不去医院，你所谓的去医院的时候，大概都是在魔窟里消磨时间的吧？”

谷修齐微微一笑，不置可否。

文讷接着说道：“我当时去家乐福下面的地下车库，只是打算碰碰运气，找找看有没有黑色的帕杰罗，没想到真的找到了，虽然车牌照和在我家附近出没的那辆不同，但车身特征符合，反正都是套牌车，为了躲避追踪，经常更换牌照也是正常的。于是我就我问管理员大叔，这辆车是不是经常出现在这里？管理员告诉我，这辆车就在这里办了长期停放。然后我又抱着碰运气的想法，问管理员，之前有没有一辆白色宝马 5 系也在这里长期停放过，管理员人很好，直接帮我查了记录，果然，几年前真有一辆白色宝马也在这里办过长期停放，车牌号正是眉笔杀人案那天晚上出现在那里的套牌车，也就是后来被姜振海从黑市上买到手的那辆车。”

谷修齐感叹无比：“所以说啊，美貌是女孩子的通行证，也就是小文这副面孔的去问，人家能二话不说直接给她查记录，要是小卢，一准碰钉子，你信不信？”

文讷没接茬，接着说道：“我当时犹豫了一下，是报警还是找人在这里蹲守好呢？正在那时，我看到了晗姐姐，我知道她肯定是去找谷教授的，我白天刚让她查谷教授的弟弟，晚上她就来找谷教授了，我知道她肯定是想不通先来跟谷教授谈这件事的，晗姐姐什么都好，就是太善良，太容易相信人了。我想，如果谷教授真的和他弟弟有来往，那她这么一说，岂不是打草惊蛇？于是我决定一不做二不休，索性跟她一起去找谷教授。”

文讷看了看谷修齐和卢振宇，微微一笑：“下面的事情，你们都知道了。”

谷修齐问道：“不过……小文，你当初既然已经怀疑了我们兄弟俩可能有来往，那你怎么敢只身前来呢？你就不怕正好撞见我？或者说，撞见‘谷教授’的弟弟？”

文讷摇头叹道：“这个……确实有一点侥幸心理，当时想的是阻止晗姐姐那张大嘴巴，索性就跟她一起去，然后试探试探谷教授，至于撞见‘他弟弟’，我觉得可能性不大，因为我注意到，谷教授家对面新装了一个治安监控探头，而且探头正对着楼道。我想，像‘老师’那种谨慎小心、算无遗策的人，应该不会冒着被监控拍到的风险，回家跟他哥哥团聚吧？他们要见面，多半还是会在外面。”

谷修齐笑道：“你这也太侥幸了吧？你就不怕一进门，‘他弟弟’正坐在沙发上？”

文讷盯着他，微笑道：“难道你没注意到，那天我是让晗姐姐先进的门吗？”

谷修齐恍然大悟，指点着文讷笑道：“小文啊小文！没想到你是这种女孩！我说那天怎么李晗进来了，你还在外面磨磨蹭蹭地接电话，好半天才进，原来你是先让李晗进屋给你‘趟雷’了！你躲在外面，是不是准备一听到屋里有别人，拔腿就跑？”

文讷内疚地一笑：“想起来，是觉得挺对不起晗姐姐的。”

谷修齐道：“那你就不怕中途‘我弟弟’突然来访？”

“我是最后一个进来的，当时晗姐姐已经坐在沙发上了，你也坐回去接着喝酒了，所以我进来的时候，是我关的防盗门。”

“哦？”

文讷道：“那你一定没听见，我顺手把防盗门的保险拧上了吧。”

谷修齐恍然大悟：“原来如此！我当时确实有点酒酣耳热，没注意到。如此一来，外面就算有钥匙也开不开了。不错，小文你很聪明。”

文讷说：“我当时也想过，老师擅长技术开锁，可是，谁去自己哥哥家会不敲门，而是技术开锁呢？我准备如果有人敲门，我就抢着去开门，先从猫眼看一下，如果感觉不对，就报警，就算外面真是老师，一扇防盗门足够暂时阻挡他，给我留出报警时间的，至于屋里面，就算谷教授是坏人，他不过是个坐轮椅的老头儿，也不会有什么威胁。”

谷修齐点头道：“盘算得不错。可是你千算万算，毕竟没算到……”

“……没算到谷教授和他弟弟是同一个人。”文讷摇头叹息。

“不对啊，小文。”卢振宇说道，“你忘了他能在一分钟内捅开所有的防盗门了吗？”

文讷看一眼卢振宇，苦笑道：“不会这么倒霉吧？他毕竟是来拜访哥哥的，又不是去作案的，不至于走到哪里都随身带着作案工具吧？如果……如果真那样的话……”她展颜一笑，打开马臀皮小手包，拿出一支精致的英吉沙折刀，一下推开——虽然没有大剑鱼那么大的尺寸，但也是寒光四射，锋利无比：“我当时带着它呢。”

谷修齐笑道：“怎么，你准备用这小铅笔刀和我搏斗吗？”

“不。”文讷摇头说道，“不会用它来跟你搏斗，但我可以用它架在你那个坐轮椅大哥的脖子上，告诉你我已经报过警了，你可以逃走，但你只要敢过来一步，我就把你哥哥喉咙切开给你看，我想，但凡一个头脑正常的通缉犯，这时候都会选择逃跑吧。”

谷修齐和卢振宇都是一愣，相互看了看对方愕然的表情，都没想到这小姑娘关键时候这么狠辣野蛮，果然是血管里流着游牧民族的血液啊。

卢振宇心中嘀咕着：不知道小文是当时真这么打算的，还是事后嘴硬吹牛的？她明明是个软妹子！

谷修齐感叹道：“好吧，到现在我算是大致弄明白了……小文不愧是小文，小卢啊，如果真娶了这么个老婆，可得要老老实实的啊！哈哈哈……”

卢振宇看了一眼面带羞涩的文讷，嘻嘻笑道：“借您吉言。”

这句话一说，文讷抬眼看了他一眼，又迅速低下目光，脸更红了。

谷修齐笑道：“好吧，我会信守诺言的，我说了，他们一家三口就埋在我房子底下，一家人就得齐齐整整的，至于具体位置，现场指认的时候我会指给警方的。”

卢振宇问道：“他们究竟是怎么死的？”

谷修齐反问道：“你说呢？”

卢振宇猜测道：“都是你杀的？”

谷修齐往病床靠背上一靠，笑道：“小卢，小文，如果我说我没强奸华文昭，你们信不信？”

卢振宇和文讷惊愕地对视一眼，卢振宇问道：“你说的是真的？”

谷修齐点点头，脸上没有一丝微笑，目光中有的只是阴冷，还有怨毒。

文讷吃惊地说道：“那你为什么要说那个版本？就是你强奸了华文昭的那个？”

谷修齐阴恻恻地一笑：“当时我的身份是谷教授，我当然要把自己说的无辜一些了，既然你已经认定了色魔就是我弟弟，那我何乐而不为？我越把弟弟说的不堪，你就越会认定他是色魔，我越把哥哥说的善良，你就与不会怀疑到哥哥身上。”

卢振宇猜测道：“那……那你所谓的那个美国开诊所的儿子……”

谷修齐点点头：“就是谷修平的，和我一点关系都没有。”

卢振宇和文讷悚然对视一眼，都明白他为什么毫不留情，连谷润田也不放过了。

谷修齐冷冷地说道：“我在大西北坐牢的时候，每天想的最多的，就是出去后怎么杀掉他们一家三口，你们能想象那种感觉吗？你坐着冤狱，你最爱的姑娘却和你哥哥搞在了一起，每天花前月下，卿卿我我……是的，文昭不是因为走投无路才嫁给我哥哥的，我哥哥也不是为了救人一命才‘勇于接盘’的，他两个根本就是一对狗男女！没错，在这件荒唐事中，做哥哥的更无耻，而做弟弟的，从头到尾都没做错过什么。”

文讷喃喃地说道：“那……黄红兰……”

谷修齐点点头：“没错，黄红兰更无耻，整件事中最无耻的就是这个女人……她并不是看到文昭和我要结婚才妒火攻心去诬陷我的，纯粹就是因为我们俩偷情被人撞破，而黄红兰把自己的名声放在了我的生命之上，告诉别人说我强奸她……”

卢振宇有些疑问：“那，你要杀也应该杀黄红兰！为什么放着黄红兰不杀，却去杀你哥哥嫂子全家？”

文讷突然惊呼道：“啊！难道黄红兰已经……那场大火中的骨灰会不会就是她？”

谷修齐微微一笑，摇摇头：“不，你的想象力还真丰富，那不过是一个普通的路人甲，临时倒霉，被我选做了替死鬼，黄红兰嘛，她还活着。这种人，一死并不能清偿她的罪孽，我要让她像我一样，生不如死，在痛苦中度过漫长的后半生。”

文讷问道：“她在哪里？”

谷修齐神秘一笑：“首先，我知道她有一个女儿，其次，你们已经见过她了。”

“啊！”卢振宇惊呼道，“她就是谢小曼的妈妈！”

谷修齐摇摇头，笑道：“你想象力也是够丰富，你觉得像吗？人家老谢两口子恩爱无比，女儿也是漂亮争气，一家人幸福了这么多年，你觉得如果她妈妈就是黄红兰，我会允许他们这么多年都这么幸福的过来吗？”

“那你为什么要绑架谢小曼？”

谷修齐微微一笑，露出一个无耻之极的笑容：“练舞蹈的，身材曼妙，可以解锁的姿势多。”

卢振宇盯着这个老变态，忍不住掰了两下指关节，强忍住揍他的冲动。

“好吧……”文讷问道，“你说我们已经见过黄红兰了，她还有一个女儿，那她是谁的妈妈？难道是范月瑶的妈妈？”

卢振宇一想，还真是，老两口流浪卖唱找女儿，确实够凄惨，应该够得上谷修齐心目中“生不如死”的标准了吧。

谷修齐笑道：“黄红兰嘛，其实一直就住在我对门……没错，就是你们说的那位‘对门阿姨’。”

“啊！”

“啊！”

即使是晴天霹雳炸在眼前，也不能让两个年轻人更惊骇了。

卢振宇愕然道：“可是，有没有搞错！为什么？”

谷修齐显然很欣赏这样的效果，他得意地笑道：“你们难道没发现，她总是在对门悄悄地观察我吗？”

“发现了！”

文讷也问道：“她知道你的真实身份吗？”

谷修齐笑道："开始不知道，最近几年，可能有些发觉了吧，我觉得她看我的眼神有些变化了，呵呵，对，就是带点那种怨妇看老情人的味道……但是，我知道她也不敢肯定，所以她一直在窥探我，用一切机会观察我。我知道她这种女人的心理，既怕我没死会报复他，又希望我没死，因为只要我还活着，就有可能满足她对初恋情人的那种幻想。"

卢振宇问道："那她当初为什么要住到你哥哥家对门？难道她心里没数，不知道自己已经是谷家的仇人了吗？"

谷修齐笑道："这是我们院领导给她分的房子，院领导当时也是知道我是冤枉的，我跟她谈恋爱的时候没几个人不知道，她说我强奸她的时候，没几个相信的，但是没办法啊。所以后来在分房子的时候，领导大概是恶作剧心里吧，故意把她分到了我们家对门，是想让她下半辈子都过不自在吧。"

文讷点点头，又问道："那么，她的女儿到底是谁？也是被你绑架的女生中的一个？"

谷修齐点点头："是啊。"

"是哪一个？"

谷修齐道："黄妙音。"

"黄妙音？"文讷忽然觉得这名字好熟。

卢振宇惊呼道："啊！黄妙音！不就是死了的那一个……"

他一说，文讷也马上想起来了：黄妙音就是警方最早发现的那具尸体，也就是先前认为是被陆傲天奸杀的那个女生。

卢振宇问道："你就是为了报复她妈妈才绑架的黄妙音，然后杀死她的？"

谷修齐摇摇头："我是为了报复她妈妈才绑架的她，这个没错，可我本来并没打算杀她，还是那句话，一死了之太便宜了，我原打算让她女儿在下面永远给我当玩具的，我还打算不定期的拍一些黄妙音的照片、视频什么的，给她妈妈发过去欣赏欣赏，后来觉得风险有点大，还是算了，说实在的，黄妙音这名字还真没起错，声音是挺好听的，尤其是她惨叫的时候。”

卢振宇和文讷对视一眼，都是一阵不寒而栗。

卢振宇问道：“那……你为什么杀她？”

谷修齐轻描淡写说道：“破坏校规，几次三番试图逃跑，这个小文知道，试图逃跑记大过，记大过三次直接处死，校规是铁一般的纪律，没有商量，小文刚来不就记大过一次吗？”

文讷咬着嘴唇，凝视着眼前这位“老师”，脸色慢慢变白，当初在魔窟里的那种绝望、压抑的感觉又上来了。

谷修齐摇头笑道：“不过也真怪不得黄妙音，要怪就怪她妈妈当年太对不起我了，我也是把对她妈妈的恨转移到她身上了……我对其他女孩都挺好的，就是对黄妙音虐待得太厉害，可能是小姑娘也觉得生不如死了吧，最后一心求死，我也就索性成全了她。”

就连卢振宇也听得一阵毛骨悚然，过了半晌，他突然想起来一个很重要的问题：“对了，那陆傲天的精液，是怎么跑到黄妙音体内的呢？”

这句话一问出来，文讷也皱眉听着，这也是她想问的。

谷修齐笑道：“你们猜一猜？”

卢振宇皱眉不可思议道：“难道你还为了嫁祸陆傲天，专门派了个人勾引陆傲天，把他的精液搞出来？”

谷修齐哈哈笑道：“我跟陆家无冤无仇，嫁的哪门子祸？告诉你们吧，我早就说过，真实世界的案子，根本没那么多戏剧性，很多事就这么发生了，要么是没道理的，要么是偶然的，要说陆傲天被我‘嫁祸’到了，那也只怪那小子平时作恶多端，老天借我的手惩罚他一回而已！”

卢振宇和文讷又对视一眼，都在想：老天惩罚陆傲天？什么意思？

谷修齐道：“你们也知道，我的‘地下女校’，里面的女生不是一成不变的，而是不断更新换代的，虽然速度很慢……每当有不服管教、反复逃跑的女生被处死，我都要补充新生。那么处死的女生尸体怎么处理呢？最好的办法当然是伪装成被奸杀的状态了。”

文讷点点头，明白了："于是你就在抛尸之前，往她们体内注入一些……可是，那些……精液又是谁的呢？”

谷修齐笑道："捡的。”

两人都愣了："捡的？”

谷修齐点点头："对，捡的，每当我要处死女生之前，就会去酒吧街、红灯区的那些小巷口、垃圾桶旁边，找寻那些刚丢弃的避孕套……我也不知道都是谁的，反正捡着谁的是谁的。”

文讷瞠目结舌，看了一眼卢振宇，卢振宇也看着她，两人同时点点头，都恍然大悟。怪不得谷修平说是老天借他之手惩罚陆傲天呢！陆傲天也够倒霉的，这么一份大奖都能让他撞上……

谷修齐笑道："不过呢，你们两个也得感谢我吧，要不是我捡到那小子的套子，那小子怎么会被抓进冤狱？老张又怎么会带着你们两个小孩子一起探案？你们两个又怎么走到今天？我知道，小卢看小文肯定是一见钟情，这个我有把握。小文看小卢嘛，呵呵，恐怕就是日久生情了，所以说啊，小卢，你得感谢我这个大媒人啊！”

卢振宇和文讷四目相对，都是百感交集，五味杂陈来，此时此地，相对无言。

片刻的沉寂后，暗室囚禁恶魔的声音再度响起："小文，该老师提问了。”

文讷深吸一口气道："你还想问什么？”

谷修齐道："小文，你为什么一定要和谷润田视频？是不是看出了什么破绽？”

文讷矜持一笑，摇头道："倒不是当时才看出来的，是早就看出破绽来了。”

“哦？”谷修齐有些意外。

文讷说道：“我查过谷修平的出入境记录，发现没有，不光谷修平的查不到，谷润田的也查不到，按理说，如果谷教授的儿子真的在美国，那每年至少得团聚一次吧，要么是谷教授去美国，要么是他儿子回中国，可是出入境管理局却没有这两人的有关记录，谷教授甚至连护照都没办过，而谷润田最后一次入境记录是在十年之前，此后就再没有他的出境记录，连护照过期也没更换过！”

谷修齐赞许地看着文讷，微笑道：“小文，你连出入境记录都有本事查？我想，你应该没让李晗帮忙吧？凡是涉及到对我的调查，你对李晗都有戒备心吧？”

文讷不置可否，淡然道：“这种小事不需劳烦晗姐姐，我也有自己的关系网。”文讷说道，“我有个朋友，她爸爸是海关的领导，她本人在出入境管理局上班，查些东西还是比较方便的。”

然后她对卢振宇说道：“就是童童姐，那天吃饭坐在君君旁边的那个有点胖的女生，以前是我表姐的同学。”

谷修齐笑道：“果然如此，你是不是当时就怀疑，已经没有谷润田这个人了？”

“那倒还没有。”文讷摇头说道，“当时还没想得这么黑暗，我当时怀疑的是，难道是谷润田早就回国发展了，因为家庭矛盾之类不跟谷教授在一个城市。可是，谷教授为什么要对别人撒谎呢？难道仅仅是因为虚荣心，怕别人笑话自己的儿子没在美国站住脚吗？加上当时你说如果你弟弟活着，肯定已经去美国跟谷润田在一起了，我当时知道肯定是谎话，因为当天在江滩上我还接到了‘老师’的电话，他肯定在附近窥探我，于是我就想用跟谷润田视频来跟你施加一点压力，看看你会不会犯什么错误，没想到，你果然绷不住了，几乎立刻就撕下了伪装面具。”

谷修齐笑道：“老师并不是绷不住了，听到你坚持要和谷润田视频，然后还要他的账号，我就知道这个秘密被你揭开只是时间问题了，小文你知道吗，你当时不该跟我要谷润田的 Facebook 账号的，假如你当时只是说不视频了，直接告辞离开，我都未必会对你怎么样，可你接下来又跟我要他的视频账号，我就知道你已经相当有把握了，再放你走就太危险了，是对我自身安全的不负责。”

文讷点点头：“嗯，于是你接下来就装作要抽烟却点不着火，让李晗帮你点烟，先对她下手了。”

谷修齐摇头叹道：“如果当时只有你一个，我连这点把戏也不需要，但李晗毕竟是个警察，虽然是文职，也学过一些散打擒拿，当然了，我肯定制得住她，但没把握同时控制你们两个，特别是小文你又那么机灵，如果你发现丝毫端倪，开门就跑，那我一个老人家总不能追到大街上抓你吧，再说门外装了摄像头我也不是不知道。”

卢振宇忍不住了，问了一个埋藏在心里已久的问题：“你是从什么时候开始代替真正的谷教授的？你又是怎么代替成功的？难道这么多年就没人看出来吗？”

这显然是谷修齐的“得意之作”，他也没再卖关子，直接解释道：“小文刚才说了，谷润田最后的入境记录在十年前，没错，我就是十年前把他们一家三口都杀掉的，不过，我本来只是想报仇，然后就远走高飞的，开始并没打算替代他。”

谷修齐接着说道：“本来呢，我是打算直接干掉这两个大人，但是考虑到留润田一个孩子活着太残忍，所以我改变了计划，打算来个一锅烩，谷润田那时候在美国读高中，我等了他半年，这半年一直监视着谷修平和文昭的生活，这是无心插柳之举，后来派上很大用场，我一直监听他们家电话，终于听到谷润田放假回家的消息，孩子大了，不用人接，从机场直接打车回家，我知道，这一天终于到了。

“头一天晚上，我去拜访了谷修平和文昭，对于我这个不请自来的不速之客，这两人无比震惊，谷修平借口切水果，其实是去打电话报警，我亲眼看到他拨打了110，我最后一丝犹豫也没有了，一针扎在他脖子上，当然了，电话线我已经切断，他根本报不了警，文昭听到动静跑过来，我也给了她一针，小文你懂得，是我亲自配的失能剂。”

文讷一阵恶寒，已经猜到后面将要发生什么。

“我把这两个人拖进卧室，把谷修平放在椅子上，把文昭摆在床上，当着他的面，拿回了本该属于我的东西。”他说着，脸微微扬起，微眯着眼睛，露出情不自禁的微笑，好像仍然在陶醉于当时的感觉：“我到今天都记得谷修平当时脸上的表情，那么的痛苦，那么的扭曲……哈哈哈，可惜，这一刻来得太迟了，他说我可以杀他，但请我放过文昭，我二话不说就答应了他，用绳子把他勒死了，文昭就在旁边哭喊，她说要下去陪修平，请我把她也杀死，我当时还真有这个打算，可是，却真下不了手……

“可能是当时她哭喊的声音太大了，邻居来按门铃，在外面问怎么回事，有话好好说，大概他以为里面在吵架吧。当时我拿不定主意该怎么办，也不知怎么冒出一个主意，就先把文昭的嘴巴堵上，然后找出谷修平的衣服穿上，带上他的花镜，拄着他的拐杖，当时他已经患有严重的强直性脊柱炎，走路已经需要拄拐了，我装扮完，对着镜子看了一眼，觉得还算比较像，大晚上黑灯瞎火估计分辨不清楚，就算那个邻居看出破绽，我大不了把他也干掉，然后跑路就是。”

说到这里，谷修齐摇摇头，露出一个嘲讽的笑：“不得不说，老天爷刻意安排我替代谷修平啊……我打开门，正好走廊灯也亮了，那可根本不是黑灯瞎火，而是灯火通明，那个邻居揽着我的肩膀，一番劝慰，什么你两口子都是知识分子，有话好好说，嫂子那么贤惠，你得让着她什么的，等关上门回屋，我一身冷汗把衬衣都湿透了，但是我知道，这一关过去了。

“这时候我突然有个想法，想玩一把心跳，于是到卫生间里试了一把易容术，这是我在大西北蹲监狱的收获之一，是跟一个老贼学的，说起来这门手艺要是能发扬光大，我也算是非遗文化传人了，易容术古来有之，并不是变成另一个人，而是青年变成老人，男人变成女人，主要靠模仿动作、表情和眼神，化妆只是辅助，扯远了，总之我用文昭的化妆品勉强对付了一下，自我感觉很成功，这也不奇怪，毕竟我们本来就是同胞兄弟。

“到了第二天早晨，我刚迷迷糊糊地睡一会儿，门铃响了，我知道谷润田回来了。我从猫眼看了下，确定只有他一个人才开门，谷润田冲进来就给了我一个大大的拥抱，还喊我爸爸，亲热得不得了，那一刻我几乎下不了手……如果这一切是我的该多好啊，然后我问他吃饭了吗？累不累？他回答起来也是毫无异样，然后他问我妈妈呢？我往卧室里一指，这缺心眼孩子喊着妈妈就跑进去了，突然看到他妈妈赤着身子被绑在床上还堵着嘴，顿时石化，还没等他回头，我在后面一锤子下去，润田没有任何痛苦折磨立刻就下去陪他真正的爸爸去了。

“干掉了这爷俩，我当时突然有种想法，就是能不能找个隐秘的地方把文昭关起来，永远据为己有，可是文昭亲眼看着丈夫和儿子被我活活杀死，这时候已经和疯子没什么区别了，又哭又笑，不然就是瞪着天花板，一声不吭……我当时很想把她留下的，一直留了她两天，对她极尽温柔，倾诉多年的思念之情，可她就像具尸体一样，而且连水也不喝……没办法，我最后还是下定决心，结束她的痛苦，对于我的女神，当然不能用绳索和锤子，我给她特地调配了一针，能让人失去心力衰竭，安静地死去……文昭走的时候，脸上竟然还有笑容。”

说到这里，谷修齐神采飞扬，因为说话太多，嘴角泛起白沫，脸上闪耀着邪恶的光辉。

文讷和卢振宇呆呆地听着这个恶魔津津有味地回忆着当年的变态暴行，只觉得手脚冰冷，连呼吸都困难了。两人艰难地对视一眼，都一阵深深的恐惧，他们原先只知道他们的对手是个色魔，充其量是个喜欢音乐、有品位的色魔而已，万没想到，竟然是这样一头心灵扭曲变态到极点的嗜血野兽！

两人都是一阵后怕：还好最后赢了，否则的话……

谷修齐饶有兴趣地欣赏了一会儿两人噤若寒蝉的样子，很是满足，现在的情形就像是一只凶残的大灰狼在恶意满满地恫吓着两只小白兔，只不过这只大灰狼的两条爪子都被废了，脚上还戴着镣铐，已经再无能力伤害别人。

"我当时大可以直接远走高飞的，但是我不甘心！"谷修齐继续讲故事，"你们应该知道的，我们谷家不同寻常，解放前的江东实业银行，第一大股东是南泰龚家，第二大股东就是我们谷家了，我的祖父家产巨万，我父亲打小就是阔少小开，锦衣玉食，即便是解放后公私合营了，我们家也是瘦死的骆驼比马大，1980年落实政策后，谷家拿到了十万元，还有数不清的字画古玩。"

谈到巨额财产，谷修齐的表情变得狠辣而贪婪，他侃侃而谈道："我是小儿子，家产都是被老大掌握着的，再加上我坐了十年牢，家族的经济情况不太掌握，就眼前看到的可谓寒酸之极，这很不对劲，谷修平不是那种骄奢淫逸的人，他不可能把钱都败光，这些都是假象！

"谷修平是提前病退，如果没钱，他能放弃这份稳当又体面的工作？而且他们的儿子上的是国际学校，每年学费几十万，美国留学花费不菲，据说他们还给儿子在美国买了房子，所以他们肯定是把钱藏在什么地方了，我翻箱倒柜找了好久，你知道我是做过职业大盗的人，居然都没翻出来什么钱，他们两人的存折上余额很少……总之我在他们家耽搁了好几天，这些天里我随时警惕着，准备夺路而逃，但是从来没人登门拜访，电话都没有一个，期间我扮成谷修平出去吃饭，因为前面监视了他半年，所以我很会学他走路说话的方式，邻居见到我，当然不会怀疑，也都打个招呼而已，连聊天都很少，可见他们家人和邻居的关系并不怎么样。”

卢振宇觉得有些不可思议，问道：“那文昭的家里人和谷润田的同学没打电话来吗？”

谷修齐说：“文昭当初执意要嫁给大自己十几岁的谷修平，和家里人是闹翻的，断绝关系几十年，而且她是四川人，老家在汶川……”

文讷意识到了什么，叹了口气。

果然，谷修齐说：“所以呢，零八年之后，文昭家里就没人了，这两口子性格淡漠，和邻居、同事的交往极少，当儿子的也是如此，孤僻内向，那些日子就没有同学给他打电话，所以我很放心，耐心地寻找本该属于我的财富。”

“你找到了。”文讷说，“这些珍贵的藏书都是你哥哥的藏品。”

谷修齐点点头：“没错，我虽然是个大盗，但是现在的商人和官员的品位实在不敢恭维，我进他们家之后，就没见过谁家里有藏书的，他们只认金条美钞人民币，偶尔收藏个艺术品，所以我一时之间没意识到，后来闲来无聊，从书架上抽出一本书欣赏，我就明白了，谷修平这个书呆子，把钱都用在这上面了。”

他露出一个得意的笑容说：“书架上有很多古书，我上网查了一下，居然有几本是宋版书！当时我查到宋版书非常值钱，但是我守着这一大堆宋版书却一点办法也没有，我也不是古董圈内人，也不知道怎么变现，只能先放在那里，继续找，很快，我又发现了不少书画卷轴和瓷器，可还是那个问题，不好变现，我就像守着金饭碗的乞丐，那个滋味啊……”

谷修齐眯起眼睛，回忆着他获取财富时的快乐，忽然又咬牙切齿，进入刻骨仇恨中：“我在大西北蹲监狱的时候，不见他们花钱打点让我少受点苦，反而把巨量的财产都用来风花雪月，买什么宋版古籍！”他额头青筋暴起，眼中凶光毕露，想到这是个杀人如喝水的恶魔，文讷不禁往后退了退，卢振宇一把揽住她，对谷修齐怒目而视，文讷感觉安全了，问道：“那么，你维持地下女校的经费，就是变卖这些宋版古籍来的了？”

谷修齐瞬间恢复了温文尔雅的面目，笑道：“我怎么说也是谷家的子孙，书香门第出身，对于这些东西，骨子里也是喜爱的，我欣赏过之后就舍不得变卖了，至于地下女校的运营经费，那是我从别的方面搞来的，别忘了，我可是一个大盗哦，不比那个路老师差。”

文讷奇道：“那么……你就这么冒充谷教授，一直冒充下来了？一直没被识破？”

谷修齐笑道：“我住在这里的时候，没事就看书，谷修平那些心理学方面的书，我都通读了的，作为一个罪犯，我似乎比谷修平更适合研究这个，不过有两次差点露馅，一次是电视台准备做一个江大谋杀案的宣传片，省厅宣传处有个小姑娘，陪着记者来采访我，我也是想验证一下自己的能力，就没推辞，那小姑娘喜欢刨根问底，没事就在小本子上写写画画的，差点露馅，还好遮掩过去了，最后那片子因为涉及到社会影响，根本就没播出，要是在电视上播了，肯定有不少之前认识谷修平的能看出破绽来。”

文讷问道：“那个省厅宣传处的小姑娘……”

谷修齐笑道：“没错，就是李晗，我挺喜欢她的活泼劲儿，教了她一些东西，她也很尊重我，经常过来找我这个老教授聊天……那时候我已经找到了那个地下工事，在里面已经养了两三个小女生，其中一个就是那个‘辅导员’，小文见过的，她是我的第一个‘学生’，当时我有过考虑是不是把李晗也收纳进来，充实一下我的学校，后来犹豫再三，还是没下定决心，这小丫头是警察不说，她家里在警界也很有背景，她爷爷、她爸爸，都是门生满天下的警界大拿，她要是失踪了，少不得查到我这儿，我假扮谷修平，平时没人来关心还好，一旦认真查起来，肯定露馅，于是，我放了小晗一马，只要她能经常来陪我说说话，聊聊天，我也很开心了，再说那时候，我手里的女生越来越多，足够我享用了，也不缺她一个。”

他摇摇头叹道：“说起来，我绑架第一个女生还真不是学音乐的，而是学医的，我主要是看中她那种气质，有点像当年的文昭……但是抓回去发现，她已经不是处女了……唉，这种心态就有点像收藏，你一旦‘入坑’之后，就难以上岸了，总觉得手里的这一件还不完美，不是自己想要的，自己心中完美的藏品，永远是下一件……”

文讷听得不寒而栗，半晌才问道：“假如你没落网，假如你的魔窟一直没被发现，你就会一直‘收藏’下去？”

谷修齐笑道：“应该不会吧，后来不是‘收藏’到了你吗？假如你们家没有那么大背景，整的动省厅成立专案组挂牌督办，假如小卢没猜出我的‘女校’就在游乐场下面，没有想出敲山震虎这个计策的话，我也不会把你送出去，更不会最后下决心放弃那个地方。那样的话，有小文在那下面，我就心满意足了……再加上我年纪也越来越大，也准备收手了，对了，我以前不是跟你讲过这个道理吗？”

尽管病房里有暖气，但文讷此刻还是觉得浑身阴冷，禁不住抚了一下自己的胳膊。

卢振宇问道：“对了，当时出动挖机敲山震虎的时候，你在下面吗？”

谷修齐点点头：“在。”

“那你是怎么知道金天鹅的人去你家了呢？还给李晗打电话？”

谷修齐笑道：“事到如今，这些细枝末节我也不准备藏着掖着了……你让刑警队的人检查的再仔细一些吧，我家门口走廊上有一个针孔摄像机，无论谁来我家敲门找我，就算我不在家，也能知道。”

卢振宇和文讷对视一眼，恍然大悟。

文讷突然问道：“不对啊，那你在地下，是怎么收的到信号的呢？”

谷修齐微微一笑：“这就是一根天线的事，和通风管道一起伸出来的，伪装成游乐场城堡烟囱的，对于动手能力超强的老师来说，这根本不是个事儿。”

卢振宇问道：“动手能力超强？那你还是个黑客？”

谷修齐一怔：“黑客？”他随即反应过来了，笑道，“你是想问那个行车记录仪云备份是吧？呵呵，这事儿太简单了，哪用的着黑客那么复杂……我事先录了一份假的行车记录仪录音，当天夜里去租车公司，直接开锁进去，打开电脑，找到行车记录仪备份，然后把我的那一份拷进去，替换一下就行了。他们的那些备份录音都是按照车牌号排列的，很好找。”

卢振宇点点头，恍然大悟……原来自己百思不得其解的问题，在人家开锁高手这里根本不是个事儿。

文讷盯着谷修齐的眼睛，一字一句问道：“老师，我想问你，那天晚上到我家绑架我的人，到底是谁？是黄宗盛，还是你？”

谷修齐微笑着，悠然说道：“当然是我。”说着，还下意识地上下打量了一下文讷。

文讷当然明白他这暧昧的眼神是什么意思，她强忍着心中的羞愤，告诉自己：千万不能表现出来，否则他会更得意……她用眼神制止住想要杀人的卢振宇，装作若无其事的样子点点头，微笑道：“老师，那黄宗盛当时在干什么？”

谷修齐笑道：“我想想啊……哦，黄宗盛应该已经按照我的指令，开车前去游乐场那边了。”

文讷皱眉道：“为什么？既然你亲自出马绑架我，为什么还要把黄宗盛叫过来？”

谷修齐笑道：“黄宗盛只是个可怜虫而已，他甚至不知道我把他叫过来走这一趟是干什么，他甚至不知道你在纺织宿舍住，他只是被我电话遥控着，跑了一遍和我相同的路线而已。我让他去租车，然后按照我给定的路线走一遍，这顶替罪羊的帽子他就摘不掉了。就这么简单。”

卢振宇和文讷此刻恍然大悟，原来如此！黄宗盛不光是替死鬼，还早就被谷修齐设计成了替罪羊！怪不得之前“谷教授”一步步引着他们往黄宗盛那个方向去调查呢。

文讷现在才突然意识到，黄宗盛并不是个大奸大恶的人，甚至根本算不上一个坏人！他只是一个有些风流的帅大叔！只是当年失手误杀和他有瓜葛的一个女人，正好被开车经过的谷修齐看到，然后就被谷修齐控制操纵，最后成为替死鬼，烧得尸骨全无……

“对了小文……”谷修齐说道，“最后再告诉你一个秘密……来，过来帮个忙，帮我把前胸扣子解开。”

文讷和卢振宇同时瞪着他说道：“干什么？”

谷修齐笑道：“没别的意思，不害你……你看我都这样了，还能把你怎么着？照我说的做，给你看一样东西。”

文讷将信将疑地看看他，又望了一眼卢振宇，卢振宇说道：“看什么？你要解扣子，我帮你解。”

谷修齐摇头笑道：“好好好，也行。”

卢振宇凑过去，按照要求揭开了他的前胸口子，露出了谷修齐的胸膛。

“怎么了？”卢振宇问道，这看着没啥特别的，既没有伤疤，也没有文身。

文讷很好奇，也凑过来看，她看了一会儿，突然惊呼一声，捂着嘴巴，抬头望着谷修齐。

谷修齐点点头，笑道：“看到了吧小文？凡事不能想当然，这世界上的事多数时候跟你想象的都不一样。尤其是查案子，想当然，是要吃大亏的。”

卢振宇还没反应过来，望着文讷奇道："怎么回事？"

文讷喃喃地说道："他……他的胸口也没有黑痣……"

卢振宇也惊呼一声，赶紧再凑过去看，果然没有！

"你的黑痣是……是假的！"

谷修齐微微一笑，点点头："没错，是假的。这就算是老师给你们上的最后一课吧。"

文讷眨眨眼，姜还是老的辣！她接着问道："那另一次差点露馅是什么时候？"

谷修齐说："就是我埋他们一家三口人的时候。"

第二十章 欲望之街

虽然已经知道谷教授一家人都埋在大家经常去的屋子下面，但听到具体细节的时候，还是令人毛骨悚然。

谷修齐说道：“我杀他们一家的时候是十二月份，我记得近江那年冬天特别冷，这边又没有暖气，所以我刻意不开空调，就是怕尸体腐烂发臭，为了安全起见，我还特地买了一台冰柜。”

卢振宇道：“为什么你不把他们运出去，直接丢到江里？我相信你有这个能力。”

谷修齐居然露出一丝慈祥温馨的神色，他充满深情道：“你们小年轻啊，没有家庭和亲人的概念，我在这个世界上已经没有其他亲人了，所以我希望他们三个人陪着我，一家人最重要的不就是齐齐整整吗？”

卢振宇一阵恶寒，摆摆手示意谷修齐继续往下说。

“虽然有冰柜，也保存不了太久，我想到在旧社会的时候，地主为了躲避战乱洗劫，会把财产埋藏在自家屋里的地下，于是我有了一个大胆的想法……”

“但你住的那栋楼房是上世纪五十年代采用苏联图纸的专家楼，使用了很充足的混凝土，打开地面并不容易，我想埋三个人需要的空间不算小，这个过程中你会发出很大的噪音，这个过程引起了邻居们的怀疑，导致你差点露馅，对吗？”文讷问道。

谷修齐赞许地颔首：“小文就是聪明，我买了各种工具，包括水钻打孔机和电锤，先把木地板给拆了，你知道这种老式的房子木地板下面都是带龙骨的，拆起来动静不算小，立刻就引起了一些邻居的关注，他们来敲门，问我怎么搞起了装修，我索性将计就计，就说我打算重新装修一下房子，把他们哄走之后，当天夜里我就出去，化妆成装修工人第二天再来，正大光明地用电锤把混凝土砸开了，因为噪音太大，邻居们还挺有意见，组团来抗议，我不开门，在门后面用谷修平的语气和他们吵架，闹得有些不愉快，不过知识分子毕竟脸皮薄，犯不上为这个撕破脸，忍了几天也就过去了。”

文讷出言讥讽：“如果碰上较真的人，你就完了，人家报警，再来个有经验的警察，三言两句你就暴露了。”

谷修齐笑道：“人生没有如果，再说了，即便暴露，也不过多添几条人命而已。”

“好了，你继续说。”卢振宇道，“小文，你不要打断他。”

“装修花了很长时间，因为用了水钻打孔机，屋子里到处是水，那些五十年代的陈年老地板也损坏了很多，我不得不采购新的地板，又不能真的找装修工人，为了这个，我特地学了室内装修，我给他们三个人挖了墓穴，平平的，浅浅的，刚够人体平躺下，就这样还是挖出很多渣土，光是清运渣土就用了我很长时间，我买了一些水泥，把尸体封在凝固的水泥块里，就在客厅的下面。”

卢振宇和文讷浑身鸡皮疙瘩都起来了，难以想象这样一个魔鬼，平日里竟然装扮的如此睿智慈祥，实在是匪夷所思。

一阵沉默后，文讷再次问道："后来你就对外宣称，文昭陪孩子去美国读书了，反正她已经没有单位，也没有亲戚，所以没人追究下落，你就不断地制造着妻儿在美国的假象，直到有一天，你说文昭在美国遇车祸去世了，当然，也不会有人追查事实，你白天扮演谷修平，晚上就恢复本来面目，变身为游走在罪恶深渊里的魔鬼。"

谷修齐已经不在意什么互相问一个问题的游戏规则，他眉毛挑起，兴致勃勃道："是这样，我那时候才四十出头，正是生龙活虎的年龄，岂能闷在家里，我经常出来寻找猎物，搜集经费，建立我的后宫，地下工事的图纸就是我在一次行窃的过程中的收获，我灵机一动，决定将这个地方建设成我的地下王国，后来有一天，我发现对门住的竟然是黄红兰！这简直是老天赐给我的机会，我当然不会杀了她那么简单，我要慢慢地折磨她，她那个单亲女儿黄妙音，偶尔会来探望母亲，在外面遇到也会礼貌地喊我谷伯伯，我掌握了她来这里的时间规律，在一个夜晚绑了她，然后每天欣赏黄红兰的绝望和悲伤，何尝不是人生一大美事啊，哈哈哈。"

文讷站起来说："卢兄，我实在受不了啦，我要走了。"

卢振宇也受不了恶魔的狂笑，紧跟着站起来说："谷修齐，等待你的将是法律的严惩。"

谷修齐盯着他俩，从狂笑变成狞笑，进而变成冷笑："小文，你信不信老师还能出来，不管你在哪里，老师都能再把你抓走。"

文讷咬了咬嘴唇，挺胸昂头道："你别想吓唬我，我才不怕你。"

卢振宇也说道："谷修齐，你别做梦了，把头洗洗，等着挨枪子吧，咱们走。"

两人走出病房，并排靠在墙上喘着气，刚才简直就是在和恶魔较量，谷修齐身上散发出来的邪恶气息，简直让人怀疑他是邪灵附身。

"卢兄，你说他会不会真的再次越狱啊？"文讷怯生生地问道。

卢振宇拍拍文讷的脑袋，一脸宠溺：“他就算真的出来，我就把他剩下那只眼睛也戳瞎。”

张大队走过来和他俩握手表示感谢，让负责看守谷修齐的刑警进病房盯着点，然后说：“你们放心，对这种高智商的罪犯，还真不能不防着点，除了屋内的摄像头，必须专人二十四小时贴身盯着他，另外配备了五名持枪特警，万一有突发事件，特警得到授权可以直接将其击毙。”

刚才的对话，已经录入视频作为警方的口供，想必谷修齐也是知道的，他就是好面子才不愿交代，通过这种方式来认罪。

卢振宇和文讷出了医院，沐浴着阳光，终于感受到了人间的温暖。

“卢兄，我想去看看现场。”文讷突然说。

卢振宇有些迟疑，担心文讷故地重游受到刺激。

“放心，我胆子没这么小，我只是想祭奠一下真正的谷教授一家，我总觉得，我们能抓到真凶，冥冥中谷教授在帮我们。”

“那就去。”卢振宇当即跑去开车，两人开着小红马一路来到财富广场附近，只见谷教授家所在的那片区域已经再度围上了彩条布，挖掘机轰隆隆，一片拆迁景象。

“没想到陆刚这么迫不及待。”文讷说，“协议墨迹未干就撕毁了，原本替大家出头的谷教授竟然是个恶魔杀人犯，这对邻居们的打击太大，也没人能抗衡金天鹅，匆匆几天之内，这里就搬空了，走，咱们进去看看吧，如果现在不看，以后也没有机会了。”

两人走进拆迁现场，只见楼宇上喷满了大大的“拆”字，一些楼房已经在施工阶段，挖掘机从上面挖起，将六层楼房拆成一片废墟，隐约可见破损的窗户内挂着的年历、明星海报、丢弃的各种杂物。

谷教授所在的那栋楼，也已经人去楼空，对面的黄红兰家里大门敞开着，一片狼藉，卢振宇和文讷走了进去，室内已经搬空了，在一间小卧室的墙上，挂着一张泛黄的纸，是高中时期的黄妙音参加歌咏比赛的奖状。

两人无言地看着这一切，谷修齐和黄红兰这一对魔鬼，害了别人，也害了自己。

卢振宇回身，走到谷教授家门口，见门上依然贴着封条，刚要撕开封条，就听到一个熟悉的声音："别动！"

文讷回头看去，竟然是李晗，那天案发之后，他们就没见过李晗，电话微信也不通，可以想象李晗受到的心理创伤有多么巨大，不过现在看起来，女神探已经恢复了斗志，一身警服飒爽英姿，阳光从背后撒来，给她镶上一层金边。

"晗姐姐！"文讷扑了过去，和李晗紧紧拥抱，两人腻了好一阵子，李晗才说："待会儿刑警会带凶手来指认现场，别动封条。"

"咱们是心里灵犀啊，都来见证这个冤魂重见天日的一幕，我就知道警方会雷厉风行的，不然这里就拆成平地了，再见那个恶魔你肯定不怕的，我知道晗姐姐最勇敢了。"文讷说。

李晗用力地点头："对，法网恢恢疏而不漏，阳光下没有罪恶的容身之所！"

三人在原地等了一会儿，就听到警笛声声传来，一队警车驶来，警察们先将闲杂人等全部赶走，记者更是别想混进来，只保留必需的工程操作人员和警方人员，卢振宇他们三个作为内部人士得以留下观看，这也是应金天鹅的要求而为，如果地块里掘出凶案尸体的新闻曝光，对于地产的价值会有所影响。

谷修齐就在其中一辆救护车上，不过照顾他的不是护士，而是荷枪实弹的特警，警察押着谷修齐一路走来，脚镣在地上拖拉着，大冷的天就给他穿了一双棉拖鞋，想必也是为了防止意外发生。

安总队亲临现场，他带人押着谷修齐进了屋子，让他指认现场，谷修齐微笑着说："我不都已经说了吗，你们挖就是，挖出来我再指认。"

安犁天让人动工，一辆挖掘机进场，巨大的铲子将墙壁砸出一个大洞来，在客厅地上乱扒一气，把地板抓的乱七八糟，文讷探头张望，生怕那些昂贵的字画古籍毁于一旦，但她发现，谷家的东西基本上也搬空了。

地板和龙骨砸开之后，工人们上场了，用四台电锤在地上凿，但是将客厅的地面全部挖开了，也没找到任何所谓的藏着尸体的混凝土块。

似乎大家都被谷修齐耍了，安犁天愠怒了，而始作俑者一脸戏谑的笑意道："别停啊，继续，不是还有几间屋吗。"

几个刑警气的当场就想给谷修齐上手段，但是对于这种恶性变态杀人犯，普通的手段根本没用，反而会让他得意忘形，安犁天铁青着脸，让工人挖厨房的地面。这回有了效果，很快钻头就碰到了质地不同的混凝土块，起出来是一个一米八几长度，一人宽的混凝土块，但也只能藏一个人。

安犁天继续下命令："挖卧室。"

工人又是一阵忙碌，从卧室地下起出一个不到一米七长度的混凝土块。

所有目光集中在安犁天身上，等他继续发话。

安犁天说："不用挖了，就这两个了。"

刑警把谷修齐拉过来，让他指认，这个恶魔依然是满脸冷笑，大大咧咧地在镜头下承认："是我做的，但我想知道，你是怎么知道在厨房和卧室的，又是怎么猜到只有两个的。"

安犁天道："你哥哥是个文人，最不喜欢和厨房油烟打交道，书房才是他应该待的地方，所以你绝对不会让他和他最心爱的书埋在一起，哪怕死了也不行，至于卧室的那具，看长度就知道是文昭，你睡觉的时候也要让文昭的魂魄陪着你，至于谷润田，我不知道他埋在哪里，但我肯定他没埋在这里，你这种人渣，是不会让他们一家人齐齐整整的，哪怕是死后。"

谷修齐邪恶地笑了："安总队到底是老刑侦，有两把刷子，可惜啊，我不是败在你手里，而是败给那几个小年轻了，对了，李晗这孩子资质不错，可以考虑考虑调去当刑警。”

安犁天道：“那就不劳你操心了，带走。”

警方取了所有的证据后也撤走了，这片地方彻底成了废墟，待到卢振宇烧了一大包冥币后，大批挖掘机再次进场，轰鸣声中墙倒屋塌，一片烟尘，卢振宇他们站得远远的，唏嘘不已。

“你们说，谷修齐会枪毙吗？”文讷问道。

“当然，他十恶不赦，必须死刑。”李晗答道。

“那谷教授留下的宋版书和古玩花瓶怎么办？”文讷忧心忡忡，原来担心的是这个。

“当然是上缴国家。”卢振宇大声道，起风了，没被焚化的冥币碎片漫天飞舞。

“我想去看看谢小曼。”文讷看着远处那栋楼说道。

再见谢小曼是在黑胶唱片里，黄宗盛死后，他的遗嘱自动公布，原来此前他就考虑到可能会被人害死，预先留下遗嘱给律师，黄袆没有太多财产，青藤公寓的房子是租的，唱片店也是租的，他把这些东西全部留给了谢小曼。

经历了一场生死劫的谢小曼更清瘦了，但整个人的精气神透着坚韧不拔，她剪了更短的头发，素面朝天，在店内忙碌着，没了近江李宗盛的名声加持，店里客人不多，冷清得很，看到故人来访，谢小曼很大方地接待了他们，大家坐在一起，在忧伤的背景音乐声中谈起了黄宗盛。

“宗盛是个好人，只是多情了些，不过他留给我这个店也够我维持生活的了，我会永远念着他。”谢小曼一边给大家倒茶，不时看着远处，文讷顺着她的目光方向看过去，那边墙上挂着的是黄宗盛的黑白艺术照，音容宛在，潇洒风流。

离开唱片店的时候，他们发现门前多了几束花，想必是黄袆的粉丝经常来此缅怀她们心中永远的宗盛。

晚饭是在丁海的私房菜馆吃的，当初的探案组合早已名存实亡，现在随着案件水落石出自动解体，但大家情谊还在，秦琴的心理恢复做得不错，和丁海小两口过着幸福的生活。

席间他们谈到了范月瑶，卢振宇身为记者消息最为灵通，他说：“范月瑶一家团聚，她父母也不再卖唱寻女了，陪女儿回家乡隐居，等过几年心理伤痕抚平了，也许会找个人嫁了吧。”

文讷说：“我听说老两口给北泰晚报社送了好大一面锦旗，他们觉得女儿能得救，张洪祥同志功不可没。”

卢振宇说：“可不，张哥可嘚瑟了一阵，不过领导说这案子影响太恶劣，不让扩大宣传，低调地报道了一下就过去了。”

丁海说：“对了，像范月瑶这样的受害者，可以提起民事诉讼，让那个恶魔赔偿经济损失。”

李晗说道：“那当然，实际上很多受害者都提起了诉讼，不过在法律上还有些障碍，那些财产按说都是谷修平的，而不是谷修齐的，即便是亲属之间存在继承关系，但杀害亲属可是自动取消继承权的，现在只能把那些财产区别对待，如果是谷家的祖产，就可以拿来赔偿了。”

李晗说：“警方在财富大厦上面倒是找到了谷修齐的巢穴之一，那个位置正好可以俯瞰谷教授家，是个装潢华丽的大房间，里面藏着好多法国红酒，各种乐器，穷奢极欲，和下面那个家截然相反，当然，还有他的作案工具，变声器、笔记本电脑、面具、化学药剂等各种奇奇怪怪的东西，还有望远镜，想必他经常在窗口俯视下面。”

虽然开着暖气，吃着火锅，大家还是觉得一阵寒意掠过心头。

“对了，黄红兰去哪里了？我还想采访她一下。”卢振宇说。

文讷撇嘴道：“我看你是想在黄红兰伤口上撒盐吧，她虽然是加害者，但受到的惩罚已经超过了应得到的教训，我看还是别去打扰了。”

李晗也说：“我们警方去找过她，希望黄红兰能作为证人出庭，但她拒绝了，听说这个人的精神状况很不好，有点万念俱灰的意思，她早年结婚离婚好几次，按照单位领导的话说，作风不大正派，她只生了一个女儿跟她姓黄，叫黄妙音，也就是那个被害者了。我估计，她女儿死后，唯一活下去的动力就是对门的老谷了，得知老谷居然是真凶，她最后的精神寄托一下崩溃，所以她也快疯掉了，我也不建议去打扰她。”

一阵沉默，文讷道：“有时候我想，如果当年谷修齐没有被黄红兰诬告，那会怎么发展下去，这一切是不是就不会发生。”

卢振宇说：“不会，这种人的恶是骨子里的，即便没有诬告的事情，也会有其他诱因导致谷修齐沦为一个罪犯，我深信不疑。”

文讷正色道：“没想到卢兄的思想如此深邃。”

李晗说：“别说这么沉重的话题了，说说元旦长假去哪里玩吧。”

文讷略带羞涩道：“我答应卢兄了，元旦去江北他家里做客，看看宅男的卧室是什么样子的。”

李晗嘻嘻笑道：“卢振宇可不是宅男了哦，而是堂堂的大记者了。”

与此同时，近江望东区的一处不对外营业的会所内，金天鹅的股东们正在庆贺顺利拿下财富广场前的地块，那可是价值不菲的黄金地段，会给金天鹅带来极大的收益，整个盘子都会因为这个地块而盘活，今天是私人家宴，出席的是陆刚夫妇与许庆良夫妇，以及许家豪。

陆刚已经微醺，举起酒杯：“老许，恭喜，你有个好儿子啊，手段了得，这次动迁雷厉风行，一星期就全部搞定了。”

许庆良也举起高脚水晶杯，荡漾着杯子里的红酒道：“同喜同喜，家豪再有出息，将来是辅佐傲天的忠臣良将。”

陆刚笑道：“傲天这小子，我希望他经过这一次的牢狱之灾，能懂点事，不过他再懂事也比不上家豪，这不，老实没几天又出去野了，我是不敢把家业交给他管理，不然三两年就能给我败光。家豪，等我和你爸退休了，你就顶上来执掌全局，傲天嘛，你给他一口吃的，别让他饿死就行。”

许家豪起身，微微欠身：“干爹，傲天毕竟太年轻，经过这一次教训我相信他会成熟起来的，执掌全局没有问题，我也会尽心尽力辅佐他的。”

陆刚很满意这个回答，赞许道：“我们老一代不行了，以后就看你们的了，来喝酒。”

大家碰杯喝酒，各怀鬼胎，其乐融融，许家豪时不时拿出手机查看一下后宫们的动态，很可惜，自从谷修齐落网后，文讷就不再佩戴钻石手环了，许家豪也无法掌握她的信息，查完后宫，他又点开几个监控视频的页面，那是他的主播们正在搔首弄姿，为老板赚取利益。

忽然蔡红问古兰丹姆：“我听说你闺女和那个小记者走得挺近的，你这个当妈的也不管管，可不能重蹈覆辙啊。”

古兰丹姆有些不悦，但是想到蔡红是个没心机的傻老娘们儿，也没和她一般见识，解释道：“没办法，我是答应过小卢，不反对他们俩交往的，但只限于一般朋友，谈婚论嫁那种可不行。”

蔡红这才满意：“这就对了，门当户对才行，我看肥水就不要流到外人田了，咱们自家消化一下，联个姻，把你闺女嫁给我儿子，将来咱们就是亲家了。”

许家豪站起来，礼貌地说声失陪，转身离去，他怕自己会失控发飙，卢振宇这小子和自己抢文讷也就罢了，勉强也算是个汉子，配当自己的对手，傲天这种纨绔算什么东西。

出了会所，许家豪发现章榕等在外面，他并不意外，章榕是给他送文件来的，一直没进去打扰，他接过文件签了字，说声谢谢。章榕也回他一个淡淡的笑容，上了那辆白色奇瑞电动汽车走了，不知怎么，他总觉得章榕对自己有些若即若离，也许这就是冰山女子的特性吧，想用这种方法永远留在自己身边。

奇瑞车里，章榕脸上的笑容慢慢变成了冰霜，路老师曾经给过她二十个比特币，后来比特币价格暴涨，沉稳聪慧的章榕并没有立刻抛售，而是等到价格到了单价两万美金才放出去一部分，现在她已经解决了经济上的窘困，不用再依赖许家豪。但她并不打算立刻离开，她要蛰伏在许家豪身旁，拿回章松贪污公款的证据，然后再拿回自己丢失的尊严！

丁海私房菜馆，吃完了饭，李晗提议去酒吧街走走，于是大家结伴前往酒吧一条街，冬日的欲望之街依然喧嚣热闹，纸醉金迷。卢振宇和文讷携手站在街头，看红男绿女游走其间，豪车来往穿梭，代驾戴着荧光牌子等待在酒吧门口，醉酒的客人蹲在路边呕吐，谁也不曾记得曾经有个恶魔就徜徉在他们中间……